W0052540

LE VOLEUR DE REGARDS

Sebastian Fitzek, le nouveau prodige allemand du suspense, est né à Berlin en 1971. Après des études de droit, il travaille à la radio et à la télévision. Par la magie du bouche-à-oreille, *Thérapie*, son premier thriller, s'est retrouvé numéro un des ventes en Allemagne et a été traduit dans vingt-quatre pays. Il est également l'auteur de *Tu ne te souviendras pas*, adapté au cinéma, *Le Briseur d'âmes* et *Ne les crois pas*.

Paru dans Le Livre de Poche :

LE BRISEUR D'ÂMES

NE LES CROIS PAS

THÉRAPIE

TU NE TE SOUVIENDRAS PAS

SEBASTIAN FITZEK

Le Voleur de regards

ROMAN TRADUIT DE L'ALLEMAND PAR JEAN-MARIE ARGELÈS

L'ARCHIPEL

Titre original :

DER AUGENSAMMLER

ISBN : 978-2-253-17784-5 – 1re publication LGF

En souvenir de Rüdiger Kreklau.
Ce sont les fantaisistes qui changent le monde,
non les pinailleurs.

« Jouer, c'est expérimenter le hasard. »
Novalis

« It's the end where I begin. »
The Script

Épilogue

Alexander Zorbach (moi)

Il y a des histoires qui, telles des spirales mortelles, s'enfoncent, comme munies de crochets, toujours plus loin dans la conscience de celui qui est obligé de les entendre. Je dis d'elles qu'elles sont des *perpetuum mobile*, des histoires qui n'ont ni commencement ni fin, car elles parlent de la mort éternelle.

Parfois, c'est une personne dénuée de tout scrupule qui les raconte, se délectant de l'épouvante qu'elle suscite chez son auditeur et de l'idée des cauchemars qu'elles ne manqueront pas de lui infliger, la nuit, quand, seul dans son lit, incapable de trouver le sommeil, il gardera les yeux rivés au plafond.

De temps à autre, on trouve un tel *perpetuum mobile* entre les deux couvertures d'un livre, ce qui permet de lui échapper en fermant l'ouvrage. Conseil que je voudrais vous donner sans attendre : arrêtez là votre lecture !

J'ignore comment ces lignes vous sont tombées sous les yeux. Tout ce que je sais, c'est qu'elles ne vous sont pas destinées. Le procès-verbal de l'horreur ne devrait jamais tomber entre les mains de quiconque. Même pas celles de votre pire ennemi.

Croyez-moi, je parle d'expérience. Je n'ai pas réussi à fermer les yeux, à mettre le livre de côté. Car l'histoire de l'homme dont les yeux pleurent des larmes de sang, de l'homme qui presse contre lui un paquet informe, un paquet de chair humaine qui, quelques minutes plus tôt, respirait, aimait et vivait, cette histoire n'est ni un film, ni une légende, ni un livre.

Cette histoire est ma destinée.

Ma vie.

Car l'homme qui, au paroxysme de son calvaire, comprend qu'il commence seulement à mourir, c'est moi.

Dernier chapitre

La fin

« Dors, mon enfant, dors.

Papa garde les moutons… »

— Dites-lui qu'elle arrête ça, brailla la voix du chef de l'opération dans mon oreille droite.

« La maman secoue l'arbrisseau.

Il en tombe un rêve… »

— Qu'elle arrête immédiatement de chanter cette foutue chanson.

— Oui, oui. J'ai compris. Je sais ce que j'ai à faire, répondis-je dans le minuscule micro que le technicien du groupe mobile d'intervention m'avait fixé quelques minutes auparavant et grâce auquel je restais en relation avec mon chef. Si vous continuez à crier comme ça, je vais arracher votre foutue oreillette, pigé ?

Je me rapprochai du milieu du pont enjambant l'A-100. Onze mètres plus bas, l'autoroute avait entretemps été barrée dans les deux sens ; plus pour protéger les automobilistes que la femme en pleine confusion mentale, debout à dix ou quinze mètres devant moi.

— Angélique ? appelai-je à haute voix.

Grâce au rapide briefing dont j'avais bénéficié au poste de commandement provisoire, je savais qu'elle était âgée de trente-sept ans, avait été antérieurement condamnée deux fois pour des tentatives d'enlèvement d'enfants, et qu'elle avait passé au moins sept des dix dernières années dans un établissement psychiatrique. Hélas, quatre semaines plus tôt, un psychologue compréhensif avait procédé à une expertise recommandant sa réinsertion sociale.

Grand merci, cher praticien. Nous voilà à présent dans de beaux draps !

— Je vais m'approcher un peu, si vous n'avez rien contre, lui proposai-je en levant les mains.

Pas de réaction. Appuyée contre le parapet rouillé, ses bras croisés devant elle formant un berceau, elle vacillait légèrement vers l'avant, ses coudes passant alors par-dessus le garde-fou.

Je tremblais, autant sous l'effet de la tension que du froid. La température de ce mois de décembre était certes étonnamment supérieure à zéro, mais, telle que je la ressentais, elle n'avait rien à envier à celle de Yakoutsk. Ici, en plein vent, j'étais sur le point de perdre mes oreilles en moins de trois minutes.

— Hello, Angélique ?

Du gravier crissa sous mes lourdes chaussures, et elle tourna pour la première fois la tête dans ma direction ; très lentement, comme au ralenti.

— Je suis Alexander Zorbach et j'aimerais vous parler.

Parce que c'est mon job. Aujourd'hui, c'est moi, le négociateur.

— N'est-il pas merveilleux ? demanda-t-elle de la même voix chantante et monotone avec laquelle elle psalmodiait à l'instant sa comptine. « Dors, mon enfant, dors… » Mon bébé n'est-il pas vraiment, vraiment merveilleux ?

Je le lui confirmai, bien qu'à cette distance il me fût difficile de distinguer ce qu'elle serrait contre sa frêle poitrine. Ç'aurait tout aussi bien pu être un traversin, un drap plié ou une poupée. Mais nous n'avions pas cette chance. Notre caméra infrarouge avait été formelle : elle tenait dans ses bras un être vivant et chaud. Je ne pouvais encore le voir, mais je l'entendais. Le bébé de six mois criait. D'une voix un peu affaiblie, mais il criait. C'était, jusqu'ici, la meilleure nouvelle de la journée.

La mauvaise, c'était que le nourrisson n'avait plus que quelques minutes à vivre. Même si la démente ne le jetait pas du haut du pont.

Putain, Angélique. Cette fois, à tous points de vue, tu as choisi le mauvais bébé.

— Comment s'appelle donc cet adorable bambin ? tentai-je une nouvelle fois, afin d'engager la conversation.

Après un avortement raté, cette femme ne pouvait plus avoir d'enfant. Elle en avait perdu la raison et en était à son troisième enlèvement d'un bébé qu'elle voulait faire passer pour le sien. Et, pour la troisième fois, des passants l'avaient surprise à proximité de l'hôpital. Aujourd'hui, il n'avait pas fallu plus d'une demi-heure pour qu'un coursier à vélo remarque cette femme, pieds nus sur le pont, tenant un bébé en pleurs.

— Il n'a pas encore de nom, répondit Angélique.

Le processus de refoulement en était arrivé au point qu'elle était persuadée, en cet instant, que le nouveau-né dans ses bras était la chair de sa chair. Je savais qu'il était inutile d'essayer de la convaincre du contraire. Je ne réussirais pas, en sept minutes, à obtenir ce que sept années de thérapie intensive n'avaient pu provoquer. Et ce n'était d'ailleurs pas du tout mon intention.

— Que diriez-vous de Hans ? proposai-je.

J'étais à présent à dix mètres d'elle, tout au plus.

— Hans ?

Elle dégagea un bras du paquet qu'elle tenait contre elle et ouvrit le lange. J'entendis avec soulagement le bébé se remettre à brailler.

— Hans, c'est un joli prénom, reconnut-elle, plongée dans ses pensées et reculant d'un petit pas, s'éloignant ainsi un peu du parapet. Comme *Hans im Glück*[1].

— C'est ça, approuvai-je en avançant prudemment d'un autre pas.

Neuf mètres.

— Ou bien comme le Hans de l'autre conte.

Elle se tourna vers moi d'un air interrogateur.

— Quel autre conte ?

— Eh bien, celui de la nymphe Ondine.

À dire vrai, c'était plus une légende germanique qu'un conte, mais c'était sans importance dans les circonstances présentes.

— Ondine ? réfléchit-elle, les coins de sa bouche s'affaissant. Connais pas.

— Non ? Alors, il faut que je vous raconte l'histoire. Elle est très jolie.

— Qu'est-ce que vous avez en tête ? Vous débloquez ou quoi ? hurla le chef dans mon oreille droite, ce que je me gardai de relever.

---

1. Ou *Jean le Chanceux*, titre d'un conte de Grimm. (*Toutes les notes sont du traducteur.*)

Huit mètres. Pas à pas, j'approchais de son périmètre intime.

— Ondine était un être de nature divine, une nymphe d'une beauté sans égale. Elle tomba follement amoureuse du chevalier Hans.

— Tu entends, mon chou ? Tu es un chevalier !

Le bébé répondit en poussant un nouveau cri.

— Oui, mais le chevalier était si beau que toutes les femmes lui couraient après. Il tomba bientôt amoureux d'une autre femme et abandonna Ondine.

Sept mètres.

J'attendis d'entendre à nouveau brailler le bébé avant de poursuivre.

— Le père d'Ondine, Poséidon, dieu de la Mer, en fut si fâché qu'il maudit Hans.

— Une malédiction ?

Angélique cessa son bercement.

— Oui. Désormais, Hans ne pourrait plus respirer sans en avoir conscience. Il lui faudrait se concentrer pour y arriver.

J'aspirai bruyamment l'air glacé et, tout en parlant, le rejetai par à-coups.

— Inspirer. Expirer. Inspirer. Expirer.

Ma cage thoracique se soulevait et s'abaissait de manière démonstrative.

— Si Hans cessait une seule fois de penser à respirer, il mourrait.

Six mètres.

— Comment l'histoire se termine-t-elle ? demanda Angélique d'un ton méfiant quand je me fus prudemment approché d'elle, à cinq mètres seulement.

Pourtant, c'était moins ma proximité qui semblait lui déplaire que la tournure prise par l'histoire.

— Hans fait tout son possible pour ne pas s'endormir. Il lutte contre le sommeil, mais, à la fin, ses yeux se ferment.

— Il meurt ? demanda-t-elle d'une voix blanche, toute joie ayant disparu du visage émacié.

— Oui, car, en dormant, il oubliera inévitablement de respirer. Et cela lui sera fatal.

Il y eut un craquement dans mon oreille, mais, cette fois, mon chef la boucla. Ici, en plein air, on n'entendait rien d'autre que le bruit lointain de la circulation en ville. Un vol d'oiseaux noirs passa loin au-dessus de nos têtes, en direction de l'est.

— Ce n'est vraiment pas un beau conte, conclut-elle en vacillant un peu vers l'avant, berçant maintenant de tout son corps le bébé qu'elle serrait très fort contre elle. Pas beau du tout.

Je tendis les mains dans sa direction tout en approchant encore.

— Non, il n'est pas beau. Et, d'ailleurs, ce n'est pas non plus un conte.

— C'est quoi, alors ?

Je m'interrompis, attendant un quelconque signe de vie du bébé. Mais on n'entendait plus rien. Le silence. Je répondis, la bouche sèche :

— C'est la vérité.

— La vérité ?

Elle secoua énergiquement la tête, comme pressentant ce que j'allais lui annoncer.

— Angélique, écoutez-moi, je vous en prie. Le bébé dans vos bras souffre du syndrome d'Ondine, une maladie qui porte le nom de l'histoire que je viens de vous raconter.

— Non !

Eh si ! Le tragique de l'affaire, c'était que je n'étais pas en train de lui débiter un mensonge tactique. Le syndrome d'Ondine est un trouble rare affectant le système nerveux central, une maladie grave pouvant entraîner la mort. Chez Tim – c'était le vrai nom du nourrisson –, l'activité respiratoire suffisait encore, durant ses phases de veille, pour apporter au petit corps l'air indispensable. La ventilation mécanique n'était nécessaire que pendant son sommeil.

— C'est *mon* enfant, protesta Angélique, qui avait repris sa voix de chanteuse de berceuse. « Dors, mon enfant, dors… » Regardez comme il dort tranquillement dans mes bras.

Oh, mon Dieu, non. Elle avait raison. Le bébé n'émettait plus le moindre son.

— Oui, c'est votre bébé, Angélique, approuvai-je d'un ton pressant tout en avançant d'un mètre encore. Personne ne le conteste. Mais il ne faut pas qu'il s'endorme, vous m'entendez ? Sinon, il mourra, comme le Hans du conte.

— Non, non, non ! cria-t-elle en secouant la tête d'un air buté. Mon bébé n'a pas été méchant. Il n'a pas été maudit.

— Non, il ne l'a pas été, c'est absolument certain. Mais il est malade. Donnez-le-moi, je vous en prie, pour que les médecins puissent le guérir.

J'étais à présent si près d'elle que je sentais l'odeur douceâtre et rance de ses cheveux sales. L'odeur de la déchéance psychique et corporelle imprégnant chaque fibre de son vieux survêtement.

Elle se tourna vers moi, et, pour la première fois, je pus voir le bébé. Son visage minuscule légèrement rougi, un visage… endormi. Effrayé, je reportai le regard sur la ravisseuse. Et je pétai les plombs.

— Merde, non, ne faites pas ça ! hurla le chef dans mon oreille.

Mais je n'entendais déjà plus du tout sa voix, à ce moment-là.

— Rengainez, rengainez !

Ces deux phrases, de même que les suivantes, je les ai trouvées dans le procès-verbal de l'opération que le chef de la commission d'enquête me soumit.

Aujourd'hui, sept ans après cette journée qui détruisit mon existence, je ne suis plus sûr d'avoir vu la « chose ». Un je-ne-sais-quoi dans son regard. L'expression d'une totale prise de conscience, désespérée. Mais, sur le moment, j'en fus absolument certain. Appelez ça pressentiment, intuition ou seconde vue. Appelez-le comme vous voudrez, mais je l'ai senti par tous mes pores. À la seconde où Angélique se tourna vers moi, elle prit conscience de son dérangement psychique. Elle avait découvert qui elle était, elle savait qu'elle était malade. Que le bébé n'était pas le sien. Et que je ne le lui rendrais jamais, sitôt que je l'aurais entre les mains.

— Arrêtez. Ne faites pas de connerie, nom de Dieu.

Grâce à mes entraînements de boxe, j'avais assez d'expérience pour savoir ce qu'il faut surveiller chez un adversaire si l'on veut anticiper d'où le coup va partir : les épaules ! Celles d'Angélique se déplacèrent dans une direction qui ne permettait qu'une seule interprétation, d'autant plus qu'elle se mit à ouvrir lentement les bras.

Trois mètres. Plus que trois putains de mètres.

Elle allait jeter le bébé du haut du pont.

— Lâchez votre arme. Je répète : lâchez tout de suite votre arme.

Et voilà pourquoi je ne prêtai pas attention à la voix résonnant dans ma tête, mais braquai le pistolet droit sur son front. Et tirai.

C'est généralement l'instant où je me réveille en criant et, l'espace d'une seconde, m'avoue content que tout ceci n'ait été qu'un cauchemar. Jusqu'au moment où, tendant la main, je ne trouve que le vide dans l'autre moitié du lit. Alors me vient à l'esprit que ces événements ont bel et bien eu lieu. Ils m'ont même fait perdre mon boulot, ma famille, et l'aptitude à pouvoir dormir une nuit entière d'une traite, sans être réveillé par des cauchemars.

Depuis ce coup de feu, je vis dans la peur. Une peur intense et froide, une peur s'infiltrant partout ; un concentré dont tous mes rêves se nourrissent.

Ce jour-là, sur le pont, j'ai tué un être humain.

Et, en dépit de mes efforts pour me persuader qu'ainsi j'ai sauvé une autre vie, j'ai gardé la certitude que le compte n'y est pas. Et si, en effet, je m'étais trompé, ce jour-là ? Si Angélique n'avait jamais eu l'intention de faire du mal au bébé ? Peut-être n'avait-elle ouvert les bras que pour me donner l'enfant, dans la seconde où ma balle lui perforait le crâne ? Si vite que son cerveau n'eut pas le temps de commander à ses bras de se relâcher davantage. Si vite que je parvins à rattraper le nouveau-né avant qu'il ne glisse de ses mains inertes.

Si, ce jour-là, sur le pont, j'avais tué un être innocent je devrais payer pour mon erreur. Je le savais. Seulement, je ne me doutais pas que ce jour viendrait si vite.

83

Je me retrouvai une nouvelle fois à entrer avec mon fils en ce lieu dont il se disait, dans tout Berlin, qu'il n'y avait pas, pour un enfant, de meilleur endroit pour mourir.

— Vraiment ? L'hélicoptère ? lui demandai-je en montrant du menton la boîte en carton que je me coltinais le long de l'interminable couloir. Tu as bien réfléchi ? C'est tout de même un hélico Captain Jack avec Power Boost.

Julian confirma énergiquement de la tête, occupé qu'il était à traîner à deux mains sur le linoléum un sac Ikea rempli à ras bord.

Je lui avais proposé de l'aider à plusieurs reprises, mais il tenait absolument à tirer seul ce fardeau dans l'hôpital. Cas typique des illusions du genre « je suis déjà assez fort » qui s'emparent de tous les garçons à un moment ou un autre, quelque part entre les phases « mais je vais tout de même pas me taper ça tout seul ! » et « allez tous vous faire voir ! ».

L'unique chose que je pouvais faire sans blesser sa fierté était de marcher un peu plus lentement.

— Je n'ai plus besoin de ce jouet ! affirma Julian d'un ton résolu.

Il se mit à tousser. Au début, il me sembla qu'il avait seulement avalé de travers, mais sa toux devint plus gutturale.

— Tout va bien, mon garçon? m'inquiétai-je en posant la boîte par terre.

Quand j'étais passé le prendre à la maison, j'avais été frappé par la rougeur de son visage. Mais Julian avait sorti le lourd sac dans le jardin, sans aucune aide, si bien que j'avais cru que sa main trempée de sueur et les boucles humides collées dans son cou s'expliquaient par cet effort.

— Aurais-tu toujours ce rhume, par hasard? lui demandai-je, préoccupé.

— Je suis guéri, papa, éluda-t-il en repoussant ma main alors que je m'apprêtais à toucher son front.

Puis, il toussa à nouveau, mais cette fois d'une manière effectivement un peu moins inquiétante.

— Maman t'a conduit chez le médecin?

On est dans un hôpital. Et si j'en profitais pour le faire examiner ?

Julian secoua la tête.

— Non, juste...

Puis il s'interrompit; je sentis la fureur m'envahir.

— Juste quoi?

Il se détourna, penaud, et reprit les poignées du sac.

— Attends un peu! insistai-je. Vous n'êtes tout de même pas retournés chez ce chaman?

Il confirma d'un mouvement de tête hésitant, comme s'il m'avouait une bêtise. Sauf que, cette fois-ci, il n'y était pour rien. C'était sa mère qui, se fourvoyant de plus en plus dans l'ésotérisme, préférait traîner son fils chez un gourou et guérisseur indien plutôt que chez un ORL.

Il y avait longtemps de cela, quand je venais juste de tomber amoureux de Nicci, ses lubies m'avaient vraiment diverti. Je trouvais même épatant qu'elle veuille lire mon avenir dans les lignes de ma main ou me révèle que, dans une vie antérieure, elle avait été une esclave grecque. Mais, les années passant, ses excentricités innocentes avaient dégénéré en véritables manies qui avaient certainement contribué pour une bonne part à notre éloignement ; une séparation d'abord psychique, puis physique. C'était du moins ce dont j'essayais de me convaincre pour ne pas porter seul la responsabilité de l'échec de notre couple.

— Qu'est-ce que ce charla… ce chaman a donc dit ? demandai-je en me rapprochant de mon fils.

Je dus faire un effort pour ne pas paraître agressif. Julian l'aurait pris pour lui. Or, si sa mère ne croyait ni à la médecine officielle ni à la théorie de l'évolution, il n'y était vraiment pour rien.

— Il a dit que mes chakras n'étaient pas correctement chargés.

— Tes chakras ?

Le sang me monta au visage.

Mais bien sûr, les chakras ! Comment n'y ai-je pas pensé tout seul ? C'est vraisemblablement aussi pour cela que notre fils, il y a deux ans, s'est cassé le poignet en faisant du skate, expliquai-je *in petto* à Nicci.

Cette fois, elle avait demandé très sérieusement au chirurgien si on ne pouvait pas remplacer l'anesthésie par de l'hypnose.

— Tu devrais boire quelque chose, conseillai-je tout haut à Julian pour changer de sujet, désignant le distributeur de boissons. Que veux-tu ?

— Un Coca, répondit-il aussitôt, tout heureux.

Parfait !

Nicci m'arracherait la tête, pour sûr. Celle qui était encore mon épouse ne se rendait par principe que dans des boutiques et des supermarchés bio : un soda à la caféine et contenant des produits chimiques ne figurait certainement pas sur sa liste de courses.

Oui, mais que veux-tu, on ne trouve pas de tisane de fenouil ici, pensai-je en fouillant les poches de ma veste à la recherche de mon portefeuille. Une voix derrière moi, jeune mais éraillée, me fit sursauter.

— Quelle surprise ! Les Zorbach !

L'infirmière blonde dont je me souvenais vaguement depuis notre visite, l'année précédente, en raison de son piercing spectaculaire à la lèvre supérieure, s'était matérialisée devant nos yeux, poussant sa table roulante aux couleurs vives dans le couloir de l'hôpital.

— Hello, Moni, répondit Julian.

Elle lui lança un sourire étudié, du genre « les petits patients sont mes potes ». Puis son regard tomba sur nos paquets.

— Tout ça, cette année ?

J'opinai d'un air absent car je n'avais toujours pas retrouvé mon portefeuille, contenant mes papiers d'identité, mes cartes de crédit et la carte d'accès à mon bureau. Je me souvenais de l'avoir eu en main la veille encore, devant le distributeur de boissons de la rédaction. J'aurais juré l'avoir remis dans la poche de ma veste. Maintenant, en tout cas, il avait disparu.

— Oui, tous les ans, le nombre de jouets augmente, murmurai-je, furieux de prendre un ton aussi coupable.

Le poncif du mec divorcé. Pourtant, j'avais toujours aimé acheter des cadeaux à mon fils. Bien sûr, un tracteur en bois aurait eu plus de valeur pédagogique que le pistolet à eau luminescent que l'infirmière sortait justement du sac Ikea. Mais la « valeur pédagogique » était un argument avec lequel mes parents, déjà, m'avaient copieusement bassiné. Ils ne comprenaient pas du tout pourquoi j'avais besoin d'un Walkman ou d'un BMX uniquement parce que tous mes copains en possédaient. Vous me trouverez peut-être superficiel, mais je voulais épargner ce destin de marginal à mon fils. Ce qui ne veut pas dire que je lui achetais n'importe quelle saloperie à la seule fin qu'il soit dans le coup. Mais je ne l'envoyais pas non plus les mains vides au combat pour la survie, tel qu'il ne cesse de se dérouler jour après jour dans les cours de récréation.

Entre-temps, Moni avait progressé dans sa fouille, et brandissait une figurine Spiderman.

— Je trouve vraiment formidable que tu fasses don de tous ces trucs super, confia-t-elle à mon fils avec un sourire.

— Pas de problème, sourit-il en retour. C'est un plaisir.

Il disait la vérité. C'était moi, bien sûr, qui avais eu l'idée de vider sa chambre une fois par an, avant une nouvelle arrivée de jouets pour son anniversaire. Mais il avait immédiatement été d'accord.

— Nous ferons de la place en même temps qu'une bonne action ! avait-il répété après moi, se mettant sans attendre à l'ouvrage.

C'était ainsi qu'était née notre « Journée Soleil », comme nous l'appelions. Le jour où le père et le fils entreprenaient de transbahuter, jusqu'à l'hôpital pour enfants, les jouets mis au rancart, et de les distribuer aux petits patients.

— Celui-là, il est certainement pour Tim, décréta l'infirmière avec un sourire en rangeant Spiderman auprès de ses congénères.

Puis elle prit congé et s'en alla. Je la suivis des yeux et m'aperçus avec stupéfaction que j'avais eu beaucoup de mal à retenir mes larmes.

— Ça va, papa ? s'inquiéta mon fils en me dévisageant.

Il était habitué à ce que son père se transforme en pleurnicheuse dès qu'il entrait dans le service Soleil, au deuxième étage. Lui-même n'y avait encore jamais pleuré. Sans doute parce que la mort était pour lui quelque chose d'encore très lointain et abstrait. Le centre de soins palliatifs pour enfants était en revanche un lieu que je supportais mal. On aurait pu croire qu'un homme ayant déjà tué était devenu insensible – et ce d'autant que, depuis que j'avais été suspendu de mes fonctions de policier, je gagnais ma vie comme journaliste d'investigation judiciaire. Depuis quatre ans, employé par le principal journal de la ville, celui qui mettait le sang à la une, je m'étais fait en quelque sorte un nom grâce à mes reportages sur les crimes les plus affreux commis en Allemagne. Mais plus j'écrivais à propos des horreurs de ce monde cruel, moins j'étais disposé à accepter la mort. Surtout pas celle d'enfants innocents souffrant de leucémie, de faiblesse cardiaque… ou du syndrome d'Ondine.

Tim !

— C'est bien Tim, le nom du bébé que tu as sauvé ?

J'acquiesçai, cessant enfin de chercher mon portefeuille. Avec un peu de chance, je le retrouverais sur le siège de ma Volvo, mais il était plus probable que je l'avais égaré.

— Oui. Mais ce n'est pas lui. Il a seulement le même nom.

Le Tim dont j'avais tué la ravisseuse m'envoyait régulièrement des cartes pour Noël. Du genre de celles que certains parents imposent d'écrire : d'une écriture tremblée, avec des mots que jamais un enfant n'utiliserait de lui-même. Des cartes que l'on fixe sur le frigo et auxquelles on ne prête plus attention, jusqu'au moment où elles tombent toutes seules. Mais c'étaient tout de même des signes de vie me montrant que Tim, malgré sa grave maladie, menait une existence à peu près normale chez lui, auprès de ses parents, au lieu d'attendre sa dernière heure en somnolant dans un service pédiatrique.

— Maman dit que depuis le jour sur le pont, tu n'es plus le même.

Julian me regardait avec de grands yeux.

« Le jour sur le pont. » Parfois, certains mots donnent vie à tout un univers. « Je t'aime », ou « nous sommes une famille », par exemple. Une combinaison de lettres anodines qui confère un sens à une existence. Et puis il y a aussi des phrases qui l'ôtent. Ce « jour sur le pont » appartient à la seconde catégorie. Si cela n'avait pas été aussi triste, on aurait pu rire de notre comportement au sein du cercle familial ; comme des personnages d'Harry Potter évoquant « tu sais qui » au lieu de nommer le personnage par son nom. Angélique, cette femme à l'esprit dérangé à qui j'avais ôté la vie, était devenue mon Voldemort personnel.

— Julian, pars devant et va dans la pièce où les enfants nous attendent, d'accord ?

Je m'agenouillai pour que nous ayons les yeux à la même hauteur.

— Je vais juste vérifier que je n'ai pas oublié mon portefeuille dans la voiture.

Il acquiesça en silence. Je le suivis du regard jusqu'à ce qu'il ait disparu au coin et que je n'entende plus que le bruit de ses baskets, ainsi que le frottement du sac trop lourd pour lui.

Alors, je fis demi-tour et quittai l'hôpital. Je ne devais jamais plus y remettre les pieds.

82

Dans la faible clarté de ce petit matin d'hiver, la Volvo était garée sous un énorme marronnier, devant l'hôpital. Je mis donc le contact pour pouvoir allumer le plafonnier. Je cherchai partout : sur le plancher, sur les sièges arrière, sous un tas de vieux journaux à côté de moi… Il n'y a rien que je déteste autant que de conduire les poches pleines. Aussi, avant de m'asseoir au volant, je jette généralement mes clés, mon portable et mon portefeuille sur le siège passager. Un rituel que je n'avais manifestement pas respecté, cette fois : en dehors d'un stylo-bille et d'un paquet de chewing-gums entamé, je ne trouvai rien. Je balançai les journaux sur le plancher et regardai jusque dans les fentes des coussins. Rien. Le portefeuille restait introuvable.

Après avoir cherché une nouvelle fois sous les sièges, j'ouvris la boîte à gants. J'étais pourtant certain de n'y avoir jamais déposé autre chose que le scanner me permettant de capter la radio de la police. Au début de ma carrière de reporter, mon cœur s'emballait chaque fois que j'entendais les voix de mes anciens collègues. Puis je m'étais habitué à ne plus être des leurs. Pour être franc, ma patronne, Thea Bergdorf, ne m'avait confié ce boulot qu'en ma qualité d'initié. Être à tout moment à l'écoute de la radio de la police lors de mes déplacements était une condition non écrite de mon contrat de travail. Tout particulièrement les jours comme celui-ci, où nous nous attendions au pire. Je m'étais donc arrangé pour que le scanner se branche automatiquement quand je tournais la clé de contact. Voilà pourquoi l'objet clignotait, dans ma boîte à gants, comme un arbre de Noël.

J'allais mettre fin à mes recherches et retourner auprès de Julian quand j'entendis une voix qui me fit aussitôt oublier mon portefeuille perdu.

— … Westend, à l'angle du Kühler Weg et de l'Alte Allee…

Je montai le son du scanner.

— Je répète. Un, zéro, sept sur le Kühler Weg. Les groupes mobiles de la CY4 se rendent sur place.

Merde ! Ça ne va pas recommencer !

Un, zéro, sept. Le code radio pour la découverte d'un cadavre.

CY4 : le Voleur de regards venait d'entamer sa quatrième partie.

81

(44 heures et 38 minutes
avant l'expiration de l'ultimatum)

Tobias Traunstein (9 ans)

Noir. Non, pas noir. Ce n'est pas le bon mot.

Ce n'était pas en effet comme la peinture de la nouvelle voiture de papa. Pas non plus comme l'obscurité pleine de taches qui palpitent devant les yeux quand on les ferme soudainement. Et ce n'était pas non plus le noir grisâtre et pâlot qui régnait quand Mme Quandt et lui avaient effectué une promenade nocturne. Ce noir-là était différent. Plus épais, en quelque sorte. Plus angoissant. Il avait l'impression d'avoir été plongé dans un bidon d'huile.

Tobias ouvrit à nouveau les paupières. Rien.

L'obscurité autour de lui était plus impénétrable encore que la forêt entourant le camp de vacances où ils avaient séjourné avec sa classe, l'été précédent. Il n'y avait ici ni clair de lune, ni lumière des lampes de poche grâce auxquelles, au cours du jeu de piste dans la forêt de Grunewald, ils avaient arpenté les chemins forestiers à la recherche de billets cachés. Ici, cela ne sentait ni la terre, ni les feuilles, ni la bauge de sanglier. Léa, cette satanée pleurnicheuse, n'était pas là pour lui tenir la main ou pour tressaillir à chaque froissement ou craquement. D'ailleurs, il n'y avait pas ici non plus le moindre bruit qui aurait pu ficher la frousse à sa sœur jumelle. Où que cet ici pût être, il n'y avait... rien.

Hormis la peur panique d'être paralysé. Il avait beau savoir que l'obscurité n'avait pas de bras – tout comme il savait, grâce à son professeur de dessin, que le noir n'était pas une couleur, mais simplement l'absence de lumière –, il avait l'impression qu'elle l'immobilisait physiquement.

Il ne savait toujours pas s'il était debout ou couché. Il se trouvait peut-être même la tête en bas, ce qui pouvait expliquer la pression sous son front, et pourquoi il se sentait pris de vertige. « Complètement nase », comme disait son père chaque fois que, rentrant du travail, il demandait à sa mère de lui préparer un bain.

Tobias n'avait jamais osé lui demander ce que signifiait « nase ». Papa n'aimait pas que les enfants se montrent trop curieux. Le garçon l'avait appris un jour, en vacances ; deux ans plus tôt, en Italie, quand, au dîner, il s'était hasardé à demander une nouvelle fois si *caldo* voulait vraiment dire froid. Papa l'avait engueulé, lui intimant d'enfin cesser ses questions stupides. Bien sûr, le regard de maman aurait dû le prévenir que mieux valait ne pas mettre en doute les connaissances de papa en italien. Mais il n'avait pu s'abstenir de remarquer que tous les robinets de l'hôtel devaient être cassés, puisqu'il ne coulait que de l'eau chaude de ceux sur lesquels était écrit *caldo*. Papa lui avait flanqué une gifle. Après cette humiliation, il avait évité de poser trop de questions, ce qui se révélait une erreur grossière. Voilà qu'il ne savait pas ce que voulait dire «nase», qu'il n'avait pas la moindre idée des raisons pour lesquelles il se sentait si mal et ne pouvait bouger. On aurait dit que ses pieds étaient pris dans un étau, et il ne sentait plus ses bras. Non, faux : il les sentait jusqu'aux épaules, et peut-être un peu plus bas encore, où, soudain, cela commença à le démanger horriblement, comme lorsque son meilleur copain, Kevin, lui administrait une «friction». Kevin, ce crâneur qui se prénommait en réalité Konrad, mais qui menaçait d'une raclée quiconque l'appellerait de ce «nom de pédé».

Kevin, Konrad, connard…

En tout cas, au-dessous des coudes, ses avant-bras, ses poignets, ses mains, tout avait disparu.

Il voulut crier, mais sa bouche était trop sèche pour ça ; sa gorge entière était desséchée. Tout ce qu'il réussit à émettre fut un croassement minable.

Pourquoi je n'ai pas mal ? Pourquoi je ne nage pas dans mon sang, si mes mains sont coupées ? «Amputées», ou quelque chose comme ça. Zut, ça non plus, je ne l'ai pas demandé.

Une odeur de renfermé emplit le nez de Toby, aussi douceâtre que du beurre rance, mais moins forte. Il lui fallut un petit moment avant de remarquer que l'étau qui l'enserrait devait être entouré de murs qui lui renvoyaient dans la figure sa mauvaise haleine. Il lui fallut plus longtemps encore pour, à son immense soulagement, retrouver ses mains. Juste sous son dos.

Je suis attaché. Non, je suis coincé. En tout cas, je suis couché sur mes bras.

Maintenant, ses pensées se bousculaient. Il se mit à réfléchir fiévreusement à ce qu'il faisait avant de se retrouver ici, dans ce «rien». Mais il n'y avait dans sa tête qu'une vague de douleur qui clapotait de-ci de-là, paraissant avoir emporté tout souvenir.

Son dernier souvenir, c'était d'avoir joué au tennis, le soir, dans le salon – ce jeu vidéo complètement idiot où il faut sautiller comme un abruti devant la télé, et où c'est toujours Léa qui gagne. Puis maman les avait mis au lit. Et maintenant, il était ici.

Toby déglutit et, d'un seul coup, sa peur augmenta. Elle était telle qu'il ne remarqua pas le ruisselet fétide entre ses jambes. La peur d'être enterré vivant provoqua ce que l'étroitesse de sa prison invisible n'était pas parvenue à provoquer. Elle le paralysa.

Il déglutit à nouveau et conclut que l'obscurité était comme un être vivant capable de vous retenir, quelque chose ayant le goût du métal quand on l'avalait. Il eut mal au cœur comme le jour où, sur l'interminable autoroute, il avait voulu lire, et où papa était devenu furax parce qu'ils avaient été obligés de s'arrêter. Il retenait sa respiration pour ne pas vomir quand soudain…

Qu'est-ce que…

Il fit tourner sa langue dans sa bouche : elle rencontra un corps étranger.

C'est quoi, ça ?

Quelque chose était collé sur son palais, comme une chips qui s'y serait fixée sous l'effet de la succion. Sauf que sa surface était plus ferme, plus lisse. Et plus fraîche.

Il laissa sa langue continuer à glisser sur l'objet et sentit sa salive s'accumuler. De manière intuitive, il ne respira plus que par le nez et réprima son envie de déglutir. Jusqu'au moment où le corps étranger, se détachant du palais avec un léger bruit de ventouse, lui tomba sur la langue.

Alors, il comprit. Même s'il ne se rappelait plus comment il était arrivé ici, qui l'avait enlevé et pourquoi on le gardait prisonnier, même s'il n'avait pas la moindre idée de l'endroit où il se trouvait, il avait au moins éclairci un mystère.

Avant de jeter Tobias Traunstein dans le cachot le plus obscur du monde, quelqu'un lui avait mis dans la bouche une pièce de monnaie.

80

(44 heures et 31 minutes
avant l'expiration de l'ultimatum)

Alexander Zorbach (moi)

— Espèce de salaud égocentrique, sans cœur et sans parole.

— Tu as oublié « répugnant » et « abruti ».

Je parlais d'une voix calme, beaucoup plus calme qu'à mon habitude quand je me querellais avec celle qui était encore ma femme. Je précise « encore » car, lors de notre dernière rencontre, nous avions décidé de divorcer. Nicci répéta alors la phrase qu'elle m'avait lancée à la figure, ce soir-là :

— Parfois, je me demande vraiment comment j'ai pu vivre avec toi !

— Bonne question ! Je demande un joker et je sollicite l'avis du public !

Pour être honnête, j'ignorais moi-même totalement ce que les femmes me trouvaient. Ne fût-ce que dans l'amphithéâtre de la faculté de psychologie où Nicci et moi nous étions connus, il y avait une foule d'hommes plus séduisants, plus grands et plus aimables que moi. Elle avait néanmoins jeté son dévolu sur moi. Elle n'avait pu agir ainsi en raison de mon apparence, car je déteste me voir en photo. Sur deux cents clichés, il y en a tout au plus un dont je n'aie pas honte. C'est généralement la photo floue ou sous-exposée sur laquelle on ne voit pas que je suis sur le point d'avoir un double menton. Autrefois, à cause de la tristesse de mon regard, on m'avait souvent comparé à Nicolas Cage ; aujourd'hui, ce que je pourrais éventuellement avoir de commun avec lui, c'est la rareté des cheveux. Depuis mes trente ans, bien que j'évite les *fast-foods* et fasse deux joggings par semaine, je prends un kilo par an. Au début de notre relation, Nicci avait eu le mot juste en me qualifiant d'objet de collection. Semblable à une vieille bagnole nécessitant une sérieuse révision, assez ancienne pour toucher la prime à la casse mais, malgré ses défauts, trop attachante pour qu'on l'échange sans plus de façons contre une voiture neuve. Sur ce point, elle avait bien sûr changé d'avis depuis lors.

— Tu connais un autre père qui laisserait son fils de dix ans seul dans un service de soins palliatifs ? insista-t-elle, furieuse.

Je ne pris pas la peine de lui expliquer que Julian s'était montré très compréhensif quand je l'avais appelé du parking pour lui demander de distribuer seul les cadeaux, car une urgence était intervenue. Je devais me rendre sur les lieux d'un crime ; il m'était difficile d'y traîner un enfant si jeune.

— Et tu connais une autre mère qui enverrait chez un chaman son fils souffrant d'une bronchite ? répliquai-je.

Putain, qu'est-ce que je donnerais pour une cigarette.

Inconsciemment, je posai la main sur mon bras droit, où j'avais collé un patch. L'écouteur du téléphone était coincé entre mon oreille et mon épaule.

— Je suis au-dessus de cela, Alex, répondit Nicci après un bref silence. Tu n'as même pas donné à Julian l'argent pour un taxi.

— Parce que j'ai perdu mon portefeuille, nom de Dieu ! Parfois, tout marche de travers.

Parfois même, on enlève et on assassine des enfants.

— C'est dans ton monde, Alex, qu'arrivent malheurs sur malheurs, répondit-elle. Parce qu'il y a en toi ces... vibrations.

— S'il te plaît, ne recommence pas.

Mes mains tremblaient ; je tentai de me calmer en les serrant plus fort sur le volant. Depuis que j'essayais d'arrêter de fumer, j'étais encore plus nerveux et irritable qu'avant. Malgré le patch et la démangeaison sur le triceps.

— C'est à cause de ton énergie négative. Tu attires régulièrement le mal, diagnostiqua-t-elle, presque compatissante.

— Je me contente d'écrire là-dessus. Je rapporte des faits. Un psychopathe est en liberté, et il détruit des familles d'une manière si atroce que même le journal à sensation pour lequel je travaille n'ose pas publier tous les détails.

Il joue au plus vieux jeu du monde : à cache-cache. Et il y joue jusqu'au moment où toute la famille est brisée. Il y joue jusqu'à la mort.

Mon regard glissa sur le vieil exemplaire du quotidien posé sur le siège du passager, avec la manchette rédigée par mes soins :

«Le Voleur de regards est de retour !
Un troisième enfant retrouvé mort.»

De même que mon premier métier de négociateur, mon nouveau boulot au journal m'avait souvent conduit jusqu'aux limites du supportable. Le cas du Voleur de regards, qui assassinait les mères des enfants enlevés et ne donnait aux pères que quelques heures pour retrouver leurs bambins avant qu'ils ne meurent étouffés dans une cachette où il les avait traînés, avait néanmoins conféré à l'horreur une dimension nouvelle. Et que le psychopathe enlevât l'œil gauche de chaque cadavre d'enfant faisait définitivement exploser les limites du concevable.

— Les pensées négatives se manifestent dans la réalité, continua à pontifier Nicci. Pense de manière positive, et le positif viendra à toi.

Entre-temps, j'avais atteint sur le Stadtring la sortie Messedamm. Je comptai à rebours de dix à zéro, mais ça ne marcha pas : à sept, je perdis les pédales.

— Penser de manière positive ? As-tu totalement pété les plombs ? Le Voleur de regards a déjà trois parties à son actif.

Six morts : trois mères, deux filles, un garçon.

— Te figures-tu, par hasard, que ce cinglé arrêtera si je me gare pour fredonner une chansonnette ? Ou mieux : si je passe une commande à l'univers, comme le recommande le livre posé sur ta table de nuit ?

Parler ne faisait qu'augmenter ma rage.

— Ou bien si j'appelle une de ces *hotlines* d'astrologues pour lesquelles tu gaspilles des fortunes ? Peut-être la bonne femme à l'autre bout de la ligne pourrat-elle lire dans son marc de café et me dire où se trouve le meurtrier ?

J'ôtai l'appareil de mon oreille afin d'identifier le correspondant dont je recevais le signal d'appel.

— Reste en ligne, s'il te plaît, demandai-je à ma future ex avec soulagement.

79

— Allô, Alex ? C'est moi, ton stagiaire préféré.

Frank Lahmann.

S'il m'avait chopé à un meilleur moment, je lui aurais demandé : « Stagiaire préféré ? Aurais-tu par hasard démissionné ? » Mais n'étant vraiment pas d'humeur à plaisanter, je me contentai d'un bref « salut ».

— Je n'aime pas te déranger pendant la sieste, Zorbach, mais Thea veut savoir si tu viens à la conférence.

La plupart des collègues de la rédaction supportaient mal la manière dont Frank la ramenait toujours, mais je m'étais entiché de ce blanc-bec de vingt et un ans – peut-être parce que nous étions sur la même longueur d'ondes. La plupart des débutants qui avaient rejoint notre rédaction l'avaient fait pour de mauvaises raisons : ils trouvaient cool de travailler dans les médias, espérant un jour, grâce à l'article qu'ils étaient en train de rédiger, se retrouver à la une. Frank n'était pas comme ça. Pour lui, le journalisme n'était pas un métier mais une vocation, qu'il aurait probablement vécu aussi intensément si notre journal l'avait payé plus mal encore que ce n'était le cas. Vu le nombre d'heures supplémentaires qu'il accumulait bénévolement, son salaire horaire ne devait guère dépasser celui d'un ouvrier agricole somalien.

Quand autrefois, dans un roman, je lisais la phrase «je me reconnais en toi!», je levais les yeux au ciel devant tant de mauvais goût et fermais le bouquin. Pourtant, quatre semaines auparavant, trouvant dans le local de la photocopieuse le sac de couchage de Frank, je m'étais surpris à murmurer cette même phrase. Mon stagiaire me rappelait celui que j'avais été lors de ma période de formation dans la police: un malade, un obsédé du travail, à l'occasion terriblement irrespectueux envers son mentor.

— Et je suis chargé de te dire qu'il vaudrait mieux pour toi que tu exposes, lors de la conférence, deux ou trois faits que les téléscripteurs ne sont pas déjà en train de déverser sur les sites Web des concurrents. Sinon, pour citer littéralement les propos du dragon, «tu peux numéroter tes abattis».

Il parlait d'une voix plus excitée encore qu'à l'ordinaire, celle de quelqu'un qui est en train de s'endormir et ne veut à aucun prix qu'on s'en aperçoive. Cela tenait selon toute vraisemblance au nombre incalculable de tasses de café qu'il avait certainement ingurgitées.

La conférence de rédaction!

Je gémis tout bas.

— Dis, s'il te plaît, à notre «rédacteuse» en chef qu'aujourd'hui je ne pourrai pas.

Une fois de plus ou de moins…

— Oh, bon sang, se mit-il à rire, ça va être ta fête. Mais avant, Thea va passer sa colère sur moi et m'envoyer à la conférence annuelle des pêcheurs à la mouche, ou une merde du même genre.

— Elle peut aller se faire voir. J'ai besoin de toi, aujourd'hui.

Il toussa nerveusement. Il devait être en train de couler un regard de conspirateur par-dessus son écran en direction du bureau de la rédactrice en chef.

— Que dois-je faire, monsieur le président ? chuchota-t-il.

— Dans mon bureau, dans un des tiroirs, je crois que c'est celui du bas, tu trouveras cinquante euros et une carte de crédit. Le tout entouré d'un élastique.

Un bref instant, je n'entendis que les bruits parasites habituels et la rumeur typique d'une rédaction en *open space*.

— Il n'y a que vingt euros, espèce de fanfaron. Et une American Express, même pas une Gold.

— Il faudrait que tu me les apportes tout de suite. J'ai perdu mon portefeuille et je n'ai presque plus d'essence.

— Ton portefeuille ? Merde alors !

J'entendis grincer un siège de bureau et imaginai Frank, assis à ma table, prendre son attitude habituelle quand il téléphonait : le portable coincé entre la clavicule et le menton et les mains croisées derrière sa nuque rasée.

— Y avait-il au moins une photo d'enfant dedans ? reprit-il.

De Julian ?

— Hein ? Non, lâchai-je, un peu déconcerté.

— C'est mauvais, ça. Très mauvais.

Il s'éclaircit la voix, signal certain d'un monologue à venir. Mon attention ayant été distraite par le chauffeur d'un minibus déboîtant devant moi sans motif apparent, je laissai passer l'occasion d'étouffer dans l'œuf l'exposé de Frank.

— Selon une étude de l'université de l'Hertfordshire, on rend davantage les portefeuilles perdus quand ils contiennent quelque chose de personnel. Des photos de jeunes enfants, de l'épouse, ou même de chiots.

— C'est vraiment très intéressant, ironisai-je, sans qu'il parût percevoir la subtilité.

— Ils ont balancé intentionnellement deux cent quarante portefeuilles dans la nature, pour voir lesquels étaient retrouvés…

— Frank, ça suffit ! Je n'ai vraiment pas de temps pour de pareilles conneries. Prends le pognon et mets-toi en route.

Ayant capté son attention, je lui communiquai l'adresse, concluant par ces mots :

— Et dépêche-toi. Je crois que ça recommence.

D'un seul coup, la ligne fut comme coupée, puis un léger bruissement se fit entendre.

— Le Voleur de regards ?

— Oui.

— Merde, murmura-t-il.

Il était encore trop jeune et trop inexpérimenté pour commenter ce genre d'information en jouant les blindés et les blasés. C'était là aussi ce que j'appréciais en lui : il savait quand l'heure des propos stupides était passée. J'avais recruté ce garçon un an plus tôt au milieu d'une nuée de candidats, m'étant imposé face à Thea Bergdorf, qui aurait préféré embaucher une charmante petite poupée issue de l'école de journalisme de Munich plutôt qu'un « fils à sa maman », comme elle l'avait qualifié en voyant sa photo, ajoutant :

— On dirait le garçon de la pub pour les biscottes. Personne ne le prendra au sérieux quand il se pointera quelque part.

Mais Frank avait été le seul à postuler en produisant non pas un CV, mais un article. Son reportage sur des malades mentaux laissés sans aucun soin dans des maisons de retraite privées lui avait valu de figurer en page quatre. Il était en outre l'as des as de la documentation, même s'il entendait faire étalage à toute occasion, bonne ou mauvaise, des connaissances inutiles acquises grâce à l'épluchage en règle des dépêches d'agences de presse et l'écumage des bibliothèques et d'Internet.

— Rendez-vous dans un quart d'heure, lui précisai-je avant de revenir à Nicci qui, à ma grande surprise, était toujours en ligne.

— Écoute, je suis navré que tu sois obligée de passer prendre Julian maintenant, tentai-je d'un ton plus courtois.

La pluie tombait plus dru, la température était de peu au-dessus de zéro, et, devant moi, un conducteur se traînait.

— Je te promets que ça ne se reproduira jamais. Mais, là, je dois vraiment filer pour mon travail.

Nicci soupira. Elle aussi paraissait s'être entre-temps un peu calmée.

— Ah, Alex. Qu'est-il advenu de toi ? Tu pourrais écrire sur tant de choses… Sur le bonheur ou l'amour, par exemple. Ou sur des êtres qui changent le monde par leurs actes désintéressés et leurs idées.

Je longeai une colonie de jardins ouvriers jusqu'à ce que l'asphalte s'arrête et que la route se transforme en un chemin forestier parsemé de nids-de-poule. J'avais autrefois beaucoup joué au tennis dans le coin, si bien que les lieux m'étaient familiers. Ce n'était pas le trajet direct pour arriver au Kühler Weg, mais, dans des cas comme celui-ci, il était recommandé de ne pas faire une entrée fracassante par la grande porte.

— Mais cet incident, jadis…

Sur le pont ?

— … a détruit quelque chose en toi. Tu as certes été blanchi, mais pas devant ton propre tribunal. N'est-ce pas ? Pourtant, nous avons tant de fois rabâché tout ça : tu as agi en état de légitime défense. Il existe même une vidéo amateur qui confirme tes dires.

Je secouai la tête sans répondre.

— Au lieu d'accepter ce signal du destin et de changer de vie, tu as continué jusqu'à aujourd'hui à poursuivre les criminels. Pas avec un pistolet, certes, mais armé d'un dictaphone et d'un stylo à bille. Tu es toujours à la recherche de drames, ajouta-t-elle d'une voix chevrotante. Dis-moi pourquoi ! Qu'est-ce qui te fascine dans la mort au point que tu en négliges ton enfant, ta famille, et toi-même par-dessus le marché ?

J'empoignai plus fort encore le volant ; mes mains s'étaient remises à trembler.

— C'est pour te punir ? Tu recherches le mal parce que tu te prendrais toi-même pour un être méchant ?

Je retins mon souffle, me tus, me contentant, tout en réfléchissant, de regarder droit devant moi à travers le pare-brise. Quand je voulus enfin répondre, je me rendis compte que la femme qui croyait naguère que seule la mort nous séparerait n'était plus en ligne.

Le chemin forestier était devenu une piste cavalière. À ma gauche se succédaient, serrées les unes contre les autres, des cabanes de jardins ouvriers ; à droite s'étendaient les courts du Tennis-Club de Borussia. Ignorant le panneau d'interdiction, je pris lentement le virage dans ma Volvo brinquebalante et aperçus, à environ deux cents mètres, le cortège des véhicules d'intervention qui, tous feux de signalisation allumés, barraient l'accès au Kühler Weg.

Ce qu'il y a de vraiment moche, me dis-je, *c'est que, dans ce que raconte Nicci, il y a un poil de vrai.*

Je reculai et me garai contre le grillage couvert de boue séparant le chemin forestier des terrains de tennis désertés.

Ce n'était pas sans raison que j'étais resté si longtemps avec elle, en dépit de nos incessantes chamailleries à propos de l'éducation de notre enfant ou de l'organisation de notre existence. Nous vivions séparés depuis six mois, mais elle était toujours, bien sûr, plus proche de moi que tout autre adulte sur cette planète.

Je descendis de voiture, déverrouillai le coffre, pris sous mon sac de sport ma valise de travail et l'ouvris.

Elle m'a percé à jour, pensai-je en enfilant mon vêtement de protection, pour ne pas contaminer le lieu du crime : une combinaison blanche en matière plastique et une paire de surchaussures vert clair, en plastique elles aussi, que je passai par-dessus mes informes boots Timberland.

Le mal m'attire. Irrésistiblement. Et j'ignore pourquoi.

Refermant le coffre, je scrutai la route menant au lieu du crime. Puis, après un quart de tour sur moi-même, je disparus dans la forêt.

78

(44 heures et 6 minutes
avant l'expiration de l'ultimatum)

Philipp Stoya (chef de la brigade criminelle)

Lorsque Stoya regardait les yeux des morts, il entendait leurs cris. Il percevait les reproches muets à propos desquels le patron de la médecine légale alertait toujours ses étudiants. Même quand on réussit à mettre une distance suffisante entre soi et l'horreur qui envahit, de temps à autre, l'enquêteur le plus endurci à la vue d'un cadavre, même quand on essaie de ne plus considérer comme un individu mais comme une pièce à conviction le corps qu'une main humaine a flétri, violé et assassiné, dont on s'est débarrassé comme d'un déchet, abandonné aux insectes, aux bêtes sauvages et aux intempéries, même alors, on ne peut pas ne pas entendre le reproche que les cadavres hurlent à celui qui les découvre. Ce sont leurs yeux qui crient.

Philipp Stoya voulut se détourner et se boucher les oreilles, car le hurlement était aujourd'hui particulièrement fort.

La jeune femme, pieds nus, était vêtue d'une fine robe de chambre sous laquelle elle ne portait ni slip ni soutien-gorge. Lucia Traunstein était allongée sur le ventre, dans l'herbe, à quelques pas d'une remise à outils. C'était là que son mari l'avait trouvée le matin même, dans le jardin de leur villa. Les jambes étaient largement écartées, offrant aux regards son pubis totalement rasé. Ils n'avaient néanmoins pas affaire ici, c'était quasi certain, à un crime sexuel.

La disparition des jumeaux Tobias et Léa, ainsi que le chronomètre dans la main de Lucia parlaient une autre langue. *La langue démente du Voleur de regards,* se dit Stoya.

La série de meurtres la plus atroce depuis la guerre avait commencé voici trois mois, quand Peter Strahl, un maçon de quarante-deux ans, était rentré chez lui, le week-end, après avoir passé plusieurs semaines à Francfort, où il travaillait sur un grand chantier. La famille connaissait depuis des années déjà ses fréquentes et longues absences. Pour fêter les retrouvailles, il avait apporté des fleurs pour sa femme et, pour Karla, une poupée en plastique. Cadeaux qu'il ne remettrait jamais à leurs destinataires : il avait trouvé son épouse dans l'entrée de la maison, la nuque brisée. Elle tenait dans son poing fermé un objet qui se révéla être un chronomètre, un modèle courant, le plus vendu en Allemagne.

Quand l'homme du service anthropométrique avait essayé d'ouvrir les doigts de la malheureuse, un compte à rebours s'était déclenché. L'affichage numérique s'était mis en marche. Le temps s'écoulait à reculons.

On avait d'abord pensé qu'il s'agissait du mécanisme d'une bombe, ce qui avait entraîné l'évacuation immédiate des douze locataires de l'immeuble de Treptow. Mais on dut finalement se rendre à la triste évidence :

l'ultimatum concernait Karla. La fillette avait disparu sans laisser de trace et ne reparut plus vivante. Ni la police ni le père, au désespoir, ne réussirent à trouver la cachette où le psychopathe l'avait entraînée. Cachette où, le délai des quarante-cinq heures écoulé, l'enfant avait été assassinée. Du moins d'après ce qu'on pouvait déduire des constatations des médecins légistes. L'endroit où avait été retrouvée la petite Karla, un champ en périphérie de Marienfelde, n'avait à coup sûr pas été le lieu du crime, car il était dépourvu d'eau.

L'opinion publique retint plus tard que cette enfant et les suivants avaient péri étouffés dans leur cachette, ce qui n'était pas fondamentalement faux. En réalité, pour des raisons de confidentialité, on avait tu un résultat majeur de l'autopsie : les victimes étaient mortes *noyées*. Dans l'écume caractéristique qui s'était formée dans leur trachée-artère, on avait retrouvé des traces d'eau à usage sanitaire, une eau souillée. Ces échantillons étant identiques chez toutes les victimes, on en avait déduit que le Voleur de regards les entraînait au même endroit. L'analyse de ce liquide, ainsi que des souillures de la peau, interdisait de penser qu'il pût s'agir d'une eau naturelle, ce qui ne réduisait pas précisément le champ d'investigation, puisqu'il englobait toutes les maisons avec piscine d'intérieur.

Même une foutue baignoire suffirait, songea Stoya.

Une seule chose était certaine : Karla, pas plus que Mélanie ou Robert – les victimes suivantes –, n'avait été tuée en pleine nature. Et ce n'était pas non plus en pleine nature qu'on leur avait enlevé l'œil gauche…

Le chef de la brigade criminelle, immobile à genoux devant le cadavre, entendit une voix étranglée annoncer derrière lui :

— Je le tuerai.

Même morte, Lucia avait conservé un corps séduisant, sculpté à force de régimes sévères et d'exercices physiques réguliers. Le genre de beauté caractéristique des femmes ayant épousé des hommes plus âgés, plus laids et, surtout, plus riches qu'elles. Propriétaire de la principale chaîne de pressings de Berlin, Thomas Traunstein ne s'était certainement pas contenté d'une seule villa. Pas plus que Lucia n'avait été la seule femme dans sa vie.

— Je tuerai ce porc. Je le jure ! reprit la voix.

Le collègue qui, derrière lui, contemplait le cadavre tenait à peine debout dans la tente que les techniciens, quelques minutes plus tôt, avaient montée à l'aide de bâches dans le jardin. Mike Scholokowski n'était pas loin de mesurer deux mètres, le genre d'amis à qui on fait appel lors d'un déménagement.

— Ou tu *la* tueras, murmura tout bas Philipp Stoya.

Ses genoux craquèrent tandis qu'il se relevait lentement, ne quittant pas des yeux le cadavre.

— Hein ?

— Tu *le* tueras, Scholle, ou bien tu *la* tueras. Nous ignorons toujours le sexe de l'assassin.

Toutes les victimes, femmes ou enfants, n'étaient ni très grandes, ni très vigoureuses. Elles n'avaient pas offert une forte résistance. L'absence de traces de lutte indiquait que le meurtrier profitait d'un effet de surprise. L'assassin de Lucia Traunstein et le ravisseur de Tobias et Léa pouvaient être un homme ou une femme, voire plusieurs personnes, venait de leur apprendre le professeur Adrian Hohlfort, le profileur travaillant avec eux sur cette affaire.

Scholle renifla, frotta son double menton et regarda un moment la femme dont la tête était posée sur le tronc, formant avec lui un angle droit grotesque. Rupture des cervicales. Autre indication quant au mode opératoire du Voleur de regards.

Les yeux écarquillés de la morte regardaient fixement, avec étonnement, le ciel plombé par les nuages, ignorant les deux enquêteurs. Non, ils ne regardaient pas. Ils criaient.

— Merde, je m'en fous, siffla Scholle, comme s'il crachait dans l'air froid. Et quand bien même ça serait une nonne, je la tuerai.

Stoya acquiesça. En tant que chef de la sixième brigade criminelle, il aurait été de son devoir de rappeler son adjoint à plus d'objectivité. Au lieu de quoi, il se contenta d'approuver :

— Je te donnerai un coup de main.

Je n'en peux plus, moi non plus. J'en ai tellement marre de tout ça. Cette fois, ils devaient gagner cette partie de cache-cache perverse et attraper le Voleur de regards avant qu'un joggeur trébuche sur un cadavre d'enfant asphyxié. Auquel le pervers aura enlevé l'œil gauche…

Mon Dieu, quelle sale matinée.

Stoya regarda dans la direction de Scholle qui, dans sa fureur, était sur le point de déchirer la tente, et dut une nouvelle fois s'avouer qu'il était mû par d'autres motifs que son partenaire, qui aspirait à la vengeance. Lui, en revanche, voulait simplement une vie meilleure. Cela faisait déjà plus de vingt ans qu'il pourchassait des salauds de sociopathes et, en guise de remerciement, il ressemblait, à quarante-cinq ans, à une pomme flétrie. Une peau marquée, des cernes et des rides sous les yeux, sans oublier une calvitie galopante. Le prix du stress continuel et du manque de sommeil. Tout cela n'aurait pas été un problème si le boulot lui avait permis d'avoir un compte en banque bien garni, ce que les femmes apprécient généralement. Mais que dalle ! Il était un célibataire endurci, et la plupart des criminels qu'il pourchassait gagnaient en une heure plus que lui en un mois.

Scholle aspire à la vengeance, moi à une promotion. Oui, putain ! Contrairement à tous les autres, il n'avait pas peur de l'avouer franchement. Il ne voulait plus fouiller à deux mains dans la merde. Son ambition était d'obtenir une planque, avec des horaires de travail fixes, un meilleur salaire et un grand bureau derrière lequel il pourrait se la couler douce.

Que d'autres se coltinent un peu le plaisir d'être agenouillés sous la pluie devant un cadavre de femme.

Pour l'instant, il était à des années-lumière de son objectif et, s'il n'arrivait pas à se prévaloir très bientôt d'un succès, il pourrait s'estimer heureux de n'avoir pas à enfiler de nouveau un uniforme. Quels que soient leurs motifs respectifs, Scholle et lui poursuivaient le même objectif immédiat : coincer ce dément.

Les doigts gourds, Stoya caressa le sachet en plastique dans la poche de son pantalon. Dès l'arrivée du médecin légiste, qui s'était déjà enquis au téléphone des circonstances particulières de l'affaire, il se rendrait à la villa, où l'époux était assisté d'un psychologue, et s'enfermerait dans la salle de bains. Il pria pour qu'il restât assez de poudre dans le sachet, de quoi rester éveillé les quarante-cinq heures à venir !

Qu'est-ce que c'est, nom de Dieu ?

À environ deux mètres de la tente, le bruit n'était plus celui de la pluie tombant sur le sol de la forêt, mais s'écrasant sur un vêtement. Plus exactement, sur une combinaison de protection telle qu'en portent les employés de l'anthropométrie judiciaire.

— Putain, qu'est-ce qu'il fout là, ce connard ? cracha Scholle, qui avait enfin trouvé un dérivatif à sa fureur impuissante.

Il y avait belle lurette que ses anciens collègues ne supportaient plus le reporter qui, à portée de voix, les regardait. Après s'être faufilé jusqu'au lieu du crime en passant par Grunewald, Alexander Zorbach était maintenant appuyé contre la clôture du jardin, en compagnie d'un homme plus petit que lui d'une tête et bien plus jeune.

Fritz, Frank, ou Franz. Stoya se rappelait vaguement que Zorbach lui avait présenté son assistant à l'occasion d'une conférence de presse.

— Fous le camp, hurla Scholle en saisissant son portable.

Mais Stoya lui posa la main sur l'épaule dans un geste d'apaisement.

— Reste ici, je m'en occupe.

77

Stoya rabattit sur sa tête le capuchon de sa doudoune et sortit sous la pluie qui tombait à torrents. Bien que sa colère grandît à chaque pas, il était heureux de pouvoir un instant laisser derrière lui la scène du drame.

— Qu'est-ce que tu cherches, ici ? demanda-t-il quand il fut parvenu devant Zorbach, toujours appuyé à la barrière.

Le jeune laquais de ce dernier se tenait quelques mètres en retrait.

— Bordel, qu'est-ce que tu fous ici ? insista le policier.

— Tu ne vas pas me dire que je suis le premier ? s'étonna le journaliste en retour, d'une voix qui, au moins, n'avait rien de triomphant.

Depuis que Stoya le connaissait, Alex ne s'était jamais soucié de se mettre en avant. Il ne cherchait que la vérité. Et, contrairement à nombre de ses collègues, il ne signait jamais non plus de son nom complet ses articles bien documentés. Il se contentait d'une abréviation anonyme. Bien sûr, avec le temps, chacun savait maintenant qui se cachait derrière les deux lettres « A. Z. ».

Le policier, furieux, enfonça les mains dans les poches de son pantalon.

— Si, tu es le premier, et je voudrais bien savoir comment tu t'y es pris.

Zorbach eut un rire forcé. Il avait les cheveux trempés et les mains bleues de froid, mais cela paraissait lui être indifférent.

— Allez, allez, Philipp. Depuis combien de temps nous connaissons-nous ? Tu ne veux tout de même pas que je te raconte que je passe ici tout à fait par hasard ?

— Non, évidemment. Avec des surchaussures et une combinaison de protection…

Stoya secoua la tête. Le hasard ! C'était l'excuse traditionnelle des journalistes charognards, car il était bien sûr interdit de capter la radio interne de la police.

— Non, Alex, cette fois, je ne laisserai pas passer ça. Je veux connaître la vérité. Et ne viens pas me parler de ta saloperie d'intuition.

Zorbach était un phénomène. À l'époque où ils travaillaient ensemble, le flair incroyable de son collègue l'avait parfois mis mal à l'aise. Il n'avait jamais achevé ses études de psychologie, mais s'était révélé l'un des meilleurs négociateurs de la police. Sa capacité à se mettre à la place d'autrui, à prendre en compte même les plus infimes nuances du comportement émotionnel, était légendaire. Hélas, ce don avait fini par lui être fatal. Sur le pont.

— Je ne comprends pas ce que tu veux dire, rétorqua Zorbach en essuyant des gouttes de pluie sur ses sourcils. Tu sais, je suis sur le coup depuis le début. Je n'écris rien qui puisse vous nuire. Au contraire, j'essaie de t'aider. Et je croyais que nous avions passé un accord.

Stoya acquiesça, faisant tomber de grosses gouttes de la bordure en fourrure synthétique de son capuchon. Son ex-collègue avait beau avoir quitté officiellement ses fonctions, il n'en continuait pas moins de régner entre eux une symbiose féconde. Aujourd'hui encore, sept ans après l'événement, ils se rencontraient à intervalles irréguliers. Et combien de fois, lors de ces analyses officieuses de la situation, n'avait-il pas lancé la question décisive, celle qui relançait son enquête ? À titre de remerciement et en témoignage de leurs liens anciens, Alex bénéficiait d'un traitement de faveur et recevait les informations importantes un peu plus tôt que les autres reporters. Aujourd'hui, néanmoins, il était allé un peu trop loin.

— Ne jouons pas au plus fin, Alex. Dis-moi la vérité. Comment se fait-il que tu sois ici ?

— Tu le sais bien.

— Dis-le-moi.

Zorbach soupira.

— Et merde, j'ai capté la radio de la police.

— Te fous pas de ma gueule.

— Mais qu'est-ce qui te prend ?

Stoya l'empoigna par le bras.

— C'est moi qui te pose la question. Dis-moi à quel jeu tu joues !

Alex pâlit et tenta sans conviction de se dégager de la poigne de fer.

— Arrête de déconner, mec. Vous avez balancé un un-zéro-sept.

Le policier fit violemment non de la tête.

— Primo : nous n'utilisons plus ce code. Et deuzio : depuis la dernière découverte d'un cadavre, il y a une directive interne demandant de ne communiquer que sur des lignes sécurisées quand il est question du Voleur de regards. Grâce à tes reportages, nous sommes de toute façon déjà publiquement descendus en flèche. Tu crois vraiment que nous balançons ce genre d'information sensible dans les oreilles du premier radioamateur venu ?

Au loin se fit entendre un grondement de tonnerre, et le ciel s'obscurcit encore.

— Tu es sérieux ? demanda Zorbach, incrédule, en passant la main dans ses cheveux mouillés.

— Tout à fait. Nous n'avons rien transmis, rétorqua Stoya en dévisageant le journaliste d'un air soupçonneux et furieux. Maintenant, arrête ton petit jeu, Alex, et dis-moi la vérité : comment diable as-tu si rapidement appris que nous avions trouvé un cadavre ici ?

76

(13 heures et 57 minutes
avant l'expiration de l'ultimatum)

Alexander Zorbach (moi)

— Ça ne s'arrange pas, expliquai-je en parcourant du regard le cabinet de consultation. Voilà que j'entends des voix, à présent !

Comme lors de ma première visite, je me demandai où pouvait bien passer tout le fric que les nombreux clients devaient engloutir dans la clinique. Du dehors, déjà, avec ses murs en grès tout tachés, l'établissement psychiatrique paraissait en fort mauvais état. Vu de l'intérieur, son besoin de rénovation paraissait plus urgent encore. Lors de mes visites antérieures, j'avais rencontré le médecin dans trois salles de soins qui ne se différenciaient que par la taille et la coloration des taches d'humidité qui s'étalaient sur les murs, depuis le plafond jusqu'au sol recouvert d'un linoléum terni à force d'être briqué.

— Je n'ai pas étudié aussi longtemps que vous, docteur Roth, poursuivis-je. Je ne suis pas arrivé jusqu'aux troubles du stress post-traumatique. Pourriez-vous me dire si cela serait en rapport avec le fait que… ?

... que j'ai abattu une femme, il y a sept ans de ça ?

Le Dr Martin Roth, derrière son bureau, me regardait attentivement sans rien dire. Il avait une capacité d'écoute hors pair, qualité qui le prédestinait à la profession de psychiatre. À ma grande surprise, il se mit à sourire avec douceur. Je ne me rappelais pas qu'il l'eût jamais fait durant nos séances. Et il m'apparut qu'il avait vraiment choisi un mauvais moment pour commencer.

Tandis que, nerveux, les jambes croisées sous ma chaise, j'étais envahi par une forte envie de cigarette, son sourire s'élargit, ce qui lui donna l'air plus jeune encore qu'à l'habitude. Lors de notre première rencontre, je l'avais pris pour un étudiant et non pour l'expert qui, quelques années auparavant, avait fait la une de mon journal avec sa thérapie de Viktor Larenz, le psychiatre bien connu dans toute l'Allemagne[1].

Comme beaucoup avant moi, je l'avais sous-estimé. Mais quand on est sur le point de rencontrer une sommité dans le domaine des troubles de la personnalité rebelles à toute thérapie, il est rare qu'on s'attende à tomber sur un adolescent. Roth avait une peau lisse, presque rose, et le blanc de ses yeux était plus clair et brillant que le T-shirt neuf qu'il portait sous un polo moulant. Seules une chevelure commençant à se clairsemer et des tempes largement dégarnies indiquaient qu'il était d'un âge avancé.

— Tranquillisez-vous, finit-il par dire en sortant un mince dossier d'un classeur en plastique. Il n'y a aucune raison de s'inquiéter.

---

1. Cf. *Thérapie*, de Sebastian Fitzek, L'Archipel, 2008.

— Pas plus tard qu'hier, j'entends dans la radio de la police des voix qui n'existent pas, et vous me dites que je ne dois pas m'inquiéter ?

Il acquiesça et ouvrit le dossier.

— Bon, revoyons tout ça. Après les événements sur le pont, vous avez entrepris un traitement. Vous souffriez alors de forts troubles de la perception.

J'émis un grognement d'approbation. Mes cauchemars avaient débordé et envahi mon existence. Je n'avais pas de meilleure description. D'abord, je flairais, puis j'entendais, et tout à la fin je *voyais* des choses qui m'avaient auparavant poursuivi dans mes cauchemars. Ce n'étaient toutefois pas toujours la femme et le bébé du pont.

Deux semaines après la tragédie, par exemple, je rêvai de la foudre qui, à quelques secondes d'intervalle, tombait toujours plus près de moi. Pieds nus, courant pour échapper à la mort, je me blessais sur des débris de verre, des aiguilles et des boîtes en fer-blanc rouillées dont mon chemin était jonché. Je m'aperçus ensuite que la foudre m'avait chassé jusque sur une décharge, au milieu de laquelle se dressait un arbre doré et brillant sous lequel je cherchai refuge.

Il faut éviter les saules.

Je pleurais, n'arrivant pas à savoir à quelle espèce d'arbre je m'agrippais.

Il faut fuir les chênes.

Certain d'être tombé dans un piège, j'attendais d'un moment à l'autre le coup mortel.

Il faut rechercher les hêtres.

Les doigts tremblants, je tâtai l'écorce. Se produisit alors l'horreur : l'arbre se transforma. L'écorce devint toute molle, prenant une consistance gélatineuse.

Quelque chose de poisseux resta collé à mes doigts. Reconnaissant les asticots qui grouillaient non seulement sur mes mains mais sur tout mon corps, je me mis à pleurer. À l'instant où je m'aperçus que l'arbre et, comme lui, la décharge entière n'étaient qu'une masse de cafards, d'asticots et de vers, je me réveillai en hurlant.

Mais l'odeur putride du dépôt d'ordures emplissait ma chambre, même après mon réveil. Je courus à la fenêtre et l'ouvris, sans pourtant arriver à respirer correctement. Ce n'était pas de l'air frais qui occupait cette pièce, mais une odeur nouvelle, non moins écœurante. Et, bien que ce fût un dimanche matin ensoleillé, sans nuages, un éclair, jaillissant du ciel, toucha l'arbre devant la fenêtre. L'arbre explosa et donna naissance à des milliers d'asticots qui, en un fleuve aux tressaillements convulsifs, se répandirent sur la pelouse et mirent le cap sur la maison. À l'instant où, rampant sur la façade, ils se dirigeaient vers moi, quelque chose m'attrapa par-derrière et me tira de la fenêtre. Nicci.

Mes cris l'avaient réveillée et plongée dans l'épouvante. Plus tard, elle m'expliqua qu'il m'avait fallu une heure entière pour retrouver mon calme.

— On vous a alors soumis à un traitement médicamenteux, poursuivit le Dr Roth, feuilletant toujours mon dossier. On vous a prescrit des neuroleptiques et votre état s'est amélioré, jusqu'à ce que, au bout de deux bonnes années, les symptômes aient totalement disparu.

— Pour réapparaître hier.

— Non.

Le praticien leva les yeux de mon dossier, un sourire inhabituel flottant de nouveau sur ses lèvres.

— Non ? demandai-je, surpris.

— Voyez-vous, comme je ne vous connais que depuis peu, je ne peux bien sûr pas établir de diagnostic définitif. Je ne conteste pas non plus la réalité des visions qui vous assaillaient. Je doute simplement fort que vous soyez de nature schizophrénique.

— C'est-à-dire ?

— Je ne veux pas trop m'avancer. Donnez-moi jusqu'à demain, je vous prie. J'aurai alors les résultats complets du test sanguin, et j'aurai alors confirmation ou non de mes soupçons.

J'acquiesçai, ne sachant cependant que penser. Je n'étais que trop content de croire qu'il y avait à mes symptômes une explication toute simple. Pourtant, si je ne souffrais pas de troubles de la perception, cela signifiait que…

Les voix étaient réelles ! Il existe une relation entre moi et le Voleur de regards !

À cette idée, un tintement se fit entendre dans mon oreille droite, comme si quelqu'un frappait un diapason à côté de ma tête. Je tentai de sourire et me levai pour serrer la main du Dr Roth, mais j'avais de la peine à rester concentré. Ayant déjà quitté le cabinet, je m'apprêtais à faire demi-tour pour demander au médecin une ordonnance pour des somnifères, car j'avais à peine fermé l'œil les nuits précédentes, quand mon portable se mit à vibrer dans la poche de mon pantalon.

« Appelle-moi ! disait le texto. Vite. Avant qu'il ne soit trop tard. »

Dans mon oreille, le tintement reprit. Avec le recul, je crois que c'est à ce moment que commença la course avec la mort.

75

— Que se passe-t-il ?

Frank avait décroché à la première sonnerie et paraissait plus agité encore que moi.

— J'ai peur.

Peur ? Je n'avais pas le souvenir que ce garçon eût jamais parlé de ses sentiments. En temps normal, il s'efforçait, par des propos effrontés, de dissimuler ses états d'âme. Parlant par exemple de son reportage sur les mauvais traitements infligés aux personnes âgées dans les maisons de retraite médicalisées, il l'appelait l'« article sur la viande avariée ». J'étais néanmoins arrivé à lire entre les lignes sa fureur et son désespoir, tout particulièrement dans le paragraphe consacré à la patiente atteinte de démence sénile, en phase terminale de cancer du sein et à qui, pour des raisons de coûts, on ne donnait presque plus d'analgésiques. « À qui pourrait-elle bien se plaindre ? Ses enfants ne viennent qu'une fois par semaine et, alors, elle ne se souvient de rien », avait écrit Frank, citant les propos d'une infirmière cynique dont il avait fait la connaissance pendant son service civil. Je savais que, dans son for intérieur, même s'il ne me l'avait jamais avoué, il s'était réjoui quand, grâce à son reportage, l'ensemble du personnel avait été remplacé.

— Où es-tu ? demanda-t-il précipitamment.

— En investigation, répondis-je vaguement en franchissant la porte tambour de la clinique.

Seule Nicci était au courant de mes problèmes de santé, et il devait en demeurer ainsi.

— Que diable est-il arrivé ? demandai-je.

— Tu sais certainement que quatre-vingt-dix pour cent des erreurs judiciaires s'expliquent par de faux indices ?

— Pour une fois, épargne-moi un long exposé et viens-en au fait. De quoi s'agit-il ?

— De ton portefeuille.

Merde. Je me pris la tête à deux mains. Dans le tohubohu de la veille, j'avais complètement oublié de faire opposition à mes cartes de crédit.

— La police s'est manifestée ? interrogeai-je en scrutant le sombre ciel de novembre.

La température avait sensiblement chuté pendant mon rendez-vous chez Roth, mais, au moins, la pluie avait cessé.

— Ils sont venus ici, à la rédaction, après n'avoir réussi à te joindre ni sur ton portable, ni chez toi.

C'était donc pour ça que Stoya m'avait inlassablement appelé pendant que je me rendais chez le Dr Roth.

— S'il te plaît, ne m'annonce pas qu'on a vidé mes comptes.

— C'est pire.

Pire ? Que peut-on faire de pire avec un portefeuille trouvé que de plumer son propriétaire ?

— Et puis merde, peut-être qu'il vaut mieux que je ne te le dise pas. J'ai entendu ça par hasard, en passant devant le bureau de Thea, pour aller chercher un café.

Je cherchai des yeux ma voiture sur le parking de la clinique, qui s'était bien rempli à l'heure de midi. Qu'est-ce que la police pouvait bien avoir à dire à ma rédactrice en chef?

— Arrête de tourner autour du pot, Frank, et dis-moi ce qui se passe.

— Si j'ai bien compris, ils ont trouvé ton portefeuille. Tout y est. Même l'argent liquide.

Un abruti avait garé son 4 x 4 si près de ma Volvo qu'il me fallait passer par le siège du passager si je ne voulais pas rayer sa carrosserie.

— Mais c'est une bonne nouvelle, ça! m'exclamai-je.

— Pas vraiment, non. Ils l'ont retrouvé à proximité du lieu du crime. Quelque part dans le jardin.

Je venais de sortir ma clé de voiture de ma poche quand je m'immobilisai.

À proximité du lieu du crime?

Ce n'était pas possible. D'un seul coup, la conversation téléphonique m'apparut totalement irréelle. Je ne pouvais... non, je ne *voulais* pas croire ce que mon stagiaire venait de me dire.

— Dans quel jardin? insistai-je, bien qu'il n'y eût qu'une réponse.

— Là où on a retrouvé la mère, murmura Frank. La victime de la quatrième partie du...

D'une pression du doigt, je lui coupai la parole avant qu'il ait pu préciser « Voleur de regards ».

74

Finalement, je me faufilai tout de même par la portière du conducteur. Pourquoi avoir des égards envers quelqu'un qui m'avait serré de si près ? Il aurait au moins pu rentrer son rétroviseur, qui avait les dimensions d'une raquette de tennis.

Je dus me forcer à rouler au pas sur le parking de la clinique. Mais, peu après en être sorti, j'accélérai et remontai la Potsdamer Strasse à vive allure.

Réfléchir. Tu dois réfléchir.

Dans mon existence, je ne m'étais pas particulièrement distingué par une attitude raisonnée ou par ma pondération. Quelques mois plus tôt, j'étais entré en conflit avec un gros fournisseur de publicité de notre journal. Ce fabricant de produits alimentaires m'avait offert de l'argent pour que je ne publie pas les photos répugnantes prises en cachette dans l'un de ses abattoirs. Sur l'une d'elles, on voyait extraire d'un camion surchargé un bœuf, accroché à un câble par une patte antérieure déboîtée. Je m'étais fait remettre en liquide les cinquante mille euros. Puis j'avais mis la photo à la une, comme prévu initialement, et versé le pot-de-vin à la Société protectrice des animaux. Ce qui avait fait perdre à notre journal l'un de ses principaux contrats publicitaires. Pour ma part, je reçus un prix de l'Association des journalistes et un avertissement de Thea.

Ma difficile situation du moment se différenciait pourtant sur un point décisif des problèmes que m'avait occasionnés ma nature soupe au lait : je ne savais pas ce que j'avais fait pour déclencher l'avalanche qui grossissait à vue d'œil et n'allait pas tarder à fondre sur moi.

La police avait débarqué au journal. En y regardant de près, une réaction logique. Que les criminels se sentent attirés vers les lieux de leur méfait n'est pas un simple cliché hollywoodien. Quand j'entends parler d'un type qui se montre à l'endroit où un cadavre a été découvert, alors que cette indication n'est connue que des enquêteurs, je commence à chercher qui il peut bien être.

Et puis il y avait cette histoire de portefeuille. J'avais en vain fouillé toutes mes poches, quelques heures plus tôt, à l'hôpital. Il était impossible qu'il ait glissé de la poche de mon pantalon devant la villa des Traunstein, d'autant plus que je portais la combinaison blanche de l'anthropométrie judiciaire, un vêtement conçu pour ne pas polluer une scène de crime, même pas par des fibres textiles. Et Stoya m'avait vu habillé de la sorte. Dans le meilleur des cas, il pouvait admettre que j'y avais jeté intentionnellement mon portefeuille. La pire hypothèse, celle qui faisait de moi un suspect, était beaucoup plus évidente.

Mon cerveau ressemblait à un sachet de pop-corn placé dans un four à micro-ondes. D'innombrables idées volaient dans tous les sens sous ma voûte crânienne, éclatant avant que j'aie pu les saisir. Tôt ou tard, je me présenterais à la police en vue de mon interrogatoire, mais, auparavant, il me fallait mettre de l'ordre dans mes pensées. Me calmer et parler avec quelqu'un en qui j'avais toute confiance.

J'essayai de joindre Charlie au téléphone. Comme bien souvent, son portable ne répondit pas, et elle ne m'avait pas donné d'autre numéro, pas plus qu'elle ne m'avait dévoilé son vrai nom.

Généralement, elle me rappelait dès que l'occasion s'en présentait, mais, aujourd'hui, je n'eus pas la patience d'attendre le moment où son époux ne serait pas présent. Aussi fis-je une autre tentative. De nouveau, seule la voix anonyme de sa boîte vocale me répondit.

Merde, où peux-tu bien être ?

Je n'avais pas parlé à Charlie depuis plusieurs jours.

Notre relation, si tant est qu'on puisse l'appeler ainsi, avait commencé le jour précis où Nicci m'avait annoncé son intention de divorcer. Les circonstances de notre première rencontre avaient été aussi absurdes que désagréables.

Je pourrais aujourd'hui m'en tirer en invoquant mon taux d'alcoolémie qui, quelques heures à peine après le naufrage définitif de mon couple, avait franchi la ligne rouge. Il est également certain que mon envie de tirer vengeance de toutes les femmes infidèles sur cette terre était ce jour-là à son paroxysme. Mais, avec le recul, je crains plutôt d'être entré dans le club avec l'idée de me punir moi-même.

Pendant que je me déshabillais dans une antichambre carrelée, enfermant mes vêtements dans un casier, j'essayais encore de me persuader que cette soirée serait le début d'une ère « zorbachienne » nouvelle. D'une phase de ma vie où je ne tomberais plus jamais amoureux, uniquement vouée au sexe. Mais j'avais à peine atteint la salle du bar, cherchant une place libre au comptoir, que je pris conscience du ridicule de mon comportement.

Cela avait beau être la première fois que j'entrais dans un club échangiste, j'avais l'impression d'en être à ma centième visite. Tout ressemblait exactement à l'idée qu'on pouvait se faire d'un tel lieu : lumière rouge de bordel, meubles qui auraient tout aussi bien été à leur place dans une pizzeria et murs décorés de nus naïfs. Un panneau indiquait la direction du sauna, de la cave sadomasochiste et des jacuzzis. Juste à côté, un autre proclamait : « Pour baiser, il faut être aimable. »

Au-dessus du comptoir occupant le centre de la pièce pendait un petit téléviseur dont l'écran était disposé de manière que les utilisateurs du terrain d'ébats, à droite du comptoir, puissent regarder un film porno tout en prenant leur pied. Lors de cette première visite, les matelas recouverts de latex étaient délaissés. En revanche, plusieurs couples et hommes seuls étaient assis au bar. Presque tous avaient des tongs aux pieds et des serviettes de toilette autour des hanches.

Je fus étonné de constater que la plupart des clients avaient meilleure apparence que je ne l'aurais cru. Un jeune couple était même fort séduisant, tout comme la blonde très mince qui, arrivant des douches les cheveux mouillés, vint s'asseoir à côté de moi. Je devais apprendre plus tard que Charlie venait de faire l'amour avec deux hommes et qu'elle voulait simplement prendre un verre d'adieu avant de rentrer retrouver son époux qui ne se doutait de rien. Elle vit sur-le-champ que je venais ici pour la première fois et perça à jour tout aussi rapidement le mensonge que j'avais préparé, au cas où j'aurais rencontré en ces lieux quelqu'un de connaissance.

Pour un motif totalement irrationnel, je n'eus pas envie de lui avouer mes véritables motivations. Certainement parce que je ne voulais pas qu'une femme aussi jolie pense que j'avais *besoin* d'entrer dans un club échangiste.

Elle sourit d'un air moqueur.

— Donc, tu te documentes ici pour ton journal. C'est évident. Et moi, je suis inspectrice du travail.

Bien qu'ayant reçu de mes parents une éducation sans tabou sexuel, j'eus toutes les peines du monde à me concentrer sur notre conversation. Charlie était complètement nue tandis qu'elle m'expliquait qu'elle aussi, à vrai dire, pensait toujours ne pas être ici « à sa place », mais qu'elle était après tout une femme avec des besoins sexuels, alors qu'il y avait longtemps que son mari ne couchait plus avec elle. Elle me conduisit alors dans les pièces de l'arrière, me montrant la chambre aux miroirs dans laquelle plusieurs couples se livraient à des parties carrées, avant de me mener au paravent devant lequel des hommes nus se masturbaient, épiant deux femmes en train de se caresser.

Ce soir-là, nous ne fîmes pas l'amour. Pas plus que lors de nos rencontres ultérieures. Nous entretenions une relation platonique, ce qui, compte tenu du lieu de nos rendez-vous réguliers, relevait quasiment de la schizophrénie. Car Charlie tenait à ne me rencontrer que dans ce club.

— Il n'y a pas d'autre endroit où les gens qu'on croise soient aussi discrets.

Nous nous étions mis à nous voir de plus en plus fréquemment. Nos conversations, gagnant sans cesse en profondeur, créèrent entre nous une authentique intimité, au sens le plus vrai du terme, même si ce n'était pas le genre d'intimité que cet endroit avait pour vocation de favoriser.

Pendant que les autres clients copulaient, nous parlions des heures durant. J'appris ainsi que son mari, en véritable maquignon, avait accumulé une fortune considérable qui lui permettait, entre autres, de tomber dans la paranoïa à force de boire les alcools les plus chers qui soient tout en jouant ostensiblement les prolétaires mal dégrossis. Peu après leur mariage, il avait changé, devenant lunatique, agressif, se laissant aller à une jalousie maladive et l'accusant sans cesse de le tromper, alors que, encore un an plus tôt, il avait été le premier et le seul homme de sa vie. Il doutait même d'être le père de ses enfants, la menaçant pourtant de les lui enlever s'il lui venait l'idée de divorcer. Un jour où il l'avait battue sans retenue, la traitant de putain, elle avait décidé de mériter enfin ses injures et était entrée pour la première fois dans le Temple du sexe.

C'était un acte de pur désespoir. Son étonnement fut d'autant plus grand quand elle constata que cette société nouvelle, libre, lui plaisait. Une vision des choses que je n'avais jusqu'ici pas réussi à partager. Au contraire : plus nous nous rencontrions et plus je sentais que nos conversations ne me suffiraient bientôt plus. Et je finis un jour par ne plus pouvoir traiter par le mépris la brûlure qui me rongeait l'estomac quand je la savais une nouvelle fois seule dans le club. Il arriva ce que j'avais voulu éviter à tout prix : je devins jaloux. Si je n'y prenais garde, je ne tarderais pas à tomber amoureux.

— Veuillez réessayer ultérieurement, pria la voix artificielle de la boîte vocale de Charlie quand j'eus appuyé une troisième fois sur la touche de rappel.

Furieux, je balançai le portable sur le siège du passager et me concentrai sur la conduite.

Quand j'ai besoin de toi…

Au fil de ces nombreuses et étranges rencontres, j'étais devenu en quelque sorte le confident de cette femme. Un psychologue qui interrompait de temps à autre ses séances afin de permettre à sa patiente de prendre son pied avec un inconnu sympathique, tandis que, resté au bar, il se raccrochait à un gin tonic.

Pendant des heures, je t'ai écoutée. Je t'ai attendue.

Ce jour-là, c'était moi qui avais besoin de ses conseils, mais je repoussai rapidement l'idée de me rendre au club pour tâcher de l'y rencontrer.

Rien à foutre.

Ce ne serait pas la première fois que j'aurais à me débrouiller seul. Tout ce dont j'avais besoin, c'était d'un endroit où je pourrais me calmer. Où ma tête se libérerait. Un endroit où personne ne me trouverait, aussi longtemps que je le désirerais.

Bref, il fallait m'enfuir là où, pour la dernière fois, il y avait deux ans, je m'étais caché après avoir tenté de tuer ma mère.

73

(11 heures et 51 minutes
avant l'expiration de l'ultimatum)

La première neige tomba une heure et demie plus tard, et donc un peu trop tôt. Si elle avait attendu quelques minutes de plus, ma Volvo aurait laissé moins de traces de pneus sur le chemin forestier. À vrai dire, je doutais que quiconque m'eût suivi jusqu'ici, à Nikolskoe. Cette région boisée et vallonnée, entre Berlin et Potsdam, était une destination prisée des randonneurs, sauf en hiver, quand étaient fermés aussi bien les embarcadères du bac pour l'île des Paons que les deux restaurants.

Auparavant, j'avais fait un petit crochet par mon appartement pour me ravitailler en boîtes de raviolis et bouteilles d'eau minérale. Mon sac de première urgence, dans le coffre, contenait aussi du linge de rechange, mon portable de secours avec une carte prépayée non enregistrée à mon nom – que j'utilisais de loin en loin, quand je téléphonais à des informateurs dont le numéro pouvait être écouté par la police – et mon ordinateur de poche.

Comment mon portefeuille s'est-il retrouvé sur les lieux du crime ? Putain, comment m'y suis-je moi-même retrouvé ?

Je tentai de refouler, jusqu'au moment où j'aurais atteint mon refuge, les questions auxquelles j'espérais trouver une réponse. Bien entendu, je n'y parvins pas. D'autant que le répondeur dans mon appartement était sur le point d'être saturé de messages de Stoya, qui ne dissimulait pas son énervement. Il me priait de me présenter au commissariat, ce qui laissait entendre qu'il n'y avait pas encore de mandat d'arrêt lancé contre moi.

Un bref appel de ma rédactrice en chef, très remontée, ne m'avait pas apporté non plus le moindre éclaircissement.

— Où diable êtes-vous caché ? m'avait lancé Thea Bergdorf en guise de bonjour, d'un ton plus brusque encore qu'à l'ordinaire.

— Dites à Stoya que je passerai le voir quand je serai rentré à Berlin.

Je l'entendis fermer la porte vitrée entre son bureau et l'*open space* afin de pouvoir m'engueuler à sa guise.

— Vous ramenez immédiatement vos fesses à la rédaction, mon petit ami. Ici, il n'en va pas seulement de vous et de votre existence, mais de la réputation du journal. Imaginez ce que les gens vont penser s'ils soupçonnent un tant soit peu qu'il pourrait y avoir un lien entre notre reporter vedette et le Voleur de regards ?

Bien sûr que je l'imaginais ! « Pas étonnant que ses articles soient si bien documentés : c'est lui-même qui s'est occupé de fabriquer les faits ! » Il était donc d'autant plus important que je ne me précipite pas sans préparation dans la gueule du loup. Je savais par expérience ce qui se passait lorsque la police prenait soudain un suspect pour cible ; par-dessus le marché, un ancien policier dont le dossier révélait sa prédisposition à la violence. À l'époque, les médias – y compris le journal qui m'employa par la suite – avaient célébré en moi un héros, ce que j'avais trouvé aussi insupportable que les innombrables interrogatoires auxquels m'avaient soumis la commission d'enquête et le procureur.

Je garai mon véhicule quelques mètres au-delà du Moorlakeweg, près d'un panneau indiquant que commençait là une zone de protection des eaux, et en descendis.

Ma mère n'avait découvert que par hasard le sentier qui s'ouvrait dix pas à l'est de ce panneau. Partie en voiture dans l'intention de se promener à pied dans les environs de l'église de Nikolskoe, mais prise d'un malaise pendant le trajet, elle avait dû faire une halte inopinée. Pendant que la sensation de pesanteur sous son crâne se dissipait, elle s'était mise à examiner de plus près la zone où elle s'était arrêtée. Et c'était ainsi qu'elle avait découvert l'étroit chemin forestier, un sentier oublié, à peine plus large qu'une petite voiture, qu'aucune carte ne signalait et dont l'entrée était masquée par un gros tronc d'arbre couché en travers.

Il existe à Berlin de nombreux petits coins merveilleux au bord de l'eau, des lieux où on oublie qu'on habite dans une agglomération de plusieurs millions d'habitants : par exemple quand, assis sur la rive du lac, on contemple au loin l'île des Paons. Le problème, c'est que ces coins ne sont jamais à l'écart de la foule. Plus une plage est belle, plus elle est connue des promeneurs. Quand ma mère, suivant ce jour-là le chemin secret, déboucha sur une minuscule portion de rivage, quasiment vierge de toute trace humaine, elle comprit qu'elle avait découvert une rareté, une oasis blottie au beau milieu de la grande ville. Qu'elle ait voulu garder ce refuge pour elle et n'en ait parlé à personne, à part moi, tient peut-être au fait que ses maux de tête y diminuèrent subitement. Nous ignorions alors qu'elle ne souffrait pas de migraines mais de polycythémie, une maladie incurable, épaississant le sang et bouchant les artères.

La première fois où elle m'emmena en ce lieu, je constatai qu'il était aisé de faire rouler le tronc d'arbre sur le côté. En revanche, les ronces aux épines redoutables, proliférant de part et d'autre du sentier, l'obstruant parfois, étaient beaucoup plus gênantes.

En ce jour – des années plus tard –, je me tournai en direction de ma voiture dont je n'avais pas éteint les phares afin d'y voir dans la nuit tombante. Des nuées de flocons tourbillonnaient dans les pinceaux de lumière jaune pâle, ajoutant à la féerie du décor. Les phares se mirent à vaciller, agitation lumineuse qui me rendit nerveux. Je scrutai les alentours.

À part un sanglier qui fouillait du groin le sous-bois, à vingt mètres de là, je ne perçus pas de signe de vie. Même la rumeur omniprésente de la ville avait disparu, comme si quelqu'un avait tout simplement débranché la bande sonore des bruits de la circulation.

Bon, allons-y.

Je m'arc-boutai contre le tronc humide qui se détacha du sol avec un bruit de succion et se laissa déplacer sans problème.

Après m'être assuré que je n'étais pas observé, je remontai dans ma Volvo et entrai dans le bois en roulant au pas. Les branches épineuses crissaient sur la carrosserie comme des ongles sur un tableau d'école. Un gros paquet de neige, se détachant de la cime d'un arbre, tomba sur mon pare-brise. J'actionnai les essuie-glaces. Au bout de quelques mètres, je descendis de voiture pour effacer mes traces. Ayant remis le tronc en place et redressé les ronces, je fus certain que personne ne trouverait l'entrée du sentier, et ce d'autant moins qu'à cet endroit il n'y avait aucune raison de chercher quoi que ce soit. D'après les panneaux, les chemins de randonnée entretenus, l'église, le restaurant et le cimetière se trouvaient à plus d'un kilomètre. Il n'y avait ici aucun site se prêtant aux activités de loisir, même pas un parking. Si quelqu'un s'arrêtait en un tel lieu, ce ne pouvait être que purement accidentel, comme cela avait été le cas de ma mère, jadis.

Remonté en voiture, je continuai à rouler lentement. Après un virage à gauche serré, je coupai le moteur. Je descendis et dévissai les plaques minéralogiques à l'aide de mon couteau suisse. Ainsi, ma Volvo cabossée avait tout de l'épave au rancart dont un pollueur se serait débarrassé sans vergogne en pleine nature. Un garde risquait d'alerter les services de police, mais, par ce temps de chien, leurs représentants se faisaient aussi rares que les agents forestiers. De toute façon, je n'avais pas l'intention de passer l'hiver ici. Tout ce dont j'avais besoin, c'était d'un ou deux jours de repos.

Ayant déposé les plaques dans le coffre, j'y pris mon ordinateur et mon sac de sport et suivis le sentier, de plus en plus étroit. Légèrement pentu, il descendait vers le lac en décrivant des virages serrés, et je devais veiller à ce que mes grosses chaussures ne dérapent pas ; les racines couvertes de glace qui, plus bas, donnaient au chemin l'apparence d'un escalier étaient particulièrement dangereuses. Par habitude, j'avais pensé à emporter une lampe de poche, ce qui me permettait de déceler les embûches devant mes pieds et les branches de sapin mouillées avant qu'elles ne me giflent. Le chemin me sembla plus long qu'à ma dernière visite, ce qui s'expliquait certainement par la lourdeur du fardeau que je portais à l'épaule. Pourtant, ayant regardé ma montre, je constatai qu'il n'était que 18 h 42. Je n'avais donc mis que quelques minutes pour parvenir jusqu'à l'eau.

C'est là.

Chaque fois que j'arrivais ici, sur la rive, je m'apercevais du fatras psychologique que je traînais avec moi.

Ma cachette.

L'endroit où j'étais parvenu à laisser la tragédie du pont si loin derrière moi que je menais de nouveau aujourd'hui une vie à peu près normale. Même par deux degrés en dessous de zéro et par forte chute de neige, je m'y sentais aussitôt en sécurité.

Nicci aurait certainement rendu responsables de ce soudain bien-être des forces magiques ou des champs païens d'énergie. J'avais pourtant une explication beaucoup plus banale : ici, dans cette crique cachée, il ne m'était jamais rien arrivé de mal. Au contraire : c'était ici que j'avais passé les plus belles heures de ma vie, seul, sans avoir à rendre compte de quoi que ce soit. C'était pour cette raison que je venais ici chaque fois que j'avais la sensation que ma vie me glissait des mains.

Le faisceau de ma lampe éclaira une petite embarcation en bois. Alors que j'étais encore dans la police, j'avais donné vie à un projet dingue en achetant un vieil *house-boat* et en le mouillant ici. Il se trouvait à l'ancre dans l'étroit bras latéral d'une crique plus étroite encore, sous l'épais couvert de plusieurs saules qui, avec leurs feuillages, constituaient une espèce d'auvent naturel, invisible du lac.

— Me revoilà, déclarai-jc en déposant mes sacs.

Un vieux rituel datant du temps de ma mère. Quand elle était encore assez vigoureuse pour m'accompagner, elle n'approchait jamais de la rive sans prononcer ces mots : « Me revoilà. »

Je n'avais fait que murmurer la formule traditionnelle, mais ma voix retentit sur l'eau, à des mètres devant moi. Bientôt, celle-ci serait gelée, rendant plus invraisemblable encore que quelqu'un se fourvoie dans ces parages.

Ici, en cet endroit que je ne partage avec personne. Mon refuge dont personne ne connaît l'adresse, pas même mes proches.

Il était bien entendu absolument stupide que moi, un adulte, je trouve romantique l'idée d'une cachette secrète. Enfant déjà, je construisais, avec des oreillers et des couvertures, des grottes sous mon lit surélevé, et je me figurais alors être le seul être au monde. Je rêvais parfois d'îles désertes, de cabanes dans les arbres que j'aurais moi-même édifiées au sommet des arbres les plus hauts. Cette crique me rappelait probablement tous les refuges qui avaient jadis peuplé mon imagination. Et, pour être tout à fait franc, ce goût des cachotteries s'était par la suite matérialisé en cet endroit.

Longtemps, il m'avait tout bonnement été désagréable d'avouer à mes amis que je préférais, le week-end, m'abandonner à mes pensées, seul en pleine nature, plutôt que de me joindre à leurs chœurs de supporters dans un virage du Stade olympique. Plus tard, je trouvai simplement rassurant de disposer d'un endroit secret où on ne viendrait pas me chercher quand je serais absent du travail sans avoir fourni d'excuses. La première fois où je ressentis le besoin impérieux de partager mon secret avec quelqu'un, ce fut lors de ma rencontre avec Nicci, dans la première phase de l'amour, celle où le partenaire vous manque même pendant que vous lui faites l'amour. Je lui promis une excursion romantique où je la conduirais, les yeux bandés, à ma crique. Son premier regard serait pour mon *house-boat* illuminé par des torches.

Mais le projet tomba à l'eau : ma Coccinelle rendit l'âme à mi-parcours, s'immobilisant en plein carrefour. Comme ça, sans raison aucune, ainsi que le type de l'ADAC[1] me le confirma un peu plus tard, avec un haussement d'épaules, après n'avoir trouvé aucune origine à la panne. Et la garce, qui jamais auparavant ne m'avait laissé en plan, redémarra du premier coup quand il tourna la clé de contact. Vous pouvez me traiter d'idiot ou me suspecter d'occultisme. Peut-être aussi que les idées loufoques de Nicci ne me sont en réalité pas aussi étrangères que je l'ai toujours prétendu. En tout cas, j'ai interprété la chose comme un signe.

Je ne dois amener personne ici.

J'inspirai une bouffée d'air glacé et promenai le pinceau lumineux de ma lampe de poche sur la façade en bois. Le bateau n'ayant pas été entretenu depuis une éternité, je craignais qu'il ne fallût un bon moment avant d'arriver à mettre le générateur en route. Dans le pire des cas, il me faudrait me contenter de bougies et d'un réchaud de camping. Pour ce qui était du chauffage, je pouvais compter sur le vieux poêle à bois dans le salon. Le système des toilettes à circuit fermé fonctionnait sans courant électrique.

---

1. Automobile-club allemand assurant l'assistance routière.

J'allais reprendre mes sacs quand je connus une brutale saute d'humeur. Mon sentiment de paix et de satisfaction s'évanouit soudain. Cela ne m'était encore jamais arrivé ici. En proie à une grande nervosité, je m'approchai de mon bateau. La nervosité se mua en peur, une peur grandissant à chacun de mes pas vers la rive. Dans un premier temps, je considérai cette crainte comme irrationnelle, dans l'incapacité où j'étais de trouver ce qui la provoquait. Puis je la vis. Une lueur rougeâtre. Qui me donna d'un seul coup l'envie de m'enfuir. Fuir ma cachette. Fuir cet endroit connu de personne.

De personne, sauf de celui qui venait d'allumer une cigarette à l'intérieur du *house-boat*.

72

À l'occasion de mon premier article en tant que reporter judiciaire, j'avais interviewé un couple de personnes âgées dont l'appartement avait été cambriolé. Le pire dans l'affaire, m'avaient-ils dit, n'était pas le vol d'objets de valeur, ni même la perte de biens irremplaçables comme des photos, des souvenirs de voyage et des journaux intimes. Le plus horrible, c'était qu'à dater de ce jour ils éprouvaient un sentiment de dégoût au moment d'entrer dans leur propre foyer.

— En fouillant nos tiroirs, en touchant notre linge, en respirant tout simplement l'air entre nos quatre murs, ces crapules ont souillé notre sphère intime, m'avait déclaré le mari de soixante-douze ans, tandis que sa femme lui tenait la main, tout en acquiesçant à chaque mot. Nous n'avons pas été volés, mais violés.

À l'époque, cette réaction m'était apparue extrêmement exagérée. Maintenant, au moment où j'essayais de franchir sans bruit le bastingage extérieur, je comprenais ce que ces personnes avaient tenté de m'expliquer.

Celui qui m'attendait dans l'obscurité à l'intérieur, qui que ce fût, avait détruit le sentiment de sécurité que cet endroit m'avait jusqu'ici toujours procuré.

J'ouvris la plus longue lame de mon couteau suisse et descendis les marches menant au pont. Le cas échéant, ma lampe torche me servirait d'arme supplémentaire.

Les planches craquèrent quand je mis le pied sur la dernière marche, devant la cabine que, au prix de semaines de bricolage, j'avais transformée en salon et bureau. Si le cambrioleur se trouvait dans la cabine principale, je lui barrais sa seule issue, à moins qu'il ne saute dans le lac par l'une des grandes fenêtres à croisillons. Sinon, il ne disposait d'aucun moyen de se cacher durablement.

La porte, que je n'avais jamais fermée à clé tout au long de ces années, était munie à hauteur de tête d'un carreau, par lequel j'inspectai prudemment l'intérieur.

À part le point rouge qui, tel un ver luisant, paraissait en suspension dans le coin gauche de la pièce, la cabine était plongée dans une obscurité totale. Dans sa cachette naturelle, mon embarcation était à ce point recouverte par les arbres et les buissons que c'était à peine si je distinguais la poignée de la porte.

Retenant mon souffle, attentif aux battements de mon cœur, je me préparai à un affrontement physique. Quand je me sentis prêt, j'ouvris la porte à la volée, hurlant de toutes mes forces :

— HAUT LES MAINS !

Au même instant, j'allumai ma lampe torche et éclairai le large canapé, placé juste sous la fenêtre donnant sur le lac.

Je m'étais attendu à tout : à un clochard s'étant confortablement installé dans mon *house-boat* pour passer la saison froide, ou même à Stoya, qui aurait réussi d'une manière ou d'une autre à trouver ma cachette avant mon arrivée.

Je m'étais attendu à tout, mais pas à ça.

71

— Merde alors ! Vous êtes taré ou quoi ? m'engueula une jeune femme que je ne connaissais ni d'Ève ni d'Adam et qui, dans une totale obscurité, avait pris ses aises sur mon canapé. D'abord, je me casse je ne sais combien de fois la gueule sur le chemin pour venir ici, et voilà que vous me foutez une pétoche de folie.

Levant le bras droit, je dirigeai le faisceau de ma lampe sur son visage. À ma grande surprise, elle ne cligna pas plus des yeux qu'elle ne leva la main pour se protéger. L'inconnue, à qui je donnai trente ans environ, resta tranquillement assise, regardant stoïquement dans ma direction.

— Qui diable êtes-vous ? m'étonnai-je.

J'aurais pu balancer immédiatement deux autres questions : que faites-vous ici et comment avez-vous trouvé cet endroit ?

— Je commence à en avoir plein le cul.

Sa voix était grave, un peu cassée, ce qui s'accordait avec la cigarette qu'elle tenait et sa manière plutôt masculine de s'asseoir. Elle avait croisé les jambes, le pied gauche appuyé sur le genou droit.

— Vous prétendez dur comme fer que c'est une question de vie et de mort et je ne sais quoi d'autre du même genre, et vous me laissez poireauter ici une bonne heure…

Elle toucha du bout du doigt une grosse montre à son poignet, dont, pour une raison quelconque, le verre était soulevé.

— Et voilà qu'en plus vous êtes apparemment bourré.

Complètement abasourdi, j'abaissai le pinceau de lumière sur le reste de son corps. Elle portait un jean serré, déchiré aux genoux et disparaissant dans des bottines noires de parachutiste. Elle n'avait pas enfilé de parka mais des pull-overs superposés. D'après ce que je réussissais à voir grâce à ce peu de lumière, son accoutrement étrange n'était pas négligé.

— Nous nous connaissons ? demandai-je tout à coup.

— Non. C'est bien pourquoi je suis ici.

L'idée désagréable d'avoir affaire à une personne dérangée s'insinua en moi. L'asile de Wannsee n'était pas loin, tout comme la Wald-Klinikum, spécialisée dans les troubles psychosomatiques.

Il ne manquait plus que ça.

Comment diable allais-je réussir à faire partir d'ici une malade mentale ?

Ils sont sans doute déjà à sa recherche.

— Écoutez, je ne sais pas non plus qui vous êtes. Aussi, je vous prierai de quitter sur-le-champ mon…

Je tressaillis au beau milieu de ma phrase.

Merde, c'est quoi, ça ?

— Tout va bien ? demanda l'inconnue, alors que ça n'allait pas du tout.

Quelque chose venait de bouger, juste à côté du canapé. Manifestement, la femme mystérieuse n'était pas la seule personne à s'être glissée dans mon bateau.

— Qu'est-ce que vous me voulez ? repris-je, mon pouls s'accélérant brutalement à l'idée de me retrouver face à un autre intrus.

— Vous débloquez ou quoi ? demanda-t-elle d'un ton laissant penser qu'elle doutait que j'aie toute ma raison. C'est pourtant bien *vous* qui m'avez appelée.

— Moi ?

L'absurdité du propos mit une petite sourdine à ma peur. Elle-même aussi semblait à présent un peu déconcertée.

— Vous êtes bien Alexander Zorbach, le journaliste ?

J'acquiesçai, mais elle répéta sa question avec un peu d'irritation, n'ayant vraisemblablement pas vu mon geste dans le noir.

— Oui, c'est moi. Mais je ne vous ai pas appelée.

Personne ne peut l'avoir fait. Car personne à part moi ne connaît cet endroit. Personne, sauf…

Elle soupira en balayant une boucle de cheveux de son front.

— Et qui alors m'a communiqué l'itinéraire menant à cette foutue cambrousse ?

Personne sauf ma mère. Mais cela fait des années que seules des machines la maintiennent en vie.

J'ouvris la bouche sans savoir ce que j'allais dire, tant la situation me paraissait inexplicable. Mais, avant d'avoir pu émettre un son, je trouvai une première réponse à cette masse de questions.

Je compris d'un seul coup qui s'était glissé avec la femme sur mon bateau. Ou, plus exactement, *quoi*.

Le faisceau lumineux de ma lampe descendit jusque sur la gauche du canapé et s'arrêta sur une poignée, par terre, reliée à un harnais fixé autour d'un chien. Un labrador, ou un golden retriever, je ne savais pas trop. En revanche, je commençais à comprendre quelque chose qui me semblait impossible.

Je me rapprochai du canapé et dirigeai ma lampe droit dans les yeux de la femme.

Oh, putain…

Il n'y avait pas l'ombre d'un doute. Tout concordait : la montre au couvercle ouvert, le chien dans le harnais, ce qu'elle avait dit des multiples embûches sur le chemin…

Que se passe-t-il ici ?

J'avais trouvé une réponse, mais j'étais pourtant plus incapable que jamais de m'expliquer comment cette femme sans nom était arrivée jusqu'à mon *house-boat.* Je savais seulement qu'elle ne clignerait jamais des yeux, quand bien même je dirigerais indéfiniment la lumière de ma lampe sur eux. Car la femme ayant découvert ma cachette était aveugle.

70

Dehors, le vent s'était levé ; à intervalles irréguliers, des vagues venaient claquer contre la coque. À mon arrivée, la neige tombait encore silencieusement, et rien ne laissait présager l'approche d'une tempête. Maintenant, les planches commençaient à trembler sous mes pieds et l'eau battait bruyamment le bateau.

— Le mieux est que je m'en aille, déclara ma mystérieuse visiteuse.

J'allumai une antique lampe à huile que je laissais toujours bien pleine sur le rebord de la fenêtre avant de quitter le bateau.

— Halte, pas si vite.

La lumière jaune soufre de la lampe, maintenant posée sur la table basse, devant l'aveugle, vacillait, jetant des ombres chinoises sur les murs de la cabine.

À y regarder de plus près, je dus corriger ma première estimation quant à son âge. Elle avait tout au plus vingt-cinq ans, plus jeune même. Mon regard se porta sur ses bottes crottées. Elles étaient décorées sur le côté d'un dessin en couleurs représentant une Japonaise nue, motif asiatique s'accordant bien avec le visage de l'inconnue auquel une peau ferme, un front haut et des yeux écartés conféraient une discrète expression eurasienne. Le plus frappant, chez elle, c'étaient les nombreuses dreadlocks d'un rouge éclatant.

Mon père aurait certainement qualifié cette jeune femme de punk. Ma mère se serait montrée plus tolérante dans ses appréciations, tout en se préoccupant en secret de savoir si les cheveux de la jolie fille ne souffraient pas d'être teints en permanence.

— Je serais moi aussi heureux de vous voir bientôt disparaître, admis-je. Mais auparavant, vous devrez répondre à quelques questions.

— Par exemple ?

Qui vous a appelée au téléphone ? Qui vous a communiqué l'itinéraire ? Et qu'attendiez-vous de cette visite ici ?

— Commençons donc par votre nom.

— Alina, répondit-elle, cherchant à tâtons un sac à dos noir qu'elle avait posé entre ses longues jambes. Je m'appelle Alina Gregoriev et je commence à en avoir vraiment ma claque, de cette journée.

De la vapeur s'échappant de sa bouche, je m'aperçus alors combien il faisait froid ici, à l'intérieur. Il faudrait absolument que je mette en marche le poêle à bois, dès que je serais seul.

— Que me voulez-vous ? demandai-je.

— Je reprends pour que vous preniez note, monsieur le reporter : c'est vous qui m'avez convaincue d'entreprendre cette randonnée-suicide.

Alina se servit comme d'un écouteur d'un objet oblong qu'elle tenait dans une main, mimant un correspondant imaginaire.

— Prenez le bus jusqu'à la station Nikolskoer Weg. Restez du même côté de la route et avancez jusqu'à la première voie d'accès à droite.

C'est impossible, pensai-je, tandis qu'elle me décrivait l'itinéraire exact que j'avais moi-même suivi quelques minutes auparavant.

— De là, on parvient à un embranchement. Continuez jusqu'à ce que vous rencontriez une barre en travers du chemin, etc.

Totalement impossible.

— Ce n'était pas moi, insistai-je en essayant de reprendre contenance.

Qui, en dehors de moi, est au courant de cet endroit ? Et qui pourrait bien avoir eu envie de faire cette mauvaise plaisanterie à une aveugle et à moi ?

J'hésitai à poursuivre, examinant avec une méfiance nouvelle la femme assise sur mon canapé.

— Vous devriez bien *entendre* que ce n'est pas moi qui vous ai appelée.

— Pour quelle raison ?

— Eh bien, parce que vous…

— Parce que je suis aveugle ? demanda-t-elle avec un sourire amer. Je me serais vraiment attendue à un peu plus de culture de la part d'un journaliste d'investigation.

Elle secoua la tête en jouant la déception.

— Croire que tous les aveugles entendent mieux est un préjugé stupide. Bien sûr, notre concentration est meilleure car nous ne sommes pas distraits par des stimulations optiques, et, souvent, les autres sens compensent l'absence de vue. Mais cela ne nous transforme pas automatiquement en chauves-souris. De toute façon, cela varie d'une personne à l'autre.

Elle saisit la poignée du harnais de son chien et se leva.

— Chez moi, par exemple, seule l'ouïe spatiale est bonne. Grâce à la réflexion de ma voix, je remarque que, dans cette pièce, il y a de la place pour une caisse de bières entre ma tête et le plafond ; je sais aussi que, quatre pas plus loin, je me heurterai à une cloison en bois.

Ça fait quand même assez bien penser aux chauves-souris, pensai-je, mais je gardai cette remarque pour moi.

— En revanche, je suis nulle pour reconnaître les voix, poursuivit-elle. J'ai déjà des difficultés quand quelqu'un me salue dans la rue d'un « hello » ou d'un « c'est moi ». Souvent, je n'arrive à attribuer la voix à une personne connue qu'au terme d'une longue conversation. Cela m'arrive même avec de bons amis ou de très anciens patients.

— Des patients ? demandai-je avec étonnement en observant Alina étirer l'objet oblong dans sa main, qui se révéla une canne télescopique.

— Je suis physiothérapeute, répondit-elle en repérant à petits coups de sa canne les pieds de la table basse. Je reconnais mieux les gens d'après leur corps que d'après leur voix. (Puis, tirant avec douceur sur la poignée :) Allons-y, TomTom. Direction la sortie.

TomTom ? ne pus-je m'empêcher de m'étonner, un peu distrait de mes réflexions par l'humour noir que révélait le fait de donner à un chien d'aveugle le nom d'un système de navigation.

Ce dernier réagit aussitôt.

— Hé, stop, pas si vite, m'écriai-je au moment où Alina se disposait à me contourner. Je ne vous laisserai partir que lorsque vous m'aurez dit pourquoi vous êtes venue ici. Quel que soit l'homme qui vous a appelée…

… et qui se fait passer pour Alexander Zorbach. Et qui connaît ma cachette.

— … cela n'explique pas pourquoi vous avez accepté.

Surtout dans votre état, pensai-je.

— Donc, qu'attendiez-vous de cette rencontre avec moi ? insistai-je.

Alina s'immobilisa et répondit avec une certaine lassitude, comme si elle m'avait déjà expliqué tout ça des centaines de fois.

— J'ai cru de mon devoir de venir ici. Afin de ne pas me reprocher plus tard de n'avoir pas tout tenté. Et comme je connaissais vos articles, monsieur Zorbach, j'ai effectivement pensé que vous m'appeliez parce que mon témoignage vous intéressait.

— Quel témoignage ?

La lumière de la lampe à huile n'était pas assez forte pour me permettre de lire ses sentiments sur son visage. Je n'étais au demeurant pas certain que cela fût possible chez un non-voyant.

— Je me suis rendue à la police hier, et je leur ai déjà raconté tout ce que je sais. Mais ces abrutis ne m'ont pas prise au sérieux. J'ai dû faire ma déposition auprès du premier ballot venu. Il n'avait même pas un bureau à lui.

— De quoi s'agissait-il donc ?

Elle soupira.

— Comme je vous l'ai déjà dit, je suis physiothérapeute. En temps normal, je soigne essentiellement des habitués. Mais hier, un patient nouveau s'est présenté sans rendez-vous dans mon cabinet. Il se plaignait de fortes douleurs dans la région lombaire.

— Et ? demandai-je avec une impatience croissante.

— J'ai entrepris de le masser, mais ça n'a pas duré. Il a fallu que j'interrompe les soins.

— Pour quelle raison ?

Une vague fit trembler tout le bateau.

— La même qui nous a amenés à parler ensemble maintenant. D'un seul coup, j'avais compris qui était cet homme.

— Et c'était qui ?

Mon estomac se contracta avant même que j'aie entendu sa réponse.

— Eh bien, celui sur lequel vous avez tant écrit, ces derniers temps.

Elle observa un bref silence pendant lequel le froid ne fit qu'augmenter autour de moi.

— Je suis assez certaine d'avoir soigné hier le Voleur de regards.

69

La bûche de bouleau tomba avec un grand sifflement dans le poêle que j'avais allumé à la hâte après avoir réussi à convaincre Alina de rester.

« Dix minutes encore », avait-elle concédé, expliquant que le bus qui la ramènerait en ville ne passait que toutes les heures. Je n'étais pas encore parvenu à lui proposer de la raccompagner chez elle dans ma Volvo. Je ne savais tout simplement pas ce que je devais faire de cette jeune femme, et comment sortir de cette situation.

Je refermai la vitre encrassée du petit poêle. La lueur tremblotante du feu s'ajoutant à celle de la lampe à huile donnait à l'éclairage de la pièce cette chaleur que je trouvais si agréable, chaque fois que je me retirais ici.

Pour travailler. Ou pour réfléchir.

Mais aujourd'hui, le sentiment de bien-être avec lequel je m'asseyais en temps ordinaire à mon petit secrétaire, juste sous la fenêtre donnant sur la forêt, ne se manifestait pas. J'étais plus nerveux encore que durant les ultimes minutes avant le bouclage d'une édition, moment où je devais taper mes dernières lignes en luttant à la fois contre la montre et le manque de nicotine qui se faisait régulièrement sentir, au terme d'un travail et d'une concentration de plusieurs heures. Thea avait en effet décrété une interdiction totale de fumer dans la rédaction.

— Café ? demandai-je en me dirigeant vers la cuisinette à l'autre bout de la cabine, un simple petit bar avec deux placards encastrés et un évier.

— Noir, répondit-elle laconiquement.

Alina avait l'air beaucoup plus calme que moi, alors que devaient tourner dans sa tête autant de questions que dans la mienne. Après tout, elle était absolument seule, en pleine forêt, avec un parfait inconnu. Et elle était aveugle !

Je mis en marche le camping-gaz.

— Vous disiez avoir reconnu le Voleur de regards ? demandai-je tout en cherchant le café soluble dans les placards et en essayant d'ôter de ma voix toute nuance d'ironie. Ce qui veut dire que vous n'êtes pas totalement aveugle ?

Depuis que ma mère avait perdu la vue après un accident vasculaire cérébral, je savais que c'était une erreur largement partagée de croire que tout aveugle vivait dans une obscurité totale. En Allemagne, on est officiellement reconnu comme aveugle quand on distingue moins de deux pour cent de ce que perçoit quelqu'un qui voit correctement. Mais ces deux pour cent peuvent représenter beaucoup, même si je doutais que le fait, pour Alina, de conserver une vision infime ait pu lui permettre d'identifier le Voleur de regards.

Quatre femmes, trois enfants : sept morts en six mois. Et pas un seul portrait-robot du tueur en série !

Elle fit non de la tête.

— Distinguez-vous les contours, les ombres, et ce genre de choses ?

— Non. Les silhouettes, les couleurs, la lumière : rien de tout ça pour moi. En fait, rien, sauf la sensibilité à la clarté et à l'obscurité. J'ai au moins gardé ça.

« Gardé ». Elle n'était donc pas aveugle de naissance.

L'eau se mit à bouillir dans la casserole en aluminium posée sur le camping-gaz. J'y versai deux cuillères de café en poudre et je remuai.

— Quand vous avez à l'instant dirigé de la lumière sur mes yeux, j'ai *senti* la clarté. Un peu comme lorsque de la lumière passe soudain au travers d'un rideau très épais. On ne distingue rien, mais on sent un changement.

Elle sourit.

— Cela m'aide beaucoup dans la vie de tous les jours. Je sais par exemple à quel moment de la journée on est. C'est pour cette raison qu'en avion je demande toujours à être assise à côté d'un hublot. La plupart des stewards ne voient pas pourquoi, et l'un d'eux a même voulu un jour que je me déplace, mais je l'ai envoyé sur les roses. Il n'y a rien de plus beau que l'intensité lumineuse au-dessus des nuages, vous ne trouvez pas ?

Je répondis par l'affirmative, tout en me rappelant que, lors de mon dernier voyage en avion, je n'avais pas un instant regardé par la fenêtre. J'avais mis à profit les cinquante minutes de vol jusqu'à Munich pour préparer une interview.

Je portai la tasse de café jusqu'au canapé et la posai à côté du cendrier.

— Le Voleur de regards, commençai-je avec hésitation en m'asseyant sur un vieux fauteuil en cuir placé perpendiculairement au canapé. À quoi l'avez-vous reconnu ?

À quoi en effet, si tout ce que vous voyez n'est qu'une ombre sur votre rétine ?

Elle sourit.

— Question à mille euros, n'est-ce pas ?

Je ne répondis rien. Après des milliers d'interviews, j'avais développé un instinct qui m'indiquait quand mon interlocuteur continuerait à parler de lui-même et quand il était opportun de relancer.

— Eh bien, voyons un peu combien de temps vous m'écouterez encore si je vous livre tout de suite la réponse. Le policier, hier, m'a prise pour une dingue. Il n'a même pas voulu me laisser rencontrer les enquêteurs, s'énerva-t-elle en se mordant la lèvre inférieure, avant de continuer : Pour être franche, je ne peux pas lui en vouloir. Moi-même, j'ai peine à y croire.

— Qu'est-ce que vous ne croyez pas ?

Je l'entendis nettement aspirer une gorgée d'air. Puis, croisant les mains derrière la tête, elle garda les yeux tournés vers le plafond.

— C'est trop déloyal. Merde, je ne veux pas.

— Qu'est-ce que vous ne voulez pas ? insistai-je après un temps de silence.

— Depuis l'âge de trois ans, depuis l'accident qui m'a rendue aveugle, j'ai lutté pour qu'on ne me traite pas comme une aveugle.

Elle soupira.

— Nous vivions alors aux États-Unis, où mon père travaillait en tant qu'ingénieur sur de grands chantiers. C'était un Allemand obstiné qui avait épousé une Américaine d'origine russe encore plus obstinée que lui. Ils refusèrent de m'envoyer dans une école spécialisée pour la seule raison que j'étais aveugle. Il a fallu six mois avant qu'ils n'obtiennent enfin l'autorisation que j'aille à l'école d'Hillwood, comme mes amis voyants.

Elle rit doucement, tandis que je croisais les mains pour m'empêcher de tambouriner des doigts avec impatience sur les accoudoirs.

— En tout cas, ils m'ont légué le syndrome de la tête contre les murs, sourit-elle avec un large geste de la main, qui signifiait à n'en pas douter qu'elle ne serait pas venue jusqu'ici si elle ne passait pas son temps à se fourrer dans des guêpiers. Je suis ce que les psychologues appellent une aveugle casse-cou. J'ai très tôt appris à faire du vélo, je me balade dès que c'est possible sans canne, juste avec mon chien, et, l'an passé, j'ai même fait du ski. Voilà, je passe mon temps à me casser la gueule, juste pour qu'on ne me traite pas comme une pestiférée. Et il faut maintenant que je me fourre dans cette merde !

Joignant les mains devant elle, elle serra très fort les paupières.

— Cela n'a rien à voir avec le fait que je suis aveugle, OK ? J'ai autrefois essayé de me confier à quelqu'un, à de nombreuses reprises. À mes parents, à ma grand-mère, à mon frère… Mais personne ne m'a crue. Mes amis pensaient que je me payais leur tête. Ma mère s'est fait un sang d'encre et m'a envoyée chez un psychologue pour enfants. Lui, je l'ai mené en bateau. Je lui ai dit que j'avais tout inventé pour me rendre intéressante. Putain, je suis déjà assez stigmatisée à cause de ma cécité ; je ne voulais pas, en plus, passer pour folle. À dater de ce jour, je n'ai plus jamais parlé de ça à personne.

— De quoi ? la pressai-je.

— Je me suis tue pendant près de vingt ans. Et j'aurais certainement fermé ma gueule pendant deux cents ans encore, s'il n'y avait pas les enfants.

On était de nouveau parvenu au point où une question aurait plutôt freiné que relancé le flux de paroles.

— J'ai un don.

Je retins mon souffle, m'obligeant à ne pas l'interrompre par une exclamation.

— Je sais que ça paraît dément. Je ne suis personnellement pas du tout portée sur l'ésotérisme. Mais c'est comme ça, on n'y peut rien.

Quel don ? pensai-je.

— Je peux voir dans le passé.

— Hein ? Quoi ?

Tu parles d'un self-control ! J'étais furieux d'avoir ouvert la bouche, m'attendant à voir Alina se refermer sur elle-même. Mais elle n'eut qu'un rire résigné.

— Oui, ce sont des moments où j'aimerais vraiment voir à nouveau. Juste pour contempler votre regard. Je parie que vous me fixez comme si j'étais une extraterrestre.

— Absolument pas, mentis-je en secouant la tête très lentement.

— En tant que physiothérapeute, je me suis spécialisée en shiatsu.

Shiatsu ?

Je me souvins vaguement du massage que Nicci m'avait offert pour mes trente-cinq ans. Je m'étais réjoui à la perspective des mains vigoureuses qui m'enduiraient d'huiles odorantes et de crèmes, puis me pétriraient la nuque, en chassant les contractures aux sons d'une musique relaxante. Au lieu de quoi, je m'étais retrouvé sur le rude plancher d'un cabinet asiatique collectif. Une vieille Chinoise anguleuse avait commencé à tordre mes extrémités pour leur faire adopter les positions les plus absurdes, et à appuyer si fort sur certains points de mon corps que les larmes m'étaient montées aux yeux. Pour masser les points névralgiques, elle y mettait non seulement les doigts, mais le corps tout entier, c'est-à-dire les genoux, les coudes, les poings et jusqu'au menton. La séance m'avait laissé plus rompu que détendu. À la fin, j'étais persuadé d'avoir échappé de justesse à une paraplégie.

— Cela ne m'arrive que très rarement, et, à ce jour, je n'ai toujours pas découvert pour qui cela se produit ou à quelle occasion. Un fait est sûr : parfois, je peux lire le passé de quelqu'un quand je le touche.

Tiens, tiens.

Cette fois, j'avais gardé le contrôle de mes réactions, et ce fut d'une voix absolument neutre que je lui demandai :

— Et hier, c'est ce qui s'est produit ?

Elle acquiesça.

— Hier, je devais masser cet homme, mais il m'a fallu m'interrompre. Car à peine l'ai-je touché qu'une sorte d'éclair m'a parcourue. Il y eut une grande clarté, une clarté plus grande que dans aucun des souvenirs que j'ai gardés d'avant l'accident qui m'a privée de la vue.

Elle s'éclaircit la voix.

— Puis l'éclair a disparu, et j'ai vu ce qu'il avait fait. Avec l'enfant qui était déjà chloroformé, et avec la femme.

Elle leva la tête et j'eus l'impression irréelle que son regard me transperçait.

— Putain, je l'ai vu lui briser la nuque.

68

— Vous l'avez *vu* ?

Le poêle répandait sa chaleur et, étonnamment, je constatai que je regrettais le froid mordant qui m'avait accueilli à mon arrivée sur le bateau. J'avais très chaud à présent, le cou me démangeait, et je ressentais une légère pression sous la tempe gauche, signe annonciateur d'une migraine.

Alina opina du chef.

— Comme je vous l'ai déjà dit, je ne suis pas aveugle de naissance. Sinon, je n'aurais aucune idée de ce que sont la lumière, la couleur et les formes. Et, dans mes rêves, il n'y aurait pas d'images, mais uniquement des odeurs, des bruits et, bien sûr, des sentiments.

Je m'aperçus avec surprise que je ne m'étais jamais demandé comment les aveugles rêvaient. Je pris alors conscience que ces gens vivaient dans un tout autre monde que moi. Si je fermais les yeux et écoutais le vent, les vagues et le bruit des branches battant contre mon bateau, j'avais une image très nette de l'eau, des arbres et de la forme du vieux fauteuil dans lequel j'étais assis. Mon cerveau remplaçait par des souvenirs les images que je n'avais pas devant les yeux. Souvenirs d'une réalité dont un aveugle de naissance était bien entendu privé et qu'il ne pourrait jamais posséder.

Me détournant d'Alina, je focalisai mon attention sur des gouttes de neige fondue sur le carreau de la fenêtre et cherchai comment expliquer ce qu'est la neige à un aveugle, quand, pour celui-ci, même le mot « blanc » ne signifiait rien.

— Mais il fut un temps où je voyais, poursuivit-elle, m'arrachant à mes pensées. Même si cela remonte à vingt ans et que mes souvenirs s'effacent ; par exemple, le visage de mon frère, ou la vue que nous avions de la fenêtre de notre cuisine, par laquelle je regardais toujours quand il pleuvait. Oui, même de la pluie, je n'arrive plus à me souvenir, ni des flaques dans lesquelles j'aimais sauter.

Elle observa un bref silence et chercha à tâtons sa tasse qui était restée pleine sur la table basse. Il lui fallut un petit moment pour saisir l'anse et porter le récipient à sa bouche. Elle le garda alors à hauteur de son menton et reprit la parole sans boire la moindre gorgée.

— L'unique image qui me soit restée, comme marquée au fer rouge, est celle de mes parents. Ce sont les seuls visages que je n'oublierai sans doute jamais, et je leur en suis reconnaissante, en même temps que je leur en veux.

— Pourquoi leur en voulez-vous ?

Alina me répondit, l'air absente :

— Dans mes rêves et dans mes visions, tous les êtres se ressemblent. Tous, ils ont les traits de mes parents. Et c'est très pesant, croyez-moi. Car je fais généralement des cauchemars. Je vois des choses effrayantes, le genre de choses après lesquelles les gens normaux ont besoin d'une psychothérapie.

Ayant fini par avaler une bonne gorgée, elle émit un léger soupir.

— Une chose est de rêver qu'un homme passe un sac en plastique sur la tête d'une femme et qu'il la regarde étouffer. Mais cela ne devient véritablement horrible que lorsque la femme à qui les yeux sortent de la tête, qui aspire goulûment mais n'a que le goût du plastique dans la bouche…

Alina déglutit.

— Lorsque cette femme a les yeux aimants et la bouche de votre mère, une bouche qui implore pitié ! Mais l'assassin ne desserrera jamais le collet métallique avec lequel il a attaché le sac autour du cou de sa victime, car il s'agit d'un sadique, d'un malade mental. Et cela, bien qu'il ressemble comme deux gouttes d'eau à mon père qui, le matin, m'accompagnait à l'école et, le soir, me racontait une histoire pour m'endormir.

La gorge serrée, je m'éclaircis la voix.

— Mais ce n'est pas un rêve qui vous a conduite ici ? demandai-je prudemment.

— Non, répondit-elle en reposant sa tasse. Je ne sais comment appeler ça. Peut-être une vision. Ou plutôt un flash-back.

— D'où connaissez-vous ce terme ?

— Cela va peut-être vous surprendre, monsieur Zorbach, mais j'ai la télé. Et je m'en sers, même si cela m'est de plus en plus difficile. Dans le temps, j'arrivais à très bien suivre l'intrigue. Mais, à présent, je n'entends que de la musique et des bruits pendant les dix premières minutes. Je crois que les films deviennent toujours plus visuels, qu'en pensez-vous ?

Possible. À cela non plus, je n'avais jamais réfléchi.

— C'est pourquoi j'invite souvent John, un ami américain qui vit à Berlin depuis quatre ans. Il est homo, hélas, donc, pour le plumard, c'est pas le pied, mais au moins, il voit. Et il m'explique ce qui se passe. C'est grâce à lui que je sais que, dans les films, il y a parfois des retours en arrière dans l'action. La couleur de l'image change, tout ralentit. Et ce n'est parfois qu'un bref éclair, un flash-back. C'est bien ça ?

Je poussai un grognement d'approbation.

— D'ailleurs, je connais très bien ce phénomène.

Je haussai les sourcils.

— Vous prenez des drogues ?

— Rarement, précisa-t-elle. Certains aveugles vont chez un thérapeute, mais la plupart essaient de s'en tirer par eux-mêmes. Le plus souvent, je me change les idées avec des hommes, mais, un jour où cela non plus n'avait pas marché, je me suis rabattue sur un médicament qui avait fait ses preuves pour masquer les problèmes profonds.

Je ris pour lui indiquer que je comprenais ce qu'elle voulait dire. Plusieurs mois auparavant, j'avais écrit un article sur l'histoire du LSD, hallucinogène qui, au milieu du siècle dernier, avait été mis sur le marché pour des traitements psychiatriques. Ce n'était que dans les années 1970 que sa dangerosité avait été reconnue et l'expérimentation interdite.

— Je sais ce que vous êtes en train de penser, sourit-elle : pas étonnant que la mémère voie des fantômes si elle se shoote régulièrement. Mais je ne prends plus de trucs durs et, ces dernières semaines, je n'ai même pas fumé un joint. Je sais néanmoins de quoi je parle. Quand j'ai soigné hier le Voleur de regards, j'ai eu un flash-back.

Elle tapota son front.

— J'étais en lui. Dans sa tête. Et j'ai vu ce qu'il a fait.

Je me penchai en avant, réfléchissant à ce qu'il convenait d'entreprendre. Mon instinct me conseillait de mettre un terme à notre conversation. Mais ses quelques mots avaient éveillé plus que ma seule curiosité de journaliste.

Au cours de ma carrière de reporter, j'avais déjà assez souvent interviewé des gens sortant de l'ordinaire, ce qui n'avait rien d'étonnant dans la mesure où je m'étais spécialisé dans les crimes de sang non résolus. J'avais parlé avec des victimes brisées psychiquement, avec des maniaques sexuels à l'esprit dérangé qui, protestant de leur innocence, me demandaient d'emprisonner la voix ayant pris possession de leur tête. J'avais même, un jour, interviewé à l'hôpital un jeune garçon croyant avoir été, dans une vie antérieure, un tueur en série. À la stupéfaction de son avocat, il avait prouvé la réalité de ses affirmations extravagantes en conduisant la police sur des lieux où avaient été cachés les cadavres de personnes qui avaient été assassinées exactement de la manière décrite par l'enfant. Au grand regret de Nicci, le surnaturel n'avait joué aucun rôle dans tout ça. Et j'étais donc certain qu'il existait également une explication logique aux affirmations bizarres d'Alina.

De même qu'il y avait obligatoirement une explication aux voix que j'avais entendues sur la longueur d'onde de la police, une explication à la découverte de mon portefeuille sur le lieu du crime, et au fait que quelqu'un, se faisant passer pour moi, avait attiré dans la forêt cette jeune femme aveugle.

Le plus vraisemblable était qu'elle mentait ou souffrait d'une maladie mentale. De schizophrénie, par exemple.

— Quand vous avez soigné le Voleur de regards, Alina, demandai-je en poursuivant l'interview la plus mystérieuse de ma vie, qu'avez-vous vu précisément ?

67

— D'emblée, j'ai eu une mauvaise impression. L'homme s'appelait Tim et s'était annoncé de manière anonyme sur le formulaire de contact de mon site.

Tim ? Je sentis mon estomac se contracter.

— Ce n'est pas possible, chuchotai-je involontairement, déclenchant par là un malentendu.

— Ça vous étonne que des aveugles se servent d'Internet ? sourit-elle. Il existe des logiciels qui nous lisent les pages à haute voix, à condition d'être correctement programmés. Mon ordinateur est en outre équipé d'un terminal qui transforme sous mes doigts le texte en écriture Braille.

Tout en parlant, Alina cherchait quelque chose à tâtons sur la table basse. Je crus d'abord qu'elle voulait boire une autre gorgée de café, puis je compris qu'elle avait besoin de son briquet. Je le lui tendis et m'étonnai, quand nos mains se touchèrent, de trouver le bout de ses doigts très froids. J'avais pour ma part l'impression d'être en feu.

— Revenons à votre patient.

Au Voleur de regards.

— À son arrivée, il a à peine prononcé un mot, raconta Alina en sortant un paquet de cigarettes non entamé de son sac à dos, de nouveau posé à ses pieds.

Son chien paraissait prendre autant d'intérêt que moi à l'observer enlever avec habileté la bande de fermeture, faire tomber une cigarette du paquet en le secouant et l'allumer.

— Il coassait, prétendant qu'il souffrait d'une irritation des cordes vocales et ne devait pas parler, mais que son gros problème était son dos, qu'il s'était fait un tour de reins.

Inévitablement s'imposa à moi la vague image d'un homme portant un corps inerte dans une cachette. Un nuage de fumée flotta jusqu'à moi, me remettant en mémoire l'inutile patch sur mon bras que j'aurais volontiers échangé, en cet instant, contre du véritable tabac.

— Je suis allée à la salle de bains pour me laver les mains ; au retour, mon pied nu a heurté un lourd vase de fleurs.

Alina tirait assidûment sur sa cigarette. Quelque chose me troublait dans sa mimique, mais j'étais présentement incapable de savoir quoi.

— J'étais tordue de douleur, poursuivit-elle. Et bouleversée, en même temps. Car mon sens de l'orientation ne m'avait encore jamais fait défaut dans mon cabinet. Je m'y déplaçais pour ainsi dire les yeux fermés, précisa-t-elle avec un sourire. Aujourd'hui, je me demande si ce n'était pas un test.

— De quelle nature ?

— Peut-être le type voulait-il vérifier que j'étais bien aveugle.

L'assassin serait donc totalement paranoïaque, pensai-je. Il n'y avait en effet jusqu'ici pas même un portrait-robot de lui et pas un seul témoin. Pour quelles raisons le Voleur de regards se serait-il senti davantage à l'abri chez une aveugle, alors que personne, pas même un voyant, n'était en mesure de l'identifier ?

Comme si elle avait entendu mes pensées, Alina ajouta une autre explication.

— À vrai dire, il arrive souvent que des gens qui ne me connaissent pas très bien soient négligents. J'ai déjà dû me séparer de trois femmes de ménage, car elles ne respectaient pas strictement l'obligation qui leur est faite de ne rien déplacer.

Elle tourna la tête vers moi et, un bref instant, j'eus l'impression qu'elle cherchait à entrer en contact par le regard.

— Sans rien laisser paraître, j'ai réprimé la douleur, reprit-elle. Sans doute ai-je dès cet instant senti que quelque chose clochait chez ce mec et voulu en être débarrassée le plus vite possible.

Elle soupira et ses paupières se remirent à battre nerveusement.

— Au début du traitement shiatsu, je m'agenouille derrière le patient assis en tailleur sur un futon. Dans cette position, avec un coude, je stimule en biais un méridien depuis la nuque jusqu'aux épaules.

Je poussai un grognement d'acquiescement : j'avais gardé un souvenir douloureux de ma propre expérience en la matière.

— Ce massage a pour but de lever les blocages et de laisser l'énergie vitale couler de nouveau librement. Aujourd'hui encore, beaucoup se moquent de cette approche, mais autrefois aussi, rares étaient les gens qui croyaient à l'acupuncture, alors qu'à présent elle est remboursée par les assurances sociales. Quoi qu'il en soit, normalement, le patient doit ensuite s'allonger sur le dos, et le massage proprement dit commence.

— Et alors, ça n'a pas été le cas ?

— Non. Car j'ai soudain senti quelque chose qui, à intervalles irréguliers, m'a toujours affectée dans ma vie. Sauf que, cette fois, c'était bien pire.

— Que s'est-il passé ?

— Je pense qu'on doit ressentir quelque chose d'analogue quand on retrouve la vue après des années d'obscurité. J'ai pressé ses épaules et, d'un seul coup, j'ai eu devant les yeux des éclairs de type stroboscopique. Ils provoquaient une alternance de lambeaux d'obscurité et de taches lumineuses. Au début, j'étais tellement éblouie que je ne faisais qu'entendre.

— Et vous entendiez quoi ?

— Une voix de femme.

— Celle de votre mère ?

— Non, je ne crois pas. Je n'ai pas vraiment fait attention. J'étais trop épouvantée par les sensations qui m'assaillaient.

— Que disait la femme ?

Posant sa cigarette sur le cendrier, Alina saisit sa tasse de café.

— C'était étrange. Je crois qu'elle téléphonait à son mari, j'entendais une espèce de bip électronique, un peu comme lorsque je branche le haut-parleur de mon téléphone. Puis la femme s'est mise à rire et a déclaré : « Pardon, mais je suis un peu toute retournée. Je suis justement en train de jouer à cache-cache avec notre fils. Et sais-tu ce qui est totalement dingue ? Je ne le trouve nulle part. »

— Elle a ri ? demandai-je, déconcerté.

— Oui, mais sans gaieté. Un rire plutôt nerveux, affecté. Le rire qu'on a quand on a en réalité envie de pleurer.

— Comment le mari a-t-il réagi ?

— Il était complètement paniqué, et il a seulement dit : « Mon Dieu, comment ai-je pu être aussi aveugle ? Il est trop tard. » Puis, il s'est mis à crier. Et sa voix tremblait de désespoir quand il a dit : « Ne descends en aucun cas dans la cave. Tu m'entends ? Ne descends pas dans la cave. »

Elle but une gorgée de café.

— C'est à cet instant que les éclairs lumineux ont perdu de leur intensité et que j'ai vaguement distingué les premières silhouettes autour de moi. Pour avoir une idée de ce que j'ai vu, imaginez une photo surexposée.

J'étais en train de me demander comment cette comparaison avait bien pu lui venir quand, dans la foulée, elle me fournit la réponse.

— C'est comme ça qu'un médium a décrit ses visions dans un reportage à la télé, et j'ai à peu près compris ce que cela signifiait.

Une bûche de bouleau craqua derrière la vitre du poêle.

— L'homme à l'autre bout du téléphone a dit : « Ne descends pas dans la cave » ? m'assurai-je, pour renouer le fil de son récit après qu'elle eut observé un silence assez long, se passant nerveusement la main dans les cheveux.

— Oui, tout à fait.

— Et ensuite ?

— Alors, la femme s'est tournée vers moi et j'ai vu les yeux de ma mère.

— Elle s'est tournée vers vous ? demandai-je, ahuri.

— Oui, c'est toujours comme ça quand ça m'arrive. J'ignore comment ça s'explique, mais je crois que, quand j'ai affaire à certaines personnes à forte charge énergétique, le seul fait de les toucher me fait pour ainsi dire me glisser en elles. Un peu comme si, à tâtons, je tombais sur un secret de leur âme.

Tout en parlant, elle s'était détournée, semblant regarder le lac par la fenêtre. Je suivis des yeux son regard vide dans les ténèbres.

— Donc, votre vision, vous l'avez eue avec les yeux du…

J'hésitai, refusant presque de croire, durant une seconde, que j'allais poser une question aussi dingue. Elle mit à profit mon silence pour compléter ma phrase.

— Oui, affirma-t-elle en tournant de nouveau la tête dans ma direction. J'étais le Voleur de regards. Tout ce qui s'est passé alors, je l'ai vu avec ses yeux.

À cet instant, une vague plus forte heurta la coque du bateau, faisant cliqueter la cuillère dans la tasse d'aluminium. Le vent, qui s'était frayé un chemin en sifflant entre les fissures de la fenêtre, fit vaciller la flamme de la lampe à huile.

— Que s'est-il passé ensuite ? insistai-je quand la bourrasque se fut apaisée.

Le débit d'Alina s'accéléra, comme si elle voulait se libérer d'un poids.

— Je me suis aperçue que je me tenais derrière une porte en bois qui n'était pas fermée et que, durant tout ce temps, j'avais regardé par la fente de la porte dans la pièce où la femme téléphonait.

— Qu'est-ce qu'elle a fait, alors ?

— Ce que son mari lui avait interdit.

Ne descends pas dans la cave.

— « Chéri, tu m'effraies », a-t-elle soufflé en avançant d'un pas vers la porte derrière laquelle je me tenais. Il s'est alors produit une chose horrible.

Sous les paupières mi-closes, les globes oculaires d'Alina se mirent à rouler précipitamment. TomTom leva la tête et dressa les oreilles. On aurait dit qu'il avait été gagné par l'agitation de sa maîtresse.

— J'ai bondi de derrière la porte et lui ai passé un câble autour du cou. La terreur la paralysait.

Sa voix était voilée. Elle renifla avant de chuchoter tout bas :

— Puis je lui ai brisé la nuque.

Instinctivement, je retins ma respiration. Alina semblait elle aussi hors d'haleine quand elle ajouta :

— Il y a eu un bruit, comme si j'avais cassé un œuf cru. Elle est morte instantanément.

66

— Qu'avez-vous fait du cadavre ? demandai-je en comprimant mes tempes.

Mon mal de tête était encore supportable, mais il me fallait d'urgence prendre quelque chose avant de franchir la limite critique et me retrouver hors de combat pendant des heures.

— Je l'ai traînée dehors en tirant sur le câble. Tout allait à une vitesse folle, on aurait dit que quelqu'un avait mis dans ma tête un film en accéléré. Mais c'est typique de mes rêves éveillés.

— Où avez-vous transporté la morte ? insistai-je, de plus en plus impatient.

— Je l'ai traînée à travers le salon jusqu'à une porte donnant sur une terrasse, puis dans le jardin. Il faisait nettement plus frais, la neige crissait sous mes pas. Je l'ai finalement abandonnée non loin de la clôture, un peu à l'écart d'une petite remise.

— Comme ça ? Rien de plus ?

— Si, précisa-t-elle en buvant une dernière gorgée. Avant, je lui ai mis quelque chose dans la main. Un chronomètre.

Bon, tout est dit.

Il y avait un bon moment déjà que ma patience était à l'épreuve, et je ne pus me contenir plus longtemps. Tout ce qu'elle venait de me raconter, elle avait pu sans problème le reconstituer à partir des données fournies par les journaux du jour. Même quelques-uns de mes articles antérieurs auraient suffi. Ce n'était un secret pour personne que la femme assassinée avait téléphoné à son mari peu avant de mourir. C'était ce qu'avait prouvé une vérification de ses appels. Les informations matinales l'avaient rabâché, une véritable mine de gros titres sur le thème : « Un ultime adieu avant de mourir. » Certes, rien n'avait été divulgué sur le contenu de la conversation, mais Alina avait pu sans peine l'imaginer. Et l'histoire du chronomètre n'était plus un secret depuis belle lurette. Lors du premier assassinat, le spécialiste de l'anthropométrie avait pensé qu'il avait lui-même déclenché le compte à rebours en bougeant le cadavre. Il s'était ensuite avéré que le chronomètre était couplé avec un simple retardateur qui l'activait automatiquement, à l'instant où le Voleur de regards pensait sa victime découverte. Ce n'était pas une méthode très élaborée de la part d'un homme qui, jusqu'ici, n'avait pas laissé de traces de lui exploitables, à l'exception de quelques fibres textiles. Après la découverte du second cadavre, quatre heures s'étaient écoulées jusqu'au démarrage du compte à rebours fatal. Quand la police avait sécurisé les lieux du troisième crime, le tic-tac du chronomètre était en route depuis quarante minutes déjà dans la main du macchabée.

— Laissez-moi deviner, commençai-je sans me donner la peine de ne pas paraître sarcastique : le compte à rebours était de quarante-cinq heures exactement !

À ma grande surprise, elle secoua énergiquement la tête.

— Non.

— Comment ça ?

Je contemplai la cigarette se consumant lentement dans le cendrier.

Tout le monde était au courant de l'ultimatum. Tous les journaux en parlaient. J'avais été le premier à l'évoquer, Stoya m'ayant, six semaines auparavant, confié l'information afin que je la publie.

Alina émit un bref claquement de langue et TomTom leva la tête.

— Je sais ce que vous pensez, mais vous vous trompez. Les journaux, la radio, Internet, tout le monde donne une fausse information. C'était quarante-cinq heures et sept minutes.

Reposant sa tasse vide, elle se leva du canapé.

— Quarante-cinq heures et sept minutes exactement. Et maintenant, il est temps que j'y aille !

65

(10 heures et 47 minutes
avant l'expiration de l'ultimatum)

— Où diable es-tu fourré ? aboya Stoya dans mon oreille.

J'étais sorti sur le pont du bateau afin de téléphoner sans être gêné, ayant entre-temps persuadé Alina de boire une autre tasse de café en lui promettant de la raccompagner en voiture jusque chez elle. Dehors, la nuit était si noire que je ne distinguais même pas la surface de l'eau au-dessous de moi.

— Je ne peux pas te le dire..., commençai-je.

Il m'interrompit aussitôt.

— Mais moi, je peux. Je sais même exactement où tu t'es fourré : dans la merde jusqu'au cou, mon vieux ! Et tu vas t'enfoncer plus profondément encore si tu ne viens pas immédiatement me voir, au commissariat, pour répondre enfin à quelques questions.

Qu'as-tu perdu sur les lieux du crime ? Pourquoi y avons-nous retrouvé ton portefeuille ?

— D'accord, je te le promets, répondis-je. Je passe bientôt. Mais avant, j'ai besoin que tu me communiques une info.

Stoya lâcha un rire de stupéfaction.

— Putain, mec ! À la dernière conférence, Scholle a proposé de te passer à la moulinette. Tu as du bol que nous nous connaissions si bien et que je ne sois pas tout de suite allé voir le procureur. Mais si tu as maintenant l'intention de me jouer un de tes tours de con de reporter, c'en est fini de notre amitié.

Je grelottais. Ayant perdu toute notion du temps, j'ignorais combien d'heures j'avais passées à discuter avec la mystérieuse étrangère. En tout cas, la température avait nettement baissé depuis mon arrivée. La peau de mon visage était tendue comme après un coup de soleil, et même respirer m'était douloureux.

— Calme-toi, je t'en prie, et dis-moi juste si hier, une aveugle est venue te voir, une femme prétendant savoir quelque chose à propos du Voleur de regards.

— Une aveugle ? s'enquit Stoya après un silence durant lequel le vent avait un peu faibli. Nom de Dieu ! Depuis que les plumitifs de ton espèce ont conféré à ce type un statut d'icône à la Hannibal Lecter, tous les cinglés de Berlin se donnent rendez-vous chez moi. Ils me racontent des histoires à te faire embaucher dans un cirque. Pas plus tard qu'hier soir, un travailleur social a débarqué chez nous, au commissariat, pour nous expliquer que sa femme défunte lui avait ouvert la porte de leur appartement.

Une bourrasque de neige fouetta mon visage.

— Mais est-ce qu'Alina Gregoriev est effectivement venue te voir ? répétai-je, hésitant.

— C'est bien possible.

J'essuyai la neige fondue sur mon front.

— OK. Alors, une seule question, encore…

— C'est déjà la deuxième.

— L'ultimatum.

— Eh bien quoi, l'ultimatum ? demanda Stoya avec impatience.

— Est-il possible que tu m'aies menti ?

Silence. Un bref instant, je n'entendis plus que les branches fouettées par le vent et le bruit de succion des vagues contre la coque. Puis il y eut un sifflement courroucé dans l'appareil.

— Où veux-tu en venir ?

Mon estomac se contracta comme la veille quand, dans la radio de la police, j'avais entendu le un-zéro-sept. La police avait pour habitude de ne pas divulguer des informations importantes ou de les modifier pour déceler les faux aveux ou les fausses revendications. Mais cela ne devait pas être le cas ici.

Si l'aveugle a raison sur ce point, cela voudrait dire que...

— Sept minutes, répétai-je, et je sentis ma main tenant le téléphone se mettre à trembler. Quarante-cinq heures et sept minutes jusqu'à la fin du compte à rebours.

Jusqu'à la découverte de la cachette par le père. Jusqu'à la mort des enfants.

Stoya savait qu'il s'était trahi en hésitant trop longtemps avant de répondre. Aussi, ne prenant pas la peine de mentir, il me demanda très franchement :

— D'où le tiens-tu ?

Je fermai les yeux.

Ce n'est pas vrai. Mon Dieu, dites-moi que ce n'est pas vrai.

— Bon, maintenant, écoute-moi bien, entendis-je proférer, semblant venir de très loin, la voix de mon ex-collègue. Tu commences par apparaître sur le lieu du crime comme sortant du néant, puis on y retrouve ton portefeuille, et te voilà à présent en possession d'informations que même mes plus proches collaborateurs ignorent.

Je ne l'ai pas inventé. C'est elle qui me l'a révélé. Alina, l'aveugle qui voit dans le passé.

La dernière phrase de Stoya me fit frissonner encore davantage.

— Tu comprends certainement qu'à la seconde même tu es devenu notre principal suspect ?

64

(10 heures et 44 minutes
avant l'expiration de l'ultimatum)

Alexander Zorbach (moi)

Je fus presque étonné de retrouver Alina après avoir interrompu la conversation avec Stoya et être redescendu à l'intérieur. Il lui aurait pourtant été impossible de quitter le bateau sans que je la remarque.

De sortir dans le froid, les ténèbres et la tempête.

Mais sa disparition n'aurait été qu'un maillon supplémentaire dans la chaîne d'événements inexplicables qui m'étaient tombés dessus ces dernières heures.

Comment est-elle au courant de ces sept minutes supplémentaires ?

Quand je pénétrai dans la chaleur de la cabine, qui sentait le renfermé, la jeune femme était toujours assise sur le canapé, en train de gratter doucement son chien. TomTom aimait visiblement ça et, allongé sur le flanc, étirait ses pattes afin d'offrir son poitrail et son ventre aux caresses de sa maîtresse.

— On peut y aller ? demanda-t-elle sans lever les yeux.

Je pris soudain conscience que c'étaient ce genre de détails qui mettaient souvent les voyants dans la gêne, quand ils communiquaient avec des aveugles.

Ce n'est pas par la voix que nous exprimons le mieux nos sentiments, mais par le corps, les regards, les gestes. Même le plus léger tressaillement des sourcils peut trahir un kaléidoscope d'émotions, soulignant parfois ce qui est dit, parfois aussi le contredisant. C'est surtout vrai de l'attitude. Dans des circonstances normales, il est tenu pour impoli de ne pas regarder quelqu'un dans les yeux quand on lui parle. Pourtant, alors que je savais mon interlocutrice aveugle, je me sentis ignoré quand elle ne me montra que son profil. Puis je compris que, fort logiquement, elle tendait l'oreille dans ma direction.

— Il va bientôt falloir donner à manger à TomTom, et j'ai moi-même l'estomac vide. Il serait donc souhaitable que je rentre chez moi sans trop tarder.

— Je n'ai plus qu'une question, insistai-je sans savoir en réalité par quoi commencer.

Comment êtes-vous au courant de l'ultimatum? Personne ne peut voir dans le passé, alors pourquoi avoir inventé cette histoire de fous? Et pourquoi m'entraînez-vous dans votre démence?

Alina émit un rire léger et leva la tête.

— Quand je pense que vous m'avez d'abord prise pour un cambrioleur… Vous paraissez soudain fort apprécier ma compagnie.

Je ris à mon tour et, tentant de donner à ma voix un ton d'insouciance, je répondis :

— Intérêt purement journalistique.

Elle haussa les sourcils, et, brutalement, je saisis ce qui m'avait précédemment troublé dans l'expression changeante de son visage et, à l'instant, dans son attitude : elle communiquait essentiellement par des mimiques et des gestes. À ma connaissance, la joie et la tristesse, même le fait de lever les bras à l'arrivée en vainqueur d'une course de relais étaient des comportements innés. Mais qu'en était-il des divers stades intermédiaires entre ces deux extrêmes ? De la répulsion, du dégoût ou, comme en cet instant, de l'expression d'impatience et de nervosité qui s'étalait sur les traits d'Alina ? Mon marchand de légumes aveugle de Kreuzkölln m'avait un jour prié de lui signaler quand il aurait l'air trop renfrogné, m'expliquant que, généralement, lorsque c'était le cas, il était tout simplement absorbé dans ses pensées et pas le moins du monde fâché. Depuis cette conversation, j'avais pensé que la mimique était le résultat d'un processus d'apprentissage, d'une observation de la manière de faire d'autrui. Mais Alina disposait de tant de formes d'expression non verbales que ce ne pouvait être vrai.

À moins qu'elle ne mente pas seulement en ce qui concerne le Voleur de regards…

— On ne pourrait pas s'occuper de vos questions en chemin ? demanda-t-elle.

Je voulais moi aussi partir d'ici au plus vite. Il était certes extrêmement peu vraisemblable que Stoya eût réussi à localiser mon appel, car en tant que simple témoin, je ne figurais pas sur la liste des personnes recherchées. Mais la situation avait récemment changé, et, depuis l'apparition d'Alina, je ne me sentais plus en sécurité ici. Le problème était que je ne disposais pas d'assez d'informations pour déterminer dans quelle direction faire le prochain pas.

— Dehors, en ce moment, c'est trop dangereux, affirmai-je, ce qui était vrai. De lourdes branches ne cessent de tomber au sol, je préférerais attendre une accalmie.

Elle cessa de caresser son chien.

— Bon, eh bien, qu'est-ce que vous voulez encore savoir ?

Comment avez-vous vraiment appris l'existence de ce bateau ? Qu'avez-vous à voir avec le Voleur de regards ? Êtes-vous véritablement aveugle ?

— Commençons par là où vous avez terminé, proposai-je afin de remettre mes idées en ordre.

Par l'assassinat. Au moment où vous avez brisé la nuque de la femme et tiré le cadavre jusque dans le jardin.

— Qu'est-il arrivé ensuite ? insistai-je.

— Vous voulez dire après que j'ai placé un chronomètre dans la main de la femme ?

J'eus l'impression qu'une ombre balayait sa figure. Les paupières baissées, les lèvres pincées, elle avait l'air très tendue.

— Je suis allée jusqu'à la remise à outils, commença-t-elle avec lenteur, comme ayant de la peine à exhumer des profondeurs de sa mémoire un souvenir très ancien. Une remise en bois, pas en métal, je l'ai senti, car je me suis enfoncé une écharde dans le doigt en faisant glisser de côté la barre du verrou. Et ça sentait la résine quand je suis entrée.

Elle fit une brève pause, tirant nerveusement sur son pouce gauche avec les doigts de la main droite.

— Le paquet par terre faisait songer à un vieux tapis, mais c'était un autre corps. Un peu plus petit et léger que celui de la femme sur la pelouse.

— Était-il encore en vie ?

— Je crois, oui. C'était un petit garçon. C'est du moins ce que j'ai pensé, car il sentait comme mon frère Ivan, dont je n'arrive hélas plus à me représenter les traits. Mais je n'oublierai jamais l'odeur de gâteau et de terre qui me montait au nez quand on nous mettait ensemble dans la baignoire. C'est toujours elle que je sens quand je rêve d'un petit garçon.

Ou quand tu l'enlèves.

— Pouvez-vous décrire son visage ?

— Mais non, vous savez bien : les seuls visages dont je me souvienne sont ceux de mes parents. J'ai amené le petit jusqu'à une voiture garée derrière la clôture, au bord de la forêt. Je crois que c'était tôt le matin, peu après le lever du soleil. Soudain, l'obscurité s'est faite à nouveau et j'ai pensé que la vision était terminée. Puis deux lumières rouges se sont allumées dans le coffre à bagages où j'ai déposé le gamin.

— Et qu'en est-il de la fillette ?

— Quelle fillette ? interrogea-t-elle d'un air véritablement étonné. De qui parlez-vous ?

— Comment ça ? m'exclamai-je, perplexe. Le Voleur de regards a, pour la première fois, enlevé un frère et une sœur. Les journaux ne parlent que de ça.

— Des journaux que je ne peux pas lire, au cas où cela vous aurait échappé.

— Il y a aussi la radio et la télévision.

— Et Internet. Merci du renseignement.

— Alors, vous devriez avoir entendu que la police est à la recherche de deux disparus. Tobias et Léa. Ce sont des jumeaux.

— Et pourtant non ! OK ?

TomTom leva la tête, alarmé par la fureur dans la voix de sa maîtresse.

— Hier, je suis allée immédiatement voir la police. Là-bas, on m'a interrogée avec les mêmes intonations dégueulasses que vous. J'ai aussitôt compris qu'ils me prenaient pour une cinglée et, de retour chez moi, j'étais si furieuse que j'ai envoyé chier le reste du monde. Je me suis écroulée devant la télé en compagnie d'une bouteille de vin et j'ai évacué la réalité avec de vieux films d'Edgar Wallace jusqu'au moment où, complètement bourrée, je me suis endormie. J'ai été réveillée ce matin par l'espèce de tordu qui m'a donné rendez-vous ici, en pleine brousse. Et moi, pauvre gourde, qui me déplace jusqu'ici pour me faire foutre de moi à nouveau.

La lampe à huile se mit à vaciller, ce qui me fit penser qu'il était grand temps de vérifier le générateur si je ne voulais pas bientôt me retrouver dans le noir en compagnie de mon inquiétante visiteuse.

— Et vous voulez que je croie ça ? lui demandai-je.

Elle saisit la poignée de son chien et se leva.

— Merde ! De toute façon, vous pensez que je mens. Mais si je n'avais fait qu'inventer mon histoire, me serais-je préparée de manière aussi minable ?

Elle avait raison. Si bizarre que cela puisse paraître, le fait qu'elle ne sache rien de la disparition de la fillette renforçait sa crédibilité. Quelqu'un désireux de se faire mousser grâce à un faux témoignage n'aurait pas commis l'énorme bévue d'omettre la seconde victime.

À moins que ça ne fasse là aussi partie d'un plan auquel je ne comprends toujours rien.

— Je ne peux dire que ce que j'ai vu, reprit-elle en endossant son sac.

Je me levai moi aussi, un peu trop brutalement, car la tête me tourna soudain. La douleur de migraine était arrivée à un tel point que je ne pourrais plus la maîtriser par des médicaments en vente libre. Heureusement, il devait encore y avoir au milieu du fourbi posé sur le siège du passager de la Volvo un paquet non entamé de Maxalt.

— Attendez encore un peu, demandai-je en me massant la nuque.

Cette fois, Alina renonça à la canne, se fiant uniquement à son chien qu'elle tira doucement de côté pour qu'il me contourne. Je fis un geste pour la retenir, geste qu'elle ne vit pas, ce qui m'obligea à la saisir par la manche de son pull-over.

— Qu'y a-t-il ? se contenta-t-elle de demander, tournant la tête vers moi.

Pour la première fois, nous fûmes si près l'un de l'autre que je perçus son parfum discret, plus léger et moins épicé que je ne m'y étais attendu.

— Pourquoi perdre votre temps avec moi puisque vous ne me croyez pas, de toute façon ? poursuivit-elle.

J'aurais voulu répondre assez longuement à sa question légitime. Lui dire que j'avais souvent interviewé des gens que je n'avais d'abord pas crus, avant de devoir me rendre à l'évidence. Et que vérifier ses sources n'était pas perdre du temps, surtout quand on se trouvait en présence d'indications aussi extraordinaires que celles qu'elle venait de donner. Mais, soudain, les images se brouillèrent devant moi et mes yeux se mirent à me brûler, comme si j'avais regardé pendant des heures un écran scintillant. J'eus envie de vomir à cause de mon mal de tête. Aussi me contentai-je de poser la seule question qui me permettrait de vérifier définitivement le degré de véracité des affirmations d'Alina :

— Où avez-vous transporté le garçon ?

63

(10 heures et 40 minutes
avant l'expiration de l'ultimatum)

Tobias Traunstein

Les murs de sa prison étaient… *mous* ?

Tobias se massa les doigts afin de s'assurer que son toucher ne le trompait pas. Ce qui aurait été possible car, pour l'instant, ses sens étaient totalement accaparés par autre chose : la soif. Combien de temps était-il demeuré inconscient ? Il ne le savait pas précisément, mais plusieurs heures, à coup sûr. Des jours, peut-être. La dernière fois qu'il s'était réveillé avec une brûlure pareille dans la gorge, ç'avait été le jour de l'an, quand il avait bêtement bouffé toutes ces chips, la veille au soir. Mais ça n'avait pas été aussi insupportable qu'en ce moment, ça non.

Et mes bras ne me faisaient pas mal comme maintenant.

Il ignorait ce qui l'avait réveillé : la soif intolérable ou bien les pulsations douloureuses dans ses bras. À croire qu'ils étaient coincés sous son dos depuis une semaine entière…

Après avoir bataillé une éternité – plus longtemps encore qu'une heure de maths avec le vieux Hertel – pour se tourner sur le côté dans son étroit cachot, et ainsi libérer ses mains du poids de son corps, le sang revint dans ses membres engourdis. Il se mit à se gratter là où ça le brûlait le plus : les avant-bras, la saignée du bras, les poignets. C'étaient surtout ces derniers qui lui rappelaient le jour où il était allé ramasser son ballon dans le jardin du voisin, au beau milieu d'une touffe d'orties.

« Il ne faut pas gratter, juste tapoter », l'avait prévenu sa mère.

Mais, maman, ton truc n'a même pas marché pour une piqûre de moustique, et maintenant, j'ai envie de m'arracher la peau tellement ça fait hyper mal.

De sa main droite, il enserra son poignet gauche, là où on prend le pouls, s'efforçant de respirer à fond.

Ne pas gratter, juste tapoter.

Des clous, oui ! Il enfonça ses ongles dans la chair et gémit de soulagement quand la démangeaison diminua un peu. Il en oublia sa soif, même si ce ne fut que pour quelques secondes. À peine eut-il fini de se gratter que le feu reprit, le brûlant de plus belle, l'affolant plus encore que l'obscurité totale.

— Y a quelqu'un ? cria-t-il.

Le son de sa propre voix, pleine de morve et de larmes, le terrifia. Non, il n'allait pas pleurer. Ce serait déjà assez pénible quand ses amis découvriraient qu'il avait pissé dans son froc lorsqu'ils le tireraient de là. Dans dix minutes, pas plus, quand Jens et Kevin en auraient marre de leur blague. Car c'était ça, à coup sûr, une saloperie de blague de merde !

Et qu'est-ce que ça aurait pu être d'autre, espèce de dégonflé ? Arrête de brailler.

Kevin ne cessait pas de la ramener avec sa drogue GHB qu'il piquait dans la pharmacie de ses parents. Ils l'avaient sans doute essayée sur lui pour se venger.

Tout ça juste parce que, à la sortie de l'heure de natation, j'ai caché le slip de Kevin dans le vestiaire des filles. Mais, au moins, c'était drôle. Pas comme cette blague, là, une espèce de…

Tobias tenta de s'étirer, et ses coudes s'enfoncèrent dans les parois latérales. Qu'elles ne soient pas dures l'étonna à nouveau. Ces idiots l'auraient-ils enfermé dans une tente ? Non, c'était trop étroit. Et puis la surface n'était pas lisse et ne ressemblait ni à du caoutchouc, ni à une bâche en plastique. Le tissu était beaucoup plus rugueux, plutôt celui d'un tapis ou bien…

Un sac ?

Tobias se remit à sangloter, car il venait de penser à la vidéo horrible que Jens leur avait montrée un jour, pendant la grande récré. Ses parents étaient pleins aux as. « Papa dit toujours qu'ils gagnent tant d'argent avec leur atelier de carrosserie qu'ils peuvent se torcher avec leurs billets quand ils n'ont plus de papier. » Aussi, dans la classe, Jens était le premier à qui ses parents avaient acheté un iPhone, avec lequel on pouvait télécharger des vidéos en un clin d'œil.

Dès le premier jour, ils s'étaient tous réunis derrière le gymnase et son ami, très fier, leur avait montré l'extrait de film où une bande de jeunes enferment une fille nue dans un sac. Elle trépignait, se débattait, mais ils avaient fini par l'y fourrer, ficelant solidement le tout. Au début, Tobias avait ri avec les autres, car on aurait vraiment dit qu'une armée de serpents se tortillait sous l'étoffe. Mais quand un homme, une cigarette aux lèvres, avait renversé en riant un bidon d'essence sur le sac agité de soubresauts, il s'était senti mal. Il s'était détourné et était revenu dans la cour. Seul.

Sans doute qu'ils font maintenant pareil avec moi. Parce que je me suis dégonflé et que je n'ai pas voulu voir.

— OK, vous avez gagné, cria-t-il dans le noir en s'imaginant Kevin et Jens la main devant la bouche, pour qu'il ne les entende pas rire. Allez, sortez-moi de là !

Pas de réponse. Désespéré, il appuya les poings contre le tissu, à hauteur de la tête, et sentit la sueur couler sur son front. Il haletait, comme à l'arrivée d'un quatre cents mètres, alors qu'il ne s'était pourtant pas vraiment fatigué depuis deux ou trois minutes ! Là-dedans, d'ailleurs, il n'y avait pas grand-chose à faire. Seulement avoir peur.

Il renifla pour se dégager le nez et respira à fond, tout en tâtant le sac autour de lui du bout des doigts, qui le brûlaient toujours autant qu'après une bataille de boules de neige, quand le sang y revient.

Heureusement que le tissu n'était pas mouillé et ne sentait pas l'essence. Ils avaient donc laissé tomber cette partie de la vidéo.

Pour l'instant.

Il rencontra soudain quelque chose de froid. Un petit morceau de métal pendant au-dessus de lui, depuis l'arête latérale de son cercueil en tissu, à peu près à la hauteur de son nombril, de la taille d'un des briquets que son père remplissait le week-end.

Merde, on dirait un Zippo.

Sauf que ce n'en était sûrement pas un, car ceux de cette marque possédaient un couvercle et une molette qu'on pouvait tourner.

Et puis ils ne pendent pas dans l'obscurité, accrochés à du tissu.

Tobias retint son souffle afin de ne pas se laisser distraire par ses halètements. Ensuite, ayant trouvé à tâtons sur le dessus de l'objet un minuscule étrier, il devina ce qu'il avait dans la main.

C'est un cadenas ! Comme ceux qui me servent à fermer la chaîne de mon antivol de vélo.

Il toussa d'excitation. Il ne savait pas encore exactement ce que signifiait sa découverte, mais, bon sang, c'en était déjà une. Il avait pour la première fois quelque chose en main, au vrai sens du terme. Quelque chose qui lui permettrait peut-être de sortir de là.

Donc, c'est un test. Vous me mettez à l'épreuve.

Tobias secoua le cadenas avec impatience, mais il eut beau tirer dans tous les sens, rien ne se produisit.

« Jamais brutalement ! », lui avait également conseillé sa mère. Cette fois, il suivit sa recommandation : il tâta l'objet avec précaution et, ayant palpé la face inférieure, ne fut plus du tout certain d'avoir vraiment affaire à un cadenas. Où était passée l'ouverture ?

La chatte, comme Kevin appelait la fente où il fallait enfoncer la clé.

Une fente, il y en avait bien une, mais elle était trop droite, trop lisse. Juste un petit sillon dans lequel il pouvait enfoncer un ongle, comme sur la tête d'une grosse vis.

Bon, concentre-toi. Ça n'a pas d'importance s'il n'y a pas de serrure. D'abord, tu n'as pas de clé. Une vis, c'est bien mieux. Peut-être qu'il suffit de la tourner et alors…

Il toussa, et se demanda alors s'il avait de nouveau oublié de respirer. De toute façon, il y avait de moins en moins d'air, là-dedans.

… un peu de lumière pénétrera et je réussirai à déchirer ce putain de sac ou de tissu et à respirer à fond.

Mais comment? Comment actionner la vis? Il enfonça l'ongle du pouce dans la fente et essaya de tourner, mais il ne réussit qu'à se déchirer l'ongle jusqu'au sang à sa quatrième tentative.

Il me faut un tournevis ou un couteau.

Il lâcha un rire hystérique.

Mais c'est évident! Jens et Kevin t'ont laissé un couteau pour que tu puisses trouer le tissu.

Tobias toussa à nouveau et comprit soudain pourquoi il suait si fort que la gorge le brûlait et qu'il était de plus en plus épuisé.

Je manque d'air, là-dedans. Je vais lentement étouffer si je ne trouve pas quelque chose de dur à enfoncer dans cette saloperie de fente. Attends voir…

Fermant les yeux, il s'efforça de respirer régulièrement.

Quelque chose de dur.

Il sentit de nouveau des fourmillements dans les doigts quand il se rappela la pièce placée dans sa bouche, qu'il avait recrachée avec dégoût une bonne heure plus tôt.

62

(10 heures et 10 minutes
avant l'expiration de l'ultimatum)

Alexander Zorbach (moi)

— J'ignore où j'ai conduit le garçon, expliqua Alina après m'avoir pris le bras pour que je l'aide à monter les marches et descendre l'étroite passerelle.

Qu'elle est mince! Telle fut ma première pensée tandis que nous nous enfoncions dans la forêt, alors que le vent s'était un peu calmé.

Je sentais ses côtes à travers ses épais pull-overs, et j'aurais pu faire deux fois le tour de son poignet avec mes doigts. Nous nous arrêtâmes un bref instant pour me permettre de régler le foyer de ma lampe; le pinceau lumineux éclaira alors son pantalon. J'aperçus un accroc plein de boue séchée juste au-dessous du genou. Je ne l'avais pas remarqué dans la pénombre de la cabine. Elle avait manifestement déchiré son vêtement en tombant sur le sentier.

— Si je savais où le garçon est caché, je n'aurais certainement pas été assez abrutie pour aller vous rencontrer dans la forêt, lâcha-t-elle. J'aurais pu prouver à la police que je n'étais pas cinglée.

Je m'efforçais de rester à côté d'elle, mais c'était presque impossible, vu l'étroitesse du chemin.

À mesure que nous nous éloignions de la rive, la forêt s'épaississait. C'était à peine si elle laissait passer le vent et la pluie ; en revanche, la neige tombait sur nos têtes des branches et recouvrait les plaques de glace devant nous. À deux reprises, je manquai de me fouler une cheville. Une autre fois, je ne parvins pas à empêcher Alina de trébucher, après qu'elle eut été frappée au visage par une grosse branche de sapin que ma lampe avait éclairée trop tard. Je m'étonnai à nouveau de la volonté qu'il lui avait fallu pour se précipiter dans pareille aventure, même accompagnée par un chien dressé pour la guider. TomTom avançait lentement mais avec application, ne se laissant troubler ni par les craquements de branches, ni par les autres bruits. L'endroit était connu pour abriter de nombreux sangliers errant dans la forêt à la recherche de nourriture. Peut-être avions-nous, en marchant, débusqué l'un d'eux, voire un renard ou toute autre bête sauvage ? En tout cas, le golden retriever ne se laissa à aucun moment détourner de sa route avant de nous ramener sains et saufs à ma Volvo.

— C'est comme dans un film, sourit Alina qui, ayant lâché mon bras, était montée dans la voiture sans mon aide.

Je mis le contact et, tout en reculant, je l'observai tirer de son sac à dos – qu'elle lança ensuite à TomTom sur la banquette arrière – un mouchoir en tissu dont elle s'essuya le visage, avant de tenter tant bien que mal de sécher ses cheveux trempés de neige.

Comme dans un film ?

Elle escomptait si visiblement un commentaire de ma part que, sans interrompre ma prudente marche arrière, je répondis à son attente. Il ne me restait de toute façon plus que quelques mètres à parcourir avant de devoir descendre de voiture pour ouvrir la barrière bloquant l'entrée secrète.

— De quoi parlez-vous ? lui demandai-je.

— De mes flash-back. C'est comme ça que je m'imagine un film de cinéma. Sauf que je ne peux pas, dans ma tête, faire avancer ou reculer la bobine à mon gré.

— Et alors ? Comment activez-vous vos souvenirs ?

— Je ne les active pas.

Nous venions d'atteindre le fourré de ronces indiquant que nous étions parvenus à la sortie sur le Nikolskoer Weg ; je freinai.

— Je ne comprends pas. Vous venez pourtant de me décrire en détail ce qu'a fait le Voleur de regards avant de déposer le garçon dans son coffre.

Acquiesçant, elle enroula ses bras autour de son corps en frissonnant. Il faudrait à coup sûr encore cinq minutes à mon antique système de chauffage pour réchauffer l'habitacle.

— Je ne sais absolument pas pourquoi mes souvenirs ne sont si bons que dans les premières minutes de mes visions. Ensuite, le film s'effiloche, les images deviennent floues, il manque des séquences entières. Ce qui est drôle, c'est que, parfois, les vides se comblent et que, quelques jours plus tard, je me souviens de certaines scènes manquantes. Mais sans savoir comment cela se produit. Cela arrive tout seul. Il m'est impossible de rappeler les images de manière active, vous comprenez ?

Non, je ne comprends pas. Pour l'instant, je ne comprends absolument rien. J'ignore pourquoi vous êtes là. Et je ne comprends pas non plus comment il est possible que je sois d'un seul coup le principal suspect dans cette horrible affaire criminelle.

Sans lui répondre, je descendis de voiture et passai ma fureur sur le tronc, que je déplaçai d'un seul coup.

Merde alors! J'avais voulu me retirer ici pour prendre un peu de distance avec ce truc de fou dans lequel je me retrouvais embringué pour je ne savais quelle raison. Et voilà que j'étais plus encore dans le pétrin qu'avant.

Essuyant mes mains sur mon jean, je remontai dans la voiture qui sentait maintenant la fumée et le chien mouillé. J'eus une envie folle d'attraper Alina par les épaules et de la secouer pour lui faire cracher la vérité: *Qui t'a envoyée? Que veux-tu de moi, en définitive?* Mais une voix intérieure me souffla que ce serait le meilleur moyen de ne pas démêler l'embrouillamini de questions que j'avais en tête.

Et puis il doit bien y avoir quelque chose de vrai, dans son histoire. Stoya a tout de même confirmé la durée exacte de l'ultimatum.

J'avalai un cachet de Maxalt, extrait du paquet que j'avais pris sur le siège du passager avant qu'Alina ne fût montée dans la voiture. Ma cachette étant désormais découverte, je ne pris même pas la peine d'effacer mes traces.

— Reprenons depuis le début, décidai-je, une fois revenu sur la route. Vos visions sont comme un film. Et celui-ci s'interrompt au moment où vous mettez le garçon dans le coffre.

— Non, pas tout à fait.

Je me tournai vers elle. Elle avait abaissé les paupières et paraissait d'un calme total, comme endormie. Elle précisa cependant :

— Je me rappelle par exemple encore très bien être montée dans le véhicule et avoir entendu la radio se mettre en marche quand j'eus mis le contact, expliqua-t-elle en se mordant la lèvre inférieure, avant de poursuivre : The Cure chantaient « Boys Don't Cry », et j'ai voulu vérifier dans le rétroviseur si je n'avais pas éraflé la voiture. Mais tout ce que j'ai vu, c'était le visage de mon père en train de rire et de tambouriner sur le volant en mesure.

Elle déglutit.

— Merde alors, qu'est-ce que j'en ai marre de voir mon père chaque fois qu'un salopard fait du mal à quelqu'un !

Pendant un instant, on n'entendit que le bruit du diesel tandis que nous suivions l'allée déserte en direction de Zehlendorf. Il y avait certainement eu un avis de tempête, que les Berlinois avaient exceptionnellement pris au sérieux.

— Que s'est-il passé ensuite ? demandai-je quand je dus stopper à un feu rouge.

— Pas la moindre idée. C'est maintenant que les trous commencent à apparaître dans le film. Je sais encore que nous avons grimpé une côte pendant un petit moment, il y a eu plusieurs virages, puis la voiture s'est arrêtée et je suis descendue.

— Qu'avez-vous fait alors ?

— Rien du tout. Je suis simplement restée là à regarder.

— Regarder quoi ? m'étonnai-je en redémarrant.

— D'un seul coup, je me suis retrouvée avec un objet lourd dans les mains, des jumelles ou quelque chose de ce genre. En tout cas, tout est d'abord devenu flou devant mes yeux, puis j'ai soudain distingué ce qui se déroulait quelques centaines de mètres au-dessous de moi.

— Qu'avez-vous vu ?

J'avais peine à croire que c'était moi qui posais avec sérieux cette question à une aveugle. Se tournant un bref instant vers TomTom, qui s'était mis à haleter, elle caressa la tête bouclée d'un geste apaisant.

— J'ai vu une voiture arriver en trombe et stopper dans l'entrée en dérapant. Un homme en est sorti en trébuchant le long du chemin enneigé. Un instant, il s'est même traîné à quatre pattes. Puis il a disparu derrière un arbre pour réapparaître aussitôt, juste devant la remise à outils. J'ai vu ses lèvres se crisper pour crier, mais il a rejeté la tête en arrière avant de s'effondrer en pleurs, exactement à l'endroit où j'avais déposé le cadavre de sa femme.

Elle ferma les yeux, mais pas assez vite pour retenir une larme. Un petit 4 x 4 nous précédait ; à la lueur de ses feux rouges, la larme ressembla à une goutte de sang descendant le long de sa joue.

— Grand Dieu ! Il n'arrêtait pas de se cogner la tête de ses deux poings. Je n'entendais pas ce qu'il hurlait, car il était trop loin. Mais c'est alors…

— Que ?

— Il a pris soudain contact avec moi.

— Comment ça ?

Nous approchions de l'échangeur Drei Linden, et je décidai de continuer tout droit en direction de Steglitz.

— L'homme s'est relevé et a regardé dans ma direction.

— Un instant, l'interrompis-je en portant une main à ma nuque. Il savait où vous étiez ?

— Oui, j'ai eu la sensation irréelle que nous étions complices. J'étais tout de même très loin de lui, et quand, prise de peur, j'ai abaissé les jumelles, je ne le voyais plus au-dessous de moi, même pas sous la forme d'un petit point.

— Mais lui vous a vue ?

— C'est ce qu'il m'a semblé.

La pression derrière mes tempes s'aggravait. Le médicament anti-migraine n'avait toujours pas eu le moindre effet.

Était-il possible qu'il y eût une relation entre le Voleur de regards et Traunstein, le père des enfants kidnappés ?

Nous venions de dépasser la bretelle d'accès à l'Avus[1] en direction de Charlottenburg. Je regardai dans le rétroviseur : personne derrière moi. Je freinai et, aussi vite que ma Volvo me le permit, je fis demi-tour pour prendre la Potsdamer Chaussee en sens inverse.

— Qu'est-ce que vous avez derrière la tête ? demanda Alina qui, bien entendu, s'était aperçue de ce soudain changement de direction.

— On fait un petit détour, répondis-je en clignotant à droite et en tournant en direction de l'autoroute.

Peut-être que le Voleur de regards ne joue pas tout seul à son jeu de cache-cache pervers.

Je n'avais qu'un moyen de le vérifier.

---

1. Portion de 9 km de l'autoroute A115, dans le sud-ouest de Berlin, autrefois circuit de compétitions automobiles.

61

(10 heures avant l'expiration de l'ultimatum)

Philipp Stoya (chef de la brigade criminelle)

— À en croire Hollywood, les tueurs en série sont d'une intelligence supérieure à la moyenne, jamais d'origine afro-américaine, et très exceptionnellement des femmes.

Le professeur Adrian Hohlfort, assis dans sa chaise roulante chromée, avait une tout autre apparence qu'à la télévision. Il ne souriait pas, la raie de ses cheveux gris n'était pas impeccable et il ne portait pas non plus l'habituelle cravate noire des talk-shows. Il ne s'était même pas rasé, sans doute parce qu'il n'y avait personne, parmi le public de ce soir, qui fût susceptible d'acheter son livre au terme de sa prestation. *Le Tueur en série et moi* figurait depuis soixante et onze semaines dans la liste des meilleures ventes.

— En outre, ils ne tuent qu'à l'intérieur de leur groupe ethnique et il s'agit d'un phénomène essentiellement américain… Toutes ces données, reposant prétendument sur des travaux scientifiques du FBI, sont un ramassis de conneries !

Stoya lança un regard furibond à Scholle qui, assis à sa gauche, à la table de la salle de conférences, tentait vainement de réprimer un bâillement. Contrairement à son collègue pour qui le profilage n'était que de la charlatanerie, Stoya avait confiance dans les capacités du sexagénaire qui, au cours de sa carrière scientifique, avait personnellement interrogé un grand nombre de tueurs en série.

Beaucoup plus encore que Zorbach.

Il trouvait le psychologue paraplégique parfaitement antipathique, sur le plan personnel, mais il savait que son savoir en ce domaine était incontestable. Même si leurs rencontres précédentes, ces dernières semaines, n'avaient pas été très fructueuses, sa présence à leurs côtés avait souvent été utile par le passé. Ayant enfin, à présent, un soupçon concret concernant le Voleur de regards, le chef de brigade voulait connaître le point de vue de l'expert à ce propos.

— Professeur Hohlfort, lors de notre dernière rencontre, vous nous avez affirmé que nous devrions rechercher un personnage moyen, plutôt réservé, sans exposition publique.

— C'est exact. Oubliez Hannibal Lecter. Il a été inventé par un écrivain, et possède avec la réalité autant de points communs que moi avec un sprinter.

Hohlfort donna une petite tape sur les jantes de son fauteuil. Sa plaisanterie ne fit rire que lui.

— Les tueurs en série sont les perdants de notre société. Nous ne sommes pas à la poursuite d'un brillant antihéros, mais de quelqu'un qui s'en prend à lui et au destin. « Un être-niche », comme je les appelle : de l'extérieur, totalement normal, plutôt insignifiant, mais, de l'intérieur, absolument imprévisible.

Stoya fit semblant d'écrire sur le bloc-notes posé devant lui.

— Est-ce que ça pourrait être un journaliste ?

Hohlfort haussa les épaules.

— Les tueurs en série exercent les métiers les plus divers : ils peuvent travailler dans une station-service, conduire des bus, empiler des boîtes de conserve dans un supermarché, travailler comme employés ou exercer la profession d'avocat.

Il lança un regard moqueur à Scholle.

— Peut-être même qu'ils sont dans la police.

Ce dernier, poussant un gémissement, se retourna vers son collègue.

— Viens, Philipp, nous perdons notre temps, ici. Les banalités du toubib sont à peu près aussi concrètes que mon horoscope.

Ces propos irrespectueux avaient-ils irrité le professeur ? En tout cas, il n'en laissa rien paraître. Posant les coudes sur les accoudoirs de son fauteuil, l'air tranquille, il montra aux policiers les paumes de ses mains.

— Je ne suis pas là pour accomplir votre travail, messieurs. Les enquêteurs, c'est vous, pas moi.

Il gratifia Stoya d'un regard signifiant que même le meilleur profileur était impuissant si les policiers n'arrivaient même pas à trouver la cachette où le Voleur de regards séquestrait les enfants et les assassinait.

— Et je n'ai pas non plus les ordinateurs que vous alimentez en données afin que, d'un seul clic, ils vous recrachent le profil du tueur, ajouta Hohlfort. Tout ce que je peux vous fournir, c'est une petite pièce de puzzle. À vous de la placer au bon endroit.

Stoya foudroya Scholle du regard, puis demanda au professeur de poursuivre ses explications. Ce dernier ne se fit pas prier. S'il aimait quelque chose, c'était bien de transmettre à autrui son savoir inépuisable. À condition qu'il ne soit pas mis en doute.

— Pour revenir à votre question à propos de l'assassin, reprit-il, fixant d'un air inspiré un point invisible au plafond de la pièce, je peux vous dire une chose : le Voleur de regards aime prévoir. Il s'occupe certainement, dans sa profession, d'objets à remettre à des dates précises. Il a l'habitude d'achever son travail à temps.

Stoya ne put s'empêcher de penser à la tasse à café, sur le bureau de Zorbach, portant l'inscription : « La créativité ne connaît pas de temps de travail, juste des dates butoir. »

— Et le tueur dispose de connaissances médicales, au moins rudimentaires, reprit le spécialiste.

Stoya acquiesça à contrecœur. Les énucléations n'avaient pas été pratiquées par un professionnel, mais n'avaient pas non plus été le fait d'un total amateur, et l'assassin avait dosé ses anesthésiques de manière qu'ils agissent jusqu'à l'expiration de l'ultimatum. L'absence de marques extérieures de violences laissait en effet supposer que les enfants étaient sans connaissance quand ils avaient été noyés. Idée à laquelle Stoya cherchait de temps en temps à se raccrocher pour se réconforter, ce qui ne lui réussissait toutefois jamais.

— En tout cas, il y a longtemps qu'il a dépassé la phase de la préparation et de l'approche, continua à pontifier Hohlfort. Sinon, le déroulement ne serait pas aussi régulier, aussi habile. On peut partir de l'hypothèse que l'auteur de ces crimes, voici des années, a déjà attiré l'attention sur lui.

Par exemple, quand il a abattu une femme sur un pont ?

— J'ai maintenant une question à propos du facteur déclenchant, demanda Stoya en profitant de l'un des rares silences du professeur. Se pourrait-il que le Voleur de regards lutte contre un traumatisme au travers de ces meurtres ?

Hohlfort approuva énergiquement de la tête.

— Je parierais même qu'il a un dossier dans un service de psychiatrie. Hélas, il ne nous a laissé, pour l'instant, ni traces d'ADN utilisables, ni empreintes digitales. Par conséquent, nous en sommes réduits à emprunter la voie classique de l'enquête criminelle. Qui commence par la recherche du point décisif : le mobile !

Pour la première fois, le professeur afficha son sourire télégénique, levant les deux mains comme pour se rendre.

— À partir de maintenant, je quitte le terrain scientifique pour m'aventurer sur celui, plus mouvant, de la spéculation.

Scholle parut considérer que le coup de sifflet final venait d'être donné, car il souleva du siège son corps massif. Mais Stoya lui signifia de rester tranquille. Lui aussi avait envie de sortir d'ici, notamment parce que le truc qu'il avait sniffé il y avait une dizaine d'heures à peine cessait lentement d'agir et qu'il avait un besoin urgent de se shooter à nouveau. Mais cela attendrait.

Je dois d'abord m'assurer que nous sommes vraiment sur la bonne piste.

Contrairement à Scholle qui n'avait plus de doute quant au coupable, l'idée qu'un ancien collègue pût être responsable de la série criminelle la plus épouvantable de sa carrière dépassait l'entendement de Stoya. Pourtant, depuis l'apparition inopinée de Zorbach, puis la découverte de son portefeuille sur les lieux du crime, alors que toutes ses poches étaient recouvertes d'une combinaison, celui-ci était pour l'instant son principal suspect. Et ce d'autant plus qu'il était en possession de détails concrets que seul l'auteur des crimes pouvait connaître. Qu'il fût au courant de la durée réelle de l'ultimatum, mais que, par ailleurs, il ne livrât aucune indication quant au mode opératoire – la noyade – n'était pour Scholle que « la tactique d'un psychopathe qu'un cerveau normal ne pourrait de toute façon pas comprendre ».

Raisonnement qui, pour Stoya, était trop simpliste. Il était bien entendu favorable à la traque de Zorbach, qui battait son plein. On était en train de perquisitionner son appartement et la Volvo était inscrite sur la liste des voitures recherchées. On allait le retrouver, ce n'était plus qu'une question de temps. Un temps que Stoya devait en revanche mettre à profit pour préparer son interrogatoire.

— Je vous en prie, spéculez, encouragea-t-il en regardant sa montre.

Il ne reste même pas dix heures.

— Qu'est-ce que le Voleur de regards cherche exactement à atteindre ?

60

(9 heures et 41 minutes
avant l'expiration de l'ultimatum)

Alexander Zorbach (moi)

Rien, dans ce quartier ensommeillé en bordure de la forêt de Grunewald, ne signalait qu'un meurtre brutal venait d'y être perpétré. On aurait dit que la neige fraîche recouvrait non seulement les toits, les rues et les jardins, mais aussi le souvenir du drame. Si je n'avais pas été alerté, j'y aurais vu l'endroit le plus sûr de la planète, dans un quartier où les parents donnent à leurs enfants des noms qui passeraient inaperçus dans un catalogue Ikea : Tombte, Sören, Noemi, Lars-Alvin, Finn… Des enfants dont le temps passé devant la télé est strictement limité et dont on attend le retour, non du terrain de foot, mais de la leçon de piano, tandis que les adultes, par-dessus les haies, discutent des mérites comparés des engrais pour pelouses et recherchent lequel des voisins a encore laissé son chien se soulager dans le Wirtschaftsweg, alors que la commune a disposé partout ces boîtes bleues qui proposent gratuitement des sacs jetables. Un quartier où le scandale le plus retentissant de ces dernières années se produisit lors de la fête des voisins, quand le vieux Becker fit son apparition dans le Zikadenweg au bras d'une Asiatique plus jeune que lui de vingt ans. Et maintenant, cette horreur !

Je roulais au pas, scrutant les intérieurs éclairés. Certains affichaient déjà leurs décorations de Noël : casse-noix peints, crèches en bois, discrètes guirlandes lumineuses… Rien de bariolé et de criard comme dans les arrondissements plus pauvres, pas d'arbres de Noël scintillants sur les toits, pas de rennes luminescents devant le garage. À Westend, on fête dans la retenue.

Et dans l'ennui, si vous voulez mon avis.

— On se retrouve à Kühler Weg, lançai-je dans mon portable.

— Tu veux dire, sur les lieux du crime ? répondit Frank, peu enthousiaste à l'idée de jouer une nouvelle fois les garçons de courses pour moi.

— Exactement.

— Et de quoi tu as besoin, cette fois ?

— De ta voiture.

— Oh, s'il te plaît, dis-moi que tu ne parles pas sérieusement, se lamenta-t-il avec un rire forcé. Tu es en fuite, c'est ça ?

— Non. Je suis seulement prudent.

— Ne me raconte pas d'histoires, je ne suis pas totalement abruti. Je sais pourquoi Thea et les autres de la direction sont réunis dans la salle de conférences. Tu as la police aux fesses, et ils sont en train de se demander s'ils escamotent l'affaire ou s'ils la mettent à la une.

« ZORBACH SOUPÇONNÉ D'ASSASSINAT.

Dans quelle mesure notre reporter vedette a-t-il réellement eu des contacts avec le Voleur de regards ? »

Je voyais déjà le gros titre et je devinais que Thea envisageait la fuite en avant, tandis que les patrons du journal lui opposaient les dégâts en termes d'image et le coût d'un procès, si je devais un jour attaquer mon employeur pour atteinte à ma réputation. Au cas où je parviendrais à prouver mon innocence…

— Big Mamma a de bonnes raisons de m'avoir fait jurer de l'informer dès que tu m'appellerais, précisa Frank.

— Ne fais pas ça.

— Sois tranquille. Je suis dans ton équipe, donc je ne dirai rien. Mais je ne vais pas non plus te donner ma voiture juste parce que la tienne commence à te brûler les fesses.

Sa remarque me remit en mémoire, idiot que j'étais, que j'avais oublié de revisser mes plaques minéralogiques. Jusqu'ici, j'avais eu plus de chance que de jugeote. Si je voulais mettre à profit le temps qu'il me restait jusqu'à ce qu'ils me mettent la main dessus, il me fallait immédiatement procéder un peu plus adroitement. Ce qui impliquait de trouver une voiture ne figurant pas encore sur les listes de recherche.

— Pourquoi ne te constitues-tu pas tout simplement prisonnier ? reprit Frank. Si tu n'as rien fait, il ne peut rien t'arriver.

Le problème, c'est que je ne peux pas leur expliquer pourquoi j'étais sur les lieux, comment mon portefeuille y a atterri, et pour quelles raisons je suis au courant de l'ultimatum.

— Question en retour : que ferais-tu si, soudain, un témoin surgissait chez toi, prétendant qu'il a assisté au dernier assassinat ?

— Tu déconnes ou quoi ?

Je ne lui révélai pas que la personne en question était une médium, une aveugle qui, durant les derniers kilomètres, épuisée, était restée la tête appuyée contre la vitre. Son escapade jusqu'à mon bateau avait certainement été plus éreintante qu'elle ne voulait bien l'avouer.

— Putain, ce serait l'article du siècle.

Oh oui, quel article, en effet ! Tu ne vas pas me croire…

— Donc, amène-moi ta voiture.

Il soupira.

— Hé, mec, la bagnole est à ma grand-mère. À la moindre éraflure de sa Toyota, elle me tuera.

— C'est bon, Frank, je ferai gaffe. Rendez-vous dans dix minutes.

J'étais arrivé au bout de la rue et je raccrochai.

— Nous y sommes, avertis-je après m'être garé à cheval sur le trottoir, devant l'entrée principale de la petite villa dans le jardin de laquelle Thomas Traunstein avait trouvé, la veille, le cadavre de sa femme Lucia, sa cadette de quatorze ans.

La maison de brique au crépi jaune crème, avec son garage au toit de chaume, était la seule de la rue à n'être pas éclairée. Totalement obscure. Même le numéro lumineux de la maison avait été débranché.

Alina s'étira en bâillant. Puis, libérant sa montre-bracelet des nombreux pulls qui la recouvraient, elle ouvrit le couvercle du cadran.

— Que vient-on faire ici? demanda-t-elle tout endormie.

— Vérifier si vous y êtes déjà venue.

Un flot d'air glacial s'engouffra dans la voiture quand j'ouvris ma portière. TomTom se redressa sur la banquette arrière et se mit à haleter.

— Vous voulez dire que vous comptez vérifier si j'ai déjà vu cet endroit dans mes flash-back ?

Son haleine embua le pare-brise.

Oui. Je veux savoir si une aveugle a assisté ici à un meurtre.

Je descendis de voiture. Mes yeux commencèrent à larmoyer dès que je me retrouvai face au vent, regardant dans la direction où la route devenait un chemin, le Waldweg, qui, longeant des terrains de sport, menait directement à la Teufelsseechaussee. Et, de là, au Teufelsberg.

Je me remémorai la description d'Alina et lui demandai :

— Combien de temps avez-vous mis pour gravir la colline ?

Je sais encore que nous avons grimpé une côte pendant un petit moment, il y a eu plusieurs virages...

— Pas la moindre idée, répondit-elle. Avez-vous la sensation du temps quand vous rêvez ?

Non. Mais, dans mes rêves, je ne transporte pas non plus de petits garçons.

Relevant la tête, je scrutai le ciel obscur dans la direction supposée du Teufelsberg. Cette colline est une ancienne décharge, une montagne de gravats, décombres des bâtiments détruits lors des bombardements de la Seconde Guerre mondiale. Recouverte de taillis et de forêts, elle sert aujourd'hui de zone d'excursion aux Berlinois qui s'y promènent, y lancent des cerfs-volants ou dévalent les pentes en luge. Je me demandai si, du sommet, en plein jour, on pouvait apercevoir le jardin des Traunstein. Dans l'obscurité, il me fut impossible de répondre à ma question, mais il me sembla que, même à l'aide de jumelles, l'endroit était trop éloigné pour ça.

Qu'est-ce que tu te figurais, espèce d'idiot? me dis-je en me retournant vers la villa. *Tu as vraiment cru qu'il y avait quelque chose d'authentique dans cette histoire démente?* Le dos appuyé contre la voiture, je réfléchis à ce que j'allais faire dans l'immédiat. Le jardin n'était fermé que par une clôture basse, que j'aurais franchie d'un bond au temps de ma meilleure forme. Et même aujourd'hui, elle ne constituait pas un véritable obstacle.

— Je ne voudrais pas jouer les emmerdeuses, souligna Alina derrière moi, mais il va être 21 heures et je ne suis toujours pas rentrée chez moi. TomTom a faim et il a envie de chier. (Puis, avec un rire:) Moi aussi, d'ailleurs.

Son ricanement ne laissait pas subsister le moindre doute quant au besoin qu'elle-même avait à satisfaire.

— Attendez-moi ici, je n'en ai pas pour longtemps.

— Où allez-vous? l'entendis-je encore crier.

Mais j'avais déjà traversé la route étroite et, passant devant le garage, je courais en direction de la forêt.

Au bout de quelques mètres, je tournai sur la gauche pour m'engager dans un chemin étroit, une percée fréquentée par les piétons et les cyclistes et courant parallèlement à la clôture de l'arrière de la propriété. Dix mètres encore et je m'arrêtai.

C'était ici que je me tenais la veille, sous une pluie diluvienne, à deux pas de la remise à outils rectangulaire, au toit plat incliné, maintenant recouvert d'une grosse épaisseur de neige. À quelques mètres de là, à l'endroit où le cadavre de Lucia Traunstein gisait, une large zone était toujours délimitée par un ruban. Le service anthropométrique n'avait pas non plus enlevé la bâche servant de tente. De loin, je ne pouvais distinguer si la porte de la remise était verrouillée, mais j'en étais certain.

Une remise en bois, pas en métal. Je l'ai senti, car je me suis enfoncé une écharde dans le doigt en faisant glisser de côté la barre du verrou. Et ça sentait la résine quand je suis entrée.

J'eus beau plisser les yeux, il me fut impossible, dans cette obscurité, de vérifier si la description d'Alina à propos de cette remise était exacte.

Je secouai la clôture métallique peinte en vert, soutenue par des poteaux en béton afin d'empêcher les sangliers de la détruire. Dans leur partie supérieure, ces poteaux étaient inclinés vers l'avant, ce qui ne facilitait pas l'escalade mais ne l'empêchait pas non plus. J'allais poser un pied sur la grille et me hisser quand j'entendis un claquement sur ma droite. Le bruit se fit entendre à nouveau quand je lâchai la clôture. Je la secouai une nouvelle fois. Aucun doute. Je la longeai et je compris : le portillon du jardin n'était pas fermé. Plus exactement, il l'avait été, mais le verrou avait été poussé en dehors de l'encadrement, empêchant le pêne de s'engager dans la gâche.

Comment est-ce possible ? C'est le lieu d'un crime.

Même si tous les indices avaient été relevés, jamais il n'aurait dû être aussi libre d'accès. Étonné, je poussai la porte du pied et regardai par terre.

Les nombreuses traces de pas qui, sur la pelouse devant moi, menaient jusqu'à la partie arrière de la remise, pouvaient avoir été laissées par diverses personnes : le père qui s'était précipité dans la forêt à la recherche de ses enfants ; un policier ou un employé du service anthropométrique ayant voulu s'assurer que la clôture était bien fermée et ayant alors commis une erreur… Même les traces les plus récentes qui, elles, se dirigeaient dans une seule direction, pouvaient avoir une explication anodine.

À moins qu'elles n'eussent été laissées par l'inconnu dont la lampe de poche venait de jeter une brève lueur au rez-de-chaussée de la villa, à environ vingt mètres de la tonnelle.

59

Ce n'était pas du bois. Pour construire la remise, on n'avait utilisé que du métal et du plastique. En revanche, on y avait bien placé un verrou latéral. Je me demandai un bref instant si le fait que la vision d'Alina concordait avec la réalité sur ce point avait une signification, puis mon attention fut de nouveau attirée par la lumière tremblotante derrière la baie de la terrasse.

Pour ne pas être pris pour un cambrioleur, je me dirigeai droit sur la villa, sans aucune précaution. Quelqu'un qui se faufile le long d'un bâtiment, en se baissant, paraît beaucoup plus suspect à un voisin regardant fortuitement par la fenêtre qu'un homme traversant une pelouse à grands pas et sûr de lui.

Ce fut seulement arrivé à la baie que je me cachai derrière une avancée du mur pour inspecter l'intérieur de la villa à travers un rideau fin. Je renonçai aussitôt à mon premier soupçon : pas de lampe de poche, pas de cambrioleur. La lumière vacillant à intervalles réguliers que j'avais aperçue de la remise provenait d'un projecteur fixé au plafond du salon. En dehors du film sur l'écran, pas d'autre source de lumière dans la pièce. Je ne distinguais même pas si des spectateurs avaient pris place sur le canapé en forme de U pour…

... pour voir quoi, d'ailleurs ?

Je plissai les yeux, mais l'écran, au-dessus de la cheminée, resta gris. Jusqu'à cet instant, il s'agissait d'un film en noir et blanc de mauvaise qualité : des images floues réclamant une certaine imagination pour y reconnaître une vaste salle de bains avec deux lavabos, un W-C, un bidet et une cabine de douche. Mais ensuite, quelqu'un, volontairement ou par mégarde, avait posé quelque chose devant la lentille ; une serviette, selon toute vraisemblance. En tout cas, la salle de bains avait disparu, et le salon des Traunstein s'était retrouvé plongé dans le noir.

Je me demandais ce que j'allais faire quand j'entendis un rire, certes déformé et étouffé par l'obstacle de la fenêtre, mais suffisamment fort pour être totalement incongru : une telle hilarité n'avait pas sa place dans le salon d'un homme dont la femme venait d'être assassinée et les enfants enlevés, alors qu'il ne restait plus que quelques heures pour les retrouver vivants.

L'écran s'éclaira à nouveau, mais le cameraman invisible ne se limitait plus, cette fois, à la robinetterie. La serviette avait disparu et un nouvel angle de prise de vues permettait de voir, dans un coin, une baignoire où une femme, assise le dos tourné, relevait ses cheveux.

Avant que j'aie eu le temps de découvrir pourquoi ce spectacle m'inquiétait, le derrière nu d'un homme envahit l'écran, bouchant quasiment tout le champ visuel. Le rire qui, un instant plus tôt, était déjà quelque peu frivole, le devint sans aucune équivoque quand l'homme se plaça contre la baignoire et se mit à masser la femme. Sa position, légèrement penchée vers l'avant, laissait deviner qu'il ne se contentait pas des épaules.

D'un seul coup, je me sentis sale, pareil à un voyeur violant l'intimité d'un inconnu et sur le point de franchir un seuil au-delà duquel il n'y avait plus de retour vers une vie décente. Une fois déjà, je m'étais dégoûté moi-même, peu avant mon mariage, quand Nicci avait dû effectuer une quantité incroyable d'heures supplémentaires et qu'était née en moi la peur irrationnelle qu'elle eût une liaison. J'avais dans les mains le portable qu'elle posait la nuit sur le meuble à chaussures, dans l'entrée. Je ne sais ce qui m'avait finalement retenu de consulter ses SMS. Aujourd'hui, des années plus tard, j'étais heureux de m'en être abstenu, même si je n'étais jamais parvenu à dissiper un léger doute quant à sa fidélité. J'étais demeuré correct, et c'était l'essentiel. J'étais d'autant plus profondément troublé par le fait que j'étais en train d'espionner par une fenêtre, sur le lieu d'une tragédie familiale, le maître de maison en train de visionner, sur grand écran, un film porno amateur.

Je n'avais pas encore découvert Traunstein, mais j'étais certain que la bouteille de bourbon à demi vide posée sur la table en verre, à côté du fauteuil en cuir, lui appartenait, de même que le cendrier trop plein.

Je me dirigeai vers la porte de la baie vitrée et m'immobilisai, indécis, pris d'une hésitation, comme jadis, quand j'avais été sur le point d'explorer le menu du portable de Nicci. Aujourd'hui, pourtant, je savais bien que je ferais un pas supplémentaire.

Peut-être que ce sont juste les élucubrations d'une aveugle qui m'ont conduit ici, me dis-je en avançant la main. *Peut-être qu'Alina est tout simplement dérangée et que le père n'a rien à voir avec la disparition de ses enfants.*

Persuadé que la porte serait fermée à clé, je tournai le bouton en laiton.

Mais il y a quelque chose de louche dans tout ça.

La porte s'étant ouverte, à ma grande surprise, je me soufflai une excuse plus piètre encore pour ma curiosité.

Je serais un mauvais journaliste si je n'allais pas au fond des choses.

58

Je reconnus Thomas Traunstein à l'instant même où il se tourna vers moi. Il portait le costume dans lequel il s'était présenté devant la presse, dans l'après-midi de la veille, pour demander à la population d'aider à la recherche de ses enfants. À présent, le complet croisé brun clair donnait l'impression que son propriétaire avait dormi sans le quitter. La veste était chiffonnée et tachée en plusieurs endroits, ce qui était parfaitement incroyable pour le propriétaire de la plus grande chaîne de pressings de Berlin. Mais beaucoup moins que ce qui se jouait ici.

Traunstein ne m'avait pas entendu entrer. Il me fallut me racler la gorge et l'appeler par son nom pour le voir réagir et essayer maladroitement de se relever de son profond fauteuil. En vain. La demi-bouteille de bourbon l'avait manifestement privé de toute force.

— Quesquis'passe ? bredouilla-t-il.

Dans ses yeux à l'éclat terni par l'alcool se lisait l'agressivité puérile des ivrognes qui cherchent le moindre prétexte pour déclencher une bagarre.

— Je pourrais vous poser la même question, répondis-je, le regard rivé sur l'écran où les images devenaient de plus en plus nettes.

La femme, dans la baignoire, venait de se retourner et, la tête à la hauteur des hanches de l'homme, serrait les deux mains sur les fesses de celui-ci. Il n'était certes pas interdit de regarder un film porno chez soi, même quelques heures après être devenu veuf, alors que la chair de sa chair était aux mains d'un fou furieux. Mais ce n'était pas non plus acceptable.

— Vous n'avez rien de mieux à faire ? demandai-je, choqué.

Se passant la main dans les cheveux, il me regarda avec des yeux ronds. Je ne savais si son incompréhension tenait à ma question ou à ma présence dans son salon.

— Voulez quoi ? demanda-t-il au bout d'un moment.

Entre-temps, j'avais cherché des yeux la cuisine où j'aurais pu préparer du café afin de lui permettre de retrouver ses esprits.

— Il faut qu'on parle, déclarai-je sèchement.

— De quoi ? aboya-t-il en retour, en clignant des yeux d'un air las, sans même tenter d'essuyer les filets de bave sur son menton.

— Peut-être savez-vous quelque chose qui pourrait nous mener jusqu'à l'homme qui a tué votre femme.

Est-ce que vous lui avez téléphoné peu avant son assassinat ? L'avez-vous vraiment avertie de ne pas descendre dans la cave ?

— Lucia était une pute, éructa-t-il en haletant. Une sale pute.

Je tressaillis, comme giflé par ses mots haineux.

— Faisait que baiser à gauche et à droite. Regardez !

Prenant une télécommande sur la desserte, il augmenta le son avec, vu son état, une précision étonnante.

Le gémissement ne laissa aucun doute quant au genre d'activité pratiquée par les deux personnages dans la baignoire.

— Ma maison, bégaya Traunstein. C'est *ma* maison. Ma salle de bains. Ma femme, lâcha-t-il avec un rire hystérique. C'est même ma saloperie de caméra. Mais l'enfoiré, là, continua-t-il avec un geste méprisant en direction de l'écran, où le postérieur viril et poilu occupait de nouveau tout l'écran, ce n'est pas moi.

— Écoutez, vos problèmes conjugaux ne me regardent pas, tentai-je pour le calmer.

En fait, rien ici ne me regarde. Je suis seulement sur la piste des visions d'une aveugle.

— Mais ne vaudrait-il pas mieux que vous aidiez à la recherche de vos enfants ?

— Toby ? Léa ? Qu'ils aillent au diable !

Je crus d'abord avoir mal entendu, mais il le répéta et cracha par terre.

— Sales morveux ! Sont pas de moi !

Laissant choir la télécommande, il réussit d'un seul coup à s'extraire de son fauteuil. Une main sur le dossier, les jambes flageolantes, il me regarda droit dans les yeux, au bord de la crise de nerfs.

— Pas de moi. Tu comprends ?

Non, je ne comprenais pas. Pour être honnête, je ne comprenais encore rien de rien en cet instant. La vérité, toutefois, allait quelques secondes plus tard me frapper de plein fouet, avec une violence inouïe, à peu près à l'instant où Traunstein commença lui aussi à comprendre lentement.

— Bordel, je sais qui tu es, beugla-t-il, avec encore une pointe d'hésitation.

Il me dévisagea alors. Lentement mais sûrement, quelque chose d'inquiétant se fraya un chemin au travers de son entendement embrumé par l'alcool. Sa physionomie changea, se durcit, tout comme le reste du corps, flasque jusque-là.

— Trouvé aujourd'hui ton portefeuille. Vu ta carte d'identité.

J'acquiesçai. Pas parce que j'étais d'accord, mais parce que, dans ma tête aussi, les pièces du puzzle commençaient lentement à s'assembler.

Je savais à présent pourquoi tout à l'heure, sur la terrasse, le rire féminin m'avait mis mal à l'aise. Pourquoi la personnalité de Traunstein ne me paraissait pas inconnue alors que je n'avais jamais encore rencontré l'homme en chair et en os. Mais cela n'était pas nécessaire, car tant de récits me l'avaient décrit que j'avais construit de lui, dans ma tête, une image négative coïncidant avec la réalité, jusque dans les moindres détails. Même son vocabulaire ordurier m'était familier.

« Lucia était une sale pute. Les morveux ne sont pas de moi. »

— Putain, mais c'est toi le journaleux qui a déjà tué une femme. Et maintenant, tu as la mienne sur la conscience !

Il se trouvait à présent si près de moi que je sentais son haleine fétide, un mélange de whisky et de cigarettes.

— C'est toi. C'est toi qui as fait le coup.

Je reculai, et un ultime regard vers l'écran me conforta dans l'épouvantable certitude. Jusqu'ici, sa photo n'avait pas été publiée. Peut-être parce que celles de ses enfants enlevés étaient plus sensationnelles et que la presse voulait réserver la photo du cadavre pour les jours où elle manquerait d'informations concernant le Voleur de regards. Mais peut-être m'avait-elle tout simplement échappé : j'avais en effet disparu de la circulation ces dernières heures.

Merde alors, je me préoccupais beaucoup trop de moi.

La femme venait de sortir de la baignoire. Ses longs cheveux, qu'elle avait relevés quelques minutes plus tôt, étaient de nouveau défaits et retombaient sur ses seins menus. Quand elle rit en direction de la caméra, je la reconnus, et ce fut comme un coup de poing qui chassa toute joie de mon âme.

Mon Dieu, je vous en prie, faites que ce ne soit pas vrai, pensai-je en même temps que je compris pourquoi elle ne répondait pas à mes appels. Jamais plus nous ne nous rencontrerions dans des établissements louches, plus jamais nous n'aurions de conversations intimes. Jamais nous ne tomberions amoureux l'un de l'autre.

J'avais envie de pleurer et de crier, mais j'aurais beau faire, je n'y changerais rien : Charlie était morte.

Et je ne tarderais pas à l'être à mon tour si la balle tirée par l'arme que son époux braquait sur moi m'atteignait.

57

(9 heures et 17 minutes
avant l'expiration de l'ultimatum)

Philipp Stoya (chef de la brigade criminelle)

Hohlfort se trouvait dans son élément. Il avait retrouvé son sourire télégénique plein de suffisance et, en dépit de son handicap, avait l'air parfaitement heureux d'instruire de petits policiers inexpérimentés grâce à ses théories sur les mobiles et les scénarios. Stoya se demanda si lui aussi aurait un jour le temps et assez de tranquillité pour exposer dans un livre son expérience professionnelle. Le premier crétin venu écrivait de nos jours une biographie, assurait des séances d'autographes dans les foires du livre et tenait le crachoir sur les plateaux de télévision. Pourquoi ne lui serait-il pas permis, à lui aussi, d'arrondir ses fins de mois et, surtout, d'améliorer son image publique dès qu'il en aurait fini avec cette affaire de merde ?

— Nous pouvons partir avec certitude de l'hypothèse selon laquelle il s'est produit, pendant la phase d'imprégnation de l'assassin, un événement clé, sans doute une expérience traumatisante. Souvent, le criminel a été torturé, maltraité ou violé durant sa petite enfance.

— Mais oui, pas de problème, c'est le Voleur de regards la véritable victime. L'excuse type de tout criminel, ironisa Scholle.

Il s'était levé pour baisser le chauffage. Dans la salle de réunion du commissariat, il était presque impossible de régler correctement la température. En été, la climatisation récemment installée vous glaçait littéralement, tandis qu'en hiver la pièce surchauffée provoquait des maux de tête.

— C'est exact, presque tous les criminels proviennent de milieux à problèmes, et c'est pourquoi cette donnée générale ne nous est pas d'une grande aide.

Hohlfort se saisit de sa serviette posée à côté de la chaise roulante et la mit sur ses genoux. Il en sortit un épais dossier qu'il ouvrit sur la table, devant lui.

— Heureusement, les mutilations nous fournissent des indices importants.

Il tourna le dossier de manière que Stoya et Scholle voient les atroces photos des victimes.

Comme si je pouvais un jour oublier les petits corps et les orbites vides, pensa le chef de la brigade, irrité par le geste théâtral du professeur.

— Des indices ? l'encouragea-t-il, de l'impatience dans la voix.

— Tout criminel possède un objectif qui peut, bien sûr, paraître incompréhensible à un être normal, mais qui n'en existe pas moins. Et, dans le cas du Voleur de regards, il est même tout à fait manifeste.

— Mais c'est évident, explosa Scholle en désignant, furieux, le dossier. Il s'agit d'un pédophile sadique. Il prend son pied en torturant des gamins.

— Faux. L'absence de toute trace d'abus sexuels chez les enfants dément cette hypothèse, rétorqua Hohlfort, secouant la tête d'un air sentencieux. Et une atteinte sexuelle n'expliquerait pas non plus l'ablation de l'œil gauche, n'est-ce pas ?

La question s'adressait certes à l'adjoint, que le professeur avait à présent manifestement dans le collimateur, mais ce fut Stoya qui répondit :

— Les assassins, quand ils recouvrent les yeux de leurs victimes, se livrent le plus souvent à un acte symbolique, désireux qu'ils sont d'annuler ce qui vient de se produire. Ils ne supportent pas la vue de leur crime et obstruent la vision de ceux qu'ils viennent d'assassiner ; pour ne plus voir eux-mêmes, en quelque sorte.

— Mais alors, le tueur aurait énucléé *les deux* yeux, objecta Hohlfort en brandissant la photo de la première victime, la petite Klara Strahl.

Stoya réprima son envie de se détourner et se contenta de garder les yeux fixés sur le vieux profileur au visage bronzé aux UV.

— Il collectionne donc des trophées ? s'enquit Scholle.

Hohlfort tordit ses lèvres minces en un sourire amusé.

— Trophées, souvenirs, récompenses : ce sont toujours les premières hypothèses que formule un profileur dans les mauvais polars, quand une victime a été amputée. Non, je pense que de l'avoir dénommé le Voleur de regards nous a induits en erreur. Ce n'est pas un voleur.

— Mais quoi, alors ?

— Je préférerais le qualifier de transformateur. Le criminel crée un état. Il modifie la nature des enfants, il les transforme en cyclopes.

— En cy… quoi ? s'étonna Scholle qui, s'étant rassis, s'appuya sur son dossier et se mit à se balancer sur sa chaise.

— Les êtres fabuleux qui ont pour caractéristique physique de n'être dotés que d'un œil.

De la pointe de la langue, Hohlfort humecta sa lèvre supérieure, ce qui évoqua irrésistiblement pour Stoya l'image d'un lézard.

— Même si vous connaissez parfaitement, j'en suis sûr, la mythologie grecque, continua le professeur avec un sourire condescendant en direction de Scholle, je me permettrai néanmoins une petite digression.

Il reposa la photo de Karla dans le dossier qu'il referma.

— Les premiers Cyclopes, les plus connus, étaient les enfants d'Ouranos et de Gaïa, celle-ci étant comme chacun sait la déesse de la Terre, la déesse-mère. Avec Ouranos, le dieu du Ciel, Gaïa engendra trois Cyclopes. Mais Ouranos haïssait ces enfants. Il les haïssait si fort… (Hohlfort observa un bref temps de silence afin de donner plus de poids aux mots qui allaient suivre)… qu'il les cacha !

— Où donc ?

Stoya s'était un bref instant demandé s'ils allaient continuer à perdre leur temps à écouter les élucubrations du professeur, mais ce dernier venait soudain de capter son attention.

— Dans les profondeurs de la terre : dans le Tartare. C'est ainsi que les dieux appelaient une partie des enfers, plus loin encore que l'Hadès.

Stoya acquiesça inconsciemment, geste qui provoqua chez Hohlfort un hochement de tête approbateur.

— Je vois que vous saisissez le parallèle.

— Qu'est-il arrivé aux enfants borgnes ? interrogea Scholle, qui avait interrompu son balancement.

— Ils furent délivrés par Zeus en personne, le plus grand de tous les dieux grecs. Les Cyclopes en furent si heureux qu'ils lui offrirent la foudre et le tonnerre.

— Vous avez vraiment une culture générale impressionnante, monsieur le professeur, mais…

— … vos considérations débouchent-elles sur une théorie qui nous permettrait de travailler concrètement ? compléta Stoya à la suite de son adjoint, avant que celui-ci ne le fasse avec certainement beaucoup moins de politesse.

Hohlfort sourit d'un air moqueur, visiblement content de lui, et il parut soudain si plein de vitalité que le chef de brigade n'aurait pas été étonné de le voir sauter de sa chaise roulante.

— J'irais jusqu'à dire que j'ai mieux qu'une théorie. Je vais vous donner un point de départ décisif.

Après une nouvelle pause lourde de sens durant laquelle on n'entendit que le bruit continu du vieux chauffage central, le professeur s'éclaircit la voix et reprit, avec des intonations dignes d'un pasteur :

— Le Voleur de regards choisit des enfants rejetés par leur père.

— Pourquoi ? demandèrent d'une seule voix les deux enquêteurs.

Hohlfort prit la mine de celui qui considère comme indigne de lui d'avoir à exprimer tout haut une telle évidence. Puis il conclut, condescendant :

— Parce que ces enfants, tout comme les Cyclopes de la mythologie grecque, sont le produit d'une relation interdite.

56

(9 heures et 11 minutes
avant l'expiration de l'ultimatum)

Alexander Zorbach (moi)

— Ce n'est pas bien, me reprocha Alina d'une voix blanche.

Sa respiration était haletante, ses yeux papillotaient nerveusement sous ses paupières mi-closes.

— Nous ne devrions pas faire ça, insista-t-elle.

— Ne vous inquiétez pas, répondis-je en espérant qu'elle n'entendrait pas le désespoir dans ma voix. Ça ne durera pas longtemps.

Puis j'essayai de la conduire dans la pièce, mais elle repoussa ma main avec vigueur.

Je vous comprends, pensai-je, heureux qu'elle ne pût voir mes yeux gonflés de larmes. *Moi non plus, je n'ai pas envie d'y retourner. Mais ce n'est plus seulement un problème professionnel. Maintenant, c'est personnel.*

Assommé par la révélation de la mort de Charlie, je n'avais tout d'abord rien tenté pour me défendre contre son époux. Je ne savais pas comment une arme s'était retrouvée soudain entre ses mains et, franchement, j'avais aussi peu l'intention d'y réfléchir que de me demander pourquoi il n'avait finalement pas tiré.

On n'a pas besoin d'être psychologue pour deviner ce qu'envisage de faire avec un pistolet chargé un homme malmené par le destin, à l'heure de la plus grande solitude, du désarroi le plus profond. Si Traunstein avait projeté de retourner l'arme contre lui, l'alcool l'avait privé de l'énergie nécessaire. À plus forte raison pour me tirer dessus. C'était ainsi que, durant la seconde où nous nous étions retrouvés face à face, paralysés, le pistolet lui était tombé des mains et reposait maintenant sur l'épais tapis, à côté du canapé.

— Que cherchons-nous ici ? demanda Alina.

— Des réponses.

Mon sort semblait lié à celui du Voleur de regards par un fil invisible qui, de minute en minute, se resserrait autour de mon cou. Même si ma douleur d'avoir perdu Charlie – dont je venais d'apprendre le véritable nom de si atroce manière – était à peine supportable, je n'arrivais pas à partir. J'avais besoin de certitude. Aussi étais-je retourné à la voiture pour convaincre Alina de m'accompagner dans la villa des Traunstein.

— Ça pue le tabac, l'alcool et la sueur, constata-t-elle d'un ton hésitant.

Elle tenait d'une main la poignée de la porte du salon tandis qu'elle entourait de l'autre mon avant-bras, exactement à l'emplacement de mon patch anti-tabac. Détachant avec douceur sa main de la poignée, je la fis entrer dans le salon bourgeois, toujours éclairé par la lumière du projecteur. J'avais arrêté le film pour ne plus avoir à supporter les images intolérables, qui me rappelaient que je venais de perdre à nouveau un être qui comptait dans mon existence. De manière irrévocable, cette fois.

Je me raclai la gorge. Traunstein releva la tête et se mit à geindre doucement.

— Qui est-ce ? demanda Alina, se figeant sur place.

L'homme gémissant de plus en plus fort, elle serra ma main.

— Bon sang, qu'est-ce qu'il a ?

— Il va bien, la calmai-je.

— Pourquoi ne parle-t-il pas ?

— Parce qu'il a un bâillon.

Réalisé avec la pochette de son veston.

Dégageant mon bras de l'étreinte d'Alina, je me dirigeai vers le fauteuil de bureau, au centre de la pièce, sur lequel j'avais ligoté Traunstein avec une rallonge électrique ; une décision regrettable dans une existence qui, de toute façon, était foutue. Mais dès que Stoya découvrirait que j'avais avec une des victimes une relation – dont personne ne croirait qu'elle pouvait être platonique, vu le lieu de nos rencontres –, le traitement infligé au veuf serait le moindre de mes problèmes. Ce dernier grogna quand je tournai le siège, de manière qu'il se trouve face à Alina.

— Vous avez bâillonné quelqu'un ? Vous avez complètement pété les plombs ou quoi ? s'indigna la jeune femme derrière moi.

Non. Le Dr Roth dit que je suis tout à fait normal.

— Uniquement pour l'empêcher d'ameuter le voisinage par ses cris pendant que j'allais vous chercher.

Je m'agenouillai juste devant lui, le dépassant toujours d'une tête. La sueur coulait sur son front, et il avait le regard beaucoup plus clair que quelques minutes auparavant.

— Traunstein ? entendis-je Alina s'exclamer derrière moi. Grands dieux ! Vous torturez le père des enfants séquestrés ? Faites-moi immédiatement sortir d'ici. Je ne veux en rien être mêlée à ça.

— Qui parle de torture ? fis-je, puis, m'adressant à Traunstein : Écoutez, on va faire un deal. Je vous enlève le bâillon et, en échange, vous restez peinard, OK ? Je ne veux rien d'autre que des réponses à quelques questions que je vais vous poser. C'est clair ?

Il acquiesça, sur quoi je lui ôtai son bâillon. Il toussa en reprenant son souffle, et il me fallut attendre un petit instant que sa quinte fût calmée. Je devais tenter de découvrir si sa dernière conversation téléphonique s'était effectivement déroulée telle qu'Alina me l'avait racontée sur le bateau.

— Bon alors, commençai-je afin de rassembler mes idées, avez-vous appelé votre femme, hier, peu après être arrivé chez vous ?

— C'est…

Un râle lui coupa la parole et il dut reprendre.

— C'est elle qui a appelé.

Il haletait, l'air épuisé. Sa langue paraissait ne lui obéir qu'au prix de grands efforts.

Jusque-là, ça coïncide avec ce qu'a décrit Alina.

— D'accord, c'est elle qui a appelé. Qu'a-t-elle dit ?

Qu'est-ce que la femme dont j'ai failli tomber amoureux vous a dit avant de mourir ?

— Elle… (Il déglutit)… elle était hystérique. À peine si j'ai compris quelque chose.

— A-t-elle parlé d'une partie de cache-cache ?

— Hein ? s'exclama-t-il, une totale incompréhension se lisant dans son regard.

Il tenta de me fournir une réponse, mais dut s'y reprendre à trois fois avant de réussir à émettre quelque chose qui ressemblât vaguement à une phrase.

— Non, rien, elle hurlait, sans plus, parce que les enfants avaient disparu.

— Et vous ? demanda Alina derrière moi.

Je fus surpris de son intervention et me demandai si quelque chose l'avait frappée dans la voix de l'homme.

— Oui, que lui avez-vous dit à ce propos ? repris-je pour préciser sa question.

Traunstein pencha la tête en avant, paraissant sur le point de se mettre à somnoler, mais la releva ensuite avec une vigueur inattendue.

— « Calme-toi, espèce de traînée ! Pas la première fois que les morveux se taillent ! »

Je pris une profonde inspiration, posai mes mains sur ses épaules et regardai l'homme blessé et furieux droit dans les yeux. J'avais très envie de le frapper pour chacune des insultes qu'il proférait envers Charlie, mais, d'une certaine manière, je pouvais le comprendre. Dans l'échec d'une liaison, il y a toujours et nécessairement implication de deux êtres. Quelle qu'ait été sa faute, il l'avait payée cher.

— Vous ne lui avez pas ordonné de n'aller dans la cave sous aucun prétexte ?

Mon Dieu, comment ai-je pu être aussi aveugle ? Il est trop tard. Ne descends en aucun cas dans la cave.

Tout en lançant ma question, j'observai si sa physionomie changeait. Dans ma première vie, j'avais procédé à des centaines d'interrogatoires et, dans ma seconde, mené tout autant d'interviews. Je me croyais donc à même d'interpréter une émotion, quelle qu'elle fût, chez mon interlocuteur. Je ne découvris pourtant, chez Thomas Traunstein, pas le moindre signe de stupéfaction ou de surprise en apprenant que j'étais en possession d'une telle information. Il réagit, comme avant, avec confusion et agressivité.

— Une cave ? Quelle putain de cave ?

Sans le savoir, il avait mis, par sa question, le doigt sur l'essentiel. Les victimes précédentes avaient été assassinées dans des appartements de location en étage, donc des lieux à propos desquels l'appel à ne pas aller dans la cave n'avait guère de sens. Si la vision d'Alina renfermait un noyau de vérité, elle ne pouvait se rapporter qu'à l'assassinat de Charlie.

— Je n'ai pas parlé d'une putain de cave, insista-t-il.

Il émit un nouveau râle. Il avait manifestement avalé de travers, car il fut ensuite pris d'une quinte de toux qui secoua tout son corps.

OK. Ça ne mène à rien. Il est temps de passer au plan B.

Je me tournai vers Alina.

— Rendez-moi un service, chuchotai-je très doucement, de manière à ne pas être entendu par Traunstein.

Debout tout près d'elle, je sentis à nouveau son agréable parfum. Les cheveux de sa nuque se hérissèrent sous le souffle chaud de mon haleine contre son oreille. Je remarquai sur son cou le haut d'un tatouage qui, le col de son pull-over ayant glissé, était maintenant à demi visible.

Ayant apparemment senti mon regard, elle remonta son col avant que j'aie réussi à déchiffrer les caractères contournés. J'eus le sentiment qu'il s'agissait du mot *hate*, la haine.

— Quel genre de service ? répondit-elle.

Je pris ses mains dans les miennes et la conduisis lentement autour du siège, jusqu'à ce qu'elle se retrouve juste derrière Traunstein.

— Vous avez dit que vous aviez commencé par les épaules.

— Qu'est-ce que ça signifie ? demanda l'homme en relevant la tête pour voir ce qui se tramait dans son dos.

— Oui, confirma Alina, mais…

— Mais bordel de merde, avec qui vous n'arrêtez pas de parler, ici ? s'énerva Traunstein en secouant ses liens.

Il n'avait manifestement pas pris conscience de la présence d'Alina jusqu'alors.

— S'il vous plaît, recommencez, demandai-je à la jeune femme.

Prouvez-moi que vous dites la vérité. Regardez une fois encore dans le passé du Voleur de regards.

Je guidai ses mains jusqu'aux épaules de Traunstein.

— Touchez-le. Et dites-moi ce que vous voyez.

55

(8 heures et 55 minutes
avant l'expiration de l'ultimatum)

Philipp Stoya (chef de la brigade criminelle)

« Le Voleur de regards choisit des enfants rejetés par leur père. Parce que ces enfants, tout comme les Cyclopes de la mythologie grecque, sont le produit d'une relation interdite. »

Stoya répéta mentalement les derniers mots du professeur et se mit peu à peu à partager l'antipathie de Scholle envers cet homme pédant, qui se débrouillait pour que ses propos provoquent des questions trahissant l'ignorance de son public.

— Comment doit-on comprendre cela ? se résolut-il néanmoins à demander au profileur.

— Ouranos était le fils de Gaïa.

— Non ? La vieille déesse a baisé avec son propre fiston ? s'étonna Scholle en partant d'un rire hystérique.

— Qu'elle avait mis au monde par immaculée conception. Oui, les Grecs, à l'époque, n'étaient pas prudes. Zeus, par exemple, avait lui aussi eu des rapports intimes avec sa sœur. De nos jours, ce serait très mal vu.

Il secoua la tête d'un air pensif.

— Nous avons fouillé le passé des familles des victimes. Pas le moindre indice d'inceste.

Hohlfort leva l'index.

— Quand je parle d'une relation interdite, je ne me place pas sur un plan juridique. Il ne s'agit que du point de vue du tueur, pour qui une infidélité peut suffire.

— Vous voulez dire…

— … que les enfants enlevés ne sont probablement pas les descendants biologiques du père, oui.

Le profileur, saisissant à côté de lui la manette chromée au-dessus des roues de son fauteuil, fit avancer et reculer celui-ci de quelques centimètres.

— C'est pour cela qu'il les déteste. C'est pour cela qu'est assassinée la mère qui a si honteusement trompé son mari.

Comme électrisé par ce que le professeur venait de laisser entendre, Stoya se leva et, d'un geste nerveux, saisit sa nuque.

— Cela fait de notre tueur un vengeur !

— Exactement ! confirma Hohlfort qui, continuant ses petits déplacements, avait tout de l'enfant en train de s'amuser. L'assassin punit la mère pour son infidélité et joue le rôle d'Ouranos en cachant dans les profondeurs de la terre les enfants qu'il hait, parce qu'ils sont d'un autre père. Ce qui nous fournit d'ailleurs une autre piste pour notre recherche : il retient prisonnières ses victimes dans un trou. Jamais au niveau du sol ou au-dessus.

— Oh, merci infiniment. C'est que cela réduit de manière fantastique le champ de nos investigations, intervint Scholle, qui se leva à son tour.

Son ventre retombait tellement au-dessus de son pantalon qu'on n'arrivait pas à voir s'il portait une ceinture.

— Vous pouvez passer votre temps à proférer des remarques sarcastiques. Vous pouvez aussi vérifier les secrets familiaux, à la recherche d'aventures ou d'infidélités étouffées. Peut-être toutes ces femmes ont-elles eu une liaison avec le tueur en personne, d'où est né un enfant que ce type déteste autant qu'Ouranos a jadis détesté ses Cyclopes.

— Et peut-être que je vais aller à présent aux chiottes et me torcher, annonça Scholle avec un geste de mépris. Je commence à en avoir plein le cul de toutes ces conneries mystiques et de ces histoires de dieux. Je vais revenir aux solides preuves terrestres. Après tout, nous avons enfin un suspect au courant de faits que seul l'assassin connaît, et qui a laissé tomber son portefeuille sur les lieux du crime.

Hohlfort sourit de manière télégénique et avança en direction du portemanteau situé près de la porte.

— C'est vous qui avez voulu entendre mes théories, messieurs. Je suis navré si vous pensez avoir perdu votre temps.

Il allait décrocher son manteau de cachemire quand la porte s'ouvrit à la volée et qu'une jeune femme entra en trombe dans la pièce.

— Excusez-moi, je vous prie, haleta-t-elle d'émotion, soufflant pour écarter de son front une frange blonde.

— Que se passe-t-il ? demanda Stoya, mécontent.

— Zorbach, lâcha-t-elle simplement, le rouge lui montant au visage.

Son supérieur sentit tout son corps se contracter.

— On l’a enfin trouvé ?

— Non, répondit-elle en lui tendant le portable. C’est lui à l’appareil.

54

(8 heures et 52 minutes
avant l'expiration de l'ultimatum)

Alexander Zorbach (moi)

— Dans sa villa ?

— Oui.

— Ligoté ?

— Avec une rallonge électrique.

— Tu te fous de moi !

La voix de Stoya tremblait de colère, pendant que j'entendais en arrière-plan les bruits caractéristiques d'un commissariat en proie à une activité forcenée. Le mélange de sonneries de téléphone, de conversations, de claquements de porte et de cliquetis de claviers d'ordinateur était étrangement sonore, évoquant une activité plus matinale que nocturne. Il était certain qu'actuellement chacun des employés disponibles devait être sur le pont.

— Vous devriez jeter un coup d'œil sur le DVD dans le lecteur de son salon, précisai-je.

— Ce n'est pas à toi de me dire ce que j'ai à faire ou à ne pas faire, aboya l'enquêteur.

Éloignant le téléphone de mon oreille, je donnai silencieusement à Frank l'ordre de tourner à gauche au prochain croisement.

Après qu'Alina et moi avions attendu durant ce qui nous était apparu comme une éternité devant la villa des Traunstein, mon stagiaire avait surgi exactement à l'instant où Stoya prenait la communication. Aussi étions-nous montés dans notre nouveau véhicule le plus silencieusement possible, sans nous dire bonjour.

— Où es-tu ? voulut savoir le chef de la brigade criminelle d'un ton de commandement.

— Mauvaise question. Demande plutôt à Traunstein pourquoi il se soûle la gueule au lieu d'aider à retrouver ses enfants. Le DVD pourrait te donner de précieuses indications sur ce point.

À vrai dire, je m'étais entre-temps mis à douter sérieusement qu'il ait pu exister un lien entre cet homme et le Voleur de regards, et pas seulement parce que les visions d'Alina s'étaient terminées en eau de boudin. La remise n'était pas en bois et le lieu du crime était trop éloigné du Teufelsberg. Le coup tordu de l'ultimatum n'avait été que l'effet du hasard.

Changeant de tactique, mon ex-collègue tenta maladroitement de m'amadouer.

— Viens au commissariat. Je te promets que nous te traiterons correctement.

— Ce serait une perte de temps. Ne vous occupez pas de moi. Interrogez donc l'époux.

Je déglutis et sentis les larmes me monter aux yeux.

Charlie, bordel…

— Écoute, Stoya. Il faut que tu me croies : je suis toujours de votre côté. C'est pourquoi je vais te confier quelque chose qui constituera une charge contre moi,

OK ? Je te le dis à titre confidentiel, en tant qu'ancien collègue.

Pour ne pas perdre contenance et me rafraîchir le visage, j'entrouvris la vitre du véhicule.

— L'épouse de Traunstein avait des liaisons. Je dis bien *des* liaisons.

Puis je chuchotai si bas que je m'entendis à peine prononcer, dans le vent et le bruit du moteur :

— Moi aussi, je l'ai bien connue.

— Hein ? C'est une blague ou quoi ? Tu as eu une liaison avec Lucia Traunstein ? l'entendis-je s'écrier, éberlué.

— Non, pas comme tu le penses.

Je constatai du coin de l'œil que ma tentative de ne pas être entendu avait échoué. Frank me regardait, les sourcils en accent circonflexe. En revanche, Alina, sur le siège arrière, paraissait ne s'être aperçue de rien.

— Je te dis ça uniquement pour vous éviter de vous fourvoyer dans votre enquête. Peut-être que le père sait où sont les enfants. Tu piges ? Il a un mobile, pas moi. Sa femme a couché avec d'autres types, et il pense que les enfants ne sont pas de lui.

— Dis-moi immédiatement où tu es !

La voix du policier s'était modifiée : la fureur était passée au second plan. Il avait adopté d'un coup un ton beaucoup plus impersonnel, comme si je venais de détruire définitivement ses derniers doutes quant à ma culpabilité.

— Je suis en voiture. Mais ne te donne pas la peine de faire rechercher ma Volvo, elle est sur Kühler Weg. La clé de contact est dessus.

Je regardai Frank qui venait de mettre son clignotant pour s'engager sur le rond-point de la place

Theodor-Heuss. Ma voiture, qui avait à coup sûr dix ans de moins que la Toyota de sa grand-mère, était loin d'être aussi pimpante. Celle-ci donnait l'impression d'être restée en permanence dans un garage, à l'exception de quelques sorties dominicales. Pas une éraflure sur le tableau de bord, tout juste douze mille kilomètres au compteur et des tapis de sol passés à l'aspirateur après chaque usage. La boîte à gants était couverte de messages soigneusement collés, porteurs de vérités premières: «Carpe diem», «Le monde appartient à ceux qui se lèvent tôt», «Il est aisé de prévoir l'avenir quand on le prépare».

Je donnai un ultime conseil à Stoya.

— Fais rechercher des indices dans ma bagnole, tu ne trouveras rien qui me relie au Voleur de regards.

— J'en ai déjà recueilli bien assez pour te..., l'entendis-je encore répondre avant d'interrompre la conversation.

Puis je me tournai vers Frank.

— Tu avais une liaison avec..., commença-t-il, mais je me dépêchai de l'interrompre, lui désignant Alina.

— Merci d'être venu si vite.

Il acquiesça d'un air compréhensif et entra dans mon jeu.

— J'ai dû attendre le moment propice pour disparaître de la rédaction sans me faire remarquer.

Il réussit à étouffer un bâillement, mais pas à dissimuler l'impression d'éreintement qu'il produisait. Le manque de sommeil et le surmenage lui avaient creusé des cernes profonds sous les yeux, et le reste de sa silhouette me faisait penser à ma propre dégaine au terme d'une nuit de libations. Ces quelques mois au journal avaient transformé le garçon de la pub pour biscottes en un prototype d'accro à Internet obsédé du travail : cheveux sales, visage mal rasé, ses chaussures n'avaient pas de lacets et, sous sa doudoune, il ne portait qu'un T-shirt décoloré du groupe Depeche Mode. Je le voyais mal trouver une fiancée susceptible de tolérer qu'il rentre à 2 h 30 du matin, non pour se coucher, mais pour prendre une douche rapide avant de se mettre au travail pour effectuer la dernière recherche à laquelle je lui avais demandé de procéder.

— Au fait, puis-je vous présenter ? Voici Alina Gregoriev, dis-je en me tournant vers la banquette arrière. Le témoin dont je t'ai parlé. À côté d'elle, il y a TomTom, son GPS à quatre pattes.

— Enchanté, répondit Frank avec un bref regard dans le rétroviseur. Et moi, je suis l'idiot que son boss vient de mettre dans la merde.

— Bienvenue au club ! salua Alina.

Je levai les mains.

— Il n'y a pas de raison de paniquer. Je ne suis ni condamné, ni arrêté. Suspect, simplement. En Allemagne, personne n'est obligé de dénoncer. Donc, aucun de nous ne commet de délit.

— Mis à part une violation de domicile et les tortures auxquelles vous m'avez incitée.

— Tu as torturé Traunstein ?

J'ignorai sa question.

— Vous ne l'avez que touché, et brièvement encore, Alina.

Elle hésita d'un air songeur. Puis, se tournant vers la vitre, elle secoua lentement la tête.

— Rien du tout ? lui demandai-je comme précédemment dans la villa quand, d'un air résigné, elle avait retiré les mains des épaules du veuf. Vous n'avez vraiment rien ressenti ?

— Non.

— Ni images ni lumière ?

Je me demandai si, réellement, je m'étais sérieusement attendu à ce qu'une aveugle donne une autre réponse à ma question.

— Je ne l'ai pas reconnu, précisa-t-elle.

— Hé ? Ho ? Je ne vous dérange pas, au moins ?

Frank changea de file et me lança un rapide regard.

— Quelqu'un peut-il m'expliquer à quel jeu on joue, ici ?

— Mais vous ne pouvez pas non plus affirmer avec certitude que ce n'était pas lui ? repris-je à l'intention d'Alina.

— Je ne peux exclure personne de la liste des assassins possibles, grogna-t-elle en retour, exaspérée. Pourriez-vous à présent arrêter vos questions stupides ? C'est vrai, quoi ! D'abord, vous me téléphonez pour me sommer de vous retrouver dans la forêt…

— Ce n'était pas moi, c'était…

… quelqu'un qui veut me mettre quelque chose sur le dos. Mais pourquoi ? Si je dois effectivement servir de bouc émissaire pour les crimes du Voleur de regards, pour quelle raison s'y prend-il de manière si compliquée et m'envoie-t-il cette cinglée d'aveugle ?

— … ensuite, après que je me suis presque cassé le cou, vous ne vous souvenez plus de votre invitation et vous voulez me chasser de votre *house-boat*, pour enfin m'attirer dans une maison où je dois empoigner le père des enfants enlevés. Et tout ça alors que vous me croyez aussi peu que la police.

— La police ? Attendez un peu…

Frank se retourna vers la banquette arrière, ce qui occasionna une dangereuse embardée vers la droite. Je saisis le volant pour reprendre le contrôle du véhicule.

— C'est pas vrai, souffla-t-il, regardant de nouveau devant lui.

Allumant le plafonnier, il jeta un nouveau coup d'œil dans le rétroviseur.

— Quoi ?

Nous avions parlé d'une seule voix, Alina et moi.

Dehors, de la neige fondue avait recommencé à tomber.

— Je sais qui vous êtes, reprit Frank en mettant les essuie-glaces en marche.

Le caoutchouc des patins grinça comme un ongle sur un tableau noir.

— Je crois que nous nous sommes déjà rencontrés, hier.

53

— Ah oui ?

Le buste d'Alina se raidit. Elle avait ôté l'un de ses trois pull-overs, le jetant négligemment de côté. Sous le col des deux autres, j'aperçus de nouveau le début de tatouage et me demandai ce qui pouvait bien amener une aveugle à se faire tatouer.

— Vous êtes bien la malotrue qui m'a balancé hier la porte du commissariat dans la figure ? jeta mon assistant.

— Frank ? toussotai-je.

— Vous m'avez bousculé et ne vous êtes même pas retournée.

Il déboîta.

— Frank !

— Comme si vous n'aviez pas d'yeux pour voir.

— Fraaank !

— Quoi ? demanda-t-il d'un ton renfrogné.

— Elle est aveugle.

— Dis pas de…

Il se tourna vivement vers l'arrière.

— Vrai ?

Alina et moi acquiesçâmes de concert, puis elle ouvrit les yeux. Deux billes sans éclat. Comme si la cornée avait été remplacée par un verre de contact dépoli.

— Je… je n'avais pas remarqué, balbutia-t-il.

— Merci, répondit sèchement Alina.

J'éteignis le plafonnier et, un instant, on n'entendit rien d'autre que le ronronnement monotone du moteur et le bourdonnement des pneus sur l'asphalte, entrecoupés de temps en temps par le grincement des essuie-glaces.

— C'est vrai, maintenant que vous le dites, je me souviens de votre canne, reprit Frank.

Ayant laissé derrière nous la place Ernst-Reuter, nous roulions le long de la rue du 17-Juin.

— Bon sang, vous avanciez d'un pas si résolu. Je vous ai prise pour une marcheuse nordique, quand vous êtes passée comme une bombe à côté de moi.

— J'étais furieuse.

— J'ai vu. Comment vous faites, dites-moi ? Hier, vous dévalez les escaliers du commissariat, et aujourd'hui, vous montez sans aide sur ma banquette arrière.

— Je suis aveugle, pas paraplégique.

Les joues de Frank prirent une teinte écarlate, comme s'il venait d'être giflé.

— Navré, je ne voulais pas vous vexer.

— Vous ne m'avez pas vexée. Du moins, pas plus que tous les autres.

Une légère amertume était sensible dans la voix d'Alina. Elle parut elle-même s'en apercevoir et s'anima soudainement.

— Ne vous tracassez pas ! Je me suis exercée ma vie durant à berner les gens. Quand je drague un mec dans un club, je parie avec mes copines combien de temps il lui faudra pour s'apercevoir que je suis aveugle.

Elle rit. Frank parut soudain curieux.

— Vous savez, s'excita-t-il, j'ai accompli mon service civil dans une maison de retraite où se réunissait toutes les semaines un groupe d'aveugles. Je suis navré de vous le dire aussi franchement, mais, contrairement à vous, ces gens-là avaient l'air un peu…

Je me rendis compte qu'il allait dire « crétins », mais, sans me laisser le temps de toussoter, il se corrigea de lui-même :

— … ils avaient l'air étranges. Les uns dodelinaient de la tête, les autres enfonçaient leurs doigts dans leurs yeux. La plupart avaient le visage figé, semblable à un masque. Sans expression, un peu comme après une piqûre de Botox. Vous, par contre…

— Qu'est-ce que j'ai, moi ? demanda-t-elle, les deux coudes appuyés sur le dossier de nos deux sièges et se penchant en avant.

— Pour me dire bonjour, vous m'avez fait un signe de la tête sans rien dire et, la première fois où je vous ai adressé la parole, vous avez haussé les sourcils. Là, vous êtes en train de sourire et de passer la main dans vos cheveux qui, soit dit en passant, paraissent avoir besoin d'un bon coup de peigne.

— Merci. Je l'ai travaillé.

— Vous avez travaillé quoi ?

— La gestuelle et la mimique. Je pense que le problème, c'est que les malvoyants se retrouvent trop tôt entre eux. Mes parents ont fait des pieds et des mains pour l'éviter quand, après l'accident, on a voulu m'envoyer dans une école spéciale. Bien sûr, une fois par an, je participais à un camp pour aveugles. Mais, le reste de l'année, je fréquentais une école publique et je jouais avec mes amis voyants sur des terrains de jeux absolument normaux. Il y avait bien entendu des différences. J'avais un ordinateur à moi, qui me permettait d'écrire mes textes en cours, et, quand je faisais du vélo, je roulais au milieu de mes copines afin de pouvoir m'orienter d'après les bruits. Mais je roulais avec *mon* vélo. Je me ramassais certes plus souvent que les autres, mais mes camarades de classe s'étaient vite habitués à voir, dans la cour de récréation, la drôle de petite fille se cogner contre un obstacle sans se décourager et se relever aussitôt.

Elle s'enfonça à nouveau dans la banquette. Avec ses housses marron et le rouleau de papier dans le vide-poches, cette Toyota ne pouvait appartenir qu'à une retraitée. J'aurais parié une année de salaire que je trouverais dans la boîte à gants un carnet d'entretien consciencieusement tamponné, ainsi que toutes les pièces et numéros de téléphone indispensables en cas de panne. Pour ma part, je n'avais même pas un triangle de signalisation dans mon coffre.

— J'ignore comment ça se passe en Allemagne, mais, aux États-Unis, il existe beaucoup d'institutions où les aveugles sont peu ou prou livrés à eux-mêmes. Quand un enfant voyant s'ennuie, il se gratte le nez, fait des grimaces ou balance ses cubes. En général, il y a quelqu'un pour le gronder. Quand des enfants aveugles sont entre eux, personne ne s'aperçoit qu'ils se comportent bizarrement. Souvent, d'ailleurs, les accompagnateurs sont eux aussi aveugles. Ou s'en fichent.

Elle tapota la tête de TomTom, qui somnolait. Comme un soldat en opérations, il mettait manifestement à profit la moindre occasion de dormir.

— Plus tard, quand on a pris l'habitude de se gratter le nez et de dodeliner de la tête, il est difficile de s'en débarrasser. Et la majorité des gens dits normaux croyant que ce comportement appartient au tableau clinique typique d'un aveugle, plus personne n'ose dire quoi que ce soit. Cela paraît plus désagréable encore que de signaler à quelqu'un qu'une crotte lui pend au nez.

Elle éclata de rire, et TomTom, d'étonnement, souleva sa grosse tête.

— J'ai eu la chance de rencontrer John dès le jardin d'enfants, un bon copain tout acquis à ma cause. Il me corrigeait chaque fois que je me comportais de manière anormale ; quand je donnais l'impression d'être fâchée uniquement parce que j'étais concentrée ; ou bien quand je roulais inconsciemment des yeux, ce qui rendait mon vis-à-vis nerveux. John est comme mon miroir.

Involontairement, mes yeux se portèrent sur le rétroviseur. Frank, lui, se retourna.

— C'est lui qui m'a enseigné la gestuelle et la mimique. Il m'a montré toutes les ficelles de la tactique mise en œuvre, sur ces plans-là, au cours d'une conversation.

Se penchant à nouveau vers l'avant, Alina afficha une moue boudeuse et passa sa langue sur sa lèvre supérieure d'un air lascif. Puis elle cligna des paupières avec coquetterie, la tête penchée, de biais, dans une attitude d'humilité.

Ayant suivi cette petite démonstration d'art dramatique, Frank ne put s'empêcher de rire.

— Il m'a aussi appris à flirter, conclut-elle.

Et à mentir ?

Plus je passais de temps avec cette fille, extraordinaire à quasi tous les égards, plus elle me paraissait insaisissable. D'une part, elle parlait de manière tout à fait sensée, me donnant des aperçus fascinants du monde sans lumière où elle vivait et dont je ne savais pour ainsi dire rien. Mais, d'un autre côté, elle faisait état de dons surnaturels qui auraient stupéfié Nicci en personne. J'en arrivai à la conclusion qu'elle était soit complètement givrée, soit une comédienne merveilleusement douée.

Ou les deux.

Quand, aujourd'hui, sachant tout ce qui allait encore se produire, je repense à ces quelques instants dans la voiture, je suis obligé de rire des idées dérisoires qui étaient alors les miennes. C'est à vrai dire un rire étouffé, le râle d'un homme sur le point de cracher du sang. Je ris parce que je croyais alors dur comme fer que j'avais mon sort entre mes mains ; que, par mes indications, je déterminerais l'itinéraire de notre équipée qui, pour finir, ne nous mena pas à l'appartement d'Alina, mais directement à la mort.

J'étais certes à moitié groggy et désemparé, mais je pensais tenir encore fermement la barre. Alors que c'était le Voleur de regards qui s'en était emparé depuis longtemps.

Quelques heures encore et je le découvrirais au prix d'atroces tourments.

52

(8 heures et 39 minutes
avant l'expiration de l'ultimatum)

Frank, durant le reste du trajet, nous harcela tour à tour de questions, Alina et moi, si bien que je finis par lui résumer les événements des dernières heures. Commençant par la rencontre sur mon *house-boat* – sans préciser son emplacement –, je le mis au courant des sept minutes supplémentaires de l'ultimatum et de notre intrusion infructueuse chez Thomas Traunstein.

Sa réaction au témoignage invraisemblable d'Alina fut empreinte de beaucoup moins de scepticisme que la mienne.

— Tu la crois ? lui demandai-je, déconcerté.

Toutes ses indications s'étant révélées non fondées, à l'exception de l'ultimatum, ma seule intention était désormais de la ramener chez elle le plus rapidement possible. Ma soif de phénomènes inexplicables provisoirement apaisée, je n'avais pas envie de continuer à courir après des chimères.

— Il est depuis longtemps traditionnel de recourir à un médium pour élucider une affaire, énonça Frank.

Nous roulions maintenant sur la Brunnenstrasse, à hauteur du parc public Am Weinberg.

— En 1919, déjà, le chef de la police judiciaire de Leipzig, le commissaire Engelbrecht, s'est livré, avec un télépathe renommé, à une expérience paranormale afin d'élucider un crime fictif, continua-t-il à pontifier.

Nous nous garâmes dans un parking situé entre deux galeries brillamment éclairées, mais vides. Dans l'une, un vélo sans selle était suspendu au-dessus d'une ampoule à la lumière vacillante ; dans l'autre, un téléviseur à tube cathodique, peint en rose, affichait une mire de réglage enneigée. Cette forme d'art, à supposer que cela en fût, me rendait plus perplexe encore que le verbiage de Frank.

— Et, en 1921, il a existé, à Vienne, un Institut de recherche en télépathie criminelle, même s'il a fermé au bout de quelques mois.

— D'où tient-il tout ça ? s'étonna Alina.

— Il n'a pas, dans sa tête, de filtre anti-spams, expliquai-je. Il se souvient de tout ce qu'il lit. Ça m'évite d'avoir à emporter un bloc-notes quand il m'accompagne dans une enquête.

Je m'étirai sur mon siège. J'avais à présent envie de me débarrasser le plus rapidement possible de Frank et d'Alina, afin de me rendre à Rudow.

Chez Nicci.

Je posai un regard sur l'horloge du tableau de bord.

Et chez mon fils.

Dans deux heures, il serait minuit.

Deux heures avant son anniversaire.

Même si je n'avais pas encore acheté de cadeau, je voulais au moins célébrer cet événement avec Julian avant de me livrer en pâture à Stoya.

— La première affaire qui souleva des vagues en Allemagne fut, en 1921, celle de Minna Schmidt.

Frank semblait intarissable, paraissant avoir trouvé en Alina une auditrice intéressée. En effet, bien que TomTom ne cessât de lui donner dans les mains des coups de museau, elle ne faisait pas mine de vouloir descendre de voiture.

— Un double meurtre ayant été commis contre deux édiles de Heidelberg. La médium eut en rêve la révélation de l'endroit exact où avaient été dissimulés les cadavres.

— Pur hasard, décrétai-je en bâillant.

— Possible. Mais, à l'Institut de Fribourg spécialisé dans la recherche sur les zones frontières de la psychologie, les dossiers sur les affaires dans lesquelles des médiums ont aidé la police s'accumulent. L'une d'elles ne devrait d'ailleurs pas t'être inconnue, remarqua-t-il en se tournant vers moi. Celle d'Hanns-Martin Schleyer, le président du syndicat patronal.

— Et alors ?

— Tu te souviens de la une de la revue *Bunte* à ce sujet, en 1977 ?

— Merci, je ne suis tout de même pas si vieux que ça.

— « Un médium a vu la cachette de Schleyer », précisa-t-il d'un air triomphant. C'était le titre. Le *Stern* a pris alors le train en marche et le *Spiegel* a même réalisé une interview avec le médium néerlandais Gérard Croiset. Les dossiers de l'Institut montrent sans contestation possible que, dès la deuxième semaine de la traque, il a été appelé à l'aide par deux enquêteurs du commando spécial : un psychologue ainsi qu'un membre de la Bundeswehr.

— La Bundeswehr ? s'étonna Alina.

— Oui, ils possèdent un département de défense psychologique.

TomTom se mit à geindre et sa maîtresse lui gratta la nuque pour le calmer.

— Que l'intervention de Croiset ait été rendue publique embarrassa fortement l'Office fédéral de police criminelle. Deux ans plus tard, pourtant, le psychologue de la police confirma que le médium leur avait fourni des indications concrètes sur la tour d'Erftstadt-Liblar, où Schleyer avait été enfermé et caché. Si on avait suivi les indications de Croiset, on aurait pu sauver ce type, à en croire le psychologue.

— Tout ceci n'est rien d'autre qu'une légende moderne, le contredis-je.

— Mais elle n'est pas unique en son genre. Au début des années 1990, déjà, plus de cent personnes douées de seconde vue avaient offert leurs services aux autorités bavaroises. À l'échelle fédérale, leur nombre devrait être considérablement plus élevé.

Il se tourna vers Alina.

— Vous ne représentez donc pas un cas isolé.

— Je ne sais pas ce que je représente, répondit la jeune femme d'une voix soudain très lasse. Mais je suis fatiguée.

Après un bref silence, elle ajouta, à voix basse :

— Et j'ai soif.

Elle ouvrit la bouche comme pour prononcer d'autres paroles, puis sembla se raviser. Ses traits se figèrent et elle descendit de voiture sans un mot, avec des gestes donnant à croire qu'elle était effrayée.

— Il y a un problème ? demandai-je quand je l'eus rattrapée.

Frank était lui aussi sorti de la Toyota et regardait avec attention dans notre direction par-dessus le toit du véhicule. Il semblait qu'une idée venait de traverser l'esprit d'Alina, et elle donnait l'impression de tenter par tous les moyens de la refouler. Elle fit signe à TomTom de se tenir tranquille, puis elle plaça son sac à dos sur son ventre de manière à ouvrir la fermeture Éclair d'une poche extérieure. J'attendis qu'un jeune couple enlacé sous un parapluie nous ait dépassés en pouffant pour lui demander :

— À quoi pensiez-vous, à l'instant ?

Juste après avoir dit que vous aviez soif ?

— À hier. Je me suis arrêtée pour boire quelque chose.

Hier. Après l'assassinat !

Mon estomac se contracta.

— Je voulais vous le dire tout à l'heure, mais vous avez changé de direction pour aller chez Traunstein.

— Où était-ce ? Où vous êtes-vous arrêtée ?

— Sur une place de stationnement. Il est certain que je n'ai pas roulé très longtemps.

— Comment le savez-vous ? Je croyais que, dans vos visions, vous n'aviez pas la notion du temps.

— Je me sentais encore crevée.

D'avoir balancé l'enfant dans le coffre…

— Et j'avais le dos humide. Je suais. C'est une sensation que j'éprouve dans la phase de retour au calme, lors de mes joggings. Je sais comment on se sent après une assez longue pause. Mais j'étais toujours trempée jusqu'aux os.

Pendant tout ce temps, elle n'avait cessé de fouiller maladroitement dans la poche extérieure. Elle parut avoir enfin trouvé ce qu'elle cherchait. J'entendis un bref tintement, puis elle brandit un grand trousseau de clés dont chacune était attachée par un anneau de forme différente, l'un muni de petites pointes, l'autre dentelé. Après les avoir successivement tâtées, elle se décida pour une clé de sûreté de taille moyenne.

— Donc, vous avez roulé moins de cinq minutes, évaluai-je.

Elle acquiesça.

— Trois, plutôt. Comme je vous l'ai dit, j'avais très soif.

— Où étiez-vous garée ? Devant l'entrée d'une cour, d'un immeuble ?

— Non, non, je me suis mal exprimée. C'était plutôt une place comme ce que nous avions en Californie. Où nous garions la voiture directement devant le garage.

— Donc, un accès à une maison individuelle ?

— Oui.

— Mitoyenne ?

Elle fit non de la tête.

— Mais elle n'était pas grande. Elle m'a fait penser à un bungalow de plain-pied, mais je ne suis pas absolument certaine.

Je réfléchis.

— Que savez-vous encore ? Quelque signe particulier ? Construction récente ? Couleur du crépi, une clôture, des volets, le toit ?

Elle secoua à nouveau la tête. Puis, elle s'immobilisa, serra les paupières avec force et annonça :

— Un panier de basket.

— Quoi ?

— Dans l'entrée. Mais au lieu d'être fixé comme d'ordinaire au-dessus du garage, il était accroché à un arbre, un peu sur le côté, à la limite de la propriété voisine.

— OK, Alina. Vous étiez devant une maison avec un panier de basket dans l'entrée, quelque part dans le quartier des Traunstein.

J'avançai d'un pas vers elle, jusqu'à pouvoir la toucher.

— Et qu'avez-vous fait ?

51

Alina tremblait, et je n'étais pas certain que ce fût uniquement de froid.

— Je suis entrée dans la cuisine.

Donc, la porte était ouverte, ou elle avait une clé.

— Et vous avez trouvé quelque chose à boire ?

— Oui, un Coca.

Elle passa nerveusement sa main sur son visage et ramena derrière son oreille une de ses anglaises.

— Vous reconnaissez donc les bouteilles ?

— Écriture blanche sur fond rouge. Tout aveugle reconnaît un Coca quand il en a un devant lui.

Elle attira TomTom contre elle en riant.

— Et puis, c'était une cannette. Il y en avait quatre dans le casier latéral. J'en ai pris une.

— Et alors ?

Elle haussa les épaules.

— Il n'y a pas d'« alors ». Je ne me souviens de rien d'autre.

Mon regard se porta sur Frank qui fixait, comme fasciné, les lèvres d'Alina. Je profitai du silence de la jeune femme pour faire comprendre à mon assistant qu'il lui fallait retourner au journal le plus rapidement possible.

— Oh, pitié ! gémit-il, déçu. Pas maintenant, au moment où ça devient passionnant.

— Désolé, mon petit, mais ça doit barder à la rédaction, et on ne manquera pas de s'étonner que tu sois justement injoignable.

En guise d'adieu, je lui donnai une tape sur l'épaule.

— Mais pas un mot à Bergdorf. Et ne t'éloigne pas du téléphone, au cas où j'aurais à nouveau besoin de ton aide !

Tel un soldat, il toucha du bout de deux doigts une casquette imaginaire et s'éloigna d'un pas pesant après avoir pris congé d'Alina.

Je regardai ma montre et entrepris de compter. D'après les indications fournies à la presse par la police, les enfants des Traunstein avaient été enlevés au petit matin. Le cadavre de Charlie n'avait été découvert par son époux, dans le fond du jardin, que plus tard, vers 9 heures, peu avant que le chronomètre se fût mis en marche automatiquement à 9 h 20 précises.

Comme, à ce moment-là, le Voleur de regards avait certainement quitté les lieux du crime depuis longtemps, mes considérations ne me permettaient pas de déduire l'heure à laquelle le psychopathe avait effectué son premier arrêt au bungalow.

À condition qu'il y ait eu arrêt.

Hochant la tête, je suivis des yeux Frank qui s'était mis en route vers la station de taxis la plus proche. Le seul fait que je vérifiais une nouvelle fois les visions d'une aveugle me fit douter de ma raison.

Au bout de quelques mètres, mon assistant se retourna, secoua la tête pour faire tomber de ses cheveux quelques flocons de neige et enfila le capuchon de sa doudoune. Ce fut l'instant crucial.

S'il n'avait pas fait ce geste, peut-être que toute cette dinguerie se serait arrêtée là. Je serais allé voir mon fils avant de me présenter à Stoya, et mon existence aurait dès lors suivi un cours différent. Mais la fraction de seconde durant laquelle ce garçon s'était immobilisé devant la vitrine de la galerie modifia tout. Ce que j'allais entreprendre dans la seconde suivante. Ma destinée. Ma vie.

Comme en transe, j'entrepris de le suivre alors que, sans se retourner, il avait déjà atteint le premier croisement.

— Au fait, voilà que ça m'a reprise, entendis-je dire Alina.

Elle me croyait toujours devant la Toyota, alors que je me trouvais déjà à l'endroit où Frank avait remonté son capuchon. Juste devant la vitrine.

La jeune femme, à quelques mètres de moi, devant la porte de son immeuble, s'apprêtait à enfoncer sa clé dans la serrure.

— Quoi ? lui demandai-je distraitement.

Je m'approchai d'un pas de la vitrine, si près qu'elle se couvrit de buée. Sur le téléviseur qui, une minute ou deux plus tôt, affichait une mire de réglage, se dessinait à présent, tournée de trois quarts, la silhouette d'un homme mal rasé, aux cheveux bruns, qui, le geste saccadé, faisait signe dans la direction d'une caméra invisible, à l'intérieur de la galerie. C'était moi, en personne !

— La soif, finit par répondre Alina.

Elle afficha un sourire gentil quand j'opérai un quart de tour dans sa direction. Droite comme un i, les yeux fermés, elle ressemblait à une toute jeune fille qui, prenant congé de son petit ami, attend qu'il l'embrasse. Me détournant, je me regardai dans les yeux. Ce n'était pas une illusion. L'image, sur le téléviseur, s'était déjà légèrement modifiée quand le couple était passé devant la galerie. Et, à l'instant, quand Frank s'était retourné, je l'avais également enregistré, consciemment cette fois.

Le dispositif artistique filmait les passants !

— Eh bien, où en êtes-vous, monsieur le reporter vedette ? Vous montez boire quelque chose ou non ? demanda Alina, une légère impatience dans la voix.

Je portai la main à ma nuque, étonné de ne plus avoir mal à la tête, avant de me souvenir que j'avais pris un Maxalt. L'angle sous lequel je me voyais sur l'écran n'autorisait qu'une conclusion : la caméra devait être fixée en biais au-dessus de ma tête. Effectivement, je découvris la diode électroluminescente sur ma gauche, dans un angle du plafond de la galerie.

Je commençai par faire un pas de côté, puis un autre, jusqu'au moment où je sortis du champ de la caméra. Deux secondes plus tard, la neige avait de nouveau envahi l'écran.

— Bon, eh bien, merci pour la conversation, reprit Alina.

Mais je continuai à l'ignorer, préférant tester à nouveau le détecteur de mouvements pour vérifier mes soupçons. Je me déplaçai donc vers la droite, ce qui déclencha la réaction du téléviseur.

— À quelle heure le Voleur de regards est-il venu chez vous hier, Alina ? demandai-je, hors d'haleine.

Mais cette fois, ce fut elle qui ne répondit pas. Quand je regardai dans la direction de la porte de l'immeuble, elle et son chien avaient déjà disparu dans la cage d'escalier.

50

(8 heures et 25 minutes
avant l'expiration de l'ultimatum)

Alina Gregoriev

Elle était chez elle. L'odeur de son appartement fut la première sensation rassurante depuis des heures. Un mélange familier se nourrissant des effluves des diverses pièces : l'odeur du café passé quelques heures auparavant flottait dans l'air, tout comme celle de son parfum de marque et du vinaigre blanc, son aide-ménagère ne jurant que par ce nettoyant. On était un jeudi, et cette dernière avait donc, en son absence, remplacé l'odeur des livres poussiéreux du salon par celle du linge fraîchement lessivé.

Alina respira à fond et sourit.

Pour une fois, elle n'a pas fumé.

— Arrive, mon chien, je vais te donner à manger.

Elle débarrassa TomTom de son harnais, puis se mit à genoux pour ouvrir la fermeture Éclair de ses bottines, tout en se demandant si d'autres qu'elle s'arrêtaient un bref instant sur le seuil de leur appartement, et respiraient à fond à plusieurs reprises avant de se dévêtir.

Les autres. Toute sa vie, elle s'était efforcée de ne jamais faire l'objet d'un traitement spécial, ni au jardin d'enfants, ni à l'école. Et encore moins, plus tard, au cours de ses études. Sa volonté d'être un élément absolument normal de la communauté était si grande qu'elle s'était jadis portée candidate pour assurer la sécurité à la sortie de l'école. Singularité qui lui avait même valu un article dans la feuille locale de sa commune californienne. Bien sûr, sa requête avait été rejetée par le directeur de l'école, mais elle avait été autorisée à assister dans cette tâche sa meilleure amie, une voyante. Aujourd'hui encore, Alina était persuadée qu'elle aurait pu se débrouiller seule. Elle entendait très bien un véhicule approcher et, plus important encore, elle distinguait s'il accélérait ou s'il freinait. Ce que « les autres » ne parvenaient généralement pas à s'imaginer.

Les autres, ceux qui vous prennent par le bras sans qu'on les en ait priés et vous aident à traverser la rue alors que, lors des séances d'entraînement à la mobilité, on vous a appris à vous déplacer sans aide ; ceux qui pensent que les aveugles palpent le visage pour reconnaître quelqu'un, pratique qui, nom de Dieu, n'existe que dans les navets hollywoodiens. Les autres, dont je ne ferai jamais partie.

Elle posa son sac à dos, enleva de sa tête la perruque aux dreadlocks rouges et la posa sur la commode dans laquelle elle rangeait toutes ses autres perruques, ses « masques », comme elle les appelait.

Un reportage sur les dépositions des témoins, vu par hasard à la télé quelques années plus tôt – aucun aveugle ne dit « entendre à la télé » –, lui avait permis de comprendre combien la coiffure pouvait être assimilée à un signal, combien elle caractérisait un individu. Quand ils décrivaient un malfaiteur, les témoins se souvenaient en priorité des cheveux, surtout s'ils attiraient l'attention, ce que les psychologues expliquaient par le fait que, de tous temps, l'homme observait d'abord la tête de son voisin et, surtout, l'abondance ou non de la chevelure.

À dix-neuf ans, Alina s'était pour la première fois rasé le crâne et avait ébahi ses amis en arborant une perruque de longs cheveux noirs. Elle possédait à présent quelque cinquante « masques » différents qui lui permettaient, selon son humeur, de se transformer en poupée aux cheveux blonds peroxydés, en dominatrice à la noire chevelure ou en bécassine aux courtes tresses.

Aujourd'hui, c'est plutôt le genre punk de manga, se dit-elle tout en ôtant son pull-over dans le long couloir. L'ascenseur desservait les deux étages de son duplex, occupant les cinquième et sixième de cet immeuble ancien. Autrefois, quand elle n'était pas tout à fait sûre d'elle-même, elle l'utilisait pour gagner son cabinet, à l'étage inférieur. Désormais, elle empruntait généralement l'étroit escalier intérieur en colimaçon.

Alina fit glisser son T-shirt sur ses épaules minces et, torse nu, passa dans la salle de bains. Comme chez la plupart des malvoyants, tout avait une place bien déterminée : les tables, les chaises, les commodes, les vases… La femme de ménage avait pour consigne de ne rien déplacer et de ne pas laisser la moindre miette par terre. La jeune femme aimait en effet se promener pieds nus sur le parquet, mais l'idée qu'elle pourrait s'enfoncer quelque chose dans le pied lui faisait horreur.

Tout a merdé, aujourd'hui, pensa-t-elle. Non pas parce que personne ne l'avait crue ou qu'elle avait décommandé plusieurs patients pour rien. Mais parce qu'elle n'avait pas réussi à venir en aide à l'enfant.

Le léger tic-tac de sa vieille horloge lui indiqua qu'elle était au niveau de la balustrade, au-dessus de l'accueil de son cabinet.

Ou aux enfants ?

Elle se demanda pourquoi elle n'en avait vu qu'un – le garçon – et essaya de refouler l'idée que la fillette était peut-être déjà morte.

Ce n'était pas la première fois que ses visions ne correspondaient pas parfaitement à la réalité, qu'elle était tentée de douter de ses dons.

En temps normal, ses flashs ne duraient que quelques secondes, de brèves séquences durant lesquelles elle voyait des accidents, des draps imbibés de sang, le bras de son père étouffant lentement un homme jeune ou la main de sa mère mélangeant de la mort-aux-rats à la bouillie d'un bébé. Ces visions atroces ne se manifestaient ni de manière régulière, ni chaque fois qu'elle touchait quelqu'un. Aussi soupçonnait-elle que cela n'arrivait qu'avec des personnes porteuses de fortes charges d'énergie négative, comme cela avait par exemple été le cas avec le camarade qui, lors d'une fête entre étudiants, l'avait importunée, allant jusqu'à la frapper au visage devant son refus de coucher avec lui. Il avait fini par la laisser tranquille quand elle l'avait sommé d'arrêter de violer sa sœur. Elle avait aussitôt informé la police de ses soupçons, mais on ne l'avait pas crue, jusqu'au jour où on avait découvert le cadavre du jeune homme, qui s'était pendu dans son grenier après avoir violenté une dernière fois sa sœur.

Le couloir devint plus large ; elle s'immobilisa quand une certaine clarté l'entoura. Comme chaque fois, elle se tourna vers le mur et toucha du doigt la surface lisse reflétant la lueur de la lampe qu'elle laissait toujours brûler dans la salle de bains, en face.

Jour et nuit.

La plupart de ses visiteurs s'étonnaient de trouver chez elle des pièces inondées de lumière et de très nombreux miroirs, tout comme ils s'interrogeaient sur la raison de la présence, dans son salon, d'une photographie de deux mètres sur deux représentant une ville de chercheurs d'or en Amérique, une ville abandonnée. Un ex-amant lui avait un jour décrit ce chef-d'œuvre de Michael von Hassel – une photo à dominante de bronze – avec une telle ferveur qu'elle avait cru trouver sur sa langue le goût de la poussière du saloon en ruine. Et aujourd'hui, elle *entendait* la photo chaque fois que des visiteurs tombaient en arrêt devant elle, se demandant à l'aide de quelle technique l'artiste avait créé une œuvre aussi époustouflante.

Quant aux miroirs, Alina aimait sentir sous ses doigts le froid de leurs surfaces parfaites ; elle aimait percevoir leur réflexion, la preuve de sa sensibilité préservée à la clarté et à l'obscurité. Tout ce qui, depuis l'explosion, la reliait encore au monde des « autres ». Elle accueillait en outre chez elle assez d'invités pour justifier la présence de tant de glaces.

Elle baissa son pantalon et son slip, quitta aussi ses chaussettes et se retrouva nue devant le miroir mural. Un léger courant d'air caressa ses chevilles, lui donnant la chair de poule. Portant la main à sa tête, elle suivit de l'index le labyrinthe de stries que le coiffeur, à sa demande, avait dessinées sur son crâne rasé.

Puis, faisant glisser sa main de l'occiput à la nuque, elle sentit l'endroit où la peau était irritée par le tatouage. Elle s'approcha du miroir dans l'espoir stupide d'au moins apercevoir les contours de sa silhouette, une seule fois, une fraction de seconde, afin de vérifier la justesse de l'image que, grâce au toucher, elle dessinait d'elle-même en pensée, jour après jour.

Elle savait qu'elle avait des seins trop petits au goût de la plupart des hommes, mais qu'ils étaient fermes et n'avaient pas besoin de soutien. Leurs mamelons semblaient d'ailleurs compenser largement ce défaut, car tous ses amants passaient une éternité à les caresser, les presser ou les sucer, les hommes comme les femmes. Heureusement qu'ils étaient chez elle la zone la plus érogène, à l'exception des pieds.

Sa main descendit jusqu'à son ventre, caressant au passage le piercing du nombril, avant de se poser sur une hanche.

— Si tu étais une voiture, tu serais une Mustang 1968, avait plaisanté John, un jour.

Elle se promenait souvent nue devant lui, dans l'appartement, pour la seule raison qu'elle se sentait mieux dévêtue et qu'elle n'avait pas à se gêner devant lui.

— Anguleuse et compacte, mais d'une élégance indémodable.

Elle n'avait aucune idée de ce à quoi ressemblait ce modèle, mais elle avait pris la comparaison pour un compliment, d'autant plus que son père avait toujours possédé une Ford.

Ah, John… Dommage qu'il soit en vacances avec son ami. Au Vietnam, par-dessus le marché, pour une randonnée sac au dos, sans qu'elle ait la possibilité de l'appeler pour pleurer dans son giron. Elle chercha quelle heure il pouvait être à New York, où vivait Ivan, se demandant comment il réagirait à un appel de sa grande sœur. Après son départ des États-Unis pour l'Allemagne, ils n'étaient pas parvenus à garder le contact. Ils s'aimaient, sans aucun doute, et les cartes d'anniversaire et de Noël venaient du fond du cœur. Mais elles constituaient les seuls signes de vie qu'ils échangeaient encore.

Ce n'est pas la meilleure base pour partager l'horreur que je suis en train de vivre.

Alina se retourna vers la salle de bains. Elle avait choisi les lampes à halogène les plus fortes du grand magasin spécialisé. John se plaignait toujours de ces « lampes d'interrogatoire », quand il passait la nuit ici. Alors qu'elles réveillaient tout au plus chez elle un vague souvenir de la lumière. Elles lui permettaient aussi de mieux s'orienter quand, pour se maquiller, elle s'approchait tout près de l'armoire à glace. Sa meilleure amie lui avait montré comment s'y prendre. Il n'y avait que ce maudit khôl qu'elle n'arriverait jamais à appliquer.

Elle se pencha pour rassembler les habits qu'elle venait de quitter et entra dans la salle de bains. Tout en faisant couler de l'eau dans la baignoire, elle vérifia à l'aide d'un détecteur si, ce matin, elle avait pris un T-shirt blanc ou de couleur.

— Blanc, annonça une voix électronique.

Le petit appareil qui projetait un rayon lumineux sur ses vêtements et en déterminait la couleur par réflexion, était pour elle, outre Internet, une des inventions les plus utiles. Au moins pour les aveugles à qui il n'était pas indifférent que leur corsage blanc ait pris une teinte verdâtre, parce qu'on avait à nouveau mélangé dans la machine linge blanc et couleurs.

Ayant également trié chaussettes et slips avant de les jeter dans les corbeilles appropriées à côté des W-C, elle revint dans le couloir, refermant la porte derrière elle. Le bruit de l'eau contre l'émail de la baignoire vide ne lui parvint que de manière assourdie tandis qu'elle se dirigeait vers la cuisine où elle voulait remplir l'écuelle de TomTom de deux poignées de croquettes.

Mais elle n'en eut pas le loisir. Deux pas plus loin, son pied heurta quelque chose de chaud. Quelque chose de mou.

— Ça alors ! s'exclama-t-elle avec un sourire, donnant au retriever de légers coups du bout des orteils.

Mais TomTom ne bougea pas d'un centimètre, son corps se raidissant au contraire un peu plus encore.

— Qu'est-ce que tu as ?

Elle fit un pas sur sa droite pour passer à côté de lui, mais le chien accompagna son déplacement.

— Tu n'as pas faim ?

Se penchant, elle lui saisit le museau, mais, contrairement à son habitude, il ne lui lécha pas la main.

— Mais qu'est-ce qui te prend ?

Il est figé. Concentré. Ne se laisse pas distraire. Parce qu'il…

Alina fut prise d'un frisson. TomTom avait été dressé à protéger sa maîtresse d'éventuels accidents. Une partie de sa formation – vingt mille euros ! – avait consisté à lui apprendre à tenir sa maîtresse à l'écart de dangers non signalés : obstacles, nids-de-poule, entrées de métro, bouches d'égout ouvertes…

Mais il n'y a rien de tel dans le couloir menant à ma cuisine.

— Allez, laisse-moi passer, insista-t-elle en essayant de le pousser de côté.

Le chien réagit alors comme jamais encore : il se mit à gronder. Un grondement menaçant qui, se mêlant au bruit monotone de l'eau dans la baignoire, engendra une atmosphère quasi hypnotique.

Mais que se passe-t-il ici, bordel ? Alina sentit son corps se contracter aussi fort que celui de TomTom. Car, soudain, elle comprit ce que son chien avait manifestement flairé bien avant elle : l'odeur familière de son appartement avait changé. Elle s'était enrichie d'une note masculine.

Cannelle. Girofle. Alcool.

Le lourd after-shave d'un homme d'un certain âge.

— Hello ? lança-t-elle au hasard.

Quand elle sentit un souffle contre le lobe de son oreille, elle crut qu'elle allait vomir.

— On arrête le jeu, chuchota une voix déguisée.

L'homme qui paraissait surgir du néant posa – et cela était pire que tout – presque tendrement la main sur son épaule nue. Elle sentit en même temps un bout de métal froid contre sa joue.

Elle se retourna brusquement, frappa dans le vide et se sentit sans défense. Elle inspira profondément, comme pour prendre de l'élan pour un cri qui, effectivement, ne se forma que lentement dans sa gorge avant de gonfler en un hurlement guttural. Elle frappa une nouvelle fois dans le vide, pivota en sens inverse des aiguilles d'une montre et perdit l'équilibre. En trébuchant, elle fit tomber de la commode un vase très lourd. Le cristal de plomb s'écrasa sur son pied d'une hauteur d'un mètre, lui arrachant un deuxième cri.

À l'instant même de l'intolérable douleur, ses yeux s'emplirent de lumière. Une lumière vive. Un éclair. Comme une photo surexposée.

Puis, elle tomba. Par terre. Et, simultanément, s'enfonça dans une vision.

49

Alina Gregoriev (vision)

La pièce est obscure et la femme n'est pas seule. On entend respirer dans les lits à côté d'elle. À part elle et la femme malade, il y a au moins une autre personne qui agonise.

La mort. Il n'y a pas le moindre doute.

L'odeur du désinfectant ne peut rien contre ce parfum, mélange recuit d'haleine fétide, d'escarres et d'excrétions.

— Je suis revenu, s'entend-elle chuchoter avec la voix d'un homme.

Une voix rapide, essoufflée. Dure.

La femme, qui a les yeux de sa mère mais qui est néanmoins quelqu'un d'autre, ne réagit pas. Comment le pourrait-elle, d'ailleurs, puisqu'elle a sur le visage un masque transparent ?

Une ombre seulement, dont Alina ne parvient pas à dire ce qu'elle est, sans doute parce qu'elle ne connaît pas l'appareillage. Parce que, avant ses trois ans, elle n'a jamais eu l'occasion de le voir ou qu'elle ne s'en souvient plus.

Quelque chose couine dans la pièce, comme s'il y avait là un réveil numérique qui sonne interminablement, sans que personne ne s'en soucie. Puis, une porte grince derrière elle, et il fait moins noir. Quelqu'un tape dans ses mains.

— C'est bien que vous veniez.

Une voix de femme a résonné dans la pièce, puis une ombre glisse derrière elle, se dirigeant vers l'autre lit.

Un bruit d'étoffe. Un souffle provoqué par une couverture que l'on soulève. On tapote des oreillers. Quelqu'un gémit.

Alina prend la main qui repose sur le lit. Une peau grise et fragile sur du lin blanc et empesé.

La cage thoracique de la femme se soulève et s'abaisse avec lenteur. On a parfois l'impression que le cœur se demande s'il va continuer à battre.

Puis, elle se penche, enlève une mèche du front de la vieille dame et l'embrasse. Avant de s'en aller, elle lui serre une dernière fois le bras.

Et alors, à peu près à l'instant où l'alerte au feu se déclenche au loin, elle se tourne vers la table de nuit et redresse un petit objet carré.

Un cadre.

La photo n'est pas celle d'un père ou d'une mère, il ne peut donc s'agir que d'un enfant. Un garçon ou une fille. Impossible d'identifier l'ombre sur la photo. Elle ne distingue que les yeux. Un œil, plus exactement. L'autre est caché. Ou il n'y en a pas du tout.

Elle se retourne, regarde en direction de la porte ouverte. La sirène hurle de plus en plus fort. En même temps, le monde qui l'entoure s'obscurcit. Et les éclairs ne sont plus que des taches noires. Les images disparaissent au profit d'un noir total…

… dans lequel Alina se réveille. Réveillée par l'alarme de la galerie, six étages au-dessous d'elle. Et par des coups furieux contre la porte de son appartement.

48

(8 heures et 17 minutes
avant l'expiration de l'ultimatum)

Alexander Zorbach (moi)

Quand elle m'ouvrit enfin, je n'aurais littéralement pas tenu une seconde de plus. L'objet massif allait tomber de mes mains ensanglantées. J'avais emprunté l'escalier, ayant mal évalué tant ma condition physique que le poids de l'appareil dérobé à la galerie.

Alina tremblait de tout son corps quand, sans un mot, elle me laissa entrer.

— Que s'est-il passé ? demanda-t-elle d'un ton monocorde, lorsque je me fus débarrassé de l'enregistreur à disque dur.

Question que j'aurais moi-même pu lui poser. Il était déjà assez stupéfiant en soi de la trouver nue comme un ver, sans qu'elle fasse mine de vouloir se couvrir. De surcroît, elle n'avait plus un cheveu sur la tête, ce qu'expliquait la présence d'une perruque sur la commode, à côté de la porte. Beaucoup plus bouleversante encore était la terreur qu'exhalait son être tout entier. Le souffle court, les bras pendant le long du corps, ses mains tremblantes, elle, si préoccupée de sa mimique quelques minutes plus tôt, avait le visage figé, un vrai masque. Elle avait pleuré : de grosses traces de fard coulaient le long de ses joues, ce qui lui donnait davantage encore l'apparence d'une poupée.

J'allais instinctivement la prendre dans mes bras quand elle recula d'un pas.

— Ne me touche pas, murmura-t-elle tout bas en levant les mains en un geste de défense.

— Qu'est-ce qu'il t'arrive ?

Ce ne fut que beaucoup plus tard que j'enregistrai que nous venions de nous tutoyer.

— Il était ici.

— Qui ça ?

— Mais qui cela peut-il être ? hurla-t-elle.

Je fus presque heureux de la voir capable d'un tel éclat, une fureur noire somme toute préférable à l'épouvante.

— Ce salopard avait un couteau. Celui avec lequel il…

Elle n'en dit pas plus, et ce n'était d'ailleurs pas nécessaire.

Je laissai mon regard glisser sur son corps dénudé pour vérifier si le Voleur de regards ne l'avait pas blessée, mais je n'y vis que la silhouette certes mince mais très féminine d'une jeune femme que, dans d'autres circonstances, j'aurais certainement trouvée séduisante. Faux : que, *même* dans ces circonstances, je trouvais séduisante. Idée que je refoulai sur-le-champ.

— Où est-il ? demandai-je en commençant à suivre le couloir pour inspecter les pièces.

Dehors, l'alarme avait enfin cessé de hurler.

— Ne te donne pas cette peine, prévint-elle derrière moi. Il est parti.

Elle croisa les bras sur sa poitrine, une de ses mains me cachant l'étrange tatouage de son cou, qui, dans le demi-jour du couloir, ressemblait à une grosse tache de vin.

— Comment peux-tu en être sûre ?

— Parce que TomTom ne réagit plus.

Je parcourus le couloir des yeux jusqu'à la pièce que je devinai être la salle de bains, puisqu'on y entendait couler de l'eau. Le chien était allongé devant la porte, dans la position du sphinx, et sa queue fouettait le parquet en guise de salut.

— Il ne flaire plus aucun danger. De plus, la porte du balcon est ouverte. Je pense que le type est descendu par l'échelle de secours.

Je m'approchai de la porte de la salle de bains par laquelle s'échappaient des nuages de vapeur et tentai d'y voir clair dans ce brouillard.

Rien. À part une vieille baignoire émaillée sur le point de déborder. Je fermai le robinet et me brûlai la main en ouvrant la bonde.

En ressortant, j'aperçus des accessoires de maquillage devant l'armoire à glace, mais ce n'était pas le moment de m'en étonner.

— Que voulait-il ? demandai-je.

— Nous convaincre d'abandonner.

Elle me fournit un bref résumé de ce qui l'avait mise en état de choc, quelques minutes plus tôt.

— Il m'a dit : « On arrête le jeu. » Il ne pouvait parler que de son jeu de cache-cache dément.

Elle s'interrompit, avant de me demander :

— Et toi ? Pourquoi es-tu revenu ?

— J'ai besoin de ton téléviseur.

Elle tourna vers moi son oreille droite, geste qui m'assurait de sa totale attention.

— Pourquoi ça ?

Je lui parlai de la caméra dans la galerie d'art.

— Elle filme tous ceux qui sortent de ton immeuble, conclus-je.

— Et alors ?

— Elle est reliée à un enregistreur à disque dur, précisai-je en montrant, geste stupide, l'objet que j'avais posé sur une commode de l'entrée. Ce genre de truc stocke jusqu'à cent soixante-douze heures de vidéo.

— Merde alors ! Tu ne vas pas me dire que c'est toi qui viens de déclencher l'alarme, là, en bas ?

— Dieu sait tous les usages que peut avoir un pavé ! expliquai-je en tentant d'agrémenter ma voix d'un sourire. Allons, ce n'est plus qu'une question de minutes avant que la police ne fasse son boulot et ne vienne sonner chez toi.

Elle secoua la tête, prit une profonde inspiration, et il sembla qu'une bonne part de sa tension corporelle retombait. Même si elle ne se l'avouait probablement pas, je sentais que ma présence la rassurait un peu.

— Je dois être cinglée, lâcha-t-elle tout en se mettant néanmoins en mouvement.

Je la suivis après être retourné en toute hâte à la commode pour y prendre le lourd appareil. La coupure que je m'étais faite en brisant la vitrine s'était entre-temps arrêtée de saigner.

Traversant l'appartement où régnait une clarté inattendue, je longeai une balustrade avant de gagner un salon équipé d'une cuisine américaine. Je m'aperçus alors seulement que l'appartement était un duplex.

À pas rapides et assurés, Alina évita un escalier en colimaçon menant à l'étage inférieur et ouvrit une porte. TomTom nous avait suivis, mais il s'allongea à côté du canapé.

— Tu n'enfiles pas quelque chose ? m'étonnai-je quand nous fûmes dans une pièce dont il était facile de deviner qu'il s'agissait de la chambre à coucher.

Ici aussi, le nombre de miroirs me surprit, l'un d'entre eux étant même accroché au plafond.

— Pourquoi ça ? répondit-elle en se dirigeant d'un pas tranquille vers le grand téléviseur sur pied en face du lit.

— Tu es nue, précisai-je, pensant : *et je ne suis qu'un homme, après tout.*

— Le chauffage fonctionne, répliqua-t-elle laconiquement.

Comme elle se penchait pour débrancher le câble de son lecteur de DVD, je ne sus, pendant un instant, où porter mon regard si je ne voulais pas jouer les voyeurs. En temps ordinaire, ni les piercings ni les tatouages n'étaient ma tasse de thé, et je ne raffolais pas non plus des crânes rasés, même pourvus d'un motif labyrinthique.

Charlie avait un jour voulu m'expliquer combien le sexe et la douleur étaient proches, mais je n'avais jamais réussi à accorder crédit à ce genre d'idées sadomasochistes. Mais peut-être avait-elle raison, et qu'en fin de compte, non seulement la douleur, mais aussi la mort, entretenaient un rapport intense et réciproque avec le désir sexuel. Je ne pouvais m'expliquer autrement pourquoi, en cet instant précisément, j'avais envie de toucher la peau nue d'Alina, alors que mes sens auraient dû être tout entiers occupés à me faire fuir un assassin pervers. Et la police ! Mais le fait de penser à Charlie me rappela bien vite ce sur quoi je devais dans l'immédiat me concentrer.

Alina se redressa et me laissa disposer du téléviseur. Il ne me fallut que quelques secondes pour le relier à l'enregistreur.

— Tu étais obligé d'enfoncer la vitrine de la galerie ? Elle appartient à de si charmants artistes…

Elle me passa la télécommande et j'appuyai sur la touche « AV ».

— Je n'avais pas le choix. Auparavant, j'avais appelé Stoya pour lui demander s'il voulait regarder une bande vidéo sur laquelle on pourrait peut-être voir le Voleur de regards.

— Et alors ?

Je soupirai.

— Il n'a pas voulu perdre son temps avec mes manœuvres de diversion.

Je levai les yeux vers la jeune femme assise à présent sur le rebord du lit. Elle était si mince que son ventre ne révélait qu'une esquisse de pli, alors qu'elle ne se tenait pas particulièrement droite.

— Je suis donc obligé de vérifier moi-même. Quand le type est-il venu chez toi pour se faire masser, hier ?

Le Voleur de regards.

— Peu après 15 heures.

— Et quand en as-tu eu fini avec lui ?

— Quelques minutes plus tard seulement.

— Il est parti comme ça, si vite ?

— Oui, cela m'a étonnée, moi aussi. Il doit à coup sûr avoir remarqué quelque chose. Putain, j'avais une de ces trouilles quand la vision s'est brusquement interrompue ! Je lui ai raconté je ne sais quoi à propos d'une attaque de migraine, le priant de s'en aller, ce qu'il a fait aussitôt. Curieux, non ? Il n'a même pas voulu que je lui rende son argent.

Je réglai l'horloge de l'enregistreur sur 15 h 10, espérant ne pas l'avoir trop avancée. Mais je ne voulais pas non plus gaspiller mon temps à visionner des images inutiles.

15 h 10 ? À cette heure-là, j'avais pris mes aises dans le garage du journal, sur la banquette arrière de ma Volvo. Ce n'aurait dû être qu'un petit somme, mais le manque de sommeil des derniers jours avait été trop grand et j'avais roupillé jusqu'à la conférence de 17 heures.

Au bout de quelques minutes, je trouvai l'instant décisif. Par chance, l'enregistreur ne gardait pas en mémoire les temps morts, mais seulement ce que la caméra saisissait réellement. Je ne comprenais toujours pas quel rapport cette installation pouvait avoir avec l'art, mais je décidai de dédommager la galerie dès que je le pourrais.

Incrédule, je fixai l'image qui s'offrait à mon regard, en oubliant même de cligner des yeux. Il fallut qu'Alina me parle pour que je m'aperçoive que, depuis un bon moment, j'étais assis, comme pétrifié, devant le téléviseur.

— Et alors ? s'impatienta-t-elle. Que vois-tu ?

Merde. C'est pas vrai !

Ma bouche devint toute sèche, tandis que je cherchais une réponse plausible.

— Tu distingues quelque chose ?

— Oui, croassai-je, bien que je n'eusse aucune envie de révéler la vérité. Non… Je veux dire… Je ne sais pas, bafouillai-je, en plein désarroi.

C'était un mensonge. Bien sûr que je distinguais *quelque chose*. Mais, en cet instant, il m'était impossible de dire à Alina ce que c'était. Pour la première fois, je me réjouis qu'elle fût aveugle. Car, ainsi, elle ne pouvait voir que le type à la parka verte et aux bottes Timberland déformées, dont l'enregistreur projetait l'image sur le téléviseur, présentait une grande ressemblance avec quelqu'un que je connaissais. Que je connaissais *très* bien.

Car cet homme, c'était moi.

47

Il me fallut un petit moment pour me ressaisir, ne plus entendre mon sang battre dans mes veines et retrouver la sensibilité de mes doigts.

— Je ne distingue pas ses traits, poursuivis-je.

Ce qui était vrai : l'homme qui imitait ma manière de m'habiller et ma démarche, penché vers l'avant, avait tiré sur sa tête le capuchon de sa parka. Chose que jamais je ne faisais. Même sous la pluie !

Je tentai d'obtenir plus de détails en faisant avancer puis reculer l'arrêt sur image, mais la perspective n'en devint pas meilleure. Il était totalement impossible de vérifier si l'homme possédait ma taille et ma corpulence, car il était trop éloigné de la vitrine.

Mais il porte ma veste. Mon jean. Mes chaussures.

Une boule se forma dans mon estomac. La vision de cette silhouette floue sur l'écran me donnait une impression inquiétante de déjà-vu.

— Pas la moindre idée de qui cela peut être, commentai-je avec le sentiment de me parjurer.

— Mais ça prouve qu'il était ici, en conclut Alina.

Soit elle avait froid, à présent, soit elle avait changé d'avis pour une raison quelconque ; en tout cas, debout devant l'armoire ouverte, elle en sortait des vêtements avec des gestes paisibles et réguliers.

— Non, ça prouve simplement qu'à cette heure-là, *quelqu'un* est sorti de ton immeuble.

Je continuai à faire défiler le film dans l'espoir que l'homme commettrait une erreur et se tournerait par inadvertance vers la caméra. Ce ne fut pas le cas. Sans doute pour éviter de recevoir de la neige sur le visage, il poursuivit son chemin la tête baissée, regardant fixement le sol. Mais ensuite, avant qu'il ait disparu du champ de la caméra, il se produisit quelque chose. Un choc.

Ne regardant ni à droite ni à gauche, il n'avait pas vu la mallette d'un mendiant placée en travers du trottoir. Il avait dû la heurter du pied car, soudain, des pièces de monnaie roulèrent sur le sol. Puis, un autre homme, jeune et très maigre, apparut, furieux, sur l'écran.

— Ton patient se dispute avec un clochard, expliquai-je à Alina.

— À quoi il ressemble, ce clochard ?

— Taille moyenne. Cheveux noirs, poisseux, mais déjà bien clairsemés. Il tient une guitare.

— Je le connais.

Je me tournai vers elle.

— Qui est-ce ?

— Un musicien ambulant. Il joue ici un jour sur deux. Je lui donne toujours quelque chose, bien que je n'aie encore jamais entendu quelqu'un chanter de manière aussi extravagante.

— Tu as une imprimante ? demandai-je, furieux de ma question la seconde suivante.

— Non. Et pas non plus de PlayStation.

Nous ne pûmes réprimer un sourire. Au moins, elle le prenait avec humour. Je saisis mon portable dans la poche de ma veste, y réintroduisis précipitamment la batterie, mais laissai le téléphone en mode avion afin qu'il ne se connecte pas à un réseau, ce qui aurait risqué de révéler ma position à Stoya.

Si tant est qu'il ne la connaisse pas déjà depuis longtemps.

Puis, je photographiai l'écran. Au bout de trois tentatives, j'obtins une image relativement utilisable du musicien et une autre de mon sosie inconnu.

— Tu as fini ? demanda Alina derrière moi.

Elle était à présent habillée de pied en cap : un jean rapiécé avec des morceaux de cuir, et une chemise de bûcheron à carreaux rouge et marron nouée sur le ventre. En accord avec son nouveau look, elle avait aux pieds des bottes de cow-boy usées et trop grandes pour elle d'une bonne pointure.

— Oh non ! Je ne vais pas te trimballer une nouvelle fois avec moi, m'exclamai-je, encore sous le coup de sa soudaine métamorphose.

La gauchiste branchée s'était muée en country-girl relax.

— Ne raconte donc pas de conneries. Tu crois que je vais rester seule ici ?

Avec assurance, elle sortit de la chambre, suivit le long couloir et atteignit la porte de l'appartement si rapidement que j'eus de la peine à la rattraper.

— Viens, TomTom, nous devons ressortir, cria-t-elle, parvenue près du portemanteau.

Sans prêter attention à mes objections, elle ouvrit la commode et tâta d'un doigt habile diverses perruques. Elle se décida sans trop d'hésitations pour des cheveux blonds et courts, avec une frange en dégradé.

Ensuite, ayant à nouveau harnaché son chien de deux ou trois gestes experts, elle attrapa un blouson fourré en velours côtelé, atteignit la porte de l'appartement et l'ouvrit. Ayant gardé, pendant tout ce temps, les yeux fermés, elle avait tout d'une somnambule.

— C'est de la folie, objectai-je, davantage à mon intention qu'à la sienne.

— Peut-être, rétorqua-t-elle en enfilant le blouson dont elle remonta le col. Mais si nous glandons ici plus longtemps, la police nous y trouvera.

Tenant TomTom par sa laisse, elle passa sur le palier. Le détecteur de mouvement alluma le plafonnier.

— Et alors, je ne pourrai pas te mener au musicien que tu viens de voir.

46

(7 heures et 31 minutes
avant l'expiration de l'ultimatum)

Alexander Zorbach (moi)

Un conseiller en relations publiques débile avait dû un jour convaincre Paris Hilton de toujours se présenter un peu de côté devant l'objectif, de baisser le menton en direction de la poitrine tout en levant les yeux avec un sourire et une coquetterie affectés vers le photographe. Le barman, dont le regard méfiant ne nous quittait pas depuis que nous étions entrés dans son troquet désert, avait adopté une pose analogue : le buste parallèle au comptoir sur lequel il s'appuyait du bras droit, la tête tournée de quatre-vingt-dix degrés. Il portait des lunettes qui avaient glissé le long de son nez, ce qui renforçait encore l'impression qu'il nous regardait de haut.

— Bonsoir, Paris, lançai-je en guise de bonjour.

Je n'eus besoin de personne pour m'apercevoir qu'il y avait certainement mieux comme plaisanterie pour détendre l'atmosphère. Il ne sourcilla pas, et je me pris à douter qu'il ait jamais entendu parler de l'héritière de la chaîne d'hôtels.

Alina, qui était manifestement familière de cette boîte obscure, se saisit à tâtons d'un tabouret et s'assit. Je voulus briser la glace en contribuant à la prospérité de l'établissement, mais, avant que j'aie pu commander un verre, le barman avait déjà ouvert la bouche.

— J'vais vous dire à qui c'est la faute si le monde va si mal.

OK, son bonjour n'est pas meilleur que le mien, pensai-je, mais je la fermai. Je savais d'expérience que, même s'il débloquait, on n'interrompait pas un patron de bistrot quand on voulait obtenir de lui une information.

— À la *mode* ! déclara-t-il en hochant la tête d'un air entendu, tandis qu'il détaillait d'un œil vitreux la tenue de cow-boy d'Alina. C'est cette foutue mode qui nous fout dedans.

— Ha ha, m'exclamai-je comme il se devait, profitant d'une pause qu'observait l'homme.

Mais – c'était à prévoir – il était loin d'avoir terminé ses considérations.

— Qu'est-ce qui se passe quand des appareils ne sont plus à la mode ? Nous les balançons, tout simplement, uniquement parce qu'ils ont une petite égratignure, alors qu'ils fonctionnent encore. Ce comptoir a soixante ans, précisa-t-il en le frappant du plat de la main. Il en a vu des vertes et des pas mûres. Des verres, des bouteilles, et même un crâne se sont brisés contre lui, continua-t-il, plongé dans ses pensées. Putain, sur lui, on a picolé, dansé, dormi, on s'est bagarré et on a même baisé.

Je vis du coin de l'œil Alina sourire légèrement.

— Ce n'est certainement pas le plus joli comptoir de Berlin. Mais il est en parfait état. Il tiendra soixante ans encore. Tout comme le reste de l'équipement.

Il eut un geste ample de la main, celui du père qui, dans les films, déclare à son fils : « Et tout ça sera un jour à toi. » Le tout, en l'occurrence, désignant un bric-à-brac de rideaux sales, de meubles de bois ocre au capitonnage miteux, un flipper délabré et des spiritueux dont le total ne devait pas valoir deux mille euros.

— Rien ici n'est abîmé. Pourquoi me faudrait-il rénover ?

Peut-être parce que je ne serais pas, alors, le seul client à cette heure-là ? pensai-je, comprenant pourtant fort bien où il voulait en venir.

— Une espèce d'architecte d'intérieur phtisique m'a conseillé des meubles *lounge.* Des canapés club sur lesquels on puisse *décompresser.* C'est *tendance*, il disait.

Je n'arrivai pas à me souvenir quand, pour la dernière fois, j'avais vu sur un visage une expression de si grand dégoût.

— Que peut-il diable y avoir de formidable à ce que quelqu'un te balance les pieds dans la figure quand il boit ?

J'essayai, en haussant les épaules, de regarder ma montre sans me faire remarquer. Le troquet se trouvait à deux rues de la galerie.

— Nous épuisons nos matières premières, nous suçons notre planète jusqu'à la moelle, comme un parasite suce son hôte, nous jetons jour après jour des appareils en parfait état. Mon abruti de neveu a consommé l'an dernier, à lui seul, trois portables. Et à qui la faute ?

— À la mode, répondis-je, heureux de la balle qu'il venait de me lancer.

J'étais à présent sur la même longueur d'onde que lui, ce qui n'était pas totalement hypocrite de ma part. J'avais déjà entendu des philosophes de comptoir plus stupides.

— OK, qu'est-ce que vous voulez ? demanda-t-il en nous gratifiant pour la première fois d'un sourire de dents jaunies par la nicotine.

— Deux gin tonics, répondis-je, et nous aimerions dire un mot à ce type.

Le barman regarda avec surprise le portable que je lui tendais par-dessus le comptoir. Il rajusta ses lunettes.

— Il a déjà plus de quatre ans, précisai-je en mentant, pour étouffer toute objection dans l'œuf.

— Et il fait encore des photos impeccables, acquiesça-t-il.

Je souris.

— Vous reconnaissez cet homme ?

— Linus ? Bien sûr.

Linus ? Je me tournai brièvement vers Alina, heureux d'avoir suivi ses indications.

— Savez-vous où je pourrais le trouver ?

Le sourire du vieux barman s'élargit encore.

— Là-dedans.

Il désignait de la tête une porte, dans un recoin du bistrot, au-dessus de laquelle deux queues de billard entrecroisées étaient accrochées.

— Vous voyez un inconvénient à ce que je lui parle ?

— Faites ce que vous avez à faire. Mais j'ai peur que vous n'arriviez trop tard.

— Trop tard ?

Je le regardai d'un air interrogateur. Son sourire avait disparu.

— Eh bien, allez-y, entrez ! Mais ne venez pas me dire que je ne vous ai pas prévenu.

45

(7 heures et 26 minutes
avant l'expiration de l'ultimatum)

Tobias Traunstein (9 ans)

Un jour, ils avaient joué à qui resterait le plus longtemps sous l'eau. Juste après le cours de natation, dans la piscine Krummebad[1] – ils auraient en fait déjà dû être sous la douche. Kevin avait mis en jeu son album Panini des championnats du monde, un album tout rempli.

Tobias déglutit, mais il n'avait plus de salive. Il aspira avidement l'air qui se raréfiait. Il ne put s'empêcher de penser à la paille avec laquelle on boit un milk-shake épais, tant respirer était devenu difficile.

Il en était à l'album Panini ! Merde, le sien était pourtant bien loin d'être complet. Donc, ils avaient fait un concours de plongeon. Lui, Kevin et Jens. Non, Kevin, Jens et lui. Ou bien Jens le premier.

Surtout ne pas être l'âne, se dit Tobias en enfonçant une nouvelle fois la pièce dans la fente de la vis. *L'âne est toujours celui qui se nomme en premier.*

---

1. Piscine couverte de Charlottenburg.

C'était ce que lui avait appris Mme Quandt, la professeur d'allemand chez qui ils avaient lu le texte sur les naufragés. Le type qui se mordait la langue pour sécréter de la salive.

Tobias serra encore plus fort ses incisives.

C'est un tuyau pourri. Ça ne marche pas.

Il ne put s'empêcher de tousser, ce qui fit glisser à nouveau la pièce hors de la fente.

Vis de merde. Obscurité de merde. Merde à Mme Quandt.

Cette foutue salive ne venait toujours pas. La seule chose qui augmentait, c'était la douleur. Sa langue était toute gonflée, on aurait dit un morceau de cuir. Et il avait des bourdonnements plein la tête. Comme ce jour où, juste pour gagner cet album de merde, il était resté beaucoup trop longtemps sous l'eau. Et il n'y était pas arrivé. Pas plus qu'il n'arrivait à enlever cette vis.

Il avait déjà fait quatre tours. Peut-être même cinq. Puis, la pièce lui avait échappé, et il s'était endormi en la cherchant. Il ignorait combien de temps il avait roupillé dans cette obscurité éternelle. S'il n'avait pas eu autant mal à la tête, il n'aurait pas été certain d'être éveillé.

Il enfonça à nouveau la pièce et réussit à opérer un demi-tour avec la vis.

Merde, pourquoi je sue comme ça ? La pièce n'arrête pas de me glisser des doigts, mais j'ai la bouche sèche comme…

Oui, comme quoi ? D'un seul coup, il se sentit vidé. Sa tête bourdonnait, il était trop fatigué pour trouver la bonne comparaison.

Comme de l'eau de merde, eut-il envie de dire, mais ça n'avait pas de sens.

Il tressaillit en entendant un rire hystérique, mais il se rendit compte que c'était le sien. Il lécha la sueur de sa lèvre supérieure, tout en sachant que c'était une erreur. Comme dans l'histoire du naufragé qui avait bu de l'eau de mer et qui avait eu plus soif encore. À l'époque, il s'était demandé pourquoi l'homme sur le radeau n'avait pas bu son sang. Mais c'était sans doute une idée aussi tordue que ce qu'il tentait aujourd'hui avec le cadenas. Jamais il ne sortirait de là. Jamais il n'arriverait à ouvrir ce truc où il était enfermé. Il allait étouffer et, en même temps, suer à mort.

Ah ! Suer à mort. Il ricana. *Cool l'expression, presque mieux qu'eau de merde !*

Clic !

Tobias sursauta.

Clac !

Il y eut ensuite un grincement, puis un dernier clic, un peu plus faible. L'enfant prit appui sur ses coudes, poussa de la tête contre la paroi élastique au-dessus de lui. La pièce qui lui avait servi de tournevis lui avait à nouveau échappé, mais c'était secondaire, à présent. Cela ne l'empêcha pas de rire. Un rire plus fort de seconde en seconde, qui se transforma en un grand cri de joie.

J'y suis arrivé.

Il l'avait d'abord entendu, et maintenant, il pouvait le sentir : le cadenas s'était ouvert brusquement et, à présent libéré, il se balançait, toujours accroché à la charnière. Tobias avait les doigts qui tremblaient, mais, cette fois, ils ne glissèrent pas en détachant le cadenas. Puis, il tâta l'œillet que traversait le crochet et constata qu'il y en avait deux. Deux minces plaquettes de métal trouées à leur extrémité, qu'on pouvait faire tourner en sens inverse, comme les aiguilles d'une montre.

À partir de cet instant, tout alla très vite. Tobias comprit qu'il s'agissait de la tirette d'une fermeture Éclair courant au-dessus de lui dans la paroi élastique. Comme celle-ci était recouverte d'un ourlet, il avait pris ce renflement pour une couture quelconque. Mais il s'agissait en réalité… *de l'issue* ?

Il retint son souffle pour mobiliser les dernières réserves d'énergie de son pauvre corps. Puis, les doigts trempés de sueur, il essaya de tirer en sens opposé les deux bords de la fermeture Éclair. Un jeu d'enfant.

Génial, se dit-il. Le curseur glissait comme une lame de patin sur la patinoire.

Tobias allait de nouveau crier de joie, mais, aussi rapidement qu'il avait retrouvé de l'énergie, il la reperdit en sentant au-dessus de sa tête une feuille de plastique.

Bonnes nouvelles. Mauvaises nouvelles. À peine gagné, déjà dépensé.

Il avait ouvert la fermeture Éclair, mais pas l'espèce d'enveloppe caoutchouteuse dans laquelle on l'avait manifestement emballé. Et à cause de laquelle il n'avait presque plus d'air.

Enfonçant l'index dans la feuille, il la sentit céder sous la pression mais sans se déchirer. Comme un chewing-gum recraché qu'on veut arracher de sa semelle : on tire des fils, mais ça reste collé.

Ses yeux se remplirent de larmes. Il sanglota et appela sa mère.

Pas papa, ce vieux con. Maman. Je voudrais que maman soit ici.

Avec l'énergie du désespoir, il saisit les deux moitiés des languettes de tissu au-dessus de lui…

C'est un sac ! Je suis enfermé dans un sac hermétique.

… et les tira dans un sens, puis dans l'autre. Une fois, deux fois. La troisième fois, il poussa un cri qui recouvrit le léger crissement.

Putain de merde, ça y est !

Les murs avaient disparu ! D'un seul coup. Il ne voyait rien, mais il le sentait. Pas avec les doigts. Avec le nez ! Car l'air était… différent. Tobias avait toujours l'impression de crier, sauf qu'il émettait des sons gutturaux et des sifflements par le seul jeu de sa respiration.

Il s'appuya sur ses coudes. Sa tête était libre, à présent ; il réussit à redresser le buste entier. Il aspirait l'air à grands traits, un air certes encore très rare, mais considérablement plus riche que dans le truc où il était enfermé auparavant. Pourtant, la première euphorie dissipée, il se sentit plus misérable encore que quelques minutes plus tôt.

Où je suis, à présent ?

Il sortit à quatre pattes du récipient qui l'avait retenu prisonnier. Il s'était libéré de sa première prison.

Et maintenant ?

Il tenta de se relever, se tint sur ses deux jambes, même si cela ne dura que quelques secondes tant il était faible. Puis, il retomba. Dans sa chute, tout ce qu'il perçut de son nouvel environnement fut qu'il ne voyait toujours rien. Absolument rien. Où qu'il se trouvât, l'obscurité était aussi totale qu'avant.

Nuit noire. Rien n'a changé.

Sauf peut-être que le nouveau cachot était un peu plus haut, car il avait pu se mettre debout.

Et les parois ne sont plus molles, se dit encore Tobias.

Puis, sa tête heurta le sol en bois.

44

(7 heures et 24 minutes
avant l'expiration de l'ultimatum)

Alexander Zorbach (moi)

Il est mort.

Ce fut ma première pensée. La deuxième fut de me demander pourquoi le barman qui nous avait accompagnés, Alina, TomTom et moi, dans la pièce attenante, un réduit sans fenêtre, souriait d'un air indulgent alors qu'un cadavre se décomposait sur son billard.

L'homme que nous cherchions était allongé en travers du feutre vert, sa tête inerte pendant par-dessus la bande, entre le trou de l'avant et celui du milieu. Les yeux étaient grands ouverts et un filet de salive rouge coulait de sa bouche. La flaque de sang qui s'étendait sous sa cage thoracique ne paraissait pas récente.

— Qu'est-ce qui pue comme ça ? demanda Alina avec dégoût tout en mettant sa main devant son nez et sa bouche.

— Je… je ne sais pas exactement, mais je crois…

— L'est pas mal amoché, hein ? remarqua le barman, riant d'un air satisfait.

Reculant d'un pas, je lui marchai sur le pied. Tandis que je réfléchissais à ce que nous avions trouvé dans ce bistrot, me demandant s'il était possible qu'on me collât encore ce meurtre sur le dos, j'activai mon mobile.

— Ne touche à rien, criai-je à Alina tout en entrant mon code SIM.

J'allais appeler la police quand le téléphone faillit me sauter des mains. Le vibreur signalait plusieurs appels en absence en même temps qu'un correspondant cherchait à me joindre.

— Allô ? Alex ?

Oh, bon Dieu, Nicci !

Bien entendu, ce n'était pas le moment le plus favorable pour une conversation avec ma femme, mais j'avais par inadvertance appuyé sur la mauvaise touche, et elle était à présent en ligne.

— Ah, enfin, Dieu soit loué, ça fait des heures que j'essaie de te joindre.

Je sentais de l'inquiétude dans sa voix. Un funeste pressentiment m'envahit et, d'un seul coup, je me sentis plus minable encore que l'aménagement intérieur du bistrot.

— C'est à cause de Julian. Il ne va pas bien.

Non, par pitié.

Un instant, tout devint secondaire. Alina, TomTom, le barman, et même un cadavre ne comptent plus quand la chair de votre chair est en danger. Dans cette arrière-salle, la réception était mauvaise. Je n'entendais que des bribes de ce que me disait Nicci. Je quittai donc la pièce sans mot dire.

— Qu'est-ce qu'il a ? demandai-je quand s'affichèrent à nouveau quatre barres de réseau.

— Il tousse. J'ai peur que cela s'aggrave.

Mon estomac se noua.

— De la fièvre ?

— Oui, je crois.

Qu'est-ce que ça veut dire ? Depuis quand un thermomètre ne mesure plus la température en degrés Celsius, mais en suppositions ?

Je gardai pour moi le sarcasme : n'étais-je pas, après tout, celui qui, une heure avant l'anniversaire de son fils, n'était pas chez lui, mais avec une aveugle, un cadavre et un tenancier de bar qui, manifestement, avait complètement pété les plombs ?

— La dernière fois que j'ai pris sa température, il avait 38,9 °C, précisa-t-elle.

— C'est juste à la limite, répondis-je, soulagé. Un poil plus qu'un peu de température, mais loin encore de la forte fièvre.

— Dois-je appeler un médecin de garde ? me surprit Nicci en posant pour une fois une question raisonnable.

J'entendis Alina dire quelque chose dans la salle de billard, auquel répondit un nouveau rire du barman.

— Oui, fais-le, approuvai-je, trouvant tout de même cela un peu exagéré.

On ne prend jamais trop de précautions.

— N'appelle pas un service d'urgence privé. Ils envoient toujours un couillon qui commence par essayer l'acupuncture.

Je me décontractai lentement. Julian était malade, mais ça n'avait pas l'air très grave, et sa mère, exceptionnellement, ne comptait pas aller consulter un guérisseur.

— Qu'as-tu contre l'acupuncture ? demanda-t-elle.

— Rien. Mais ce n'est pas mon premier choix quand j'ai affaire à une infection aiguë.

Ou à je ne sais quelle autre maladie qui affecte Julian depuis si longtemps.

Ma voix tremblait, mais Nicci parut ne pas avoir entendu la colère qui l'habitait. Lentement, le mort que nous avions découvert dans la pièce contiguë me revenait à l'esprit.

— Ah, Zorro, s'exclama-t-elle en usant d'un petit nom que je n'avais plus entendu dans sa bouche depuis belle lurette. Quel est ton problème ? soupira-t-elle. Pourquoi sembles-tu toujours amer quand nous conversons ?

Quel est mon problème ? Furieux, je fis passer mon portable d'une oreille à l'autre. *Tu veux savoir quel est mon problème ? OK, je vais te le dire.*

— Je suis en ce moment un peu à cran, ma petite, parce que je suis sur la trace d'un pervers qui, à ce qu'il semble, veut me mettre ses crimes sur le dos. Et la seule personne susceptible de témoigner à ma décharge est une aveugle qui prétend être capable de lire dans le passé. C'est ça, mon problème.

Sans même parler du cadavre en décomposition qui se trouve à quelques mètres de moi, dans une salle de billard.

Je regardai à nouveau en direction de la porte. Le patron n'avait pas bougé d'un pas. En d'autres termes, il ne s'était pas approché d'Alina de trop près.

— Une aveugle ?

Je fermai les yeux. Comment avais-je pu avoir la bêtise d'aborder ce sujet ? J'aurais pu tout aussi bien offrir à Nicci un carton d'invitation pour le salon de l'ésotérisme. J'avais éveillé son intérêt et elle n'allait pas cesser de me harceler de questions.

— C'est une médium, n'est-ce pas ?

— Oublie ce que je viens de te dire.

Je me dirigeai vers la porte d'entrée du bar et mis la chaîne de sécurité afin d'éviter que d'autres clients fassent irruption dans cette histoire de fous.

— Écoute un peu, Zorro. Je vais te dire quelque chose de très important. Tu m'entends ?

— Chérie, il faut que je te laisse !

Dans la pièce d'à côté, une queue de billard tomba par terre, puis j'entendis Alina murmurer quelque chose, tandis que Nicci m'expliquait :

— Je sais que tu ne crois pas aux choses inexplicables. Et ce n'est pas grave, d'ailleurs. Mais…

— Il faut vraiment…

Je ne quittais pas des yeux la salle de billard où le barman avait maintenant disparu de mon champ de vision.

— Tu dois te tenir à l'écart de cette femme.

— Hein ? Pourquoi ?

Je n'entendais à présent parler ni Alina, ni le patron. En revanche, un long râle me parvint.

— Je te l'ai dit mille fois, ajouta Nicci, mais sa voix n'était plus qu'un bruit de fond, comme une musique de film accompagnant l'acteur sur le chemin de tous les dangers.

Sauf que je ne suis pas acteur.

— Tu attires le mal. Jusqu'à présent, tu te contentais d'écrire sur lui, mais à présent, il est avec toi…

En effet. Il est avec moi. Ici même…

— … et il te détruira, Alex. L'aveugle, je ne la connais pas, mais je sens qu'elle t'attire dans quelque chose dont tu ne ressortiras plus. Tu me comprends ?

— Oui, bien sûr, répondis-je.

D'un côté, sans le savoir, elle avait raison. Je me sentais en effet pareil à quelqu'un qui se noie : plus il s'agite, plus il s'enfonce. D'un autre côté, il fallait absolument que je mette fin à cette conversation.

— Tiens-toi à l'écart de toutes les énergies négatives. Ne provoque pas le mal, sinon il te détruira un jour. Viens plutôt ici, fêter l'anniversaire de Julian.

Sur ce, elle raccrocha, me laissant seul avec la folie furieuse qu'était devenue mon existence. Avec Alina, TomTom et le barman.

Et un mort qui m'adressa un clin d'œil quand j'entrai dans la salle de billard.

43

— Merdaloquesquia ?

Le cadavre qui, auparavant, était allongé, la nuque brisée et une flaque de sang sous le torse, bavait maintenant, assis sur le bord du billard. Il se livrait en outre à diverses activités dont s'abstiennent les macchabées en temps normal : respirer et parler, même si c'était dans une langue incompréhensible pour moi.

— Onpeupuroupsenpé !

Mon regard glissa sur Alina qui, ayant rapproché une chaise, était assise à quelques mètres du ressuscité. TomTom, à ses pieds, bâillait. Quelques secondes plus tard, Linus l'imita.

— Je croyais qu'il…

M'interrompant, je me frottai les yeux. Mon mal de tête m'avait brusquement repris, plus fort qu'avant. La lampe rectangulaire, au-dessus du billard, avait beau, avec son abat-jour de dentelle, ne dispenser guère plus de lumière qu'une grosse bougie, elle me brûlait les yeux quand je commettais l'erreur de la fixer.

— Je croyais qu'il était mort, arrivai-je à articuler, des ronds lumineux de toutes les couleurs dansant devant mes yeux.

— Mort ? Foutaises ! s'exclama le barman. Linus dort toujours les yeux ouverts. Ce n'est pas son seul défaut, comme vous vous en apercevez certainement.

J'acquiesçai et fis le tour du billard, ma main en caressant le feutre.

Je me rendais compte peu à peu que, dans mon excitation, j'avais interprété divers signes de manière totalement erronée. La tache n'était pas récente et avait probablement pour origine une bière renversée, peut-être aussi un quelconque liquide corporel, mais certainement pas le sang de Linus, dont le torse ne présentait aucune blessure. Et la bave sanguinolente s'expliquait par un problème de gencive, sérieux mais pas mortel, chez un musicien des rues en voie de clochardisation. Pour ce qui était de la pestilence – qui n'avait pas faibli, au demeurant –, il s'agissait apparemment de son odeur corporelle habituelle, un mélange d'excréments, d'urine, de sueur et de crasse. Le tribut à payer à une existence dans les rues berlinoises.

— Tandeuclients, annonça Linus d'un air important quand je fus face à lui.

Les yeux fixés sur son visage émacié, je cherchai à croiser son regard qui était autant dépourvu de vie que celui d'Alina, et je compris pourquoi il arrivait que des gens fussent déclarés décédés alors qu'il n'en était rien. Deux mois plus tôt, j'avais écrit un article sur une femme qui, à l'hôpital de la Charité, s'était levée de son lit de mort.

— Que lui est-il arrivé ? demandai-je.

— Eh bien, je l'ai déjà raconté à votre compagne, répondit le barman qui, aimant manifestement avoir du public, ne se fit pas prier pour répéter : il a été un temps où Linus était un des plus grands. Il a joué dans des stades avec divers groupes ; même, paraît-il, dans l'ancien Wembley.

Le musicien hocha la tête d'un air approbateur, à la manière des hommes parlant d'époques révolues où tout marchait encore comme il faut.

— Paraît que son agent l'a complètement plumé. L'a payé avec de la drogue au lieu de cash. Le pauvre bougre s'est retrouvé non seulement fauché comme les blés, mais aussi complètement nase. Il suffisait d'une piqûre ou d'une pilule pour le faire disjoncter. À la fin d'un concert, il s'est écroulé et, depuis, il ne parle plus que sa propre langue.

— Merdaloquiesqua, hé ? bredouilla Linus comme pour le confirmer.

— Il est resté un certain temps enfermé dans un asile, quelque part à Grunewald. Il en est ressorti plus dingue encore qu'à son entrée, croyez-moi.

Je m'avançai vers la loque qui, toujours assise sur le billard, oscillait dangereusement.

— Tu m'entends ?

Il haussa les épaules.

Bon, on va voir. Je ne risque pas pire que me faire cracher au visage.

Tentant le coup, je lui montrai la photo sur mon portable, extraite du film où il télescopait l'inconnu.

— Tu te souviens de ce type ?

Il haussa les épaules à nouveau, plus violemment cette fois. Une profonde ride de colère se creusa brusquement sur son front, et il se mit à tirer sur les rares mèches de cheveux qui lui restaient.

— Salimavégon ! cria-t-il, répétant ce mot vide de sens à plusieurs reprises.

— Vous savez ce que ça veut dire ? intervint Alina.

— Pas la moindre idée. Je ne parle pas le droguais, sourit le barman.

— Afilpietuiguitt ! affirma Linus, sans aucun humour apparent.

Si je ne me trompais pas, il venait de s'arracher un long cheveu et de se le fourrer dans la bouche.

— Il parle de sa guitare, n'est-ce pas ?

— Possible. Si quelqu'un est capable de traduire son baragouin, c'est bien sa copine, répondit le patron en laissant à nouveau son regard se porter sur Alina, puis sur le chien. Mais elle aussi a un grain, si vous voyez ce que je veux dire. Elle s'appelle Yasmin Schiller et elle était à l'asile avec Linus, mais en tant qu'infirmière. Elle est souvent au comptoir, à me bassiner, à me dire qu'elle veut fonder un groupe et ce genre de trucs… Est-ce qu'on peut la croire ? En tout cas, cette fille m'a expliqué que Linus mélangeait seulement plusieurs mots. Sa tête fonctionne donc comme une espèce de shaker, conclut-il en riant à nouveau.

Le regard du musicien devint vitreux, et je me demandai s'il se rendait compte que nous parlions de lui.

— Salimavé, c'est par exemple quelque chose qu'il dit très souvent. Ça a certainement un rapport avec « saligaud ».

— Et on peut supposer qu'il a eu affaire à beaucoup d'entre eux dans sa vie, observa Alina.

Linus tourna la tête dans sa direction.

— Afilpietuiguitt ! répéta-t-il.

On aurait dit qu'il quémandait une approbation pour tant de lucidité de sa part, mais le seul à lui prêter attention en cet instant fut TomTom, qui le regardait fixement.

— Qu'est-ce que vous lui avez montré ? s'intéressa le barman qui, ayant enlevé ses lunettes, en avait introduit la branche gauche dans sa bouche.

Il s'approcha si près de moi que je sentis sa mauvaise haleine.

— Je peux voir ?

Quand il me vint à l'esprit que l'homme sur la photo me ressemblait beaucoup, il fut trop tard : j'avais déjà donné mon portable à mon interlocuteur. Pourtant, il parut ne s'apercevoir de rien.

— L'homme à côté de Linus est un escroc, expliquai-je. Hier, une caméra de surveillance l'a filmé en train de lui rentrer dedans.

Tout en parlant, j'inventai à la hâte une histoire anodine.

— Nous avons pensé qu'il pourrait nous fournir d'autres indices.

— Et vous, vous êtes qui, déjà ?

Son regard vif passait alternativement de moi à Alina. Je sortis de la poche arrière de mon jean ma carte de presse.

— Nous écrivons un article sur ce type.

Le barman partit d'un grand éclat de rire.

— Mais c'est bien sûr ! Et cette fille aveugle est ta photographe, hein ?

Je ne trouvai rien à répliquer et me sentis pris la main dans le sac. Le patron n'en parut pas ému outre mesure.

— Bon, de toute façon, j'en ai rien à foutre. Le principal, c'est que vous ne soyez pas des amis du salopard de la photo.

— Sûrement pas !

Alina et moi avions parlé d'une seule voix.

Je remballai ma carte de presse et repris le portable. Il me fit l'impression d'être humide, tant le barman y avait laissé ses marques de doigt.

— Eh bien, je vais vous parler un peu de ce salopard que vous avez photographié.

— Vous le connaissez ?

Le Voleur de regards ?

— Non. Mais hier après-midi, aux environs de 16 heures, Yasmin est venue ici. Aussi furieuse qu'une putain escroquée par un client. Elle gueulait contre un type qui s'était disputé avec Linus avant de flanquer un coup de pied dans l'étui de sa guitare.

Afilpietuiguitt.

Je regardai dans la direction d'Alina, qui s'était appuyée sur un genou pour caresser TomTom. Opinant de la tête, elle me faisait comprendre qu'elle pensait la même chose que moi.

Ça coïncide. Même heure, même lieu. C'était l'homme de la bande magnétique.

— D'après elle, tout l'argent recueilli dans la journée avait été répandu sur le trottoir. Linus a mis un temps fou à le récupérer et, là-dessus, il s'est bourré la gueule, reprit le barman avec un hochement de tête en direction du musicien toujours assis, chancelant, sur le billard. On peut voir le résultat.

— Où puis-je trouver cette Yasmin ?

— J'ai la tronche d'une secrétaire ? Je ne prends pas rendez-vous avec mes clients. Des fois, elle passe tous les jours ; des fois, elle ne vient pas pendant trois semaines.

Je venais de décider que nous avions perdu beaucoup trop de temps dans une impasse quand un cri, accompagné d'un claquement, fit sursauter tout le monde dans la pièce.

— Surplaandica !

Le musicien frappa une nouvelle fois de la main le rebord du billard.

— Surplaandica !

— Oui, je comprends, murmura le barman en se retournant. Viens, Linus, je te paye un café. Et peut-être qu'il y a encore des saucisses dans la cuisine.

Pour lui, manifestement, la conversation était terminée. Je priai Alina de m'attendre un instant, puis je suivis le vieil homme et lui barrai le chemin avant qu'il ait atteint son comptoir.

— Qu'est-ce que vient de dire Linus ? Qu'est-ce que vous *comprenez* ?

Le barman, après un coup d'œil sur le bras que j'avais posé sur son épaule, me regarda droit dans les yeux.

— Linus est toujours furieux contre le mec. Pas parce qu'il l'a bousculé. Pas non plus parce qu'il a lui-même mis une bonne demi-heure à chercher ses pièces dans le caniveau.

— Mais ?

— Parce que le mec avait garé sa bagnole sur une place réservée aux handicapés.

Surplaandica.

Je me massai la nuque et comprimai, à côté des vertèbres cervicales, un point de migraine qu'un neurologue m'avait indiqué un jour.

— Linus est vraiment un bon gars, poursuivit le barman. La tête est un peu dérangée, mais il a bon cœur.

— Chopticcho.

Je me retournai vers le musicien, souriant, debout dans l'encadrement de la porte, levant le poing. Alina apparut derrière lui.

— Chopticcho !

— Oui, oui. Tu es content. Le salopard, ça va lui coûter chaud, rigola le barman avec un geste obscène de l'index gauche dans le trou formé par les doigts de sa main droite.

— Qu'est-ce qui va lui coûter chaud ? demandai-je, commençant à me trouver de plus en plus taré de me faire traduire le charabia d'un SDF à l'esprit dérangé par un barman non moins bizarre.

Puis, soudain, je compris ce que voulait dire Linus.

Chopticcho !

Le tueur avait chopé une prune. Qui allait permettre de l'identifier.

Première lettre du Voleur de regards, transmise par e-mail par l'intermédiaire d'un compte anonyme

À : thea@bergdorf-privat.com
Objet : vérité

Très aveugle madame Bergdorf,

Cet e-mail est sans doute aussi ridicule que les efforts désespérés de mes personnages enfantins pour s'évader de la cachette qui leur a été attribuée avant l'expiration du délai.

Ma tentative pour me laver du tombereau de fumier que votre journal déverse quotidiennement sur moi échouera. C'est tout aussi certain que le fait que cet e-mail, dans les heures qui viennent, passera par des dizaines de mains. Tremblantes, comme les vôtres. Nerveuses, comme celles des techniciens qui atterriront quelque part au Rwanda s'ils remontent au compte d'où j'ai expédié ce message. Il y aura aussi des mains calmes, des mains de professionnels : les psychologues et les linguistes qui disséqueront chacune des formules, chacun des mots, voire les signes de ponctuation. Mais, je vous en prie, ne montrez pas cette lettre à Adrian

Hohlfort, que je crois plus capable d'être sélectionné dans l'équipe nationale de football que de me dépister. Il échapperait même à votre « super-profileur », comme l'appelle le mauvais papier hygiénique que vous prenez pour un journal, que, dès la première phrase de l'e-mail, j'ai livré un indice en parlant, certes, de plusieurs enfants, mais d'une seule cachette ! Une solution « à taille unique » pourrait-on dire, une cachette dont la police s'est jusqu'ici approchée d'aussi près que ma queue de la chatte de Madonna (pour rester au niveau de vos journalistes au QI atrophié). Épargnez les 500 euros de l'heure que M. Fauteuil Roulant vous facturera pour vous expliquer que, si je m'adresse aux médias dans la tradition des tueurs en série tels que le Zodiac, c'est un signe de mégalomanie. Je ne cherche pas à tourner mes chasseurs en dérision. Je n'ai pas soif de gloire.

C'est le contraire qui est vrai : je veux que vous cessiez enfin d'écrire ces conneries sur moi. À commencer par mon surnom. Tel un chien errant affamé, vous vous êtes jetée sur le premier os que je vous ai lancé : les yeux enlevés. Je vous méprise, vous et les enquêteurs incapables, de vous être fait rouler ainsi dans la farine. Une feinte élémentaire, et déjà me voilà catalogué maniaque sexuel dément. Alors que je ne me soucie pas de trophées. Je ne suis pas un *voleur*. Je suis un *joueur*. Et je joue franc-jeu. Dès que j'ai choisi et présenté les personnages, délimité le terrain et donné le signal de début de partie, je respecte les règles. La mère, l'enfant, l'ultimatum, la cachette : je me contente de définir les conditions générales que je respecterai dans chacune des phases du jeu. Je garantis que chacun de ceux qui cherchent ont une authentique chance de mettre fin à la partie de cache-cache ; que je ne trace pas de fausse piste, même quand les gens à mes trousses s'approchent de trop près. De la même façon, je ne joue pas les prolongations, si excitant le jeu soit-il. J'avoue ne pas être impartial. De temps à autre, je me mêle à la partie, mais toujours au profit de mes adversaires. Voilà pourquoi je vous écris cet e-mail. En quelque sorte, un droit de réponse à tous les mensonges que vous déversez sur mon compte.

Je ne suis ni un fou, ni un monstre, ni un psychopathe. Je respecte un plan. Mon jeu a un sens. Si vous aviez vécu ce que j'ai vécu, vous me comprendriez. Vous n'approuveriez peut-être pas ce que je fais, mais vous pourriez au moins concevoir que j'agisse ainsi.

Je parie que vous faites non de la tête, que vous vous dites : « Quelle espèce de malade ! » Et que vous calculez mentalement le tarif des publicités que vous demanderez si mes propos s'étalent à la une de votre journal. Mais qu'en sera-t-il si je vous révèle effectivement un mobile faisant apparaître mes actes sous un autre jour ? Eh bien, secouez-vous toujours votre crâne mal coiffé ? Je parie que non.

Vous êtes vraiment prête à me croire ? Prête à croire que je ne suis pas simplement le psychopathe habituel, dominé par ses pulsions, mais que, derrière mes actes, se cache un projet compréhensible ?

Car ça, chère et aveugle Thea Bergdorf, quel article ça ferait ! Vous brûlez d'apprendre pourquoi j'ai redonné vie au plus ancien jeu de l'humanité : le jeu de cache-cache ?

OK, eh bien, allons-y. Remettez ce message dans toutes les mains incapables que j'ai décrites ci-dessus et attendez les lignes que je vous écrirai dès que j'en aurai trouvé le temps. Ne craignez rien, ce ne sera pas long.

Pas même sept heures. Plus la demi-journée qu'il me faudra pour me débarrasser des cadavres.

42

(6 heures et 39 minutes
avant l'expiration de l'ultimatum)

Alexander Zorbach (moi)

Les symptômes s'aggravèrent au moment où, après une longue succession de feux verts, nous fûmes arrêtés par le feu rouge d'un chantier.

Heureusement que j'avais eu la présence d'esprit, avant de démolir la vitrine de la galerie, de garer dans une rue latérale proche la vieille Toyota dans laquelle Frank nous avait conduits jusque devant l'immeuble d'Alina. Si je l'avais laissée à son emplacement initial, elle aurait été enlevée ou saisie par l'anthropométrie judiciaire qui, entre-temps, avait certainement établi un lien entre l'acte de vandalisme et moi. J'avais tout de même personnellement annoncé à Stoya que je devrais me procurer moi-même mes informations s'il persistait à ignorer mes indications. Recueillies grâce aux yeux d'une aveugle !

Je devais bien avouer qu'actuellement les miens non plus n'allaient pas fort. Ils larmoyaient, et j'avais l'impression que le feu rouge du chantier était fluorescent. J'espérais qu'il s'agissait simplement des signes avant-coureurs d'un rhume, mais je redoutais que ces symptômes de plus en plus clairs n'eussent une tout autre origine.

— Combien de temps te faut-il pour ça ? demandai-je à Frank à l'autre bout du fil.

— Pour vérifier une contravention ? En pleine nuit ?

Ayant regardé l'heure sur l'horloge du tableau de bord, je jurai à voix basse. 23 h 50. *Plus que dix minutes avant que mon fils fête les premières minutes du jour de son anniversaire !* Sans doute en présence du médecin de garde, à la place de son papa.

— Bon Dieu, qu'est-ce que tu te figures ? Cela n'est possible que grâce à des relations. Et la mienne dort, à cette heure !

Pas la mienne, hélas. Elle vient de me mettre sur la liste des personnes recherchées et travaille à plein régime.

— OK, Frank, j'essaie une nouvelle fois de convaincre Stoya.

— Non, il ne vaut mieux pas.

— Pourquoi ?

— Parce que j'ai peut-être, et depuis longtemps déjà, ce que tu cherches.

Le feu passa au vert et, un bref instant, j'eus le sentiment d'être aveuglé. Quelqu'un klaxonna derrière moi et, quand je rouvris les yeux, il me fallut un peu de temps pour ne plus voir la rue comme au travers d'un voile flou.

— Comment ça ?

Comment Frank pouvait-il trouver le détenteur d'un véhicule dont il ne connaissait même pas le numéro minéralogique ?

— Recherches, se contenta-t-il de me répondre.

Comme pour confirmer ses dires, j'entendis en arrière-plan les sonneries familières de plusieurs téléphones de la rédaction.

— Recueillir des informations, ça me connaît. Fais-moi confiance.

Il baissa la voix.

— Le problème, en fait, c'est de savoir dans quelle mesure tu as confiance dans le Stevie Wonder qui est à côté de toi.

Je regardai dans le rétroviseur. Alina avait pris place sur la banquette arrière, avec TomTom, comme si j'étais son chauffeur. Pour l'instant, cette distance acoustique me convenait tout à fait.

— Quel est le problème ? demandai-je à voix basse.

Nous nous trouvions sur une large allée dont le nom m'échappait, en direction de l'autoroute. J'avais roulé jusqu'ici sans but précis, mais une voix intérieure me disait qu'il valait mieux ne pas rester immobile. Et il était vraisemblable qu'elle me guidait instinctivement vers mon bateau.

— Reprends-moi si je me trompe, mais Alina n'a-t-elle pas dit que nous devrions rechercher une maison individuelle, avec une entrée devant laquelle le Voleur de regards s'est garé immédiatement après le meurtre ?

— Exact.

J'avais totalement oublié la dernière vision d'Alina, dont elle avait parlé en présence de mon assistant.

— Bon : prenons pour hypothèse, histoire de rire, que notre psychopathe, une fois son crime accompli, s'est effectivement rendu dans une maison pour s'y offrir un soda. Il y a alors de fortes chances qu'il utilisait la même voiture que celle qui lui a valu, le lendemain, une contredanse. Exact ?

— Ouais, ça se tient.

Si nous avons la maison, nous avons aussi le propriétaire. À condition que la réalité soit conforme aux visions d'Alina.

— Bon, cela étant acquis, je me suis dit que, pour ne pas attirer l'attention, l'assassin avait respecté les limitations de vitesse. Alors, me fondant sur ce qu'a dit Alina, j'ai pris pour base de mes calculs un créneau de quatre minutes au maximum. Si le Teufelsberg est bien au centre de nos hypothèses, le Voleur de regards, pendant ce laps de temps, a difficilement pu quitter une zone à vitesse limitée. Ce coin-là est en effet bourré d'écoles, de terrains de jeux, d'installations sportives et de jardins d'enfants.

— Bien. Tu as donc réduit à quelques kilomètres carrés la zone que nous recherchons.

— À une zone d'un rayon de 5,6 kilomètres, plus exactement, mais dont l'essentiel est constitué de terrains boisés ou agricoles.

J'entendis des touches d'ordinateur cliqueter sous ses doigts.

— Elle englobe de plus de nombreux jardins ouvriers, des zones d'excursion, des chemins forestiers, etc. Bref, au total, le nombre de rues habitables n'est pas si élevé que ça.

— Et tu les as toutes déjà arpentées, m'exclamai-je en riant.

— Évidemment.

Je freinai brutalement : devant moi, un piéton avait bondi sur la chaussée pour attraper un bus de l'autre côté de la rue. Sur la banquette arrière, Alina se plaignit de ma conduite. Elle avait manifestement eu de la peine à empêcher TomTom de glisser du siège.

— Tu te fous de ma gueule ? demandai-je, une seconde plus tard.

— Aurais-tu déjà entendu parler de Google Earth ? rétorqua-t-il avec amusement.

Logique. Évidemment.

J'accélérai à nouveau et augmentai la vitesse de l'essuie-glace, ce qui n'eut d'autre effet que de barbouiller le pare-brise. La neige tombait à gros flocons, mais elle n'était pas assez mouillée pour enlever de la vitre la saleté de l'hiver. Du coup, j'y voyais à peine.

Quel parallèle !

J'eus d'un coup l'impression que c'était le même essuie-glace usagé qui fonctionnait dans ma tête. Plus j'essayais d'y voir clair, plus l'image devant mes yeux devenait imprécise. Les étranges illusions des sens qui m'avaient incité à rendre visite au Dr Roth y avaient leur part. Mon médecin avait beau estimer qu'elles ne s'expliquaient pas par un terrain psychopathologique, elles n'en contribuaient pas moins à me déconcentrer, m'empêchant de penser aux outils de recherche les plus élémentaires à ma disposition. Comme par exemple Google Earth.

— Même la première version est déjà géniale, s'extasiait Frank pendant ce temps. Avec la vision satellite, tu peux retrouver la clé de la porte d'entrée que tu as perdue sur la pelouse de ton jardin, si tu zoomes suffisamment, ajouta-t-il, riant de son exagération. Mais il y a mieux. Car, à la rédaction, nous avons…

— … Street View. Exact !

Depuis un certain temps, des véhicules de Google équipés de caméras spéciales parcouraient les rues de certaines villes du monde afin d'offrir à l'utilisateur, par simple clic, une vue en 3D de l'environnement. On était encore loin d'avoir photographié toutes les localités, et des multitudes de juristes se colletaient avec les problèmes relatifs à la protection des données personnelles que soulevait ce projet. Mais il était déjà partiellement installé sur iPhone, et mon journal disposait, à l'essai, d'un large accès à ce dispositif. Frank s'en était servi pour rechercher une maison répondant à la description d'Alina.

— La moindre rue de Berlin, le quartier le plus perdu, s'exclamait-il, euphorique, tandis que j'entendais à nouveau le bruit des touches, je peux les voir comme si je les parcourais en personne.

— Ça doit prendre des heures.

— Non, pas quand on a de la chance, comme moi. La zone qui nous intéresse est principalement couverte d'immeubles ou de lotissements de maisons mitoyennes. La villa des Traunstein est, de ce point de vue, une des rares exceptions !

— Combien en as-tu compté ? demandai-je, soudain pris d'excitation. Combien de maisons individuelles as-tu dénombrées ?

Un coup d'œil sur le compteur m'apprit que, dans mon émoi, j'avais dépassé de plus de trente kilomètres/heure la vitesse autorisée.

— Vingt-sept. Mais seules neuf d'entre elles sont de plain-pied et disposent d'une entrée ressemblant à celle qu'a décrite ta nouvelle amie.

Sa voix resta en suspens comme celle d'un narrateur qui, à la fin d'une longue histoire, prend son temps pour lancer la chute.

— … et il n'y a de panier de basket que dans deux de ces entrées.

41

Tout en étant certainement le bâtiment le plus bas de tout le lotissement, le bungalow se voyait de loin.

La rue où nous nous trouvions, une impasse au pavé inégal, était effectivement si à l'écart de tout qu'une affiche électorale était encore accrochée à un réverbère. S'y étalait le portrait d'un candidat, docteur en quelque chose, cravaté et souriant d'un air niais. Depuis septembre, chacun de ceux qui entraient dans l'impasse était donc accueilli par ces mots vides de sens : « Notre force est notre avenir. »

Je me demandai s'il existait une loi obligeant même les hommes politiques les plus inconnus et les plus laids à faire tirer leur photo sur papier. Et s'il y avait sur notre planète un seul être qu'une affiche électorale ait jamais pu influencer dans son vote. Peut-être devrais-je lancer dans mon journal un appel à témoins quand toute cette affaire serait terminée.

À condition que je sois encore en mesure de le faire.

Nous avions laissé la voiture à l'angle pour ne pas stationner directement devant l'adresse que Frank nous avait transmise. À chaque pas nous rapprochant du bungalow grandissait en moi la certitude que nous perdions notre temps.

— Je ne pense pas que ce soit cette maison que tu as décrite, confiai-je à Alina, qui attendait que TomTom ait laissé sa signature sur un arbre de l'impasse.

— Comment ça ?

— Trop voyante !

Plissant les yeux, j'observai mon haleine se vaporiser juste devant mon nez.

Cela dit, un comportement voyant constituait souvent le meilleur des camouflages. Récemment, à Lichtenrade, une maison avait été vidée de ses meubles en plein jour. Les malfaiteurs étaient tout simplement venus avec un camion de déménagement. Personne ne songe à un cambriolage quand il aperçoit un déménageur tenant un écran plasma dans ses bras.

Et, devant un sapin de Noël, personne ne pense à un œil arraché.

Alina ordonna à TomTom de s'asseoir et se dandina d'un pied sur l'autre en frissonnant.

— Décris-moi ce que tu vois, demanda-t-elle.

Décrire ? Je laissai errer mon regard.

Comment expliquer cela à une aveugle ? En tout cas, il allait me falloir réviser de fond en comble le préjugé qui m'avait amené à penser qu'à Westend on fêtait Noël avec réserve et retenue.

On aurait juré que la maison de plain-pied appartenait à un orphelin fortuné d'une dizaine d'années ayant claqué tout son héritage dans un magasin spécialisé dans les décorations de Noël : une guirlande halogène bleue s'étirait le long du rebord du toit, encadrant même les tuyaux de descente des gouttières qu'un Père Noël grandeur nature, une luge sur le dos, escaladait en direction de la cheminée. Santa Claus portait tout de même des habits blancs, sa tenue d'origine, avant qu'un génie de la publicité de chez Coca-Cola ait eu l'idée de peindre ce saint homme en rouge.

C'était à vrai dire le seul aspect pas trop incongru de la décoration. Le jardin entier était encombré de statues figurant des rennes, des bonshommes de neige illuminés et les Rois mages. Il ne manquait que Jésus et sa crèche ; mais je les soupçonnais de s'être dissimulés sous la pile de bois de chauffage, à côté du garage double dont on avait aspergé de neige artificielle les portes et les volets, ainsi que le portail du jardin. Et puis il y avait aussi…

… le panier de basket !

Il se trouvait même à l'endroit décrit par Alina : à côté du garage, et non devant.

— Permets-moi de formuler prudemment la chose, commençai-je. Celui qui habite ici, quel qu'il soit, est à coup sûr client Premium chez son fournisseur d'électricité.

Alina paraissait avoir mieux mémorisé ses rares souvenirs visuels que les enfants voyants. Peut-être était-ce dû au fait qu'à partir de sa troisième année aucune autre nouvelle impression n'était venue recouvrir les images anciennes. Elle se rappelait fort bien l'époque de Noël en Californie, si bien que je pus sans peine lui dépeindre un tableau approximatif de l'orgie de lumières qui s'offrait à ma vue et déclenchait chez moi de nouvelles attaques migraineuses. Ce n'était pas sans raison que tous les voisins, imitant en cela le propriétaire du bungalow, avaient tiré leurs stores.

— Tu avais évoqué le panier et le Coca, mais tu n'avais rien dit des rennes et des Pères Noël !

Alina haussa les épaules.

— Je n'en ai aucun souvenir.

J'avançai d'un pas vers le panier dont le rebord vert reflétait les illuminations. Étrangement, il semblait n'avoir jamais servi, comme monté la veille.

— Et qu'est-ce qu'on fait, à présent ? demanda la jeune femme derrière moi.

De fins flocons de neige tombaient sur sa perruque en cheveux naturels où ils s'accrochaient, scintillants. Lui ayant demandé de ne pas bouger, j'essayai d'ouvrir la porte donnant sur le petit chemin qui, entre la maison et le garage, permettait d'accéder au jardin, vers l'entrée principale.

Comme je m'y attendais, ce portail était fermé de l'intérieur. En temps normal, j'aurais sonné, mais il n'y avait ni nom ni sonnette à cette première entrée. Je passai donc une main entre les barreaux blancs et tournai le bouton de la porte, qui s'ouvrit brusquement. Pivotant vers Alina, je l'assurai que je serais immédiatement de retour, puis je gagnai l'arrière de la maison.

La porte de l'entrée principale était massive, un lourd panneau de bois qui, selon toute vraisemblance, était muni à l'intérieur d'une glissière en acier plus solide encore. Comme c'était généralement le cas dans ce quartier, une caméra de surveillance, fixée sur le rebord d'un mur, était orientée de biais et vers le bas, pareille à un rapace prêt à fondre sur sa proie dès qu'un imprudent se serait risqué à poser le pied sur le paillasson. À peu près à hauteur de poitrine, un tableau d'affichage de forme allongée était fixé sur la porte.

C'était la copie conforme de ce qu'on peut voir dans les devantures des points de vente des bulletins de loto ou des salles de machines à sous. Sauf que les lettres électroniques rouges qui défilaient de droite à gauche sur l'affichage LED ne faisaient pas de réclame pour un éventuel jackpot, mais s'assemblaient devant mes yeux fatigués en un chant de Noël bien connu.

« Jingle bells, jingle bells
Jingle all the way. »

M'étant approché de la porte, je cherchai en vain une sonnette. Tous les stores extérieurs étaient également abaissés sur l'arrière du bungalow.

« Oh, what fun it is to ride
In a one horse open sleigh. »

Je m'étais trop avancé et j'avais commis l'erreur de fixer l'écran et son texte. Les lettres étincelantes me firent l'effet de fers portés au rouge plongeant dans mes yeux hypersensibles.

« Dashing through the snow
In a one horse open sleigh
O'er the graves we go
Laughing all the way. »

Je me dépêchai de me détourner de l'annonce lumineuse et actionnai un lourd heurtoir en bronze. J'entendis un coup bref et sourd dont je ne fus pas certain qu'il était perceptible de l'intérieur. Je frappai donc à deux reprises du poing contre la porte et j'attendis.

Rien. Pas un frôlement, pas un glissement de pieds, pas le moindre signe d'une présence humaine, que quelqu'un s'apprêtait à m'ouvrir.

Peut-être que les habitants dorment, me dis-je, persuadé que je me trouvais de toute façon devant la mauvaise maison, à supposer qu'il y en eût une bonne.

Jingle bells, jingle bells, jingle all the way, commençai-je à fredonner dans ma tête. Incroyable la vitesse avec laquelle cet air anodin s'était emparé de mon cerveau, sous l'effet de ces brèves lignes se déroulant devant moi.

Dashing through the snow, in a one horse open sleigh. O'er the…

Je restai interloqué. Les tambourins se turent brutalement en moi. Qu'est-ce que diable j'allais fredonner là ?

Over the graves *we go* ? Nous glissons au-dessus des *tombes* ?

Me demandant comment j'avais bien pu me mettre en tête ce texte macabre, je regardai à nouveau les lettres lumineuses jusqu'à l'instant où le passage en question réapparut :

« Dashing through the snow
In a one horse open sleigh
O'er the fields we go… »

Ça, c'était tout à fait normal. Pendant un bref instant, j'aurais juré avoir lu l'autre version du texte, mais il n'en restait pas la moindre trace.

Mes yeux fatigués et pleins de larmes avaient dû me jouer un mauvais tour. Ce qui n'avait rien d'étonnant : ces derniers jours, je n'avais guère dormi et, quand je ne dormais pas, je pourchassais un fou alors que j'étais moi-même en fuite.

« Laughing all the way
Bells on bob tails ring. »

Me demandant si je devais frapper à nouveau, j'allais me remettre à fredonner quand le texte changea à nouveau sous mes yeux. Cette fois, aucun doute n'était permis.

« La clé est dans le pot,
Sers-t'en et tu es mort. »

Je poussai un cri, reculai d'un pas en chancelant, et criai plus fort encore quand je heurtai un corps dans le noir.

40

— Tu as vu ça ? m'écriai-je à l'intention d'Alina, que ma frayeur amusa.

— Pour être franche, je me demande lequel de nous deux est aveugle.

— Désolé, mais…

Je ne savais pas comment lui expliquer ce qui venait de m'arriver. D'autant plus que l'annonce avait recommencé à afficher le texte normal de la chanson ; je n'aurais même pas été en mesure de prouver à un voyant la réalité de mes mystérieuses perceptions.

— Pourquoi n'es-tu pas restée là-bas ? chuchotai-je.

J'aperçus TomTom qu'elle avait libéré de sa laisse mais qui, léchant un peu de neige sur ses pattes, se tenait tout contre sa maîtresse. Celle-ci sourit d'un air buté.

— Je n'ai pas voulu à nouveau attendre monsieur une demi-heure dans le froid, jusqu'à ce qu'il veuille bien m'inviter à un interrogatoire.

— Avec Traunstein, je n'ai pas…

Mes yeux tombèrent alors sur un pot de fleurs retourné sur la pelouse, à quelques pas de la jeune femme.

La clé est dans le pot.

M'agenouillant, je le soulevai. Il se détacha du sol à demi gelé avec un bruit de ventouse. Quelques insectes, dérangés dans leur sommeil, s'enfuirent dans l'obscurité. Je trouvai un étui en similicuir noir. Il était léger et mes doigts ne palpèrent qu'une seule clé à l'intérieur.

La clé est dans le pot, sers-t'en...

— Qu'est-ce que tu as ?

À pas lents, comme sous l'influence d'un fort narcotique, je revins à la porte en passant devant Alina. Elle me retint par la manche et m'intima d'enfin lui expliquer ce que j'avais découvert. Je m'exécutai de mon mieux. Si elle avait des doutes sur la réalité de ce que j'avais vu, elle n'en laissa rien paraître. Au contraire, on aurait dit que l'esprit d'aventure s'était emparé d'elle depuis que je lui avais parlé de la mise en garde du texte lumineux.

— Je te suis, m'assura-t-elle quand elle m'entendit insérer la clé dans la serrure.

Juste pour m'assurer que c'est la bonne. Mais bien sûr, Zorbach. Et maintenant ? Que fais-tu maintenant que tu as ouvert le verrou ?

— Non, tu restes ici et tu appelles les secours si je ne suis pas ressorti dans cinq minutes, lui ordonnai-je.

Mais je savais parfaitement qu'elle n'était pas femme à se laisser dicter sa conduite par un homme. Une aveugle ayant appris à faire du vélo n'avait pas peur de maisons obscures.

Il y eut un clic, puis la porte s'ouvrit comme d'elle-même.

Sers-t'en et...

— Hello ? criai-je dans les ténèbres.

Rien. Juste un silence épais, noir, impénétrable.

… t'es mort !

Je réactivai mon portable, afin de pouvoir appeler en cas de besoin, puis j'entrai, suivi de près par Alina et TomTom.

Ce n'est qu'un simple bungalow qu'une aveugle a vu dans ses rêves. Qu'est-ce qui pourrait bien m'arriver ?

39

(6 heures et 20 minutes avant l'expiration de l'ultimatum)

Tobias Traunstein

Tobias ignorait combien de temps il avait dormi. Il n'était même pas certain de s'être effectivement assoupi, car, lorsqu'il ouvrit les yeux dans le noir, il avait sommeil comme jamais encore dans son existence.

De l'air, fut sa première pensée, parce qu'il crut qu'il allait étouffer. Puis, il heurta du coude une arête de bois. *Ce n'est plus mou*, fut sa seconde pensée. Les parois de sa prison ne cédaient plus sous la pression, et il se dit qu'il était maintenant dans un cercueil.

Tâtant des mains le sol autour de lui, il toucha le tissu qui l'enveloppait auparavant. On aurait dit l'extérieur de son imperméable, ou d'un jean sur lequel de la cire aurait coulé, comme la fois, à la fête de l'avent, où la bougie lui était tombée dessus. Un fin tissu élastique avec une fermeture Éclair sur les côtés.

Attends ! Est-ce que ça ne serait pas une... Oui, bien sûr. Il avait été tout d'abord enfermé dans une valise, comme papa en emportait toujours en voyages d'affaires. Sauf que celle-ci était beaucoup plus grosse et pouvait contenir le corps d'un enfant.

Mais où je suis, à présent ? OK, c'est un jeu. Jens et Kevin m'ont fourré quelque part, mais ils m'ont donné quelque chose pour me libérer. La pièce.

Il avait beau ne pas s'imaginer un de ses amis lui mettre quelque chose dans la bouche, il préférait ne pas penser à une autre alternative. Mieux valait être aux mains de ses potes que d'un inconnu.

OK, la pièce était là pour la fermeture Éclair. Qu'est-ce qu'il y a d'autre ? Peut-être une clé, un briquet. Ou un portable. Oui, un portable, ça serait super.

Il appellerait la police, ou maman, ou, s'il le fallait, papa, mais papa ne bougerait pas, parce qu'il avait trop de travail et…

Attends un peu. Papa a bien gueulé, il n'y a pas si longtemps que ça, parce qu'il ne retrouvait pas son portable. Il nous a engueulés, Léa et moi, parce qu'il croyait qu'on le lui avait volé. Jusqu'au moment où maman le lui a donné après l'avoir trouvé dans sa poche. Dans la poche extérieure de sa valise ! Naturellement. Une valise a des poches... Peut-être...

Tobias tira à lui la valise à roulettes et ouvrit les unes après les autres les fermetures Éclair sur les côtés. Il trouva enfin quelque chose dans une étroite pochette latérale. *Un tournevis ?*

Incrédule, il sortit l'outil, tâtant la poignée de bois, puis l'acier jusqu'à la pointe émoussée, et il se mit à pleurer.

Je ne peux pas appeler maman avec un vieux tournevis !

Ce furent cette fois des larmes de colère qui lui vinrent aux yeux. Il commit l'erreur de frapper du poing contre la paroi en bois. Ça sonna le creux. De douleur, il pleura plus fort encore.

Merde, Kevin, Jens... Où vous m'avez enfermé ?

Tobias souffla sur ses phalanges endolories, comme sa mère faisait chaque fois qu'il avait une bosse. Il ne put s'empêcher de se souvenir de l'anniversaire de ses sept ans. Ce jour-là, son papy lui avait offert le cadeau le plus idiot du monde. Ayant déballé ce personnage en bois, avec un gros ventre et tellement laid, un personnage qu'on pouvait dévisser en deux parties, il avait demandé à papy si le cadeau n'était pas plutôt pour Léa.

Léa, pourquoi tu n'es pas avec moi, maintenant ? Et qu'est-ce que je peux faire d'une saloperie de tournevis qui n'a plus de pointe ?

« Tu dois libérer les poupées ! », entendit-il résonner dans sa tête la voix cassée de son grand-père.

Puis, il lui revint à l'esprit comment papy avait appelé ce cadeau idiot. Il avait dit quelque chose à propos de la Russie et de babouchkas : que c'était tout simplement le top là-bas, à l'est, de dévisser chaque poupée et de pouvoir toujours sortir de nouvelles babouchkas.

Oh non ! Je suis enfermé moi aussi dans une de ces poupées peintes de toutes les couleurs.

Chaque cachette dont il sortirait le mènerait dans une autre. D'abord une valise, puis une caisse en bois.

Et ça sera quoi, après ?

Sans doute un cercueil encore plus grand où ce serait à nouveau la nuit. Et où il n'aurait toujours pas d'air pour respirer.

Tobias toussa et eut l'impression de perdre l'équilibre quand il s'accroupit. Dans cette grande caisse, il n'avait rien gagné d'autre qu'un peu de temps. Et un peu d'air. Mais il se raréfiait de nouveau.

La valise avait été enveloppée dans du film plastique qu'il avait eu de la peine à déchirer. Et à présent, au bout de quelques inspirations seulement, il y avait de nouveau ce poids sur sa cage thoracique. En même temps, il voyait des étoiles, bien qu'aucun rayon de lumière ne trouât cette obscurité.

L'enfant se demanda brièvement s'il allait se dépenser à fond, et par conséquent épuiser plus rapidement l'air contenu ici. Il finit pourtant par décider qu'il n'avait pas le choix, et ce fut avec une fureur désespérée qu'il se mit à donner sans discontinuer des coups du tournevis émoussé contre un seul et même endroit de la paroi de bois.

38

(6 heures et 18 minutes
avant l'expiration de l'ultimatum)

Alexander Zorbach (moi)

Quand, à neuf ans, je fus assez grand pour m'orienter dans les transports publics de Berlin, j'avais été chargé d'apporter tous les dimanches le déjeuner à ma grand-mère. Elle ne venait chez nous qu'à contrecœur, car elle n'aimait pas mon père qui – ce qui en dit long – était pourtant son fils. Moi, elle ne me supportait que si je lui apportais son plat préféré : des boulettes de Königsberg[1].

Je crois que, dans notre foyer, elle n'aimait que le grand téléviseur du salon, où chaque année, à Noël, elle voulait regarder *Le Petit Lord Fauntleroy*, avant de régulièrement s'endormir pendant le film.

Chaque fois que je pense à elle, je la revois, la bouche ouverte et un filet de salive coulant le long de son menton massif, tandis que défilait le générique. Je n'en suis pas totalement certain, mais je crains fort que mamie ait quitté ce bas monde sans jamais avoir vu la

1. Boulettes de viande dans de la sauce blanche aux câpres.

fin et que, dans l'au-delà, elle peste encore contre le vieux comte de Dorincourt, dont elle a régulièrement manqué la transfiguration finale. Mes visites dominicales ne durèrent que six mois, jusqu'au jour où, ayant glissé dans sa cuisine, elle fut obligée d'entrer dans une maison de retraite. Mais ces quelques rencontres avec elle avaient suffi pour ancrer en moi la certitude que la mort n'est pas un être vivant, qu'elle n'est pas la camarde telle qu'on la connaît au travers d'histoires à donner la chair de poule. La mort est une odeur.

Une odeur complexe, recouvrant et imprégnant tout le reste, à base de désodorisant bon marché qui masque aussi mal les relents d'excréments dans la baignoire que les bonbons à la menthe ne dissimulent l'haleine fétide d'un vieillard à la mauvaise denture. Quand ma grand-mère m'ouvrait la porte, ce « parfum de mort », comme je l'appelais secrètement, m'assaillait littéralement : sueur, urine, liqueur, nourriture réchauffée, le tout se mêlant à la fadeur aigre-douce de cheveux gras et de pets refroidis. Je l'imaginai enfermé dans un flacon en os, avec une tête de mort sur l'étiquette. *Si ce concentré existe réellement*, me dis-je tandis que mes yeux s'accoutumaient lentement au demi-jour, *quelqu'un en a renversé une énorme quantité dans ce bungalow.*

— Oh oh, gémit Alina. Ça a drôlement besoin d'être aéré, ici.

— Hello, il y a quelqu'un ? demandai-je pour la quatrième fois au moins, sans recevoir de réponse.

Le vif éclairage extérieur ne parvenant que faiblement à l'intérieur de la pièce, à cause des stores baissés, je me sentis pris d'un désagréable sentiment d'oppression. Je ne disposais, pour m'orienter, que des maigres rayons lumineux qui, derrière moi, franchissaient la porte entrouverte. Je finis par trouver un interrupteur contre le mur, mais, quand je l'actionnai, rien ne se produisit.

— Qu'est-ce que c'est que ça ? demanda Alina, qui était passée à côté de moi et cherchait son chemin à tâtons autour d'une table de salle à manger.

Comme elle ne devait certainement pas s'étonner de l'obscurité régnant dans cette maison, je supposai que c'était le froid qui la dérangeait.

— Il n'y a pas de courant. Voilà sans doute pourquoi le chauffage ne marche pas.

— Je ne parle pas de ça.

— De quoi, alors ?

— Un chuintement. Tu n'entends pas ?

Retenant mon souffle, je tournai la tête de côté sans savoir exactement dans quelle direction ma compagne avait cru percevoir quelque chose et… je n'entendis rien de rien.

— On dirait le bruit d'un spray, chuchota-t-elle.

TomTom avait lui aussi dressé l'oreille. Collé contre sa maîtresse, il se dirigea vers le fond de la pièce, là où l'obscurité était plus profonde encore. Je fus une nouvelle fois stupéfait de l'assurance avec laquelle Alina s'avançait à tâtons dans un lieu qu'elle ne connaissait pas.

Peut-être que nous devenons moins craintifs quand nous ne voyons pas les dangers que le monde nous réserve ? pensai-je. Peut-être était-ce même là le seul avantage de son handicap. Ce que nous ignorons ne nous tracasse pas. Et ce que nous ne voyons pas n'existerait donc pas ?

Le sol du salon était recouvert d'un parquet ou d'un stratifié mal posé, sur lequel les bottines d'Alina crissaient légèrement. Je la suivis, à l'ouïe plus qu'à la vue, et trébuchai contre quelque chose qui était trop bas pour être une table et trop lourd pour un vase. Un objet d'art, sans doute, une petite sculpture ou un de ces horribles chiens en porcelaine qui, la bouche ouverte, recueillent la poussière dans les appartements des riches. Puis, j'aperçus le pâle doigt lumineux qui, à ma droite, indiquait la sortie de la pièce. Je me retrouvai dans un couloir.

Certes, mon sens de l'orientation était si déficient que j'étais capable de m'égarer dans un parking vide. *Mais ça...*

La lumière jaunâtre et indirecte provenait de l'autre extrémité du couloir, comme je le constatai en sortant du trou noir derrière moi. Je devais avoir les pupilles dilatées pour que la lampe – ne répandant pourtant qu'une faible et pâle lueur, là-bas, au niveau de la plinthe – m'ait fait l'effet d'un spot halogène.

Je ne pus m'empêcher de songer à Charlie, et mon estomac se rappela à mon bon souvenir.

Charlie. Jeune femme un peu folle, attirée par le sexe, sincère, fougueuse, assassinée. Charlie, massacrée par le dément qui m'avait choisi pour comparse docile dans son jeu et m'avait chargé de trouver ses enfants. Là où nous nous étions rencontrés, au club échangiste, il y avait également une chambre noire, une pièce dénuée de toute source lumineuse, avec des matelas en latex sur lesquels des gens, ne se connaissant ni d'Ève ni d'Adam, pouvaient se jeter les uns sur les autres. Rapports sexuels anonymes avec des personnes qu'on ne voyait même pas. Une variante de la jouissance que je n'avais jamais connue, à la différence de Charlie dont le désespoir était tel qu'elle voulait tout expérimenter dans la vie.

Un jour, je l'avais suivie, mais j'avais quitté la pièce sur-le-champ quand j'avais senti des mains inconnues sur mon corps, dont j'étais incapable de deviner le sexe des propriétaires. Et cela, bien qu'il ne régnât jamais une obscurité totale dans cette pièce noire : en effet, chaque fois que quelqu'un poussait de côté le lourd rideau de feutre à l'entrée, quelques malheureux photons se répandaient sur les corps enlacés, éveillant un aussi vague souvenir de la lumière du jour qu'en cet instant la lampe branchée dans une prise murale, juste aux pieds d'Alina.

Celle-ci se tenait au bout du couloir, devant une lourde porte métallique entrouverte. TomTom s'était placé devant elle, pressant contre ses jambes son corps bouclé pour l'empêcher de passer.

— Attends, avertis-je en la rejoignant.

J'eus tôt fait de constater que le retriever avait de bonnes raisons de se mettre en travers du chemin de sa maîtresse : derrière la porte, un escalier très raide menait à la cave du bungalow.

— Tu entends ça ? chuchota Alina.

Pour la première fois, je discernai dans sa voix un soupçon de peur.

— Oui !

Non seulement je l'entendais, mais je le sentais. Le chuintement régulier du spray était plus fort, le parfum de mort plus intense.

— TomTom flaire un danger, me prévint Alina.

Précision inutile, car on n'avait pas besoin du nez d'un chien pour deviner que quelque chose ne tournait pas rond ici.

Non, tu te trompes. Il ne peut rien se passer, ici. Nous ne faisons que suivre les hallucinations d'une médium aveugle.

J'ouvris la porte en grand.

Je connaissais bien sûr les histoires d'idiots descendant pieds nus dans une cave où les attendait l'assassin à la hache, au lieu d'écouter le public du cinéma leur conseillant de prendre la fuite. Il était donc pour moi totalement exclu de poser même un seul pied sur la première marche de l'escalier de pierre. Même si, d'un simple point de vue professionnel, j'étais poussé par la curiosité. Même s'il était possible que, quelques mètres plus bas, se trouve la cachette du Voleur de regards, où Léa et Tobias nous attendaient, désespérés.

Il était raisonnable de faire confiance à l'instinct de TomTom, de ne pas nous exposer au danger. C'était pour moi une évidence. Au moins pendant deux ou trois secondes. Jusqu'au moment où j'entendis ce râle épouvantable, qui n'avait plus rien d'humain, ne pouvant émaner que d'une créature ayant besoin de mon aide maintenant, tout de suite, et pas une demi-heure plus tard.

— Merde, c'est quoi, ça ? demanda Alina, un soupçon de peur supplémentaire dans la voix.

Quelqu'un est en train de mourir, là, en bas, pensai-je en même temps que j'ouvrais mon portable. Je tapai un SMS à l'intention de Stoya, lui indiquant où me trouver.

La chose se produisit peu après que je l'eus envoyé, à peu près au milieu de l'escalier. Un détecteur de mouvements activa un plafonnier. Et là, dans la cave, juste au-dessous du salon, il fit subitement aussi clair qu'en plein jour.

Lorsque, dans mes yeux, la brûlure et l'éblouissement eurent diminué, je regardai vers le bas, découvrant une petite pièce aux murs grossièrement taillés, dont la voûte évoquait un cellier. Je fus pris d'un tremblement.

Combien je regrettai l'obscurité dont je sortais !

Que n'aurais-je donné pour qu'un tel spectacle me fût épargné !

37

Quand, ayant traversé notre cornée, la lumière pénètre dans l'œil par la pupille pour atteindre finalement les photorécepteurs sensibles de la rétine, elle engendre une image sur une zone de cette membrane, appelée tache jaune. À proprement parler, ce n'est pas une image unique qui se forme, car nos muscles oculaires veillent à ce que l'œil, quand il observe un objet, ne reste jamais immobile, mais le capte en une multitude de fractions de seconde, jusqu'à ce que ces divers fragments se fondent en une image globale. C'est ainsi que se crée un flux de stimuli nerveux à partir desquels notre cerveau modélise une image qu'il compare à ce que nous connaissons déjà. À vrai dire, l'œil n'est que l'outil prolongé de notre organe visuel proprement dit : le cerveau, qui ne nous fait jamais observer la réalité, mais toujours une interprétation de celle-ci.

Mais pour la vision qui me vrilla le crâne, dans la cave du bungalow, il n'existait pas de modèle. Mon cerveau n'avait pas gardé trace de quoi que ce soit de semblable, rien qui pût se comparer, de près ou de loin, à ce spectacle d'horreur.

On aurait dit que la femme était une pièce de collection anatomique, à la différence près que son corps disséqué était encore vivant. Je crus d'abord que, si le buste écorché se soulevait et s'abaissait encore, c'était uniquement sous l'effet du respirateur artificiel posé à côté du lit de camp. Hélas, elle ouvrait la bouche et râlait sous le masque muni d'un tuyau d'intubation. Elle se mit en outre à rouler les yeux quand je mis ma main devant ma bouche.

Ce n'est pas vrai. Ce n'est pas réel. Ce n'est qu'une illusion d'optique. Nous ne faisons que suivre les hallucinations d'une aveugle…

Je clignai des yeux sans réussir pour autant à effacer les images épouvantables. Ni le lit de camp, ni l'appareil respiratoire, ni…

… le téléphone ? Qu'est-ce que peut bien fabriquer un téléphone sur la table de nuit d'une femme en train d'agoniser ?

Cette malheureuse portait des cheveux longs, et les mamelons de ses seins avaient déjà été rongés par la putréfaction. Il ne s'agissait pas de la fillette enlevée, car sa taille n'était pas celle d'un enfant de neuf ans. Il était, sinon, impossible de lui donner un âge, car elle n'avait plus de dents. Il lui manquait également quelques doigts et quelques orteils.

Alina interrompit le fil de mes pensées :

— Qu'est-ce qu'il y a, en bas ?

Ayant manifestement passé outre au refus de TomTom de la laisser avancer, elle se tenait à présent à l'endroit où j'avais déclenché le détecteur de mouvements. Au milieu de l'escalier. Le chien attendait une marche plus bas, haletant et tremblant d'excitation.

— Je ne peux pas, balbutiai-je en poussant un gémissement, tout en m'efforçant de ne pas contaminer les lieux par un geste inconsidéré.

Je ne sais que faire. C'est au-dessus de mes forces.

L'image de la femme qui n'était plus qu'une écorchée respirant encore s'obstinait à ne pas disparaître, même quand je fermais les yeux un instant.

On l'avait ligotée d'une manière qu'il ne m'avait encore jamais été donné de voir : le corps était entièrement recouvert d'un film plastique transparent, tel un gros quartier de viande qu'on aurait enfermé dans un sac de congélation. Le dément responsable de cette mise en scène perverse avait manifestement aspiré l'air sous le film : celui-ci reposait en effet directement sur les muscles, à nu sous la peau en lambeaux.

Quand je saisis ce que cela voulait dire, l'envie de vomir me prit.

C'est à cause des voisins. Pour que l'odeur de la chair vivante en putréfaction soit moins forte.

Elle avait effectivement été emballée comme un produit alimentaire sous film transparent.

— Tu as besoin d'aide ? insista Alina.

— Non, je…

De l'aide. Oui, bien sûr que j'ai besoin d'aide.

Je poussai un nouveau gémissement en regardant mon portable.

Pas de réseau. Logique. Nous sommes dans une cave.

Pire que ça : la liaison avait dû s'interrompre dès que nous étions entrés, car mon téléphone m'indiqua qu'un SMS était toujours dans la boîte d'envoi. Il n'avait pas été expédié. Stoya ne savait pas où je me trouvais.

Tournant le dos à la scène de torture, je revins vers l'escalier.

— Il faut sortir d'ici. Il faut tout de suite appeler les pompiers…

Boum !

— Alina ?

Je criai presque, tant le bruit inattendu, derrière elle, m'avait effrayé. Elle aussi tremblait à présent aussi fort que TomTom.

— Qu'est-ce que c'était ?

Non, pas ça, par pitié. Faites que ce que je pressens ne soit pas vrai…

J'avais déjà remarqué, en haut de l'escalier, un souffle d'air frais.

Bordel !

Nous avions laissé toutes les portes ouvertes : depuis l'entrée jusqu'à la cave, en passant par le couloir. Dehors, le vent s'était levé. Doucement d'abord, mais assez fort pour provoquer un courant d'air qui, traversant les pièces…

— Merde !

Remontant l'escalier quatre à quatre en bousculant Alina et TomTom au passage, furieux et désespéré, je me heurtai à la porte de la cave, qui venait de se refermer.

Je secouai d'abord la poignée, puis je m'arc-boutai de l'épaule contre le battant, mais mes os étaient moins durs que la plaque métallique qui nous coupait toute retraite. Même là, sur la marche la plus haute, le portable que j'avais à la main n'affichait pas la moindre barre de réception. Je redescendis donc dans la cave.

— Qu'est-ce que tu comptes faire ? Mais parle, enfin ! cria Alina, toujours dans l'escalier avec son chien.

Ignorant sa question, je vérifiai si le téléphone, sur la table de nuit, fonctionnait.

Effectivement. Cette antiquité est connectée.

Il était équipé d'un cadran comme je n'en avais plus vu depuis les années 1980. Comme chez mamie. Tout était comme chez mamie. Pas seulement l'odeur de la mort. Même le cadenas du téléphone ! Un vestige des temps anciens où les conversations coûtaient une fortune et où, avant de partir en vacances, on protégeait mécaniquement son appareil d'appels indésirables. Comme à l'époque, le minuscule cadenas était disposé de manière à ne laisser tourner le cadran que sur les deux premiers chiffres.

Mais ça me suffit. Je n'ai pas besoin de plus pour appeler police secours.

J'enfonçai l'index dans les trous du cadran.

1… 1… 2.

Le crépitement démodé qu'émit l'appareil, se confondant avec le bruit du respirateur, résonna de manière sinistre. Retenant mon souffle, je tentai de toutes mes forces de ne pas regarder sur ma droite, de ne pas voir le cadavre vivant.

Ça sonna à l'autre bout de la ligne. Une fois. Deux fois.

À la troisième sonnerie, ce fut soudain l'obscurité totale.

36

(6 heures et 11 minutes avant l'expiration de l'ultimatum)

Frank Lahmann (assistant)

— Où est-il ?

Thea Bergdorf avait dû s'approcher de Frank par-derrière. Il se demanda depuis combien de temps elle l'observait.

— Je sais que vous êtes en contact. Ne vous foutez pas de moi, mon petit !

Telle qu'elle se tenait devant lui, la rédactrice en chef ressemblait à un gardien de but résolu à défendre sa surface de réparation, en recourant à la violence si nécessaire. Elle portait comme tous les jours un tailleur-pantalon beige moulant, qui lui allait à peu près aussi bien qu'un costume à rayures, rétréci au lavage, à un videur. Elle ne faisait guère mystère du peu d'intérêt qu'elle portait à son apparence.

— J'ai réussi non pas malgré, mais grâce à mon gros cul, avait-elle déclaré, lors de la réception du nouvel an donnée par son journal, aux dirigeants d'un groupement économique qui s'étaient figés sur place. Si j'étais jeune, jolie et anorexique, je perdrais beaucoup trop de temps à baiser avec des hommes qui n'en valent pas la peine.

Elle avait donc aussi le sens de l'humour. Mais, pour l'instant, Frank ne réussissait pas à en déceler la moindre trace, pas plus dans sa mimique que dans son ton autoritaire.

— Pour la dernière fois : où se trouve Zorbach en ce moment ?

Il gémit d'un air las, se passant la main dans les cheveux.

— Il m'a demandé de ne le dire à personne.

— Je suis son chef, au cas où cela vous aurait échappé.

— Je sais, mais lui est responsable de ma formation.

— Et vous pensez que ça vous plonge dans un conflit d'intérêts, n'est-ce pas ? rétorqua-t-elle avec un sourire ironique. Eh bien, je vais de ce pas vous délivrer de ce conflit. Vous êtes viré !

Elle se détourna.

— Hein ? s'écria Frank en sautant du siège de Zorbach et en lui courant après. Pourquoi ?

Elle tourna la tête.

— Parce que je ne supporte pas que des subordonnés gardent pour eux des informations importantes. Je vous avais demandé de m'avertir aussitôt que mon journaliste se manifesterait. Vous n'en avez pas tenu compte et vous voulez jouer les Rambo en suivant vos propres règles ? Pas de veine.

— Mais ça n'a pas de sens, s'exclama Frank, furieux. Si je ne travaille plus pour vous, vous n'apprendrez plus rien de moi.

— Oh, à moi, vous n'avez plus besoin de rien dire.

Elle s'immobilisa enfin, même si ce n'était que pour désigner de la main l'entrée du bureau dont les portes vitrées électriques s'ouvraient justement, laissant passer deux hommes. Thea afficha un sourire diabolique.

— Les enquêteurs auront certainement des méthodes plus efficaces que les miennes pour vous arracher la vérité.

35

(6 heures et 10 minutes
avant l'expiration de l'ultimatum)

Alexander Zorbach (moi)

— Oui, allô ?

La voix pleine de bonne humeur, à l'autre bout du fil, avait déjà, en soi, de quoi rendre perplexe ; le bruit de fond évoquait quant à lui tout, sauf l'atmosphère d'un centre d'appels d'urgence. Le mélange de rires avinés et de chansons équivoques semblait plutôt provenir d'un bar karaoké.

— Baisse un peu la musique, cria l'homme, comme pour me confirmer dans mes soupçons, à l'adresse de la joyeuse bande derrière lui.

Il sembla que quelqu'un l'avait entendu, car, d'un seul coup, les basses assourdissantes s'estompèrent.

— Excusez-moi, je suis bien en communication avec le poste de commandement des opérations de sauvetage ?

— Hein ? Quoi ? Ah oui, j'y suis. Les appels d'urgence. Logique !

L'homme, c'était évident, avait bu un coup de trop. Et n'était certainement pas la personne qu'on souhaitait avoir à l'appareil quand on appelait le 112.

— Je ne pensais pas que vous appelleriez si tôt, navré.

Si tôt ?

— Vous vous foutez de moi ? hurlai-je. Je suis ici à côté d'une femme qui a besoin d'être secourue de toute urgence et…

Je m'interrompis. Quelque chose s'était mis à vibrer, et ce n'était pas l'appareil respiratoire.

— Ah oui, je vois. Le jeu du tueur. Je pige. Un moment.

J'entendis un bruit de feuilles qu'on tourne, puis, soudain, l'homme commença à parler comme s'il lisait un texte déjà rédigé.

— Je t'avais prévenu. Tu n'aurais pas dû me provoquer, mais tu as absolument voulu participer au jeu. Bon, eh bien, écoute. Voici les règles.

— Les règles ?

Un bruit qui me rappelait vaguement un aspirateur vint donner un fond sonore à la vibration qui s'était entre-temps renforcée.

— Qu'est-ce qui se passe, ici ? Qu'est-ce qui nous arrive, bon Dieu ?

— Il y a toujours des putains de règles dans les jeux, mon vieux !

Le type du téléphone rota tout bas et s'excusa en riant.

— Qui êtes-vous ? hurlai-je.

— Ah putain, j'ai merdé. Navré. Mais mince, je n'ai pas eu beaucoup de temps, non plus. Normalement, je reçois mes instructions une semaine à l'avance. Et aujourd'hui, nous avons justement une fête. J'en ai déjà quelques-uns derrière la cravate, c'est pour ça que je n'ai pas percuté tout de suite, vous comprenez ?

Non, je ne comprends pas pourquoi je converse avec un abruti en état d'ébriété, alors que j'ai appelé les urgences pour sauver la femme qui agonise à côté de moi, et avec qui je suis enfermé dans une cave obscure en même temps qu'une aveugle.

— De quoi parlez-vous ? insistai-je.

— OK. Mais il faut me promettre de ne le répéter à personne, d'accord ? Avant, je faisais ça souvent, c'est pour ça que mon nom est toujours sur Internet. Mais ces jeux de rôles ont fini par m'ennuyer. Je n'ai accepté la connerie d'aujourd'hui que parce que le type, au téléphone, me promettait cent euros.

Jeux de rôles ? Oh, mon Dieu, le Voleur de regards avait procédé à un transfert d'appel vers un étudiant pensant pouvoir gagner un peu d'argent en donnant des instructions aux participants d'un jeu de piste interactif.

Mais ce qui m'arrive n'est pas un jeu. Et pour personne d'autre que le Voleur de regards.

— L'homme qui vous a payé pour que vous répondiez au téléphone quand j'aurais composé ce numéro, il vous a chargé de quoi ?

— Eh bien, de vous lire cet e-mail.

Je toussai, avec la sensation soudaine que l'air que je respirais s'était desséché.

— Tu as de l'air pour quinze minutes encore, enchaîna l'homme, poursuivant sa lecture, tandis que le bruit monotone de l'aspirateur se muait en un vrombissement ininterrompu. Jusqu'au moment où les pompes auront vidé la cave de tout son air. Si tu n'es pas venu seul résoudre la devinette, il te reste moins de temps encore. Mais, vois-tu, un jeu est un jeu. Et il n'y a pas de jeu sans chance : tu peux arrêter la pompe et gagner.

L'homme se tut. On entendit quelqu'un brailler une obscénité derrière lui.

— Ensuite ?

— C'est tout, répondit l'homme avec un rire gêné.

— Comment ça, c'est tout ?

Comment arrêter en pleine obscurité cette maudite pompe, alors que je ne savais même pas où elle se trouvait ? Je portai les mains à ma gorge déjà sèche.

— Hé, collègue, vous n'allez pas lui dire que j'ai merdé, hein ? Il faut maintenant que je raccroche.

La musique jouait à présent à fond. L'homme, ayant manifestement changé de pièce, se trouvait apparemment sur une piste de danse.

— Non, ne raccrochez pas, hurlai-je pour couvrir cette fois non seulement le bruit de fond, mais aussi les bruits de moteur de la pompe. Il doit encore y avoir quelque chose.

— Non, mon vieux. Honnêtement, il n'y a… Un instant.

Il se tut. Je pressai l'écouteur plus fort encore contre mon oreille.

— Merde ! L'objet du mail ! J'ai failli ne pas le voir.

— C'est quoi ? demandai-je avec tout le calme qu'il m'était possible de garder en cet instant.

Rester calme. Respirer lentement et inspirer profondément. Tu as encore beaucoup de temps devant toi, essayai-je de me persuader. *Même si Alina et TomTom consomment eux aussi de l'air et que la cave n'en contient que quelques mètres cubes, dix minutes, c'est amplement suffisant pour élaborer un plan.*

— Mais putain, c'est quoi, l'objet ? insistai-je.

Il y eut encore un léger bruit de papier froissé à l'autre bout du fil, puis l'homme prononça quelques mots qui faillirent me rendre fou :

— C'est marqué : « Pense à ta mère ! »

34

Ma mère est morte le 20 mai au matin, après qu'un peu de farine lui fut entré dans le nez alors qu'elle préparait des gâteaux. Sa meilleure amie, Babsi, venue par hasard lui rendre visite, engueula le médecin d'urgence, un étranger, lui intimant d'empêcher la patiente de se boucher le nez.

Babsi le répéta par la suite plus de dix fois : quand ils placèrent maman sur un brancard, puis tandis qu'ils la transportaient jusque dans l'ambulance sous le regard étonné des voisins, mais aussi plus tard, en présence des médecins de l'unité de soins intensifs de Virchow, elle criait à qui voulait l'entendre : « Mais pourquoi donc s'est-elle bouché le nez ? »

Pour elle, il tombait sous le sens qu'ainsi s'était formée la dépression cérébrale qui avait provoqué la rupture d'anévrisme. Bien plus tard, un médecin aux yeux las et aux dents proéminentes m'expliqua que maman aurait eu beau se moucher tout à fait normalement, elle n'aurait pas pour autant prévenu l'accident.

— C'est vraisemblablement l'hémorragie cérébrale qui a provoqué le réflexe de l'éternuement. Ou bien ce fut un pur hasard si quelque chose est entré dans le nez de votre mère au moment où l'anévrisme se rompait. Mais ce n'est pas cela qui a provoqué l'attaque cérébrale.

Une vraie consolation. Ma mère n'était donc pas assujettie aux techniques de survie les plus modernes parce qu'elle avait eu la bêtise de ne pas éternuer. C'était simplement que son heure était venue. Un vrai soulagement !

Cinq ans et demi après ce malheur, elle gisait dans le service clinique d'une maison de retraite privée. Sa chambre individuelle avait tout du show-room pour appareillages high-tech destinés aux soins intensifs. La dénomination médicalement correcte de son état était le « syndrome apallique ». Coma vigile. Chaque fois que j'allais la voir, j'avais envie d'arracher le panneau accroché au pied de son lit, de rayer le diagnostic et d'écrire à sa place « décédée ». Car, pour moi, elle était morte.

Certes, elle passait par des phases de sommeil et de réveil ; ses organes fonctionnaient encore, grâce à une profusion de pilules, de perfusions, de tuyaux et d'appareils. Pour les médecins, infirmiers et infirmières, cela pouvait correspondre à la définition de la vie. Mais, pour moi, elle était morte dans notre cuisine, un 20 mai, cinq ans et demi plus tôt.

Et je savais qu'elle penserait exactement comme moi si son cerveau était capable de donner naissance à la moindre idée claire.

Promets-moi de ne pas laisser les choses en arriver là !

Elle m'avait littéralement supplié, ce jour-là, quand nous revenions de la maison de retraite. Nous avions rendu visite à mamie, et cela s'était passé de manière plus épouvantable encore qu'à l'accoutumée. Dans le réfectoire, celle-ci avait lancé des excréments autour d'elle (« Regarde un peu ce que je sais faire ! »), avant d'essayer de manger ses cheveux. Elle avait de ce fait été envoyée au septième ciel médicamenteux, bavant comme jadis quand elle s'endormait devant le téléviseur.

— Oh, mon Dieu, je ne veux pas finir comme ça, avait pleuré maman avant de garer son véhicule.

Ensuite, m'ayant gratifié d'un juron, elle m'avait arraché la promesse – bien au-dessus de mes forces – de ne jamais l'abandonner dans une situation où elle ne serait plus maîtresse de ses sens.

— Il vaudra mieux qu'ils débranchent les appareils.

Elle avait pris ma main, m'avait regardé droit dans les yeux et répété :

— Promets-moi, Alex. Si jamais je devais avoir un accident et être condamnée à végéter comme mamie, je veux que tu fasses tout pour que je ne finisse pas comme elle, tu m'entends ?

Il vaudra mieux qu'ils débranchent les appareils.

Si seulement elle avait couché par écrit sa résolution… Si seulement mon père était encore en vie pour prendre cette décision à ma place… Si seulement j'avais trouvé en moi le courage de mettre à exécution cette ultime volonté…

J'avais essayé, un jour. J'étais parti pour la maison de repos avec la ferme intention de fermer l'interrupteur de son respirateur. Et j'avais lamentablement reculé. Après la tragédie sur le pont, je n'avais plus la force d'ôter la vie à qui que ce soit. Et c'était donc ma faute si ma mère – cette femme énergique, heureuse de vivre, émancipée, qui refusait qu'un serveur l'aide à enfiler son manteau – était aujourd'hui livrée aux humeurs d'un personnel soignant mal payé, sans l'aide duquel elle ne pouvait même plus contrôler ses selles. Elle ne l'aurait pas voulu. Elle aurait préféré mourir, elle me l'avait déclaré sans ambages. Pourtant, ce jour-là, je n'avais pas réussi à la tuer.

Et le Voleur de regards paraissait le savoir.

« Pense à ta mère. »

Il devait bien me connaître. J'étais resté des heures devant l'interrupteur à bascule du respirateur de ma mère, l'objet qui mettrait fin à ses souffrances et qui me vaudrait un procès pour euthanasie illégale. Il savait que j'étais trop faible. Le coup de feu sur Angélique avait consumé en moi le courage qu'il faut pour tuer quelqu'un, même si cela devait atténuer ses souffrances, et si c'était son vœu le plus cher.

Voilà pourquoi le Voleur de regards me plaçait devant un problème insoluble.

« Un jeu est un jeu. Et il n'y a pas de jeu sans chance. »

Il ne m'avait pas mis en demeure de trouver la pompe aspirante. Pour sauver ma vie et celle d'Alina, c'était une tout autre machine qu'il me fallait arrêter : un appareil qui, à un pas de moi, maintenait en vie une femme martyrisée.

« Tu peux arrêter la pompe et gagner. »

Le respirateur à côté du lit de la femme inconnue !

Je suppliai l'étudiant à l'autre bout de la ligne d'envoyer des secours. Les mots se bousculaient dans ma bouche tandis que je lui expliquais qu'il ne s'agissait pas d'un jeu, mais d'une question de vie ou de mort. Mais il se contenta de rire.

— Oui, oui. Le type m'a averti que vous débiteriez ce genre d'âneries.

Puis, il raccrocha.

J'enfonçai la fourche, recomposai le 112, raccrochai et attendis la tonalité signalant que la ligne était libre. En vain. Un deuxième appel ne m'était pas autorisé. Le vieux téléphone n'était plus raccordé au réseau.

33

(6 heures et 4 minutes
avant l'expiration de l'ultimatum)

Frank Lahmann

— Ce n'est que merde et compagnie, constata l'enquêteur assis le plus près de lui. Il est aux trousses d'un automobiliste mal garé, en compagnie d'un témoin aveugle ? Et tu veux que je gobe tes conneries ?

Les grosses fesses du commissaire ensevelissaient le rebord de la massive table de verre au bout de laquelle ils avaient placé Frank. Celui-ci supposait que Thea, dehors, devant la salle de conférences, l'attendait, écoutant peut-être même à la porte. Elle brûlait d'envie d'entrer, mais l'autre policier s'y était opposé. Il était non seulement plus mince que son collègue mal dégrossi, mais aussi vêtu de manière plus raisonnable, ce qui ne l'empêchait pas d'avoir lui aussi l'air misérable. Des cernes noirs sur le visage, une peau couverte d'eczéma, les yeux rougis : Frank connaissait par expérience ces manifestations du surmenage. Elles arrivaient quand on avait le temps contre soi, et lorsque dormir était un luxe qu'on ne pouvait s'offrir. Il discernait même chez ces policiers les effets secondaires des remèdes qu'ils prenaient contre le stress. Le type qu'on appelait Scholle noyait son besoin de dormir dans le café et le Red Bull. Le maigre, son supérieur en costume, recourait à des médicaments plus durs. Ses pupilles dilatées étaient aussi éloquentes que de le voir renifler sans arrêt – comme Kowalla, le cocaïnomane de la rédaction sportive.

— Contrôlez donc l'info, suggéra Frank. Peut-être que Zorbach a raison et que le type qui a eu une contre-danse est celui que vous cherchez ?

Il leur donna une nouvelle fois l'adresse de la Brunnenstrasse, où l'homme que Zorbach considérait comme le Voleur de regards avait garé sa voiture sur une place réservée aux handicapés.

— Vérifiez. Qu'est-ce que vous avez à perdre ?

— Notre temps, répondit celui qui s'était présenté sous le nom de Philipp Stoya. L'ultimatum est en cours et je ne veux pas à nouveau me retrouver avec un cadavre d'enfant sur les bras pour avoir gaspillé plusieurs minutes à contrôler des automobilistes en infraction !

Les commissures de ses lèvres se mirent à trembler quand il essaya de réprimer un bâillement. Puis il extirpa en toute hâte un mouchoir de la poche de son pantalon, juste à temps pour y éternuer à plusieurs reprises. Un mince filet de sang coula de sa narine droite. Il parut s'en être aperçu, car il s'excusa en peu de mots et quitta la salle de conférences.

Eh bien, c'est parfait, tu me laisses donc seul avec Rambo, se dit Frank, gagné par une certaine nervosité.

Scholle lui souriait. Silencieusement. Assis sur le bord de la table, balançant le pied droit comme si un ballon y était en équilibre. Un large sourire amical. Il le regardait comme s'il avait affaire à un vieux pote. Et ne disait rien.

Les yeux baissés, Frank réfléchissait: *Dois-je lui fournir l'adresse?*

Zorbach lui avait demandé de ne pas le faire avant qu'il lui ait donné son accord par téléphone. Mais il y avait à présent dix minutes qu'il ne s'était pas manifesté. Et quand, peu avant l'arrivée des enquêteurs, il avait tenté de le rappeler, il avait échoué. «Votre correspondant n'est provisoirement pas joignable.»

— Ce n'est pas Zorbach, répéta-t-il, sans doute pour la troisième fois depuis le début du bref interrogatoire. Vous perdez votre temps à pourchasser mon chef au lieu d'enfin vérifier cette contredanse.

Pas de réaction. Scholle souriait toujours.

Merde.

Frank devinait ce qui allait se passer. Il connaissait ce genre de types. Même si ici, au journal, on le prenait pour un blanc-bec en raison de son apparence juvénile et de son expérience réduite de la vie, il évaluait à leur juste valeur ces êtres habitués à obtenir ce qu'ils voulaient. Il les connaissait bien, en raison de leur ressemblance avec son père. Scholle en était peut-être un, lui aussi, le genre de brave type à poser d'énormes steaks sur le gril à l'occasion d'une garden-party tout en portant ses enfants sur son dos. Mais s'il se retrouvait professionnellement dans une impasse, il était certain qu'il mettrait tout son poids dans la balance pour résoudre l'affaire. C'était sûrement pour cette raison qu'il jouait les seconds couteaux. La patience et la sensibilité lui faisaient vraisemblablement défaut. Contrairement à son sniffeur de partenaire, il ne devait connaître que par ouï-dire les techniques d'interrogatoire subtiles.

Avant d'intégrer le journal, grâce à Zorbach, Frank avait été toute sa vie un marginal. Quelqu'un qui n'était jamais au cœur des choses, toujours en marge. La meilleure position pour observer les êtres. Depuis l'enfance, il avait développé un sens lui permettant de se mettre dans la peau d'autrui. Aussi savait-il que le sourire de Scholle n'avait rien d'une proposition de paix. C'était au contraire l'annonce de quelque chose de très, très désagréable.

Et il ne se trompait pas. D'un geste fluide dont on n'aurait pas cru capable cet enquêteur obèse, ce dernier s'était mis sur ses pieds d'un bond et était passé derrière lui. Frank sentit une secousse dans sa nuque, comme s'il s'était coincé un nerf, puis la douleur lancinante descendit le long de sa colonne vertébrale jusqu'aux reins.

— Fini de rire !

Scholle lui colla le coude sous le menton et resserra sa prise de tête.

— Ton ami a perdu son portefeuille sur les lieux du crime. Il y est même revenu pour agresser Traunstein.

Les vertèbres cervicales du journaliste craquèrent. Il battit des bras, tenta de se relever, mais il avait le buste comme pris dans du béton.

— Il sait des choses que seul l'auteur des faits peut connaître, et il nous fuit.

Il est fou.

— Donc, ne viens pas me raconter que nous sommes sur une fausse piste.

Ce mec est fou et il va me tuer.

— Peut-être que je vais choper une procédure disciplinaire. Peut-être aussi que la torture est interdite en Allemagne. Mais tu sais quoi ?

Il tira la tête de Frank vers le haut, l'obligeant à fixer la grosse pendule accrochée à l'autre bout de la salle de conférences.

— Je m'en fous, car il s'agit d'enfants. Le temps nous file entre les doigts et je préfère te transporter moi-même aux urgences que laisser un autre gamin mourir à cause d'un petit salaud comme toi !

Le jeune homme constata avec soulagement qu'il pouvait toujours respirer, malgré la pression sur son larynx, et il pensa un instant pouvoir se libérer de l'étreinte. Mais il se figea soudain. Il connaissait trop bien les atroces douleurs qu'il subirait dès qu'il tournerait la tête de côté, ne serait-ce que de quelques millimètres.

— Tu sais comment je prends mes notes, dans les cas difficiles ?

Frank n'osa même pas approuver de la tête. Son pouls s'affolait et il suait de tout son corps. Il avait une folle envie de crier à cette brute « vous êtes un pervers ! », mais il ne pouvait prendre le risque de l'exciter davantage. Il n'avait pas la moindre envie qu'il enfonce plus profondément encore l'objet pointu qu'il sentait dans son oreille.

— Avec un crayon, poursuivit l'enquêteur en riant. J'ai toujours sur moi un long crayon, bien effilé.

Son haleine chaude et humide, caressant la nuque trempée de sueur de Frank, fit frissonner ce dernier.

— OK, OK, je vais parler, gémit-il.

— Ah oui ?

La prise de tête ne se relâcha pas d'un poil. La pression du crayon était aussi désagréable que celle provoquée par un coton-tige sec enfoncé trop loin dans le conduit auditif.

— Je crois que tu vas même te mettre à table, à présent. Mais connais-tu la différence entre moi et mon partenaire ?

Frank ne put à nouveau acquiescer sans risquer de se faire trouer le tympan.

— Stoya est lui aussi à bout. Mais, contrairement à moi, il n'est pas persuadé que ton chef soit vraiment le salopard que nous cherchons. C'est pourquoi il se laisserait peut-être aller à menacer un peu, mais il en resterait au stade de l'intimidation.

Sous l'effet de la terreur, le jeune homme se mit à haleter.

— Moi, au contraire, je veux être sûr que tu saches bien ce qui va t'arriver si tu me racontes des salades, continua Scholle, serrant plus fort encore la main autour du crayon, de manière à pouvoir l'enfoncer avec force.

32

(6 heures et 2 minutes
avant l'expiration de l'ultimatum)

Alina Gregoriev

— Je ne peux pas !

— Qu'est-ce que tu ne peux pas ? Dis-moi enfin ce qui se passe, ici !

Lorsqu'elle était entrée dans la cave, Alina avait déjà remarqué que l'écho était rapide et assourdi. Ses paroles étaient renvoyées par les murs. Elle en avait conclu que la pièce où ils étaient enfermés ne pouvait être spacieuse. Elle s'était en outre cogné la tête en descendant. Elle se trouvait donc dans une cave basse, aux murs en pierre, où la lumière venait de s'éteindre. Le mince voile qu'elle percevait encore à l'instant, grâce à ce qui lui restait de vision, avait disparu.

Depuis que Zorbach avait téléphoné, l'air semblait s'être quant à lui raréfié ; une pression grandissante pesait sur ses poumons.

— Une femme malade est couchée ici, entendit-elle Zorbach gémir.

Il parlait d'une voix étouffée, pleine de désarroi.

— Il faut que je la tue si nous voulons sortir de cette cave.

Depuis leur entrée dans le bungalow, Alina ne respirait que par la bouche, afin de mieux supporter la puanteur. Mais l'odeur douceâtre et rance de nourriture avariée était à présent le cadet de ses soucis. Elle était enfermée dans un environnement totalement étranger, elle entendait des bruits affreux, elle avait du mal à respirer et Zorbach semblait avoir perdu la raison.

— Stop, n'approche pas ! brusqua-t-il quand elle se heurta à lui.

En temps normal, elle disposait d'une sorte de sens de l'orientation, même en terrain inconnu. Pas très prononcé, assez intermittent, il lui permettait néanmoins de temps en temps de *sentir* un obstacle devant elle : par exemple, elle percevait une modification de la résistance de l'air juste avant de se cogner dans un objet lourd. Mais ici, dans cet environnement froid et bruyant, cela lui était impossible.

Trop de diversions. Mes sens sont débordés.

Elle entendait le désagréable chuintement, les bruits d'aspiration de la pompe, percevait la puanteur, la panique dans la voix du journaliste… Pas étonnant qu'elle se soit cognée contre lui et qu'elle ait dû s'appuyer d'un geste maladroit sur…

Sur quoi, au fait ?

Le film plastique sous ses mains lui avait donné l'impression qu'elle touchait un morceau de viande empaqueté.

— Qu'est-ce que c'est que ce truc ? demanda-t-elle.

Mais avant qu'elle ait eu le temps de palper à pleines mains le film tiède, Zorbach lui tira les bras en arrière.

— Non. Ne la touche pas.

— De qui parles-tu ?

Il devint furieux.

— Je t'ai dit qu'il y avait une femme, ici. Une de ses victimes. Crois-moi, tu n'as pas besoin d'en savoir davantage.

Non, je crois que tu as raison. Peut-être que je ne veux réellement pas en savoir davantage…

Mais elle l'apprit néanmoins quand, Zorbach lui ayant lâché les mains, elle changea d'avis : ses doigts perçurent la réalité des tortures mieux que des mots n'auraient pu le lui permettre. Devant elle, sous le film, il n'y avait qu'une plaie ouverte, brûlante. Elle sentait les muscles dénudés, la chair, les tendons et, par endroits même, les os.

Fasciite nécrosante ! Le soupçon atroce lui traversa l'esprit.

Elle connaissait cette infection bactérienne rare, sous l'effet de laquelle les patients se décomposent littéralement, de leur vivant. La personne allongée là devait endurer des souffrances inimaginables, comparables à celles d'un malade alité dont on n'aurait pas pris soin et dont le corps entier serait couvert d'escarres. Elle avait eu un jour à s'occuper d'un homme d'affaires qui avait survécu à cette maladie et que la physiothérapie pouvait aider à se mouvoir normalement.

« C'était comme si mon corps tout entier avait éclaté, lui avait expliqué ce patient, qui avait contracté l'agent infectieux dans un hôpital. Il avait commencé par gonfler, était devenu brûlant, puis la peau s'était déchirée, s'était ensuite putréfiée, tandis que j'étais secoué par des convulsions dues à la fièvre ! »

De nombreuses opérations et une énorme quantité d'antibiotiques de toutes sortes lui avaient sauvé la vie.

Interventions qui, pour la femme ici à l'agonie, arriveraient à coup sûr trop tard, même si ce n'était pas de cette maladie qu'elle souffrait.

Peut-être, d'ailleurs, n'était-ce pas du tout une infection, dans son cas. Peut-être qu'elle se nécrose uniquement parce qu'elle ne peut pas bouger, sous ce film plastique.

— Qui est-ce ? demanda Alina, prise d'une quinte de toux.

L'air de la cave était déjà saturé de gaz carbonique.

— Pas la moindre idée. Je sais seulement que ce salopard doit avoir couplé l'alimentation électrique avec le respirateur. Je crois que, si je l'arrête, la lumière reviendra et que la porte se déverrouillera.

Zorbach haletait lui aussi, comme pour imiter TomTom.

— Mais je ne peux pas. Déjà, avec ma mère, je n'y suis pas arrivé !

Alina acquiesça. Certes, elle ne comprenait pas ce qu'il voulait dire, mais ce n'était pas le moment de lui poser des questions sur l'histoire de sa famille.

— Combien de temps nous reste-t-il ? demanda-t-elle en palpant de nouveau d'une main légère le bras de la femme.

— Je ne sais pas. Cinq minutes. Peut-être moins.

Ses doigts effleurèrent un cartilage, un morceau de peau morte, puis remontèrent avec prudence.

— Je pense que nous la délivrerions de ses souffrances. Peut-être nous supplierait-elle de le faire, si elle pouvait parler !

Alina entendit son compagnon pleurer. Elle aussi avait les larmes aux yeux.

Peut-être ? Très certainement, si ce que cette femme ressent n'est même que la moitié de ce que je peux percevoir au toucher.

Mais une impression ne suffisait pas à justifier, même pour sauver sa propre vie, le sacrifice d'un être innocent. Elle ignorait ce dont Zorbach était en réalité capable, de ce point de vue. Ce qu'elle savait, c'est qu'elle-même n'aurait jamais la force d'arrêter les appareils. Au moins tant qu'elle aurait encore un peu d'air pour respirer.

Cinq minutes. Peut-être moins.

31

Groupe spécial d'intervention

Quatorze minutes et quarante-trois secondes après la capitulation de Frank, le groupe d'intervention, fort de sept membres, avait quitté le commissariat en direction de l'adresse que le témoin Lahmann avait indiquée à l'enquêteur. Le briefing, assuré par le chef du groupe en route dans le véhicule d'intervention, dura cinq minutes supplémentaires.

Quand, onze minutes et treize secondes plus tard, les hommes prirent position devant le bungalow, harnachés de pied en cap, avec gilet pare-balles, casque de titane et armes à feu, trois véhicules de la police et deux des urgences médicales se trouvaient déjà sur place. Tandis que les médecins se demandaient entre eux pourquoi on les avait fait venir, les voisins se voyaient interdire de quitter leur maison.

Ce fut au même instant que les deux enquêteurs chargés de l'affaire du Voleur de regards, Philipp Stoya et Mike Scholokowsky, arrivèrent sur les lieux.

On laissa dans son étui la caméra thermique qui devait servir à localiser à l'intérieur de la maison les personnes recherchées, car les illuminations de Noël rendaient ses images inutilisables. Le chef du groupe se demanda un instant s'il devait couper le courant, avant de décider le contraire pour ne pas avertir le ou les suspects, à l'intérieur, que l'assaut était imminent.

Comme une vie était en jeu, il était prévu d'enfoncer la porte sans sommations et de prendre le contrôle, une par une, des diverses pièces du bungalow. Il ne fut toutefois pas nécessaire de recourir à cette extrémité, car la porte de derrière était ouverte.

Au bout de moins de quatorze secondes, on sut qu'il n'y avait personne au rez-de-chaussée. Il restait donc à enfoncer la porte de la cave.

À 1 h 07, la troupe d'assaut brisa la serrure de la massive porte pare-feu et deux hommes dévalèrent l'escalier, protégés par un bouclier.

À cet instant, il s'était écoulé trente-deux minutes depuis que Frank Lahmann avait révélé le lieu où se tenait le suspect.

Toutes ces précisions horaires figuraient dans le procès-verbal que le chef du groupe avait rédigé avant de se faire mettre en congé pour une semaine par le médecin du travail. Ce qui n'y avait pas été noté, c'étaient les insupportables secondes durant lesquelles les policiers étaient restés paralysés devant l'horrible tableau s'offrant à eux dans la cave. Les secondes durant lesquelles quelques-uns des hommes les plus endurcis de Berlin avaient subi un traumatisme, n'ayant encore jamais vu de leur vie une « merde aussi épouvantable », d'après l'enregistrement original du premier message radio répondant à la question : « Qu'est-ce qui se passe, en bas ? »

Chacun des médecins d'urgence fut finalement heureux d'avoir des collègues à ses côtés. Aucun n'eut honte de ses larmes quand ils constatèrent que personne, dans ce trou, n'avait plus besoin de médecin.

Celui qui a peur,
Il est aveuglé,
Espérant toujours
Éviter le mal,
Il lui ouvre les bras,
Hélas, désarmé,
Et las de sa peur,
Espérant toujours,
Jusqu'à ce qu'il soit
Trop tard.

Max Frisch
Monsieur Bonhomme et les incendiaires[1]

1. Gallimard, Paris, 1961.

30

Le brouillard, venant du lac, dérivait vers la terre, donnant l'illusion d'un monde irréel. Les roseaux, les conifères et les feuillus, mais aussi les affûts perchés, étaient comme enveloppés dans de la soie. Une soie d'un gris sale sentant la mousse et l'écorce mouillée, et laissant sur la peau une fine pellicule. En raison du froid et de l'heure tardive, personne n'avait sans doute prêté attention à ce spectacle naturel ici, à la périphérie de la ville. Qui aurait bien pu errer à une 1 h 30 du matin dans le bois de Grunewald ? Dans les zones pavillonnaires voisines, le brouillard, déjà dissipé dans une large mesure, n'était plus qu'une très légère brume. Mais là, à proximité immédiate de l'eau, il semblait que la couverture nuageuse s'était abattue sur le sol. On ne distinguerait les traînées vaporeuses que dans quelques heures, après le lever du soleil. Pour le moment, on pressentait plus qu'on ne le voyait le mur d'infimes gouttelettes, ombre obscure derrière les fenêtres sales du *house-boat* où je m'agrippais à mon portable.

— Je suis désolé, je sais, il est beaucoup trop tard, mais j'aimerais vraiment lui parler !

— Ah, Zorro, gémit Nicci. Il s'est arrêté de tousser il y a une demi-heure à peine, je suis vachement contente qu'il dorme enfin.

— Bien sûr, murmurai-je avec tristesse.

Il était déjà miraculeux qu'elle reste aussi calme, alors que je l'avais tirée du lit en pleine nuit. Mais j'étais certain que, dans ma situation, elle aurait agi de même. Quand on venait d'échapper à une mort certaine, on avait besoin de se rapprocher de sa famille, quel que fût le degré de décomposition de cette dernière.

Je me demandai si je devais la convaincre de monter voir si la sonnerie du téléphone n'avait pas réveillé Julian, mais il allait s'avérer aussitôt que ce n'était pas nécessaire.

— Ah, mince.

Elle avait éloigné le combiné de sa bouche, mais je l'entendis râler contre mon fils descendant l'escalier nu-pieds.

— Tu vas attraper la crève !

Craignant la pollution électromagnétique, elle ne tolérait pas les téléphones sans fil chez elle. Je priai Dieu qu'elle ne le fasse pas remonter. J'entendis de la friture sur la ligne, puis j'eus comme interlocuteur l'être que j'aimais le plus au monde.

— Hello, mon garçon, *happy birthday.*

— Merci, papa !

Il parlait d'une voix endormie mais heureuse, mélange que, sur le moment, j'eus quelque peine à supporter.

— Je suis navré de t'avoir réveillé. Je voulais seulement…

Julian mit à profit mon hésitation pour m'interrompre joyeusement.

— Maman a encore accroché quelque chose à la corde, aujourd'hui.

Ma main serra le portable encore plus fort et je luttai contre les larmes.

La corde. Autrefois, c'était moi qui avais pour mission de l'accrocher à la rampe de l'escalier menant au premier étage. Toute l'année, Nicci et moi stockions des bagatelles qui feraient plaisir à notre fils : des décalcomanies pour son album, un CD, un nouvel étui pour stylo ou crayons, mais aussi des cadeaux plus importants comme un iPod ou, l'année dernière, une PlayStation. Toutes ces surprises étaient à présent suspendues à cette corde d'anniversaire, chacune dans son emballage, entre des fruits et des friandises. À partir de l'avent, Julian pouvait chaque jour en décrocher une. La plus grosse le jour de son anniversaire, la dernière à Noël.

— Je vais passer aujourd'hui et accrocher moi aussi quelque chose, promis-je.

— C'est vrai ? Tu me l'as achetée ?

Son enthousiasme me brisa le cœur. Cette année, il avait inscrit dans sa liste de vœux une montre à affichage digital avec radio incorporée. Je n'avais bien entendu pas eu le temps de l'acheter.

— Je l'aurai quand ?

— Quand tu auras dormi, mon vieux.

Je fermai les yeux avant qu'une larme ne perlât entre mes paupières.

À mesure que nous vieillissons, notre existence repose de plus en plus sur des promesses non tenues. Il y a bien entendu toujours une bonne raison pour justifier qu'on n'ait pas accompagné son fils à la fête de l'école, qu'on n'ait pas assisté à la réunion des parents, ou qu'on ait envoyé sa famille seule à la plage pendant qu'on attend un e-mail dans une chambre d'hôtel. Dieu a sans doute pensé que s'il donnait aux hommes la conscience de leur mortalité, il créerait un paradis sur terre. Un monde rempli d'individus sachant que leur vie a une fin, et donc capables d'utiliser de manière judicieuse le temps qui leur est donné. Des clous ! La plupart des gens que je connais savent parfaitement que, dans l'existence, ils auront toujours la chance de gaspiller leur temps à gagner de l'argent. Mais ils n'ont qu'une chance de fêter les onze ans de leur enfant. Une chance que je venais de laisser passer.

— À 7 heures ? me demanda-t-il.

On ne pouvait pas repousser davantage l'heure du petit-déjeuner s'il ne voulait pas être en retard à l'école, même si je doutais fort que Nicci l'y laissât aller dans l'état où il était.

— Je viendrai, promis-je, pensant vraiment ce que je disais. 7 heures. Parole d'honneur. Et pardonne-moi, je t'en prie, de n'avoir pas été là ce soir, quand tu n'allais pas bien du tout.

— Y a pas de problème, me rassura-t-il en riant. Maman m'a raconté que tu es à la recherche de l'homme qui enlève les enfants.

Ah bon ? Elle a dit ça ?

— C'est super-important, reprit-il, plus que mon anniversaire.

J'étais totalement perplexe, cherchant mes mots. Avant que j'aie pu lui demander ce que sa mère avait encore dit à mon propos, il se mit à tousser. Un instant plus tard, Nicci reprit le combiné.

— Il vaut mieux que je le remette au lit.

— Merci.

— De quoi ? Je suis sa mère.

— Je veux dire : de ce que tu lui as raconté. Je sais que tu n'aimes pas mon travail. Qui a très certainement contribué à creuser entre nous un fossé plus large que la faille de San Andreas. Mais je te suis vraiment reconnaissant de ne pas le creuser entre Julian et moi.

Silence. Un instant, je n'entendis que le bruissement des feuilles au-dessus du bateau et les craquements du bois de bouleau dans la cheminée, puis Nicci renifla.

— Ah, Zorro, je regrette tellement.

— Moi aussi, lui assurai-je avant d'ajouter une promesse à la montagne de mes résolutions non tenues : J'ai dit à Julian que je passerai à 7 heures. Et si nous prenions le petit-déjeuner ensemble ? Qu'en penses-tu ?

— D'accord.

— Nous ferons un véritable petit-déjeuner d'anniversaire, comme avant. Tu te souviens, quand je descendais dans mes bras Julian qui dormait encore et qu'il ne se réveillait que devant les bougies de son gâteau ?

Elle renifla derechef, et je sentis que je devais éviter de détruire ce moment d'intimité entre nous en continuant mon bavardage. Je pris donc congé.

— À tout à l'heure, lança-t-elle, avant de me porter le coup fatal : Tu n'oublies pas pour jeudi, hein ?

Six mots. Six coups de couteau qui crevèrent la bulle d'espoir. Jeudi. La réunion préparatoire au divorce.

— Non, répondis-je comme le pauvre idiot que j'étais. Je serai là. Avec mon avocat.

29

(4 heures et 8 minutes
avant l'expiration de l'ultimatum)

Alexander Zorbach (moi)

Je sentis d'abord sa main sur mon épaule. Puis, sur ma nuque, son souffle accompagnant ces quelques mots :

— Puis-je te demander quelque chose ?

Alina se tenait juste derrière moi. Si près que je n'aurais pu me retourner sans la toucher, ce dont je n'avais absolument pas envie en cet instant. Je ne souhaitais qu'une chose : rester devant la fenêtre à scruter l'obscurité de la forêt, qui s'accordait si bien à mon humeur du moment.

— Peut-être, répondis-je tout en vérifiant que la liaison avec Nicci était bien interrompue.

Il y avait dans mon portable une carte prépayée anonyme, équipement de base d'un reporter spécialisé dans les affaires criminelles, mais je craignais pourtant que, grâce à elle, Stoya réussît à me localiser. Je décidai que ça m'était maintenant égal. Je ne savais plus qu'entreprendre, et l'idée de passer les nuits suivantes en garde à vue avait perdu son aspect repoussant après ce qui nous était arrivé ce soir.

— Ce que nous venons de vivre… commença Alina tout bas.

Ce qui s'est passé dans la cave.

— Qu'est-ce que c'était ?

Je savais où elle voulait en venir, mais ne répondis pas. Elle était entrée en contact, au plein sens du terme, avec le *Mal*. Le tueur avait hermétiquement enveloppé sa victime dans un film plastique transparent et déclenché ainsi le processus de décomposition à vif. Ensuite, pour prolonger les souffrances de l'inconnue, il l'avait délibérément empêchée de mourir en l'équipant d'un cathéter et d'autres dispositifs médicaux assurant une alimentation et une respiration artificielles.

Je me retournai vers Alina et la regardai. Qu'elle ait gardé les paupières abaissées depuis notre fuite me parut un signe sans ambiguïté. Elle voulait s'isoler, couper définitivement la relation visuelle avec un monde où existaient des psychopathes ayant besoin de sacrifier des êtres humains à leurs pulsions perverses.

— Y serais-tu parvenu ? demanda-t-elle au bout de quelques secondes.

Parvenu à quoi ? À actionner l'interrupteur ? À arrêter le respirateur afin que la lumière revienne et que la porte se débloque ? Tuer la femme pour que nous puissions continuer à vivre ?

— Je ne sais pas, soufflai-je sans mentir.

Bien sûr, on ne pouvait plus rien pour la pauvre femme. Je le savais. Comme pour ma mère, les appareils de réanimation ne prolongeaient pas son existence, mais son agonie. Pourtant, je n'avais pas eu le courage de tuer une seconde fois un être humain sur simple présomption. Car je n'avais à aucun moment été certain d'avoir résolu la devinette du Voleur de regards.

« Tu peux arrêter la pompe et gagner. »

— Par chance, nous n'avons finalement pas eu à prendre cette décision, poursuivis-je en enlevant de mon épaule la main d'Alina.

Je m'assis sur le canapé où je l'avais découverte, l'après-midi de la veille. Elle fit de même et tâta avec prudence, du bout des doigts, la surface de la table devant ses genoux. Je poussai vers elle une lourde tasse de café que j'y avais posée à son intention avant mon appel téléphonique. Elle haussa les sourcils, mais ne dit rien. Puis, elle but une longue gorgée. Quand elle reposa la tasse, ses lèvres brillèrent à la lueur des bougies que j'avais allumées, ainsi que le feu dans le poêle, dès notre arrivée.

— Oui, par chance, nous y sommes parvenus autrement, finit-elle par déclarer.

Ne tenant pas compte de mes mises en garde insistantes, Alina avait palpé les bras, les mains mais aussi les doigts de la mourante, tombant ainsi par hasard sur le petit coffret où était enfoncé l'index de la victime : un pulsomètre photoélectrique qu'on applique aux opérés afin de contrôler leur fréquence cardiaque durant toute l'intervention. La jeune aveugle avait tenu un raisonnement aussi simple que logique : le seul arrêt du respirateur ne pouvait garantir que la malheureuse était morte ; seule l'absence de pouls donnerait au Voleur de regards la certitude que le sacrifice était accompli. Ce qui autorisait en retour à conclure qu'on n'avait pas besoin d'arrêter les appareils de réanimation pour déclencher la réaction en chaîne dont j'attendais notre délivrance.

Il avait fallu plusieurs secondes haletantes pour arriver à déchirer le film étonnamment résistant et à enlever le pulsomètre du doigt de la femme. Quand j'y étais enfin parvenu, il ne s'était rien produit. Absolument rien.

C'était toujours l'obscurité, et même le bourdonnement de la pompe aspirante n'avait pas cessé. Mais, alors que j'étais sur le point d'hyperventiler, TomTom arrêta de gémir. Et ce fut le silence. Un silence de mort.

Peu après, la serrure de la porte de la cave se débloqua avec un léger clic, et le respirateur continua à envoyer de l'air dans les poumons de l'agonisante. Celle-ci semblait ne plus rien percevoir de ce qui se passait autour d'elle. Je n'étais même pas certain que ses réactions, à mon entrée dans la cave, avaient été conscientes et ne constituaient pas de simples réflexes.

Tandis que, tirant Alina par la main, je grimpais l'escalier, traversais le salon et me précipitais hors du bungalow pour, devant la porte, remplir mes poumons d'un air froid et sans odeur de mort, j'avais composé le numéro des pompiers.

Vite. Quelqu'un va mourir !

Puis, toujours courant, nous avions traversé le jardin non clos qui aboutissait à un petit chemin d'exploitation, sans nous préoccuper de la crotte de chien dissimulée sous des feuilles et sur laquelle nous avions glissé. Nous suivions TomTom qui nous ramena à l'endroit où nous avions garé notre véhicule.

J'avais eu un court instant la tentation d'abandonner, de me livrer et de tout expliquer à Stoya. Mais expliquer quoi ? Que les visions d'une aveugle m'avaient mené dans la chambre des tortures du Voleur de regards ?

Pour finir, c'était Alina qui m'avait poussé en avant, me criant de ne pas perdre de temps et de partir. Loin de ce lieu d'épouvante, ce condensé de tous nos cauchemars à venir.

Je l'entendis croiser les jambes à côté de moi et, surpris, j'ouvris les yeux. J'avais failli, de fatigue, m'endormir sur mes souvenirs cauchemardesques.

— Les jours comme celui-ci, je maudis mon sort, murmura-t-elle. Et je ne parle pas de ma cécité.

Elle but une nouvelle gorgée. Sa lèvre inférieure tremblait et ne s'arrêta même pas quand elle la serra entre ses incisives.

— Je parle de mon *don*.

Une larme perla au coin de son œil gauche et coula le long de sa joue. Je tendis la main dans sa direction.

— Tout à l'heure, dans la cave, lui demandai-je doucement, quand tu as touché la femme en train d'agoniser, ça s'est reproduit, n'est-ce pas ?

— Non, répondit-elle en levant les yeux. C'est pire.

— Que veux-tu dire ?

Que peut-il bien y avoir de pire que ce que nous avons vécu jusqu'ici ?

— J'ai découvert quelque chose, dans la cave.

— Sur le Voleur de regards ?

— Non, sur moi.

Arrachant la perruque de sa tête, elle se tapota le front et secoua avec fureur son crâne rasé.

— J'ai découvert dans cette cave quelque chose d'absolument abominable sur moi-même !

28

(3 heures et 59 minutes
avant l'expiration de l'ultimatum)

Philipp Stoya (chef de la brigade criminelle)

— Où est-il ?

— Navré ! Cette fois, je n'en ai véritablement pas la moindre idée.

Frank se frotta l'oreille droite et parut heureux de l'absence de Scholle lors de ce second interrogatoire, au poste de la brigade criminelle. Stoya ne savait toujours pas vraiment ce qui se serait produit si, au retour des toilettes, il était entré dans la salle de conférences une seconde plus tard. Il avait vu son collègue relâcher brusquement son étreinte et retirer un objet de forme allongée de l'oreille de l'assistant.

— C'était pour rire, je l'ai juste un peu chatouillé, lui avait-il assuré.

Mais la haine dans ses yeux et l'agressivité non dissimulée dans sa voix démentaient ses propos. Il lui aurait crevé le tympan !

Philipp n'ignorait pas de quoi Scholle était capable quand il piétinait dans une enquête. Il n'avait au demeurant pas toujours été aussi brutal. Mais son divorce l'avait changé, transformant le policier bon enfant en enquêteur imprévisible. Son mariage avec une danseuse russe, rencontrée lors d'une rafle dans une boîte de nuit, avait d'emblée été placé sous une mauvaise étoile. Scholle avait une nouvelle fois confondu amour et pitié, un effet secondaire direct du syndrome du saint-bernard, si prononcé chez lui. Il avait payé la caution pour la faire sortir du bordel, l'avait habillée de neuf et lui avait donné à voir la partie du monde que son salaire lui permettait de visiter. Il avait espéré la détacher des drogues en l'épousant et en allant s'installer avec elle dans la campagne du Brandebourg. Ses tentatives thérapeutiques s'étaient terminées le jour où il avait surpris Natacha dans le lit conjugal en compagnie d'un micheton de sa première vie.

Si le juge n'avait alors pas accordé à la mère le droit de partir en voyage une fois par an avec leur enfant commun, Scholle serait peut-être aujourd'hui encore le brave copain pour qui sa partie de bowling hebdomadaire était plus importante que le succès d'une enquête.

Le jour du premier voyage, il était arrivé une minute trop tard, pas une seconde de plus. Il avait d'abord longtemps ruminé au commissariat, se demandant s'il devait vraiment laisser Natacha et son fils Marcus partir en vacances à Moscou. Certes, la convention sur le droit de garde était sans équivoque et il commettrait un délit s'il se rendait à l'aéroport et empêchait son ex de quitter le pays avec leur fils. Mais son instinct avait fini par l'emporter. Il avait foncé à Schönefeld, garé sa voiture de service en stationnement interdit et couru jusqu'au terminal de départ. Trop tard. L'appareil de l'Aeroflot était encore sur le tarmac, mais les portes étaient fermées. Depuis une minute.

Il avait pris six mois de vacances pour rechercher son fils dans les villages autour de Jaroslaw. Sans succès. Natacha et Marcus avaient été comme avalés par la terre russe et ne réapparurent jamais.

À son retour, les mains vides et le cœur brisé, il se jura de ne plus laisser ce genre d'événement se reproduire. Jamais, à l'avenir, il n'hésiterait, ne serait-ce qu'une minute, et ne se montrerait scrupuleux quant au respect des consignes, si son instinct lui conseillait le contraire.

— Une dernière fois. Où se cache Alexander Zorbach ? demanda Stoya.

— Même si vous sortez un crayon, comme votre collègue…

Le journaliste haussa les épaules.

— Je ne peux rien vous dire.

— Vraiment pas ? Et à ce sujet non plus ? insista le chef de brigade.

Il ouvrit un classeur en carton dont il sortit plusieurs gros plans qu'il étala sur la table devant Frank. Le jeune homme ferma les yeux.

— Katharina Vanghal, infirmière, cinquante-sept ans, veuve, commenta Stoya en montrant les photos du lieu du crime, qui semblaient sortir tout droit d'une chambre de torture. Les voisins la décrivent comme une personne extrêmement réservée. Pas d'amis, pas d'hommes, pas même d'animaux domestiques. Si on excepte sa manie qui la poussait, à Noël, à transformer sa maison en spectacle de sons et lumières, elle menait jusqu'ici une vie tout à fait discrète, sans relief.

Il observa un bref silence.

— Jusqu'à ce que le Voleur de regards se décide à transformer sa cave en un cercueil et à l'y torturer durant les derniers jours de son existence.

— Atroce, souffla Frank en se détournant.

— Oui, c'est le mot. Atroce. Le fou a enveloppé son corps dans un film plastique. À cause de la pression de ce dernier et de l'immobilité à laquelle elle était condamnée, elle s'est littéralement décomposée vivante, là-dessous. Pour qu'elle ne meure pas trop vite, le tueur l'a mise sous calmants, allongée sur un matelas frais et maintenue entre la vie et la mort grâce à un dispositif de respiration artificielle. Il s'y connaît manifestement en médecine, mais c'est également un technicien confirmé. Nous avons en effet trouvé dans le jardin un générateur spécialement installé pour la cave aux tortures.

Stoya leva deux doigts, formant sans le vouloir le signe de la victoire.

— Un générateur pour deux pompes lui permettant d'aspirer l'air de la cave !

— Vous savez bien que Zorbach ne sait rien faire de ses mains, rétorqua Frank.

Il avait l'air fatigué et les lèvres crevassées. Le policier décida de le garder sous pression un moment encore, puis lui tendit un verre d'eau.

— Mais il a un mobile.

— Comment ça ?

Stoya opina du chef, comme s'il se livrait à une remarque sur la météo du jour.

— Katharina Vanghal, voilà deux ans encore, travaillait à la résidence du Parc, où se trouve la mère de Zorbach. Elle y était infirmière jusqu'au jour où on la renvoya sans préavis. Il est écrit dans son dossier que plusieurs de ses patients auraient souffert d'escarres de stade 4. Une plaie ulcéreuse atteignant les os, lorsque les malades restent trop longtemps immobiles.

— Vous n'y croyez pas vous-même, rétorqua Frank avec un rire muet. Mon chef se vengeant de l'ancienne infirmière de sa mère ?

— Non. Pour être franc, je ne veux pas y croire. Mais pourquoi trouvons-nous ses empreintes digitales dans toute la cave, s'il n'a rien à voir avec cette histoire ?

L'assistant releva la tête en soupirant et se mit à fixer le plafond.

— Bon Dieu, combien de fois vais-je devoir le répéter ? C'est l'aveugle. C'est elle qui l'a conduit là-bas.

— Merde, s'exclama Stoya en frappant la table du plat de la main. J'en ai marre de cette connerie ésotérique. Je veux savoir ce que… Pardon ?

Il se retourna d'un bond. Il avait crié si fort qu'il n'avait pas entendu frapper à la porte.

— Qu'y a-t-il ?

Une policière blonde lui tendit une chemise.

— C'est quoi ?

— La contravention que nous devions rechercher.

— Et alors ?

La lèvre supérieure de la jeune femme timide tremblait, mais ce fut d'une voix ferme qu'elle annonça :

— Elle concerne une Volkswagen Passat verte, de 1997.

Puis, elle donna le nom du propriétaire.

Les oreilles de Stoya se mirent à bourdonner, et il ressentit soudain un besoin urgent de boire quelque chose.

— Répétez !

— Elle est immatriculée au nom d'une certaine Katharina Vanghal.

Ce n'est pas possible.

La voiture de l'infirmière était effectivement garée l'après-midi de la veille sur l'emplacement réservé aux handicapés, comme Zorbach n'avait cessé de l'affirmer.

— Vous voyez ! triompha Frank quand la policière eut refermé la porte derrière elle. Le Voleur de regards était hier chez la physiothérapeute aveugle, comme je vous l'avais dit. Il a été filmé quand il quittait l'immeuble. Une information que vous avez ignorée trop longtemps. Je n'ai pas la moindre idée d'où l'aveugle tient tout ça, mais je pense que vous devriez enfin vous décider à l'entendre.

— Ah bon, je devrais l'entendre ? cria Stoya en jetant sur la table, furieux, la chemise contenant la contravention. Vous croyez réellement que je devrais me lancer à la poursuite des indications fournies par un fantôme ?

— Un fantôme ?

Le policier émit un rire bref en lisant la surprise dans les yeux de Frank.

— J'ai vérifié. Hier, personne n'a inscrit au procès-verbal le témoignage d'une Alina Gregoriev. Aucun de mes hommes ne l'a vue. Elle n'est pas venue au commissariat. Vous voyez ce que je veux dire ?

Frank l'écoutait, bouche bée.

— Bon, mais ce n'est pas tout. Car l'ordinateur n'a lui non plus jamais entendu parler d'elle. Il n'y a pas d'Alina Gregoriev à Berlin. Dans toute l'Allemagne, il n'y a pas de physiothérapeute de ce nom. Alors, je vous en prie, ne venez pas me raconter des conneries à propos d'une médium aveugle capable de voir dans le passé par simple imposition des mains. D'où Zorbach tient-il ses informations, s'il n'est pas lui-même l'auteur des crimes ?

S'appuyant des deux mains sur la table, il regarda l'assistant droit dans les yeux.

— Et ne venez pas me dire qu'il les tient d'Alina Gregoriev, car cette femme n'existe pas !

27

(3 heures et 31 minutes
avant l'expiration de l'ultimatum)

Alexander Zorbach (moi)

Je le sentais. Alina était sur le point de se replier sur elle-même. C'était le langage de son corps qui me l'indiquait : les bras croisés sur la poitrine, les jambes étroitement serrées l'une contre l'autre et les commissures des lèvres tombantes. En dépit de son accoutrement masculin, avec ses bottes de cow-boy et son jean rapiécé, elle donnait l'impression d'une petite fille entêtée se moquant, le visage sans expression, de mon invitation à boire le café tant qu'il était chaud.

De quoi s'agit-il ? Qu'as-tu découvert de si terrible à ton propos ?

Elle se repliait sur elle-même à vue d'œil en même temps que, j'en étais certain, elle voulait parler. Elle avait besoin d'un exutoire. Le problème était de savoir ce qui allait prendre le dessus : le désir de se débarrasser d'un fardeau psychique ou la peur de s'ouvrir.

Mon expérience d'ancien négociateur et de journaliste m'avait appris à ne pas harceler quelqu'un se trouvant pris dans cette contradiction, mais de ne pas lui laisser non plus trop de temps pour réfléchir. Un exercice de corde raide ! J'avais dans ces cas obtenu les meilleurs résultats en déplaçant la conversation sur un terrain supposé sûr, c'est-à-dire en posant une question à laquelle mon interlocuteur pouvait répondre même pendant son sommeil, une question qu'il s'était, à coup sûr, entendu déjà poser une centaine de fois.

Avec Alina, une seule me vint à l'esprit.

— Comment cela s'est-il passé ?

Je surveillai ses mains, ses lèvres et ses yeux, à l'affût d'une réaction.

— Si tu ne veux pas en parler, dis-le-moi, mais cela m'intéresserait vraiment de savoir comment tu as perdu la vue, insistai-je.

Elle respirait avec peine, gardant longtemps l'air dans ses poumons avant de le rejeter en soufflant lentement. Puis, elle émit un léger soupir.

— Ce fut un accident.

Elle ouvrit les paupières, montrant du doigt ses globes oculaires qui, à la faible lueur des bougies, faisaient songer à des billes de verre poli. Puis, ouvrant la fermeture Éclair de son blouson de velours, elle sortit un paquet de cigarettes et en alluma une à la bougie.

— C'est arrivé il y a vingt-deux ans. J'avais trois ans et j'ai voulu bâtir un château de sable avec une nouvelle amie du voisinage. Nous ne vivions pas encore depuis longtemps en Californie car, les années précédentes, nous avions suivi mon père à travers le globe, d'un grand chantier à l'autre. Mais il avait cette fois été embauché comme ingénieur dans le cadre d'un gigantesque projet de barrage, dont la construction devait durer des années. Nous avions donc acheté une maison en dehors de la ville. Une de ces bicoques américaines typiques, en bois, avec une barrière blanche et un garage.

Elle fit une pause, avant de murmurer, comme pour elle-même :

— Et ce garage…

— Qu'est-ce qui s'est passé, dans ce garage ?

Elle tira une longue bouffée et souffla la fumée dans la flamme de la bougie.

— Le propriétaire précédent l'avait utilisé comme atelier, avec une table à tapisser, un établi, des outils contre les murs… Partout, on butait contre des pots de peinture. Mon père s'était promis de se débarrasser au plus vite de tout ce fatras. Mais je fus plus rapide que lui.

Elle déglutit.

Maintenant, ça devient sérieux. Maintenant, nous entrons dans la zone rouge de sa mémoire. Là où sont enterrés les souvenirs les plus douloureux.

— Comme, pour notre château, mon amie et moi avions besoin d'un moule, je suis allée chercher un vieux bocal dans le garage. J'étais une fillette méticuleuse. Sans doute plus que je ne le suis aujourd'hui. En tout cas, j'ai voulu le rincer, et ce fut une erreur.

— Comment ça ?

— Il y avait à l'intérieur du carbure de calcium. Je n'ai jamais su à quoi le propriétaire antérieur l'utilisait ! Heureusement que l'explosion a été bruyante, sinon ma mère aurait mis plus de temps à se rendre compte de l'accident.

Alina cligna des yeux comme si, derrière ses paupières à nouveau abaissées, se déroulait un film qu'elle était seule à voir.

— Le carbure de calcium et l'eau donnent naissance à de l'acétylène, un gaz toxique. Si l'hélicoptère de sauvetage n'était pas arrivé très vite, je n'aurais pas survécu à l'explosion. J'ai seulement perdu la vue.

En prononçant le mot « seulement », elle mima en l'air d'imaginaires guillemets.

— Ma cornée est détruite. C'est irrémédiable.

— Je suis désolé.

— *Shit happens*, c'est la vie ! lâcha-t-elle laconiquement en écrasant sa cigarette.

— C'est terrible, murmurai-je à mon tour.

À trois ans. Bien avant d'avoir pu voir les merveilles de ce monde. Comment pourrait-elle ne pas être amère ?

— Est-ce pour cela que tu t'es fait tatouer « haine » sur la nuque ?

— Haine ? D'où te vient cette idée ? s'étonna-t-elle.

Puis, un léger sourire se dessina autour de ses lèvres. Se levant, elle enleva son blouson et ouvrit les trois premiers boutons de son corsage.

— Tu veux dire ça, là ?

Se rasseyant, elle tendit son cou nu dans ma direction. Le mot anglais *Fate* – et non pas *Hate* ! – était écrit en caractères runiques sur sa peau.

— Le destin, traduisis-je à voix basse.

Le tatouage luisait comme de l'encre sèche à la chaude lueur de la bougie. Elle sourit.

— Tout dépend de la manière de voir les choses.

La manière de *voir* les choses. Au re*voir*. On va bien *voir*… Notre langue est pleine de locutions visuelles, et je me demandai si tous les aveugles les utilisaient avec autant de naturel qu'Alina. Elle me surprit davantage encore en me tournant soudain le dos.

— Regarde un peu, là !

Dans un premier temps, je ne compris pas où elle voulait en venir, mais, ayant regardé par-dessus son épaule, cela me sauta littéralement aux yeux.

— C'est un ambigramme, m'étonnai-je, tout en n'étant pas absolument certain que ce fût la bonne dénomination.

Les ambigrammes que je connaissais, par exemple ceux du polar *Anges et Démons*, étaient des figures graphiques symétriques qu'on pouvait faire pivoter de cent quatre-vingts degrés et qui donnaient alors le même mot. L'exemple le plus simple est la combinaison de lettres « WM ». Le tatouage d'Alina était pourtant différent. Je n'avais encore jamais rien vu de semblable. Quand on mettait le mot à l'envers, il s'en formait un autre, totalement nouveau, de sens absolument différent.

— *Luck*, murmurai-je. La chance.

Elle acquiesça.

— Ou le hasard. Je préfère cette traduction.

Le destin ou le hasard, pensai-je. *Comme dans la vie. Tout dépend de la manière de voir les choses.*

— C'est un ambigramme asymétrique, pour être plus précis. On est devant lui, et on n'en comprend pourtant pas la signification au premier coup d'œil, tu saisis ? Voilà pourquoi je me le suis fait tatouer. Nos yeux ne sont pas importants. J'en porte la preuve sur mon corps pour toujours.

Ses grands yeux sans éclat étaient tournés vers ma bouche.

— Je pense que l'important n'est pas ce que nous voyons, mais ce que nous discernons. C'est du moins ce dont j'essaie de me persuader. Mais, tu vois…

Elle cligna des yeux, mais il était trop tard. La digue était rompue. Les larmes roulèrent sur son visage aussi soudainement qu'abondamment.

— Ça ne marche tout simplement pas !

— Alina…

Je pris sa main, qu'elle retira aussitôt. Je touchai son épaule mais ma main glissa quand elle me tourna totalement le dos.

— Je peux me raconter aussi souvent que je veux que je n'ai pas besoin de mes yeux… reprit-elle d'une voix étouffée.

Elle replia les jambes, posa ses bottes sur le canapé et appuya sa tête contre ses genoux, dans la position du passager d'un avion se préparant au crash.

Au crash de son âme.

— … que je n'ai pas besoin de voir le monde où je vis…

Je refis une tentative pour lui caresser le dos. Elle se contenta de se replier un peu plus sur elle-même, rentrant les épaules comme si mes caresses étaient des coups auxquels elle tentait de se dérober.

— Je peux m'habiller à la mode, me farder, me tatouer et me dire que cela me rend un peu moins aveugle…

Elle tremblait de tout son corps.

— Mais ça ne marche pas, répéta-t-elle.

— Laisse-moi t'aider !

— M’aider ? hurla-t-elle. Comment donc ? Tu n’as pas la moindre idée du monde dans lequel je vis. Tu fermes les yeux, tout devient noir et tu te dis : « Haha, c’est donc comme ça quand on est aveugle. » Mais ce n’est pas comme ça du tout.

— Je le sais…

— Tu sais que dalle. T’est-il déjà arrivé qu’on te prenne par l’épaule et qu’on te fasse traverser la rue contre ton gré, parce qu’on pense qu’il faut aider les personnes handicapées ? T’es-tu déjà mis en colère contre les handicapés en fauteuil roulant pour qui on abaisse les rebords des trottoirs, après quoi, putain, je ne sais même plus où commence la rue ? Est-ce qu’en ta présence, les gens agissent comme si tu n’existais pas et ne parlent qu’avec la personne qui t’accompagne ? Je suppose que la réponse est non, pas vrai ?

Elle déglutit.

— Tu te donnes l’air de celui qui comprend, mais tu es en réalité un ignorant, Alex. Merde, je parie que tu ne t’es jamais posé de questions à propos du picot sur la touche 5 de ton téléphone. Tu le touches quotidiennement, car il y en a un sur chaque touche 5 : sur les téléphones, les calculettes, les distributeurs automatiques, les ordinateurs… C’est un repère pour que nous puissions composer des numéros de téléphone et taper des chiffres sans voir. Jour après jour, tu entres en contact avec mon monde, sans pourtant lui consacrer une seule pensée. Alors, ne viens pas me raconter que tu comprends quelque chose à ce que je suis et à ma vie. Tu ne peux même pas t’en faire une idée approximative.

Elle renifla, essuya du coude les larmes sur son visage et respira à fond. Une grande partie de sa tension s'était déchargée en même temps que ce flot de paroles. Quand elle reprit, ce fut d'une voix plus basse. Mais elle n'en avait pas fini pour autant, loin de là. Je sentis que l'essentiel de ce qu'elle avait à me dire était encore à venir.

— Parfois, la nuit, je rêve que je tombe dans un puits. Je tombe, je tombe, ma chute dans les ténèbres ne cesse jamais. En même temps, l'obscurité grandit autour de moi. J'écarte les mains pour toucher les parois du puits, mais il n'y en a plus. Elles se dissipent comme mes derniers souvenirs du monde avant mon accident.

L'éclatement d'une bûche dans le poêle interrompit le silence qui suivit.

— Ils disparaissent, tu comprends ? Tout s'en va. Mes souvenirs de la lumière, des couleurs, des formes, des visages, des objets… Plus je tombe, plus ils se fanent. Et sais-tu ce qu'il y a de plus terrible, dans tout cela ?

Que ça ne s'arrête pas quand tu te réveilles.

— Mes cris me réveillent, et la chute s'arrête, expliqua-t-elle d'une voix cette fois infiniment lasse. Mais seule la chute s'arrête. Pas le reste. Je suis toujours prisonnière de cet état. Dans ce trou noir, dans ce néant. Puis je m'assieds en tremblant dans mon lit, maudissant le jour où j'ai voulu faire des pâtés de sable, et je me demande si j'existe encore.

Elle tourna la tête vers moi comme pour me regarder.

— Est-ce que le monde existe réellement, là dehors ?

Je ne sus que répondre. Surtout pas à la question bouleversante qu'elle me posa alors :

— Est-ce que *j'existe* ?

Elle froissa l'ourlet de son corsage comme elle aurait froissé un bout de papier.

— Est-ce que je suis là, Alex ?

J'hésitai, puis je lui pris la main et dénouai avec précaution ses doigts emmêlés.

— Oui, tu es là.

— Prouve-le-moi. Je t'en prie, montre-le-moi, afin que je puisse te croire.

Elle chercha mon visage à tâtons, caressa légèrement mon menton, passa les doigts sur mes lèvres et les laissa brièvement reposer sur mes yeux fermés.

Je vivais un des rares moments de l'existence où les souvenirs deviennent muets. Je ne pensais plus au bébé sur le pont, à l'échec de mon mariage ; même le visage de Charlie, dont je voulais sauver les enfants, avait disparu. Au lieu de quoi, je fus envahi d'une sensation que j'avais presque oubliée.

Je l'avais connue pour la dernière fois quand j'avais découvert Nicci. Ni avec les yeux, ni avec le cerveau. Sur ce point, Alina se trompait quand elle croyait que c'est grâce à eux qu'on discerne les choses véritablement importantes. Quand on a envie d'être si proche d'un être qu'on aimerait échanger nos deux corps, la raison se tait, l'âme devient l'unique organe des sens en état de fonctionner.

— Montre-le-moi, répéta-t-elle, d'un ton impérieux. Montre-moi que je suis encore là.

Puis, elle écrasa ses lèvres sur ma bouche, et je fus surpris de constater que c'était exactement ce que je désirais.

26

(2 heures et 47 minutes
avant l'expiration de l'ultimatum)

Frank Lahmann

— Co-hallucinations, lança une voix bougonne.

Elle venait des haut-parleurs d'une installation téléphonique posée devant eux, sur la table plastifiée de la salle d'interrogatoire. Le professeur Hohlfort parlait depuis sa villa de Dahlem.

— C'est, j'en fais le pari, un trouble démentiel induit.

— Alina existe, protesta Frank en direction de Stoya. J'ai moi-même vu cette aveugle !

On entendit un grésillement, puis un fort sifflement atmosphérique, avant que la voix du profileur ne leur parvienne à nouveau.

— Je présume que vous travaillez depuis des mois, de manière intensive, avec la personne recherchée, monsieur Lahmann ?

— Oui.

— Vous êtes stressé, vous dormez généralement moins de quatre heures par nuit, et cela depuis des semaines ?

Cette fois, le journaliste se contenta d'un signe de tête en guise d'acquiescement.

— Or, on a maintes fois observé que, subissant une telle pression, une personne saine d'esprit assumait les hallucinations de son partenaire. Cela arrive le plus souvent chez des personnes ayant entre elles un rapport marqué de supérieur à subordonné, par exemple chez des époux dont l'un a un caractère dominant prononcé. On peut aussi penser à une forte dépendance professionnelle, telle celle d'un assistant à l'égard de son mentor.

— Vous n'êtes pas en train de suggérer que je serais zinzin ?

— Non, Frank. Vous êtes simplement la personne induite ayant assumé l'hallucination de votre personne de confiance. C'est certes exceptionnel, mais tout à fait imaginable, si on prend en considération les circonstances particulières que vous avez connues ensemble, ces dernières semaines. Vous avez tout de même été confrontés à l'un des crimes les plus atroces des dernières années.

Le jeune homme regardait l'appareil téléphonique bouche bée. Ce vieux schnoque parlait-il sérieusement ?

— Je ne suis pas fou. Et mon chef ne l'est pas non plus.

— Ma foi, ce n'est pas ce que laisse entendre son dossier médical. Je me trompe ?

Stoya confirma les dires de Hohlfort avec un haussement d'épaules résigné et finit par expliquer :

— Zorbach et moi étions collègues et, quand on travaille ensemble pendant des années, on ne peut pas se cacher grand-chose. C'est un secret de Polichinelle que, depuis l'affaire du bébé atteint du syndrome d'Ondine, il suit un traitement psychiatrique. Il n'est pas le premier et certainement pas le dernier ex-flic dont le nom figure dans l'agenda du Dr Roth.

Frank secoua la tête.

— Je ne peux pas le croire.

Il y eut un nouveau sifflement sur la ligne.

— Montrez-le-lui, lança Hohlfort.

Le jeune homme lança un regard interrogateur à Stoya, qui ouvrit un petit ordinateur portable. En moins de vingt secondes, une image apparut. Le policier tourna l'écran vers l'assistant.

— Nous avons trouvé ça sur l'ordinateur de Zorbach, à la rédaction.

Haussant les sourcils, Frank considéra l'écran.

— Un e-mail ? s'étonna-t-il.

À : a.zorbach@gmx.net
Objet : mobile Voleur de regards

Ses yeux allèrent de l'en-tête au texte du message.

— Il se l'est envoyé à lui-même, précisa Stoya.

— Il le fait souvent, confirma Frank. C'est sa méthode pour avoir une copie de sauvegarde. D'autres gardent leurs fichiers importants sur des clés USB. Alex se les envoie. Cela présente pour lui l'avantage de pouvoir ouvrir ses dossiers depuis n'importe quel ordinateur au monde.

— Intéressant. Mais pouvez-vous nous en expliquer le contenu ? demanda Hohlfort.

Après avoir contemplé un petit moment l'écran, Frank secoua la tête.

À : a.zorbach@gmx.net

Objet : mobile Voleur de regards

Pourquoi tout le monde ne pense qu'aux yeux ? Ils ne sont qu'une diversion. Comme chez le magicien qui fait exploser quelque chose sur sa droite pour que nous ne voyions pas le lapin qu'il sort de son chapeau. La famille est beaucoup plus importante. Il ne fait qu'un test d'amour !

— Savez-vous ce qu'il entend par là, monsieur Lahmann ? Par ce test d'amour ?

Stoya s'était campé derrière lui, projetant une ombre sur l'écran.

— Non, pas la moindre idée. Il ne m'a jamais parlé de ça.

— Alors, je le pense, il devient on ne peut plus urgent d'avoir une conversation avec lui, énonça la voix grinçante de Hohlfort dans les haut-parleurs.

Le policier referma l'ordinateur.

— Vous savez que votre chef dispose inexplicablement d'éléments que seul l'auteur des faits devrait connaître. Il connaît non seulement l'infirmière torturée, mais aussi la victime la plus récente, Lucia Traunstein, qu'il a appelée sur son portable plusieurs heures après son assassinat. C'est peut-être aussi bien une preuve de son innocence que de la réalité de ses troubles de la perception. Et voilà qu'il semble connaître le mobile du Voleur de regards. J'ignore totalement ce que peut signifier ce foutu « test d'amour », et j'ignore aussi jusqu'où Zorbach est englué dans cette affaire. Mais ce que je sais de manière certaine, c'est que je dois le trouver le plus vite possible. À n'importe quel prix.

S'appuyant des deux mains sur la table, Stoya toisa Frank, l'air menaçant. Son visage était si proche que ce dernier distinguait les petits filets de sang qui avaient séché sur les poils des narines de l'enquêteur.

— Je le trouverai. Et vous allez m'aider, Frank. Que vous le vouliez ou non.

25

(2 heures et 29 minutes
avant l'expiration de l'ultimatum)

Alexander Zorbach (moi)

À l'instant même où je sentis qu'elle allait perdre le contrôle, elle s'arrêta. Comme ça. Assise sur moi à califourchon, elle croisa les bras derrière la nuque et cessa de bouger.

— Qu'y a-t-il ? demandai-je, déconcerté, en retirant mes mains de dessous son corsage.

Peu avant, j'avais le sentiment de lire ses pensées tant je me sentais en totale fusion avec elle. Et voilà que, soudain, elle était à cent lieues de moi, alors que j'étais encore en elle.

— Je ne sens rien, haleta-t-elle.

Je la regardai, éberlué. Elle avait crié, elle m'avait mordu tandis qu'une vague de volupté la parcourait.

— Ah oui ? plaisantai-je.

Tentant de réduire la distance nous séparant tout d'un coup, je saisis ses hanches et poussai mon bassin en avant. Elle poussa un gémissement et pressa sa main devant sa bouche.

— Tu ne sens donc rien du tout ?

— Idiot. Je ne parle pas de ça.

D'un geste vif, elle se libéra de mon étreinte et descendit de mon ventre.

— De quoi alors ?

Ses pieds cherchèrent à tâtons son jean devant le canapé.

— Il ne se passe tout simplement rien quand je te touche, alors qu'il a suffi que je pose brièvement mes mains sur les épaules du Voleur de regards pour que ça se produise. Mais je peux coucher avec toi sans que…

Elle hocha la tête.

— Vois-tu, j'ai déjà eu pas mal d'hommes dans ma vie. Je sais bien sûr qu'un simple contact ne suffit pas. Je me suis d'ailleurs souvent demandé pourquoi ça se produit toujours avec les enfoirés qui me font du mal. Et pas avec quelqu'un comme toi, avec qui c'est tout simplement beau.

Avec qui c'est tout simplement beau.

Il n'y a parfois pas besoin de beaucoup de mots pour faire un poème.

— Je n'arrive pas à voir dans ton passé, précisa-t-elle.

— Crois-moi, ça vaut mieux pour tous les deux.

Elle ne rit pas, n'afficha même pas un faible sourire. Assise à côté de moi, une jambe dans son pantalon, l'autre appuyée sur le canapé, elle soupira.

— Peut-être n'ai-je pas en moi cette énergie négative, proposai-je.

Quelques heures auparavant, je lui aurais conseillé de recourir à une aide psychologique à cause de ses troubles de la perception. Mais, depuis que ses visions nous avaient conduits dans l'enfer du Voleur de regards, mon monde de sceptique invétéré était ébranlé.

— Non, ce n'est pas ça.

Elle boutonna son jean et allongea les jambes sur le canapé.

— Jusqu'à ce jour, je pensais aussi que cela avait à voir avec l'énergie négative de la personne que je touche. Mais la pauvre femme de la cave en était pleine, et pourtant, je n'ai rien senti d'autre que ce que tes doigts avaient eux aussi palpé. Et alors, j'ai compris. J'ai su d'un seul coup pourquoi j'ai parfois ces sensations, et parfois pas.

— Pourquoi ? demandai-je à voix basse. Qu'as-tu découvert à ton propos dans la cave ?

— Ce n'est pas seulement le contact qui me permet de voir dans le passé de certaines personnes.

— Mais ?

— La douleur !

Je voulus retirer ma main, mais Alina la retint.

— Je ne me souviens que quand j'ai mal. J'ai eu ma première vision à sept ans, peu après avoir été renversée par une voiture. Aujourd'hui encore, je sens l'haleine fétide du conducteur. Il me suffit d'y penser. Il puait les restes de son repas et un mauvais alcool quand il m'a aidée à me relever. Je me suis sentie comme traversée par un éclair quand j'essayais de m'appuyer sur ma jambe droite. Et j'ai revu l'accident.

— Tu as vu qu'il te renversait ?

Elle opina.

— Du point de vue du conducteur, avec ses yeux. Je l'ai vu revisser la capsule de la bouteille dont il avait bu une gorgée au feu précédent. Puis, j'ai vu une enfant traverser en courant. Je l'ai encore entendu jurer, et puis il y a eu une coupure. Ensuite, il s'est penché sur la fillette criant de douleur sur le macadam. Sur moi.

— Mais tout à l'heure, dans la cave ?

— J'étais énervée, angoissée, je croyais que nous allions mourir, mais ce n'était pas comme le jour où ce type m'a renversée, ou bien quand je m'étais meurtri les orteils peu avant de me mettre à masser.

— Cela signifie-t-il, par hasard… ?

— Oui. Il faut que tu me fasses mal.

Je me relevai si brusquement que TomTom, sommeillant à côté de nous, sursauta.

— Je sais, ça paraît incroyable, Alex. Mais chez moi, dans mon appartement, quand le vase m'est tombé sur le pied, ça s'est produit à nouveau. J'ai réussi à me souvenir d'autres détails.

— Tu ne parles pas sérieusement.

Je cherchai mon jean à mon tour.

— Si !

Elle tourna une oreille dans ma direction, comme chaque fois qu'elle accordait sa pleine attention à quelqu'un.

— La douleur ne provoque pas que des visions nouvelles. Quand elle est assez forte, elle ravive les anciennes.

Ayant enfin trouvé mon pantalon par terre, je fouillai mes poches à la recherche de mon téléphone.

— Qu'as-tu en tête ? me demanda Alina.

— J'appelle la police. Nous nous rendons.

— Hein ? Non !

— Si !

Terminé. Fini. Basta.

— Cette folie se termine ici et maintenant.

Le portable se mit à vibrer dès que je l'eus activé.

Sept appels en absence. Un SMS.

« Il y a effectivement une contravention ! », pus-je lire sur l'écran. Je me dépêchai d'ouvrir le reste du message de Frank.

« La police a retrouvé la voiture du Voleur de regards. »

Quand j'eus lu l'adresse, la tête me tourna.

Ça n'a aucun sens. Pourquoi ferait-il une chose pareille ?

Son véhicule était garé juste devant la maison de retraite de ma mère.

24

Frank Lahmann

— Vous avez fait ça très bien.

Stoya posa la main sur l'épaule de Frank et lui reprit le portable avec lequel il venait d'envoyer le SMS. Le jeune stagiaire sursauta à ce contact.

— Ah oui ? lança-t-il. Et comment dois-je me sentir, dans la peau d'un salopard de traître ?

23

(62 minutes avant l'expiration de l'ultimatum)

Alexander Zorbach (moi)

Il y a quelque chose qui cloche, ici.

Je le sus dès l'instant où j'entrai dans la chambre.

Alina était restée avec TomTom dans la voiture garée dans une rue latérale, derrière la maison de retraite. Il était déjà suffisamment difficile pour un voyant de se faufiler dans le service sans se faire remarquer. On aurait stoppé dès l'accueil un trio incluant un chien et une aveugle.

— Hello, maman, je suis revenu, murmurai-je en prenant la main de ma mère, pendant que grandissait en moi le sentiment oppressant que tout n'était pas en ordre dans la chambre.

Quelque chose a changé.

Durant tout le trajet, je m'étais préparé au pire. À rencontrer par exemple une infirmière en train de remplacer les draps du lit vide de ma mère. Elle se serait retournée, roulant de gros yeux, irritée parce qu'on ne m'avait pas prévenu, lui laissant à elle le sale travail.

« … devons malheureusement vous informer que votre mère, cette nuit… Mais c'est intervenu de façon si inattendue… Peut-être même un certain soulagement, d'un certain point de vue. »

Mais il n'en était rien. Le lit n'était pas vide, il n'y avait pas d'infirmière, et les appareils qui maintenaient ma mère en vie n'étaient pas débranchés. Pas encore.

Ils bourdonnaient, ronronnaient et sifflaient leur hymne aux soins intensifs, symphonie morbide jouée pour un public apathique, incapable depuis belle lurette de percevoir les bruits autour de lui.

Tout comme avant. Ou presque.

J'eus envie d'enlever le tuyau du respirateur qui la défigurait, mais je n'eus qu'à regarder les yeux gris clair et humides rivés sur les spots tamisés du plafond pour constater que c'était bien ma mère qui était couchée là, en coma éveillé. Elle tressaillait de temps à autre. Ça aussi, c'était normal. Des réflexes, la lueur persistant sur l'écran d'un vieux téléviseur débranché depuis un bon moment. Tout comme avant. Même ses gémissements et l'odeur de la lotion corporelle dont on l'enduisait quotidiennement. Absolument normal.

Malgré tout, quelque chose cloche, ici.

Mon portable se mit à bourdonner à cet instant, m'informant à nouveau que, voilà plusieurs heures déjà, un message m'était parvenu au numéro sur lequel j'avais procédé à un transfert d'appel. J'écoutai le message.

— C'est le patch.

On avait l'impression que le Dr Roth, l'homme dont je m'attendais le moins à entendre la voix, venait de gagner au loto. Je fis passer mon portable d'une oreille à l'autre dans le vague espoir de mieux comprendre ce qu'il voulait me dire.

— Le médicament de sevrage tabagique qui vous est administré contient de la varénicline. Cette substance ressemble beaucoup au cytise, une plante très toxique. Aux États-Unis, la Sécurité aérienne l'a déjà interdit aux pilotes, parce que, comme le cytise, il provoque des rêves hallucinatoires chez le sujet éveillé.

Passant ma main sous mon T-shirt, je touchai le patch de mon avant-bras.

— Nous avons trouvé de fortes traces de varénicline dans votre sang, monsieur Zorbach. Il est possible que cela explique votre nervosité, et je ne serais pas étonné que vous perceviez les couleurs, les odeurs et les lumières avec plus d'intensité qu'habituellement. Vous n'avez pas de visions schizophrènes. Il suffit de baisser la dose et tout rentrera dans l'ordre.

Tout rentrera dans l'ordre ? Je chiffonnai le patch entre mes doigts et raccrochai.

Rien n'était ici dans l'ordre. Je n'arrivais pas à joindre Frank, la police me recherchait pour meurtre, et mon psychiatre m'annonçait que je ne devais pas me faire de souci pour mes troubles de la perception.

Je posai mon regard sur la fenêtre obscure derrière laquelle le soleil n'était toujours pas levé, le laissai glisser sur le linoléum tacheté de gris, sur la batterie d'appareils médicaux dont j'ignorais le nom et dont les notices d'emploi devaient avoir l'épaisseur d'un annuaire. Il s'arrêta sur la table de nuit tournante qui contenait le vieux journal intime de ma mère. Je lui en lisais des passages à chacune de mes visites. Elle-même était désormais incapable de le prendre en main pour le feuilleter et trouver du plaisir à remuer des souvenirs. Par exemple, celui de la journée où nous avions découvert le sentier, dans le bois de Nikolskoe, menant à mon futur refuge. J'allais vérifier si le petit livre à la reliure de cuir était toujours dans le tiroir quand je découvris ce qui n'avait pas arrêté de m'inquiéter. La photo.

Mais, bon Dieu, qu'est-ce qu'elle…

Lors de ma dernière visite, elle n'était pas là. Et puis le cadre : je le lui avais offert pour Noël, des années plus tôt, en même temps qu'une des rares photos de moi que j'aimais. C'était mon père qui l'avait prise devant l'entrée de la maison. On y voyait Alex, âgé de sept ans, en train de lacer ses chaussures, l'air concentré. La vue de ce cliché m'avait toujours rendu mélancolique, car il me rappelait une époque où ma principale préoccupation était qu'on pût se moquer de moi dans la cour de récréation à cause de mes souliers de mauvaise qualité.

Je pris le cadre. La photo de moi sur l'escalier en pierre y était toujours, mais pas telle que je la connaissais. Elle était plus large.

Comment est-ce possible ?

J'avais rapetissé, d'environ la moitié de ma taille de l'époque. En conséquence, le champ était élargi. Autre conséquence : je n'étais plus seul.

Mes mains se mirent à trembler quand je scrutai le deuxième visage, celui d'un enfant assis à côté de moi sur l'escalier et me regardant lacer mes souliers.

Qui es-tu ? murmurai-je, plongé dans mes pensées. *Qui diable es-tu ?*

Ses traits m'étaient familiers, mais il était plus jeune que je ne l'étais, et je ne reconnus en lui aucun de mes amis de l'époque.

Qu'est-ce que tu fabriques sur ma photo ?

Retournant le cadre, je défis les agrafes fixant le tirage au carton et le sortis.

Et comment as-tu atterri sur la table de nuit de ma mère ?

Le garçonnet, aux cheveux d'un blond très clair, portait sur l'œil gauche un sparadrap de couleur tel qu'en portent des enfants atteints de strabisme durant leur tout jeune âge.

L'œil gauche.

Mon trouble augmenta quand je découvris l'inscription au crayon au dos de la photo.

« Grünau, 21.7. (77) »

Je n'eus pas le temps de la remettre à sa place. J'étais encore en train de réfléchir à la signification de cette date, et au fait que je n'étais jamais allé à Grünau pendant mon enfance, quand je fus arrêté.

Deuxième lettre du Voleur de regards, transmise par e-mail par l'intermédiaire d'un compte anonyme

À : thea@bergdorf-privat.com
Objet : … et rien que la vérité !

Très aveugle madame Bergdorf,

C'est hélas ainsi que je dois encore vous appeler. Car vous êtes toujours aussi aveugle que les personnages de mon jeu dans leur cachette.

Vos yeux ne s'ouvriront que grâce à ce deuxième message, que je vous adresse avant même que le temps de jeu soit expiré. J'espère que vous m'en serez reconnaissante ! Ce qui, en passant, m'amène à remarquer que vous consultez votre compte privé de manière beaucoup plus irrégulière que votre adresse professionnelle. Sinon, vous auriez découvert depuis longtemps et transmis aux autorités ma première lettre ou, au moins, vous l'auriez publiée.

Vous imaginez bien, sans doute, que moi aussi, perpétuellement sur la brèche en cette phase d'intense activité, je peine à suivre le rythme. C'est pourquoi j'irai droit à l'essentiel : mon mobile. Je vous le livre afin que vous et votre misérable usine à mensonges, que vous appelez un journal, mettiez à l'avenir une certaine sourdine à la campagne de dénigrement contre moi. (Ouf, c'était certainement là une phrase beaucoup trop longue pour quelqu'un dont le journal spécialisé dans le décervelage n'imprime que des propositions sans virgule.)

Tout ce que je fais, c'est dans le but de sauvegarder le seul système de valeurs authentiques pour lequel il vaille de se battre dans ce monde : la famille.

Votre feuille, qui – pardonnez-moi – a moins de valeur que la fiente couvrant les pages dont vos lecteurs garnissent leurs cages à oiseaux, réprouve en moi un destructeur de la famille. Moi ! C'est tout le contraire ! Rien ne me tient plus à cœur que de rétablir en son sein des relations saines et sauvegardées, que mon frère et moi n'avons jamais connues. Je crois que c'est mon petit frère qui a le plus souffert d'être privé d'amour paternel.

Peut-être parce que sa grave maladie l'avait rendu plus sensible que moi. La perte de son œil gauche à cinq ans a changé plus que sa vue. On aurait dit que le cancer s'était incrusté dans son âme depuis que, après l'énucléation de l'œil malade, il ne pouvait plus apaiser sa faim.

J'étais psychologiquement plus solide que mon frère. Il me fut donc plus facile de m'habituer à l'absence permanente de notre père. Je la ressentais pourtant, même quand, exceptionnellement, il n'était pas parti pour un voyage d'affaires ou en compagnie d'amis.

Maman a fini elle aussi par nous abandonner, et pas seulement au sens figuré. Un jour, elle a pris le sac de sport qu'elle emportait chaque fois qu'elle se rendait au centre de remise en forme, y a mis ses bijoux, ses papiers et de l'argent liquide, et elle n'est jamais revenue.

Notre père était furieux. « Qu'est-ce que je vais bien pouvoir fiche de vous, tas de garnements ? », nous criait-il. Il paraissait moins fâché de la fuite de maman que du fait qu'elle ne nous avait pas emmenés avec elle.

Mon petit frère a d'abord refusé de comprendre, cherchant notre mère pendant des heures dans toute la maison. Dans la cave, au grenier, dans la cabane du jardin. Il a même grimpé dans la penderie, s'enfouissant parmi les vêtements, sentant son parfum et découvrant qu'elle avait emporté son corsage préféré. Cette pièce de soie couleur saumon était donc pour elle quelque chose d'important. Nous, les enfants, avions cessé de lui plaire.

Quand, ce soir-là, mon frère parla à nouveau du test d'amour, je trouvai pour la première fois des mots d'approbation. Avant, cela n'avait été pour moi que le fruit de l'imagination dépressive d'enfants solitaires, une chimère qui jamais ne se réaliserait. C'était mon frère qui avait inventé ce test destiné à vérifier si nos parents nous aimaient. C'était au fond fort simple : l'un de nous deux devait mourir.

Jusqu'à ce jour, nous nous étions contentés de dire que nous tirerions à la courte paille. Le gagnant, à l'enterrement de l'autre, devait vérifier si papa et maman pleuraient réellement.

Mais, le jour où notre mère nous abandonna, je proposai à mon petit frère une autre méthode pour tester l'amour de notre père : nous allions nous cacher ! Pas dans la cabane sur l'arbre, ni dans l'appentis du lac, mais ailleurs, à un endroit où nous n'étions jamais allés auparavant.

« Si papa nous aime encore, il nous cherchera. Et plus vite il nous trouvera, plus grand sera son amour. »

C'était un plan puéril que seuls un enfant de sept ans et son frère désespéré pouvaient inventer, mais, dans sa naïveté, il était d'une logique et d'une simplicité séduisantes qui me fascinent aujourd'hui encore, bien des années plus tard.

Nous avons trouvé la cachette idéale dès le lendemain soir. La personne qui avait traîné l'antique congélateur dans la forêt s'était auparavant donné la peine de le laver à l'eau chaude. Il n'y avait ni restes d'aliments, ni autocollants, ni odeurs susceptibles d'indiquer ce qu'il avait contenu avant que nous y pénétrions.

Nous étions heureux que cet énorme truc se trouve si près de notre maison, au bord d'une clairière, et non loin du sentier de jogging que papa empruntait chaque soir. Il était impossible de ne pas le voir. Aussi n'avons-nous pas eu peur quand nous fûmes incapables de soulever le couvercle du congélateur après l'avoir fermé au-dessus de nos têtes.

Au début, nous plaisantions même à propos du tournevis à manche de bois, un tournevis cassé que le propriétaire avait abandonné et qui s'enfonçait à présent dans mes fesses. Plus tard, quand l'air vint à se raréfier, ce tournevis nous fut aussi peu utile que la pièce de monnaie que je trouvai dans la poche de mon pantalon.

Le couvercle tenait bon. Et comme le congélateur n'était pas tout jeune, il n'était pas muni, comme il est aujourd'hui prescrit pour des raisons de sécurité, d'une serrure magnétique, mais d'un verrou s'ouvrant de l'extérieur.

Notre test d'amour s'était transformé, à notre corps défendant, en un combat contre la mort.

« Papa ne va pas tarder à venir », répétais-je sans arrêt. D'abord très fort et énergiquement, puis, la fatigue aidant, de plus en plus bas. Je le disais encore avant de m'endormir et dès que je me réveillais.

« Papa ne va pas tarder à venir. »

Mon petit frère m'entendait le dire quand la soif le réveillait, quand il se pissait dessus et quand il se mettait à pleurer. Je continuai à répéter la phrase quand il s'endormit et ne se réveilla plus du tout.

« Papa ne va pas tarder à venir. Il nous aime, il va nous chercher et nous trouver. »

Mais c'était un mensonge. Papa n'est jamais venu. Ni au bout de vingt-quatre heures, ni au bout de trente-six, ni au bout de quarante.

Finalement, c'est un forestier qui nous a libérés. Au bout de quarante-cinq heures et sept minutes.

À ce moment-là, mon petit frère avait déjà péri étouffé. Plus tard, on me raconta que mon père avait cru que maman s'était ravisée et était revenue nous prendre. Aussi était-il tranquillement parti faire un tour avec des amis au lieu de nous chercher.

Aujourd'hui encore, je n'arrive pas à m'ôter de la tête l'idée qu'il s'est peut-être payé une bière bien fraîche juste à l'instant où mon frère, rendu fou par la soif, avait arraché le sparadrap de son œil mort pour le mâchouiller. Et il n'est pas de nuit où je ne voie l'orbite vide de mon frère inerte, mon frère qui est mort parce que son père a échoué au test d'amour. Mes grands-parents, auprès de qui le service d'aide à l'enfance m'a envoyé dès que j'eus récupéré sur le plan physique, m'avouèrent un jour combien ils avaient craint que le manque d'air ait pu provoquer chez moi des dégâts durables. Mon grand-père, un vétérinaire de village resté en activité jusqu'à un âge avancé, estima que la fréquentation d'êtres en souffrance me serait bénéfique. Il m'emmena dans son cabinet, je lui servis d'assistant, et il m'initia peu à peu aux secrets de la médecine vétérinaire, connaissances qui me sont utiles aujourd'hui encore. Il m'a appris, pour une opération, à doser la kétamine en fonction de l'âge, du poids et de l'état de l'animal afin d'assurer la stabilité de l'anesthésie ; comment poser le masque à oxygène à un saint-bernard avant qu'on lui ouvre le ventre ; ou bien comment on enlève à un chat un œil atteint d'une tumeur. Mon grand-père me félicitait pour mon adresse et ma soif de savoir.

Mes grands-parents n'ayant jamais découvert les restes des chats errants du village – ceux que j'enterrais vivants ou ceux que j'enfermais dans un sac avant de les arroser d'essence –, la préoccupation que leur causait la literie trempée d'urine dans laquelle je me réveillais régulièrement finit par s'estomper.

« Ça n'a rien d'étonnant, après tout ce que le garçon a vécu », ne cessaient-ils de dire.

C'étaient de bons parents adoptifs. Affectueux. Âgés. Et naïfs.

22

(59 minutes avant l'expiration de l'ultimatum)

Alexander Zorbach (moi)

Ils avaient attendu, pour intervenir, que je sois entré dans la chambre. Ils m'avaient observé un petit moment par l'entrebâillement de la porte de la salle de bains, vraisemblablement pour s'assurer que personne ne me suivait et que je n'étais pas armé. Finalement, quand mon attention fut distraite par la photo et que je tins le cadre à deux mains, ils passèrent à l'action. Deux policiers en uniforme : le premier relativement jeune, avec une moustache, et le second plus âgé, qui certes n'était guère vigoureux mais bénéficiait de l'effet de surprise. Ils me ceinturèrent par-derrière. Ils n'auraient pas eu besoin de me coller au sol et de me passer les menottes en plastique. J'avais de toute façon l'intention de me rendre.

— Mais c'est évident, ricana Scholle avec cynisme quand les deux agents me conduisirent aux ascenseurs, là où il m'attendait. C'est évident que tu voulais te rendre, bien sûr.

Je me demandai pourquoi ils n'avaient pas évacué le hall de la maison de retraite avant de m'arrêter.

À une heure aussi matinale, il n'y avait certes pas grand monde – seule une infirmière apeurée passa rapidement à côté de nous dans le couloir –, mais que se serait-il passé si j'avais réellement été le Voleur de regards ? Si je m'étais défendu avec énergie et si j'avais pris des otages ? Je m'étonnai plus encore, dans ces conditions, de ce que les deux policiers n'appartenaient manifestement pas à un commando spécialisé dans la neutralisation de criminels dangereux.

Scholle vérifia rapidement la pose de mes menottes, puis il entra, avec moi et les deux policiers, dans un monte-charge.

— Premier sous-sol, constatai-je après un regard sur la barre des boutons. Vous me faites sortir par la cave ?

Le jeune à la moustache fixa d'un œil indifférent les murs de béton défilant à côté de nous. Le plus âgé continua à mâcher nonchalamment son chewing-gum, son regard me transperçant sans me voir. Seul Scholle réagit à ma question.

— Tu ferais quoi, toi ? me demanda-t-il en consultant sa montre. Il ne nous reste que cinquante-sept minutes avant l'expiration de l'ultimatum. Alors, dis-moi ce que tu déciderais, à ma place !

Des gouttes de sueur coulaient sur son front. Il les essuya d'un revers de main, avec l'air de vouloir m'hypnotiser du regard.

— Tu ferais quoi si c'était ton enfant ?

Nous passâmes au premier étage sans nous arrêter.

— À ma place, tu perdrais ton temps à te rendre au commissariat avec le suspect pour y attendre son asocial d'avocat, pendant que Julian serait en train d'étouffer dans une saloperie de cachette ?

Julian? Avait-il appris le prénom de mon fils en consultant mon dossier ou avions-nous eu une conversation d'ordre privé à propos de nos enfants ?

Je tentai de me remémorer ce que je savais de Scholle. À l'époque où j'étais policier, il n'appartenait pas depuis longtemps à la brigade criminelle. À part quelques brèves rencontres à la cantine et lors de la fête d'été de la police, je ne lui avais jamais parlé personnellement. Mais je connaissais son histoire. Tous, au commissariat, la connaissaient. La presse ne s'appesantissait en général que sur les cas de pères étrangers enlevant leur enfant commun à leur épouse allemande, pour les emmener dans un pays gouverné par des fondamentalistes. Le malheur arrivé à cet homme avait prouvé avec force que ces affaires ne concernaient pas une seule religion ou un seul sexe.

— Bon Dieu, tu as tiré une balle dans la tête d'une femme pour sauver un bébé. Qu'est-ce que tu ferais si tu avais le Voleur de regards devant toi ?

Je constatai avec surprise que je réfléchissais sérieusement à cette question rhétorique. En regardant les yeux noyés de sueur de mon ex-collègue, j'y lus une conviction forgée par la fureur. Je lui fis un signe de tête de compréhension.

J'avais beau avoir peu en commun avec cet homme, je comprenais parfaitement ce qu'il insinuait. Il était sous pression, après avoir un jour perdu un proche pour avoir trop hésité. Il ne commettrait pas cette erreur une seconde fois. Il ne la commettrait pas avec moi.

Il y eut deux violentes secousses. Le monte-charge était arrivé à destination.

— Par là, ordonna-t-il aux deux policiers en me poussant sur la gauche, dans le couloir de la cave où les lampes à économie d'énergie dispensaient une lumière froide.

— Autrefois, j'aurais fait exactement comme toi, lui expliquai-je. Je l'aurais tabassé jusqu'à plus soif pour qu'il révèle sa cachette. Mais, depuis que j'ai tué la femme sur le pont, tout est différent.

Nous ne fîmes que vingt mètres, jusqu'au bout du couloir, nous arrêtant devant une grande porte à deux battants en acier inoxydable.

— Ah bon ? Comment ça ?

Il ordonna aux policiers d'attendre devant la porte.

— Parce que je sais à présent ce qu'on ressent quand on n'est pas sûr d'avoir mis la main sur le coupable.

Il éclata de rire.

— Tu commets une erreur, repris-je. Je ne suis pas le Voleur de regards.

Scholle s'essuya une nouvelle fois la sueur des sourcils et plissa les yeux.

— C'est ce qu'on va voir, répondit-il enfin en m'adressant un clin d'œil.

Puis, il ouvrit la porte et me poussa dans le noir.

21

(55 minutes avant l'expiration de l'ultimatum)

Tobias Traunstein

Une babouchka. Il avait effectivement été enfermé dans une de ces poupées. Tobias n'avait aucune idée de ce contre quoi il avait échangé son cercueil de bois, mais il n'avait au moins plus de problème pour respirer. Pour la première fois depuis de longues, longues heures, il n'avait plus l'impression de devoir soulever avec sa poitrine une caisse de sodas. Il ne voyait plus non plus d'étoiles danser devant ses yeux et il gardait l'équilibre, même debout. Car il pouvait maintenant se tenir sur ses pieds dans son nouvel environnement.

Bien sûr, il était toujours dans le noir et son mal de tête lui vrillait le crâne beaucoup plus fort qu'au début, dans la valise. Rien d'étonnant après le temps qu'il avait passé à taper avec le tournevis contre la paroi de bois : d'abord, quelques éclats s'étaient détachés, puis des morceaux entiers, avant qu'à un moment donné la plaque finisse par se trouer. Un trou minuscule, juste assez large pour laisser passer l'index. Ensuite, quand il avait pu y mettre la main puis l'avant-bras, il avait compris qu'il lui fallait recommencer, un peu à droite.

Un peu plus haut. C'était la poisse, mais cela aurait pu être pire. S'il avait commencé quelques centimètres plus bas, il n'aurait pas réussi à toucher le verrou qui assurait la fermeture du couvercle avec les parois latérales de la caisse.

Et où je suis, maintenant ?

Tobias sentit une nouvelle vague de peur traverser son corps. Il ne se souvenait pas s'être jamais trouvé dans un endroit aux murs si froids et si lisses.

Une benne à ordures, pensa-t-il, pris de panique. *Ça doit être l'intérieur d'une benne à ordures.*

Par chance, ça ne sentait pas trop mauvais. Plutôt l'odeur d'un atelier ou d'un bateau.

Oui, ici, ça sent comme sur le bateau à moteur que papa voulait acheter.

Une odeur d'huile de graissage et d'eau croupie. Et en plus, ça se balançait légèrement.

Tobias avait fouillé partout, par terre et sur les murs, et il était même rentré dans la caisse en bois, mais il n'avait pas trouvé, cette fois, d'objet lui permettant de s'attaquer aux parois en métal. Sur un des côtés de la nouvelle boîte, en plein milieu, il avait certes senti sous ses doigts une fine rainure, mais n'avait pas trouvé d'encoche qui lui aurait permis de faire levier avec le tournevis. Au bout de trois tentatives, la tige s'était dissociée du manche en bois et était tombée avec un claquement sec. Elle gisait à présent sur le sol, parfaitement inutile. Un sol qui se balançait.

Il avait d'abord cru à un autre trouble de l'équilibre. Il avait tout de même passé plusieurs jours sans manger et sans boire, et il se sentait faible, lessivé. Rien d'étonnant donc à croire que le sol se dérobait sous lui. Bien sûr, il y avait aussi ces bruits. Ce crissement, comme si une corde sèche se rompait.

Là... ça recommence !

Tobias luttait contre la fatigue, une fatigue incroyablement lourde, une fatigue de plomb qui l'avait submergé aussi soudainement que l'obscurité dans laquelle il s'était réveillé.

La peur, la faim, la soif, le stress, l'épuisement… Il aurait peut-être pu supporter tout cela une demi-heure encore s'il ne lui avait pas manqué quelque chose dont il avait à présent autant besoin que d'air : l'espoir.

Il n'arrivait plus à s'imaginer pouvoir jamais sortir de là. Pas par ses propres moyens. La force lui fit défaut quand il tenta malgré tout de se relever. Il avait un jour entendu dire que les victimes d'un accident ne devaient pas s'endormir ; qu'elles devaient rester éveillées pour ne pas mourir.

Donc, il faut que je me relève. Je n'ai encore jamais roupillé debout. Allongé seulement. Je ne dois pas… Merde !

Le cœur de Tobias cognait sous son T-shirt trempé de sueur.

Qu'est-ce que c'est que ça ?

Chancelant, il recula d'un pas et sentit de nouveau quelque chose contre son épaule.

C'est pas vrai ! Mais d'où ça sort, ce truc ?

Jusque-là, il avait dû, dans le noir, passer à côté de la corde sans la toucher.

Une corde ? Pourquoi une corde pend du plafond de cette cage en acier ?

Levant la main, il referma précautionneusement les doigts autour du filin en plastique et les laissa glisser jusqu'au moment où il eut en main une poignée, en plastique elle aussi.

Et maintenant ?

Tobias hésita. Un bref instant seulement. Puis, il fit ce qu'aurait fait tout être trouvant dans l'obscurité une main tendue : il tira dessus.

Oh non, pitié, oh non…

L'enfant se dépêcha de lâcher la corde, mais il était trop tard.

Pas ça, pitié... Oh non !

Le sol sous ses pieds avait recommencé à se balancer. Mais cette fois, plus fortement encore.

20

(49 minutes avant l'expiration de l'ultimatum)

Alexander Zorbach (moi)

Des carreaux blancs recouverts de poussière, des tables en aluminium sans éclat, des hottes aspirantes au-dessus de plans de travail : un bref instant, j'eus peur de me retrouver dans le service de pathologie de la maison médicalisée.

Puis, j'aperçus des éléments de cuisine et un tapis roulant crasseux destiné aux assiettes, et je sus où j'étais. Scholle n'ayant pas allumé les néons au-dessus de nos têtes, notre unique source de lumière venait d'un soupirail par lequel passait une faible lueur provenant d'un lampadaire de parking. Dans la pénombre, je ne distinguais que des formes et des contours. J'avais l'impression d'avoir été placé dans un monde en noir et blanc.

— C'était autrefois la cuisine du foyer, expliqua Scholle en montrant sur sa droite trois énormes marmites que j'aurais trouvées plus à leur place dans l'atelier d'un brasseur. Aujourd'hui, ils font leur tambouille dans la nouvelle annexe, et tout ce sous-sol ne sert plus à rien. Autant dire que personne ne nous dérangera, ici.

Un petit morceau de crépi grinça sous ses semelles de cuir tandis qu'il se dirigeait vers une batterie de cuisine rectangulaire occupant le tiers droit de la pièce. À peu près de la taille d'une voiture compacte, équipée de quatre tables de cuisson, de deux éviers et d'une paillasse recouverte de carrelage, elle était jonchée des objets qui s'accumulent obligatoirement dans une cave à l'abandon : une prise multiple hors d'usage, des câbles électriques arrachés, de la vaisselle en carton usagée, des gobelets en plastique ayant servi de cendriers et une bouteille de Coca-Cola à demi pleine. Le policier balaya tout ce bric-à-brac d'un revers du bras.

— Stoya sait-il que nous sommes ici ?

Il rit.

— Évidemment qu'il le sait. Mais il ne l'avouera jamais officiellement. Ce salaud de dégonflé ne va pas bousiller sa carrière en procédant à une arrestation illégale. Contrairement à moi, il ne te croit pas coupable. Ce nullard n'a même pas encore appelé le procureur.

Arrestation illégale ?

— Vous n'avez pas de mandat d'arrêt ?

— Tu ne t'es pas demandé pourquoi c'est Dupont et Dugland qui sont devant la porte, et pas des pros ? Ces deux-là ne peuvent pas me refuser un petit service.

Scholle sortit un plan de la ville de la poche de sa veste et le déplia sur les plaques en vitrocéramique qu'il venait de déblayer.

— Stoya voulait simplement s'entretenir avec toi, de flic à ex-flic. Il voulait te donner une dernière chance d'expliquer comment tu as rappliqué aujourd'hui sur deux lieux d'un crime et d'où tu connais tant de détails sur l'affaire. Heureusement que j'ai réussi à le persuader qu'il n'y aurait pas meilleur que moi pour obtenir de toi ces réponses sans perdre plus de temps.

C'était clair. Son supérieur lui avait sans doute demandé officiellement devant témoins de m'amener au commissariat pour une conversation en tête à tête, tout en lui adressant un clin d'œil beaucoup moins officiel.

Je profitai de l'instant où Scholle me tourna le dos pour chercher du regard la sortie de secours dont une cuisine collective était nécessairement pourvue, mais ce n'était pas sans raisons que le policier n'avait pas allumé. Tout ce que j'aperçus, ce furent quatre petites lucarnes que je n'arriverais jamais à atteindre avant que l'enquêteur obèse ne se jette sur moi. En temps normal, il n'aurait pas été un adversaire sérieux. Contrairement à moi, il ne connaissait la boxe que pour en avoir vu à la télévision. Ni la taille ni la masse ne pouvaient compenser un entraînement de plusieurs années. Par contre, les menottes autour de mes poignets le réduisaient à néant.

— Laisse-moi partir, Scholle. Il est encore temps.

— Absolument pas.

Regardant sa montre, il soupira.

— Le temps fout le camp, aussi nous allons immédiatement arrêter de bavasser et conclure un deal tout ce qu'il y a de simple : je vais te dire tout ce que je sais et toi, tu vas me raconter ce que je veux entendre, OK ?

— Tu commets une lourde erreur, Scholle.

— Bon, d'accord, je commence. Nous avons retrouvé le véhicule avec lequel tu as transporté les enfants. Une patrouille l'a découvert à Köpenick, à dix minutes d'ici en voiture à peu près, sur le parking d'une déchetterie abandonnée.

— Ce n'est pas moi, protestai-je.

— Dans le coffre, il y avait des indices sans équivoque : cheveux, fibres, rognures d'ongles.

— C'est possible, mais ce n'est pas moi qui ai garé la voiture là-bas.

Il ne m'écoutait absolument pas.

— Stoya est déjà sur place. En ce moment, huit maîtres-chiens passent la zone au peigne fin, mais, comme tu le sais, c'est une zone industrielle sacrément étendue.

Il parlait en claquant des mâchoires avec fureur, comme s'il lui fallait mâcher ses mots avant de me les jeter à la figure.

— Beaucoup trop étendue pour que nous y arrivions dans le temps qui nous reste. Voilà pourquoi je ne peux me passer de ta collaboration.

— Scholle, je t'en prie…

— Bon, voilà ce que j'avais à te dire. À ton tour, maintenant. Dis-moi où ils sont.

— Je l'ignore.

— Où se trouve la cachette où tu noies les enfants ?

Noyer ?

— Je te le jure. Je recherche tout comme toi ce salopard.

Il secoua la tête, me regardant comme un père qui commence à perdre patience face à son fils récalcitrant.

— Eh bien, soupira-t-il, j'espère qu'on n'a pas coupé le courant, là-dessous.

J'entendis un déclic, puis un bruit électrostatique, comme si quelqu'un avait branché un vieux téléviseur, tandis qu'un voyant rouge s'allumait sur le devant du bloc de cuisine.

Ensuite, plusieurs choses se produisirent presque simultanément.

Je sentis d'abord une espèce de souffle, puis une douleur me traversa la nuque et je fus incapable de bouger la tête sans avoir l'impression que j'allais me rompre le cou. L'avant-bras de Scholle me coupait si bien la respiration que je ne pus même pas crier quand il m'entraîna de force jusqu'à la batterie de cuisine dont les plaques de cuisson commençaient à rougir. Puis, il me donna un coup de pied dans les tibias et je m'affaissai. Mes genoux heurtèrent violemment le sol carrelé.

Soudain, il y eut de la lumière. Je crus d'abord que la douleur envoyait des éclairs aveuglants directement sur ma rétine, mais les néons au-dessus de ma tête se mirent à leur tour à trembloter et je compris que quelqu'un venait d'allumer.

Stoya ? pensai-je, en priant pour que Scholle eût mal jugé son partenaire.

Mais j'aperçus sur le seuil de la porte une paire de bottes sales, qui anéantirent mon tout dernier espoir d'échapper à la torture.

19

— J'avais pourtant dit que je ne voulais pas être dérangé…

L'enquêteur relâcha sa prise et, surpris, éclata de rire.

— Eh bien, ça alors !

Me repoussant sur le côté, il m'abandonna, pantelant, allongé devant le bloc.

— J'allais prendre un café au distributeur du foyer, en haut, quand elle a demandé au portier où était la chambre de la mère de Zorbach, déclara l'un des deux policiers.

Merde, Alina ! Mais tu devais rester dans la voiture jusqu'à mon retour !

— Tu avais parlé d'elle, Scholle. Alors, j'ai pensé que tu voulais peut-être aussi l'interroger.

Pour l'instant, mon larynx contusionné était très douloureux et j'avais besoin de toute mon énergie pour aspirer un peu d'air frais ; aussi me fallut-il quelques secondes avant de pouvoir lever la tête. Mais je l'avais déjà reconnue à ses bottes de cow-boy râpées, avant qu'elle ne crache à la figure de Scholle.

— Ne me touche pas, espèce d'enfoiré.

L'enquêteur remercia le policier d'un rictus et le pria de quitter la pièce. Il attendit que la porte fût refermée pour attraper Alina par le bras, lui arracher sa canne et la pousser brutalement dans ma direction.

— Ça alors ! répéta-t-il. Le fantôme existe donc ?

Le fantôme ?

Je me redressai. J'avais une envie folle de masser mon cou, mais mes mains étaient attachées dans mon dos.

Qu'est-ce qu'il peut bien vouloir dire par là ? pensai-je, tout étonné, la seconde suivante, de l'entendre répondre à ma question. J'avais dû la poser à haute voix.

— Alina n'est pas son vrai nom. Oui, t'en restes comme deux ronds de flan, hein, Zorbach ? Et ta copine aveugle n'a jamais non plus fait de déposition chez nous.

Un faux nom ? Pas de procès-verbal ?

La douleur fulgurante, dans ma tête, ne diminuait que lentement, et il me fallut un petit moment avant de retrouver assez de conscience pour formuler quelques mots.

— C'est vrai ? soufflai-je.

Sous la lumière crue des néons, Alina avait tout d'un cadavre ambulant. Elle était blafarde et ses lèvres pleines paraissaient s'être vidées de leur sang. Ses yeux éteints évoquaient ceux d'une poupée mise au rancart.

— Tu n'es pas allée à la police ? insistai-je.

Je repensai à tout ce qu'elle m'avait confié lors de notre première rencontre sur mon *house-boat*. Des visions du dernier crime du Voleur de regards, dont certaines s'étaient révélées exactes : quarante-cinq heures et sept minutes ; le bungalow avec le panier de basket près du garage. Le tout s'accompagnant de souvenirs qui étaient définitivement erronés : « un enfant seulement, il n'y en a pas eu deux d'enlevés »… Ou qui n'avaient aucun sens : « la femme se mit à rire », « je suis en train de jouer à cache-cache avec notre fils, je ne le trouve nulle part », « ne descends en aucun cas à la cave »…

— Des conneries ! Bien entendu que je suis allée à ce putain de commissariat. Ils se sont débarrassés de moi en m'envoyant à un abruti qui a sans doute salopé son boulot, s'insurgea-t-elle en continuant en vain à tenter d'échapper aux mains de Scholle. Et depuis quand est-il interdit de travailler sous un pseudonyme ? Le shiatsu est un art, et Alina Gregoriev est mon nom d'artiste. Bon Dieu, si c'est comme ça que vous enquêtez, pas étonnant que vous n'arriviez pas à pincer le Voleur de regards.

— Attends voir !

L'enquêteur saisit la jeune femme par les poignets et la traîna jusqu'à l'autre extrémité du bloc de cuisson où, en face de moi, il lui attacha une main à l'évier.

— Un ex-flic à la masse et une aveugle paranormale, constata-t-il en hochant la tête. Eh bien, la troupe de zozos est enfin au grand complet !

— Tu commets une lourde erreur, répondis-je.

Une seconde plus tard, je n'étais même plus en état de chuchoter. Il était revenu de mon côté, me balançant à toute volée son pied dans l'estomac. Avant d'avoir pu reprendre mon souffle, je me retrouvai en travers de la plaque de cuisson. Épouvanté, je tirai la tête en arrière et demeurai dans cette position…

Ne pas descendre davantage.

… le buste et le ventre appuyés contre la céramique froide, et le visage…

Ne pas descendre davantage, ne baisser la tête en aucun cas.

... juste au-dessus de la plaque chauffante portée au rouge !

La dernière chose que je vis avant de me croire rôti, ce fut le geste d'Alina essuyant la sueur de son front avec la manche de son blouson. Elle était à moins de deux mètres de moi, et pourtant, à cause du bloc de cuisson nous séparant, elle aurait tout aussi bien pu se trouver dans une autre pièce. Même en tendant son bras libre par-dessus la plaque chauffante, elle n'aurait pu me toucher.

De surcroît, Scholle n'était pas un débutant. Afin d'éviter toute surprise, il avait placé hors de notre portée tout ce qui aurait pu servir d'arme ou de projectile dans les détritus jonchant le sol : vieux seaux, spatules, rouleaux de fil de fer…

Je suis perdu, pensai-je, me demandant comment j'allais supporter une seconde de plus la chaleur épouvantable sur ma figure.

— Alors, reprenons : où as-tu emmené les enfants ?

La distance entre mon menton et la plaque se réduisait. Le policier appuyait fermement sa grosse patte sur ma tête, la poussant impitoyablement vers le bas.

— Je ne sais pas ! hurlai-je.

Une goutte de sueur éclata avec un grésillement sur les spirales rougies, juste devant mon visage. Elles se rapprochèrent encore, et il me fallut fermer les paupières, tellement mes yeux me brûlaient.

— Elle est où, cette putain de cachette ?

Mon Dieu, il est fou, pensai-je. *Il est complètement fou et je ne peux rien contre lui.*

Mes vertèbres cervicales craquèrent, et je sentis mes forces m'abandonner. Je n'allais pas pouvoir contracter beaucoup plus longtemps les muscles de ma nuque.

— Je ne sais pas, sifflai-je, sans savoir si mon tortionnaire arrivait encore à m'entendre.

Je croyais sentir les flammes de l'enfer me lécher. Seule l'épaisseur d'un doigt séparait mon nez de la plaque, et j'avais l'impression que mes poils se consumaient.

— Arrêtez ! hurla une voix de femme dont je pensai qu'elle appartenait à Alina.

Mes facultés perceptives étaient réduites au minimum indispensable à ma survie. Il me sembla qu'Alina disait des choses comme « ça n'a pas de sens » ou « vous torturez quelqu'un qui n'y est pour rien », mais je n'étais plus sûr de rien au moment où mes lèvres étaient sur le point d'embrasser une plaque de cuisson portée au rouge. Tout le sang de mon corps affluait vers ma tête, qui me semblait avoir doublé de volume : il battait dans mes veines, mes oreilles et sous ma peau qui, dans les visions nées de ma terreur, se décollait déjà de mon crâne.

Je résistai avec la force du désespoir à la véritable presse qui pesait sur l'arrière de ma tête, j'ouvris une dernière fois les yeux, et je voulus crier.

Oh, mon Dieu, non, pensai-je encore, affolé par l'ombre de Scholle qui ne cessait de grandir à côté du bloc de cuisson. *Ne fais pas ça, je t'en supplie…*

J'espérai, je priai intérieurement qu'Alina ne fût pas aussi folle que je le croyais en cet instant, mais ce fut elle-même qui confirma que c'était bien le cas.

— C'est *à moi* que vous devez faire mal, si vous voulez une réponse.

Scholle murmura un « merde ! » horrifié quand il vit qu'elle avait posé sa main gauche libre sur la plaque chauffée au rouge.

18

(39 minutes avant l'expiration de l'ultimatum)

Deux policiers
(devant la porte de la cuisine désaffectée)

— Qu'est-ce que tu comptes faire ? demanda le policier le plus âgé en changeant son chewing-gum de côté dans sa bouche.

Son jeune collègue, sur le point d'ouvrir la porte de la cuisine derrière laquelle Alexander Zorbach venait de pousser un hurlement épouvantable, s'immobilisa au beau milieu de son geste.

— Tu ne crois pas que nous devrions…

Maintenant, c'était la femme qui s'était mise à hurler, un cri encore plus fort et plus horrible que celui de l'homme juste avant.

Le jeune policier moustachu blêmit.

— … voir ce qui se passe. Je pense que nous devrions aller voir ce qui se passe.

— Écoute, petit : déjà qu'il était furax quand j'ai fait rentrer l'aveugle… Il a dit qu'il voulait pas être dérangé. Quoi qu'il arrive.

Le hurlement aigu cessa d'un coup, suivi de sons plus sourds, gutturaux, des râles.

— Qu'est-ce que tu croyais donc qu'il se passait ici ? poursuivit à voix basse, mais d'un ton ferme, le plus vieux. Tu vois bien qu'y a pas un rat dans cette partie du bâtiment.

Il y eut un grand bruit, puis Scholle jura à haute voix :

— Merde, qu'est-ce que ça…

La main du jeune policier s'avança de nouveau vers la poignée de la porte.

— Si tu entres maintenant, c'est toute ta vie qui change, mon garçon, l'interrompit le plus vieux. Après, il te faudra choisir. Et quoi que tu choisisses, je te le garantis, ça ne sera plus jamais comme avant.

On entendit derrière la porte un coup sourd. Puis, Zorbach poussa un gémissement et il sembla que quelqu'un traînait un sac sur un carrelage.

— Imagine que tu voies quelque chose que tu sois obligé de signaler, poursuivit le plus vieux. Si tu le fais, tu auras un ennemi à vie, et personne ne voudra plus de toi comme partenaire.

Le chewing-gum changea à nouveau de côté.

— Fais comme moi. Si tu tiens absolument à aller quelque part, monte te payer un café au distributeur. Mais ne ramène pas une autre aveugle, conclut-il en se marrant.

Le jeunot gratta nerveusement sa nuque tondue et répliqua :

— Je crois que si je ne fais pas un rapport, je ne pourrai plus jamais me regarder dans une glace.

— Un rapport sur quoi ?

— Eh bien, cette merde, là-dedans.

— Tu parles de quoi ? demanda son collègue en mettant sa main derrière le pavillon de son oreille droite. Je n'entends rien.

Effectivement. Retenant son souffle, le jeune se concentra sur les bruits dans la pièce. Mais il n'y en avait plus. Le silence régnait désormais derrière la porte de l'ancienne cuisine. *Un silence de mort*, pensa-t-il.

Une forte envie de vomir le prit tandis que ses doigts se détachaient lentement de la poignée de la porte.

17

Alina Gregoriev

« Pardon, mais je suis un peu retournée. Je suis justement en train de jouer à cache-cache avec notre fils. Et sais-tu ce qui est totalement dingue ? Je ne le trouve nulle part. »

Pour l'instant, Alina ne pouvait qu'entendre la voix surexcitée de la femme, et de manière assourdie de surcroît, comme venant de très loin. La douleur, qui la privait d'une bonne partie de sa conscience et ravivait les souvenirs, se répandait en elle telle une coulée de lave. Un petit moment encore, elle oscilla entre l'atroce réalité, où elle sentait l'odeur rance et douceâtre de la peau brûlée – sa propre peau –, et le monde chimérique dans lequel elle ne cessait de plonger de plus en plus, où un père affolé adressait par le haut-parleur d'un téléphone une dernière mise en garde à sa femme.

« Mon Dieu, comment ai-je pu être aussi aveugle ? Il est trop tard. Ne descends en aucun cas à la cave. »

Alina se sentit encore s'écraser sur le carrelage de la cuisine, puis il ne subsista de toute cette douleur que la lumière qui faisait rage derrière ses yeux et dans laquelle elle *voyait*, pour la seconde fois, les ultimes secondes avant le rapt. Depuis une cachette derrière la porte de la cave. Avec les yeux du Voleur de regards !

« Tu m'entends ? Ne descends pas à la cave. »

Les dernières paroles du père avant la mort de sa femme décrurent. Puis, quelqu'un mit en avance rapide le film se déroulant dans sa tête. Elle fut obligée de se revoir se glisser dans un corps qui n'était pas le sien, briser la nuque de la mère, la traîner dans le jardin, porter l'enfant de la cabane à la voiture et le mettre dans le coffre…

Un enfant seulement. Où, juste ciel, a-t-il pu cacher le second ?

Elle repartit en voiture en direction de la colline, observa à la jumelle le mari arriver et s'effondrer devant le corps de sa femme sur la pelouse. Puis, le metteur en scène de son cauchemar procéda à une longue coupure, sautant la séquence du bungalow où elle avait bu un Coca-Cola. Au lieu de cela, ce fut un souvenir totalement inédit qui s'offrit à elle, les images ne s'intégrant désormais plus à une scène homogène, mais, comme dans une bande-annonce trépidante, se succédant un peu au hasard.

Un fauteuil roulant. Une tête d'enfant appuyée, inerte contre le repose-tête. De grands pieds masculins dans des baskets poussant le fauteuil sur de la pierraille d'abord, puis lui faisant monter une rampe… Non, pas une rampe, plutôt une… passerelle. Oui, une passerelle d'embarquement.

Elle distingue l'eau sous les planches, aux reflets noirs comme de l'encre. Il y a autour d'elle beaucoup de taches blanches, beaucoup d'ombres, marquant les emplacements d'objets qu'elle n'a pas connus avant d'être aveugle, dont elle n'a pas de souvenirs et qu'elle ne peut donc *voir* dans ses rêves.

Le film effectue un nouveau bond en avant. Elle aperçoit à présent un œil marron qui cligne et se rapproche d'un miroir.

Mon Dieu, je vois ses yeux. Je vois les yeux de l'assassin. Mais ce n'est pas dans un miroir que je les vois, mais…

… dans le verre grossissant d'un judas.

L'œil disparaît à l'instant où elle sent ses cils toucher une porte en métal froide…

… blanche et épaisse, avec un levier pour l'ouvrir, comme en avait son vieux réfrigérateur américain, sauf qu'il est beaucoup plus grand.

Et puis elle voit à l'intérieur de la cachette. Elle remarque le garçon couché sur le sol nu, en position fœtale. Elle le voit tressaillir, être pris de nausées, serrer son cou entre ses mains. Elle s'aperçoit tout à coup qu'elle tient une montre. Une espèce de chronomètre, qui n'indique plus que quelques secondes.

Ce qu'elle sent ensuite, ce sont des larmes.

Je pleure, songe-t-elle encore avant de se corriger immédiatement. *Non, ce n'est pas moi. Ce n'est pas moi qui pleure, c'est le Voleur de regards.*

Puis, elle s'entend crier et, cette fois, ce n'est pas la voix d'un autre, mais la sienne. Elle s'efforce de taper des pieds et des mains contre la porte, mais le mur derrière lequel les dernières secondes de l'ultimatum viennent de s'écouler a disparu.

Elle frappe plus fort, elle crie plus fort et, sentant la douleur se raviver, elle ouvre les yeux. Le film est coupé. Les images se sont évanouies.

Alina est de retour dans le néant familier de son existence, une obscurité qui engloutit tout.

16

(26 minutes avant l'expiration de l'ultimatum)

Alexander Zorbach (moi)

— Je te rejoins, criai-je dans le portable en appuyant à fond sur l'accélérateur.

À côté de moi, ayant essayé une nouvelle fois de plier les doigts, Alina gémit. On aurait dit que la peau de sa paume avait été plongée dans de la cire. Des cloques se formaient déjà.

— Attends, balbutia Stoya, tombant des nues. Zorbach ? C'est toi ?

Oui, ça te laisse sur le cul, hein ?

Je regardai brièvement dans le rétroviseur en direction de Frank, occupé à gratter doucement TomTom. Il paraissait ne pas comprendre lui-même ce qui venait d'arriver.

Son irruption par l'issue de secours. L'automutilation d'Alina. La lutte. La fuite.

Il s'était passé tant de choses en quelques secondes que le cerveau de mon assistant mettrait sans doute des semaines à les assimiler. En plus, il se reprochait toujours d'avoir cédé aux pressions de Stoya et de m'avoir envoyé un faux SMS pour me faire sortir de ma cachette. Mais je ne pouvais lui en vouloir. Cette ordure lui avait promis que je ne serais pas arrêté, mais seulement entendu. Personne ne pouvait prévoir que les choses finiraient par dégénérer ainsi. Et puis, en nous délivrant, Frank avait largement réparé son erreur.

— Où est Scholle ? s'enquit Stoya.

— Je pense que quelqu'un devrait aller voir dans l'ancienne cuisine.

Je m'abstins de toute autre considération. J'aurais naturellement pu lui expliquer que ç'avait été une erreur de relâcher mon assistant, sous prétexte qu'aucun soupçon ne pesait sur lui. Frank n'était peut-être pas un criminel, mais c'était un ami loyal. Il n'avait pas plus tôt compris que c'était Scholle qui allait m'interpeller, qu'il s'était fait conduire en taxi à la maison de retraite. Il avait d'abord eu l'intention de se faire déposer à l'arrière du bâtiment, mais, passant devant la Toyota dans une petite rue latérale, il avait demandé au chauffeur de l'arrêter à côté de sa voiture. Tandis qu'il payait, il avait vu, à cent mètres de lui, Alina avancer lentement sur le trottoir en s'aidant de sa canne.

Il l'avait hélée, mais le vent soufflant en sens contraire, elle ne l'avait pas entendu. Enfonçant alors le capuchon de son trench-coat sur sa tête, il s'était transformé en visiteur sans visage. Arrivé à l'accueil, il avait vu un policier d'un certain âge aborder Alina et l'emmener aussitôt. Sa première surprise avait été de le voir la conduire au monte-charge. La seconde de constater qu'à en croire l'affichage ce dernier descendait. Jusqu'au premier sous-sol.

Frank avait emprunté l'escalier. « Travaux. Passage interdit », annonçait un panneau. Il avait alors acquis la certitude qu'il se passait quelque chose de pas catholique.

La porte, sans doute pour des raisons de sécurité, n'était pas condamnée. Dupont et Dugland ne le virent pas tourner sur sa droite et entrer dans la cuisine collective désaffectée par une issue de secours, elle aussi non verrouillée.

J'aurais pu expliquer tout cela à Stoya, mais aussi que Frank avait surgi de l'obscurité au moment précis où l'inspecteur sadique s'apprêtait à me brûler le visage. L'ombre qui avait grandi derrière moi n'appartenait pas à Scholle mais à mon assistant qui, armé d'une barre métallique ramassée par terre, profita d'une seconde d'inattention du policier, effaré par l'automutilation d'Alina et ayant un bref instant relâché sa prise. Mais toutes ces informations attendraient. Il ne nous restait que vingt-cinq minutes avant l'expiration de l'ultimatum et je ne voulais pas en perdre quelques-unes à raconter à mon ex-collègue comment nous nous étions enfuis par l'issue de secours pour regagner la Toyota dans laquelle nous foncions sur l'autoroute urbaine.

— Où es-tu, à présent ? demanda-t-il, apparemment soucieux de parler d'une voix aussi paisible que possible.

— En route pour te rejoindre. Mais ce n'est pas important. Dis-moi plutôt si vous avez retrouvé la voiture à proximité d'un lac ou de quelque chose comme ça.

— Quelle voiture ?

— Arrête de jouer au plus malin et de perdre du temps. Oui ou non? Y a-t-il de l'eau à proximité? Rivière, canal, lac ? Peu importe.

Il y eut une brève hésitation, puis enfin un oui.

— Bien. Ce n'est qu'une hypothèse et, je t'en prie, ne me demande pas pour le moment d'où me vient cette idée.

Moi-même, c'est à peine si j'y crois.

— Vous devriez chercher les enfants sur un bateau.

— Un bateau ?

— Un cargo, un voilier, quelque chose qui flotte.

Du moins si on accepte de se laisser guider par l'irrationnel et si on croit que le dernier « souvenir » d'Alina a un sens quelconque.

— Je me sens mal, gémit doucement celle-ci.

J'écartai le téléphone de mon oreille une seconde. Elle déclina une nouvelle fois énergiquement ma proposition de l'emmener à la clinique.

— Putain, on n'a pas le temps de fouiller toutes les péniches du coin, aboya Stoya, si fort que je redécollai le portable de mon oreille. Il ne nous reste même pas une demi-heure ! Si tu m'envoies en plus sur une fausse piste…

— Mais vous n'avez pas la *moindre* piste, interrompis-je. Et si la cachette est sur l'eau, il n'y a rien d'étonnant à ce que les chiens n'aient jusqu'ici rien flairé. Je me trompe ?

Silence. Je n'entendais que le bruit de la circulation au milieu de laquelle je me frayais un chemin.

— Je ne peux pas te dire à coup sûr que j'ai raison, repris-je dans l'espoir de convaincre Stoya. Honnêtement, je n'en suis pas persuadé moi-même. Mais si vous êtes de toute façon en plein brouillard, ça ne peut pas être pire.

Le silence qui s'ensuivit fut encore plus long que le précédent. Ce fut seulement au bout de vingt secondes

– qui me parurent durer vingt minutes – que j'entendis le chef de brigade prendre une décision qui devait ultérieurement s'avérer ne pas être la bonne.

15

(19 minutes avant l'expiration de l'ultimatum)

Philipp Stoya (chef de la brigade criminelle)

« Même de loin, tu n'es pas belle. »

Stoya n'arrivait pas à se sortir de la tête les paroles de l'hymne à Berlin[1] de Peter Fox, tandis qu'il parcourait du regard le parking mal éclairé, à l'asphalte craquelé : devant l'entrée, la baraque des gardiens, toute de guingois, les fenêtres éventrées, la barrière arrachée et, à perte de vue, un amoncellement d'immondices jetées au hasard, déchets de notre société de consommation.

L'entreprise de traitement des ordures qui avait fait faillite quelques années plus tôt était un témoin parmi d'autres de la décrépitude de la capitale. Normalement, un véhicule garé ici n'aurait pas attiré l'attention avant l'arrivée des pelleteuses qui, un jour, viendraient mettre à bas l'incinérateur et sa cheminée. Mais, si le hasard avait jusqu'ici refusé de collaborer à l'enquête, voilà que, d'un seul coup, il avait joué les commissaires ne reculant pas devant les heures supplémentaires. De

1. Extrait des paroles de « Schwarz zu Blau », du groupe berlinois Seeed, dans lequel chante Peter Fox.

jeunes casseurs avaient justement choisi la Passat verte de l'infirmière Katharina Vanghal pour décharger leur fureur – après s'être vu refuser l'entrée dans une discothèque – au moment précis où passait une patrouille de policiers surmenés. Il n'en avait pas fallu davantage pour que le numéro de la voiture, déjà privée d'une vitre latérale et des deux rétroviseurs extérieurs, soit transmis à la main courante centrale. Voilà pourquoi toutes les alarmes de l'ordinateur s'étaient allumées quand, quelques heures plus tard, en relation avec l'affaire du Voleur de regards, on s'était précisément mis à la recherche de ce véhicule.

— Combien d'éléments entrent dans nos critères ? demanda Stoya par radio au chef du groupe mobile d'intervention, tout en se tournant vers la rue.

Il se souvint de sa récente conversation avec Zorbach : « Oui ou non ? Y a-t-il de l'eau à proximité ? Rivière, canal, lac ? Peu importe. » À la vue qui s'offrit à lui, le policier faillit partir d'un rire hystérique.

Putain, Zorbach. Nous sommes à Köpenick. Il n'y a pas ici un centimètre carré où il n'y ait pas d'eau. Dix millions de cachettes dans lesquelles le Voleur de regards peut avoir noyé ses victimes.

La zone industrielle qu'ils avaient fouillée jusqu'ici sans résultat était située sur un territoire bordé par des cours d'eau sur trois côtés : la Dahme, la Spree et le canal de Teltow. Même les noms des rues évoquaient l'eau. Il se trouvait en ce moment à l'angle de la Regattastrasse et du Tauchersteig, ce dernier nom lui paraissant d'un bien sinistre présage[1].

Tauchersteig.

---

1. *Tauchersteig* signifie « sentier du plongeur ».

Un craquement de l'appareil radio dans sa main précéda la réponse du chef du groupe mobile.

— Ici, ça grouille littéralement d'embarcadères. Nous avons compté une douzaine de barques amarrées pour l'hiver.

— Laissez tomber les barques.

Zorbach avait parlé d'une grande pièce avec une porte d'acier massive, et on ne trouvait pas ça sur une embarcation de plaisance.

— Il faut que ce soit quelque chose de gros, sans doute un bateau à usage professionnel.

— Alors, il n'y en a que deux qui correspondent.

Stoya acquiesça. Une péniche de charbon et une barge à conteneurs. Une épaisse couche de nuages ne laissait filtrer qu'un pâle clair de lune, mais la passerelle de débarquement était plongée dans une lumière jaune soufre, dispensée par plusieurs réverbères. De là où il était, il pouvait donc distinguer ces bateaux.

En raison de l'approche de l'hiver, le trafic de marchandises avait fortement baissé et les deux chalands à quai sur l'autre rive du canal de Teltow semblaient avoir eux-mêmes cessé tout service.

— Le transporteur de charbon est plus près du ponton, précisa le chef du groupe, toujours par radio.

Stoya acquiesça une nouvelle fois. C'était pour cette raison qu'il était retourné jusqu'au parking. Pour se faire une idée de la manière dont le tueur avait pu le plus aisément transporter les enfants de là jusqu'à leur cachette.

« Avec un fauteuil roulant », avait prétendu Zorbach. Le criminel avait donc dû tout faire à deux reprises. Ouvrir deux fois le coffre, asseoir l'une après l'autre les deux victimes anesthésiées dans le fauteuil, les transporter chacune à leur tour jusqu'à l'embarcadère de l'autre côté de la route, sans être remarqué, pour ensuite les…

Oui, pour faire quoi ? Le ravisseur n'avait eu d'autre solution que de les charger sur une barque pour rejoindre l'autre rive. *Mais pourquoi ? Pourquoi ne s'est-il pas rendu tout de suite en voiture de l'autre côté ?*

— On s'occupe du porte-conteneurs, répondit-il, se demandant si, comme Zorbach, il n'avait pas perdu la raison.

Ce salaud avait manifestement disjoncté, mais il paraissait savoir deux ou trois choses. D'abord l'ultimatum, puis la contravention et, surtout, le bungalow. Il ne voulait toujours pas croire que son ancien collègue était directement impliqué dans l'affaire, mais on ne pouvait ignorer l'argument selon lequel il disposait d'informations connues seulement d'un initié. Et maintenant que Scholle avait à l'évidence échoué, ils n'avaient plus le temps de découvrir comment cela était possible. Ils n'avaient même plus le temps de vérifier les hallucinations de l'aveugle.

— Mais on mettrait moins de temps à monter sur la péniche à charbon depuis le ponton, précisa le chef de groupe.

Stoya entendit, aussi bien par l'intermédiaire du téléphone que directement pas la voie des airs, le moteur hors-bord du canot pneumatique dans lequel le chef, quatre de ses hommes et un chien policier gagnaient la rive opposée. Suivant manifestement ses indications, ils se dirigeaient vers un long bateau où s'empilaient, sur trois rangs, au moins quarante conteneurs en acier.

— C'est justement parce qu'il est ancré un peu à l'écart qu'il est notre premier choix, expliqua Stoya.

Alors qu'on pouvait voir la péniche depuis le carrefour où régnait un certain trafic, le porte-conteneurs était quasiment dans l'ombre. Au-delà du ponton s'étendait une vaste étendue sans constructions, idéale pour quelqu'un cherchant à transporter à bord un corps encombrant, sans être vu.

Et puis la péniche semble trop basse, songea Stoya. *Trop basse pour disposer d'un pont inférieur assez vaste pour contenir une cachette telle que Zorbach l'a décrite.*

Mais il garda cette pensée pour lui. S'il se trompait, il ne fallait pas qu'on puisse ultérieurement lui reprocher de n'avoir pas pris sa décision uniquement sur la base de faits, mais aussi en fonction des indications d'une médium aveugle et du principal suspect !

— Putain, ce truc est gigantesque, s'écria le chef, maintenant que son canot était tout près du bateau à fouiller.

— Effectivement. Et nous n'avons pas le temps de nous attaquer aux deux !

Stoya souhaitait ardemment ne pas s'être trompé.

14

(13 minutes avant l'expiration de l'ultimatum)

Tobias Traunstein

Un jour, à la fin du cours d'éducation physique, Kevin, pour s'amuser, avait défait la courroie attachant le lourd tapis en plastique bleu au mur du gymnase. Tobias, occupé à lacer ses chaussures et tardant à réagir, avait été enseveli sous la masse.

Une peur paralysante, plus encore que l'épaisse couche de mousse, avait cloué au sol son corps menu. Il n'arrivait pas à se mettre debout, d'autant moins que plusieurs de ses camarades avaient sauté en riant sur le tapis pour l'en empêcher. Il avait alors été fermement convaincu qu'il allait périr étouffé d'une seconde à l'autre. Il avait crié.

Comme une fille, merde, quelle honte !

Il s'était mis à hurler.

Sauf que je n'ai pas pissé dans mon froc. Même si j'ai bien failli…

Après cela, M. Kerner ayant mis un terme à l'« émeute des nains », il n'avait pas adressé la parole à Kevin pendant une semaine.

Ou à Jens ? Oh, on s'en fout.

Maintenant qu'il était là, allongé, les jambes repliées sur le sol froid, dans le noir absolu, il comprenait combien sa peur avait alors été ridicule. Le tapis n'était pas collé au sol, si bien qu'il avait eu assez d'air pour respirer. À présent aussi, comme il avait réussi à sortir de la caisse, l'air n'était plus le problème : il passait à travers les joints de la cabine métallique dans laquelle il se trouvait. Pourtant, il prenait lentement conscience que, contrairement à ce jour au gymnase, il n'y avait pas ici de M. Kerner. Il n'y aurait pas de prof de gym pour mettre fin au chahut et le sortir de là. À l'époque, le cauchemar n'avait duré que quelques secondes, alors que cela faisait bientôt deux jours qu'il était dans le noir. Sans eau, sans nourriture. Sa cachette puait l'urine et les excréments, mais il ne le remarquait plus. Il s'assoupit.

Au fait, est-ce que j'ai emporté mon atlas ? se demanda-t-il. *Après la gym, on a géo, et j'ai oublié mon atlas…*

Il entendit un craquement, juste au-dessous du plancher en acier contre lequel il appuyait l'oreille. Le sol avait cessé de se balancer, ce qui était peut-être bon signe. C'était d'ailleurs la pièce tout entière qui paraissait, peu après qu'il avait tiré sur cette foutue corde, ne plus bouger comme auparavant.

— La corde, gémit-il. Pourquoi est-ce que j'ai tiré dessus ?

Puis, il retomba dans son univers fantasmé et fiévreux, où sa plus grande peur était de se voir inscrire un avertissement dans son carnet de correspondance.

M. Pohl va me donner un zéro pour avoir oublié une nouvelle fois mon atlas. Ça sera le troisième et papa sera furieux…

Un autre bruit le fit sursauter, plus agréable que le précédent, comme un léger chuchotement, doux et endormant. Tobias eut envie de s'assoupir à nouveau.

Avec trois zéros, je vais avoir une retenue…

Mais il en fut empêché par une sensation nouvelle, très concrète. D'un seul coup, il la trouva partout où il s'appuyait, partout où il tendait les doigts dans l'obscurité et touchait le sol : une humidité froide, glaciale, invisible ! Avidement, il ouvrit la bouche et se mit à lécher comme un chien le sol mouillé.

De l'eau. Enfin.

La première gorgée fut comme de l'acide qui lui brûla la gorge tant il y avait longtemps qu'il n'avait rien bu. Puis, cela alla un peu mieux. L'eau pénétrait par le bas de la cachette et montait de seconde en seconde, ce qui lui permit de boire plus facilement. Mais il se mit alors à boire avec trop d'avidité et il avala de travers. Quand il vomit, il crut que son crâne allait exploser et tomber en morceaux à côté de lui, dans cette lavasse légèrement salée.

Je n'en peux plus, se dit Tobias avec désespoir, se sentant soudain trop faible, même pour boire.

L'eau, qui ne baignait d'abord que quelques centimètres de son corps, gagna d'autres régions, le rafraîchissant, puis provoquant de violents frissons.

Ça suffit. J'abandonne.

Le seul fait d'ouvrir les lèvres lui demandait des efforts surhumains. Inutile de songer à se lever. Même rester allongé lui était pénible. Il semblait impossible de rester éveillé.

Le mieux est donc que je me rendorme, se dit-il, à demi dans le présent, à demi dans son rêve miséricordieux.

Papa ne pourra pas être fâché si je m'endors. Comme ça, je n'aurai pas de zéro, pas vrai ?

Il était couché sur le côté, recroquevillé comme un embryon, l'œil gauche déjà recouvert par l'eau quand, quelque part derrière les murs de sa cachette, quelqu'un hurla son nom.

13

(10 minutes avant l'expiration de l'ultimatum)

Le groupe mobile d'intervention

— Tobias ?

Quelques minutes après avoir posé le pied sur le bateau en forme de caisse et s'être rendu compte de l'inutilité de leur entreprise, les hommes du groupe se mirent à hurler les noms des enfants.

— Léa ? Tobias ?

En dépit des renforts arrivés entre-temps depuis la rive, il leur était impossible, dans le laps de temps restant, de forcer et de fouiller chacun des conteneurs. Et cela d'autant moins que les chiens n'aboyaient nulle part : ni dans la cabine de pilotage, ni dans le premier pont inférieur puant l'huile de graissage et le diesel ; ils ne se manifestèrent qu'un bref instant, devant une cabine intérieure. Mais il ne s'y trouvait que le capitaine qui, mort de peur après avoir été réveillé par le bruit de la porte enfoncée, fut dans l'instant entraîné au-dehors par des hommes affublés de vêtements de camouflage noirs et de cagoules de skieurs.

Une minute plus tard, trois policiers faisaient irruption dans les aires de stockage intérieures, tandis qu'en haut les hommes du groupe entreprenaient leur travail de fourmi, faisant sauter les plombs des serrures des conteneurs un à un.

— Tobias ? Léa ?

Leurs cris traversaient les eaux du canal de Teltow, au bord duquel quelques badauds s'étaient arrêtés. Deux joggeurs, un flâneur et une femme promenant son chien, tous curieux de savoir ce que signifiait, à cette heure matinale, un tel déploiement de camions de transport de troupes, de véhicules de sauvetage et de voitures de police. Les cris des hommes, dans le ventre du bateau, résonnaient sans susciter de réponse entre les parois d'acier, les tuyaux de chauffage et les boîtes de raccordement de câbles électriques. Les policiers, se sentant de plus en plus inutiles, oubliaient parfois leur propre protection quand ils ouvraient une porte, surgissaient d'un angle à découvert ou éclairaient un couloir sans l'avoir au préalable sécurisé.

Plus que sept minutes.

On n'y arrivera pas, pensait Stoya qui, entre-temps, était lui aussi monté à bord. *Nous nous sommes plantés*, se dit-il à l'instant même où retentirent des aboiements devant la salle des machines.

12

(5 minutes avant l'expiration de l'ultimatum)

Alexander Zorbach (moi)

Trop tard.

Les yeux rivés sur les feux des voitures de police tremblotant de manière sinistre, je compris que l'intervention n'avait aucune chance de réussir.

— Qu'est-ce que tu vois ? me demanda Alina, descendue elle aussi de la Toyota avec Frank et TomTom.

Nous l'avions garée à bonne distance des barrages, environ deux cents mètres avant que la route ne traverse le canal de Teltow.

Un pont !

Je me retrouvais une fois encore en train de lutter contre la montre et, une nouvelle fois, mon destin m'avait conduit à un pont.

Destin ou hasard ? pensai-je, tandis que le tatouage d'Alina me venait à l'esprit.

— Ils sont trop peu nombreux, ils ne peuvent fouiller tous les bateaux, commençai-je en réponse à sa question, quand mon portable sonna.

Je m'attendais à un appel de Stoya, mais le nom s'affichant à l'écran me rendit plus désespéré que jamais.

— Es-tu déjà en route ?

Pas de bonjour, juste une question, sèche et accusatrice. Nicci semblait connaître la réponse, car sa voix trahissait son scepticisme.

Non, bien sûr que non. Ça m'est impossible.

Je me mis à bredouiller, ne sachant que répondre. La vérité – j'assistais présentement à l'échec de tout un déploiement de policiers tentant de sauver deux enfants de l'asphyxie – était si intolérable que je ne voulus pas m'en servir pour m'excuser.

— Bon Dieu, Alexander. Tu le lui as promis. Il est réveillé depuis une heure et terriblement excité en attendant 7 heures. Est-ce que tu peux imaginer sa tristesse quand il va descendre et constater que son père l'a oublié, le jour de son anniversaire ?

— Je ne l'ai pas oublié.

— Mais tu n'es pas là. Nous ne prendrons pas le petit-déjeuner ensemble et il n'y a pas de cadeau de ta part à la corde.

Je gémis et appuyai avec désespoir ma main contre mon front. Frank me fixait d'un air interrogateur.

Le cadeau ! Comment avais-je pu promettre une montre à Julian ? Un pareil instrument de torture n'ayant d'autre utilité que de nous rapprocher de la mort de seconde en seconde ?

Je regardai ma propre montre, démodée – je la tenais de mon père –, en espérant que ce coûteux objet suisse aurait été pour la première fois pris en défaut ; que les aiguilles, pour une raison quelconque, auraient tourné trop vite. Mais je clignai soudain des yeux, sentant que mon cerveau enregistrait quelque chose dans mon environnement immédiat, quelque chose que je ne réussis pas à interpréter sur-le-champ. Je fermai les paupières, tentant de me rappeler ce à quoi j'avais pensé avant que cette peur insensée se fût glissée en moi par tous mes pores. Et je trouvai. Je rouvris les yeux, tournai et levai la tête. C'était bien ça. La plaque de la rue !

— Il aura son cadeau, murmurai-je dans le téléphone avant de raccrocher.

— Que se passe-t-il ? voulut savoir Frank.

J'avais les doigts gourds, comme vidés de leur sang, tandis que j'ôtais ma montre-bracelet.

— Ce n'est certes pas la marque que désirait Julian, mais elle est dix fois plus chère.

Je la tendis à mon assistant d'une main tremblante.

— Oh non, non, protesta-t-il en secouant la tête. Je ne te laisse pas seul maintenant.

— Je t'en prie, rends-moi ce service. Tu sais où j'habitais avant. Apporte cette montre à Nicci, dis-lui de la faire briller et de l'emballer. Dis-lui aussi que je saurai me rattraper.

— Non.

— Je t'en prie, nous n'avons plus le temps.

Alina, appuyée contre la voiture, tendit l'oreille dans ma direction. Elle aussi donnait soudain l'impression d'être incroyablement en éveil, comme ressentant la menace que je venais de percevoir. Sur la plaque de la rue.

— Et si tu as besoin d'aide ?

Frank me regarda droit dans les yeux et je sentis qu'il savait. Il était jeune, mais pas sot, il l'avait maintes fois prouvé. Naturellement, il devinait que je ne l'éloignais pas sans raisons.

— La plus grande aide que tu puisses m'apporter, c'est de porter mon cadeau à mon fils, d'accord ?

Je le vis remuer les lèvres pour présenter une dernière objection, mais il sembla soudain s'affaisser. Il monta dans la voiture sans un mot, me lança un regard chargé de tristesse et de déception et démarra sans prendre congé.

Mes yeux se portèrent à nouveau sur la plaque. D'après l'inscription décolorée, nous nous trouvions dans la Grünauer Strasse, et pas n'importe où : juste devant un entrepôt obscur.

Grünauer Strasse.

Voilà ce que mon cerveau avait décelé avant même que mes yeux aient accepté de le voir.

Grünauer Strasse, 217.

Les chiffres au dos de la photo que j'avais découverte sur la table de nuit de ma mère ne constituaient pas une date, mais le numéro d'une rue.

Grünau 21.7.

Et nous étions juste en face.

11

(3 minutes avant l'expiration de l'ultimatum)

Alexander Zorbach (moi)

Il n'y avait pas si longtemps de ça, j'étais allé avec Julian visiter les studios installés dans le parc du cinéma de Babelsberg, et nous nous étions arrêtés devant les décors d'un film de guerre en cours de tournage. Je me souviens combien nous avions été impressionnés par la reproduction d'un immeuble bombardé. Ce n'étaient que parois écroulées, vitres brisées, charpentes calcinées, d'où des restes de murs, pareils à des os fracassés, se dressaient vers le ciel. Une mise en scène donnant l'illusion de la réalité. Mais ce n'était rien en comparaison de la vision qui s'offrait à moi.

Pourquoi agit-il ainsi ? Pourquoi le Voleur de regards me donne-t-il toutes ces indications ?

Debout dans la première arrière-cour de l'usine en ruine, au 217 de la Grünauer Strasse, j'avais une nouvelle fois l'impression que quelqu'un me menait à ma perte en me tenant en laisse.

Il joue à *cache-cache,* me dis-je en tentant de mettre mes pensées en ordre. *Le plus vieux jeu du monde. Et je joue d'après ses règles à lui. Je suis les indications qu'il jette devant mes pieds comme les billets d'un jeu de piste.*

— Il faut que tu m'aides, Alina.

Dans très peu de temps, le jour se lèverait. Berlin dormait encore sous une épaisse chape nuageuse. Quand on levait les yeux vers le ciel, la lune faisait l'effet d'une lampe de poche sous un édredon. C'était à peine si un pâle rayon de lumière éclairait les allées menant d'une cour à l'autre.

— J'ai besoin que tu me fournisses une indication.

Lorsqu'elle serra sa main gauche, je vis la douleur déformer son visage.

— J'ai besoin d'un autre souvenir !

J'avais bien entendu déjà informé Stoya, mais celui-ci avait été formel : il ne se priverait pas d'un seul de ses hommes pour satisfaire mes chimères. Et même s'il m'avait envoyé une armée entière, cela n'aurait servi à rien.

— La zone est tout simplement trop vaste, Alina. Il y a au moins quatre cours et, où qu'on regarde, uniquement des ruines.

— Je suis désolée, Alex.

Elle ouvrit les yeux, mais les referma aussitôt pour les protéger d'un fin crachin de neige.

— Tout ce que j'ai senti jusqu'ici concernait un bateau. Pas une usine, pas des entrepôts.

Ce n'est pas possible. La photo, ces chiffres... Ce ne peut être l'effet du hasard. Pourquoi ses visions correspondent-elles parfois autant à la réalité, et parfois pas du tout ?

— Et d'ailleurs, je ne vois plus rien pour l'instant, parce que…

— Parce que quoi ?

— Rien, souffla-t-elle avec un geste de refus, mais je savais ce qui avait failli lui échapper.

Parce que l'enfant est déjà mort.

— Et TomTom ?

— Il ne peut pas non plus nous être utile. Même si nous avions un objet ayant appartenu aux enfants, ce n'est pas un chien policier.

Je sais.

Je savais aussi qu'entre-temps l'ultimatum était presque expiré. Je n'avais certes plus de montre pour le vérifier, mais je pressentais que c'était une question de secondes.

Réfléchis, Zorbach, réfléchis.

De tous côtés, ce n'étaient que bâtiments vides et obscurs. Tous identiques. Nulle lumière. Les portes étaient toutes ouvertes, et devant chaque entrée s'amoncelaient des objets mystérieux. J'avais beau regarder partout, je ne voyais nulle part de signes particuliers, pas d'indications, ni de panneaux.

Le Voleur de regards veut jouer. Il établit des règles claires. Quarante-cinq heures, sept minutes…

La première des cours était si vaste que la pile de pneus de poids lourds en son centre paraissait n'être que le tas de débris d'un camion miniature. Ce lieu offrait mille possibilités de cachettes pour les jumeaux. Ils pouvaient se trouver juste au-dessous de nous ou bien là, en face, derrière ce mur devant lequel s'accumulaient des boîtes vides d'aliments pour chats.

— Où vas-tu ? cria Alina quand je retournai vers le passage entre la rue et la première cour.

J'obéis davantage à un besoin urgent d'agir que je ne suivis un plan concret, quand j'ouvris mon portable pour éclairer à la faible lueur de mon écran le tableau des anciennes plaques d'entreprise.

« Usine de textile, de Köpenick », était-il écrit sur celle d'en haut, la plus grande. Les autres étaient soit cassées soit rayées, ou si sales qu'il n'était presque plus possible de déchiffrer les divers services qu'elles signalaient : impression, gravure, administration, magasin…

Je m'appuyai de la main contre le tableau.

Réfléchis, Zorbach, réfléchis. Il veut qu'on recherche les enfants. C'est un jeu. Il n'y a de jeu que s'il y a une chance de gagner. S'il fournit des indications, c'est pour qu'il y ait égalité des chances. Pourquoi t'aurait-il attiré dans cet endroit pour que tu y fasses chou blanc ? Peut-être pour t'humilier ? Te voir échouer, si près du but ? Mais peut-être a-t-il laissé une autre indication ?

Faisant un pas de côté, j'éclairai alors un de ces panneaux signalant un danger et interdisant à toute personne étrangère au service de pénétrer dans une zone présentant des risques d'effondrement.

Une autre carte à jouer ?

— « Attention, danger de mort », lus-je à haute voix.

On ne saurait mieux dire.

Puis, mon regard tomba sur le second avertissement, juste au-dessous :

« Cave 77 totalement inondée. »

Je poussai un tel cri que TomTom se mit à aboyer dans la cour.

La cave 77 ! Était-ce la solution ? Une autre carte à jouer ?

Tandis que je courais en direction d'Alina, la photo surgit à nouveau dans mon souvenir : « Grünau 21.7. (77) »

D'un seul coup, tout devenait beaucoup trop simple.

10

(1 minute avant l'expiration de l'ultimatum)

Tobias Traunstein

Il nageait. Il gigotait. Il mourait.

Avant ces deux jours dans le noir, Tobias n'avait encore jamais songé sérieusement à la mort. Comment d'ailleurs l'aurait-il pu ? Il venait juste d'avoir neuf ans. « À cet âge, on a tout le temps devant soi », avait coutume de dire son papy quand il se montrait à la maison, les jours de fête.

Et merde, papy. Je n'ai plus rien devant moi. J'ai la tête coincée juste sous le plafond dans ce cercueil de métal, et je n'ai plus qu'une minuscule fente pour respirer. Et encore ! L'eau commence à la boucher.

Il se mit à pleurer et recracha les premières gouttes qui étaient entrées dans sa bouche. L'eau avait coulé par toutes les fentes de la boîte en métal. Affluant par les côtés, le sol et le plafond, elle avait formé une espèce de puits et atteignait presque le plafond. Une masse d'eau noire et froide dans laquelle il était sur le point de se noyer.

J'étouffe, se dit-il comme jadis sous le tapis. Sauf qu'alors, les choses étaient totalement différentes.

Ce jour-là, il avait certes pleuré comme un veau, mais il savait au fond de lui que M. Kerner viendrait le délivrer à un moment ou l'autre. Mais ici, ce n'était pas un gymnase, et son père n'était pas non plus un prof de gym, capable de lui enlever le tapis de la tête et de lui permettre de respirer. Son père était…

… un nul. Papa n'a jamais été là quand j'ai eu besoin de lui. Pourquoi viendrait-il justement aujourd'hui ? C'est plutôt maman qui viendrait.

Oui, maman le cherchait sûrement. Comme la fois où ils avaient laissé passer l'heure en faisant de la luge et que, morte de peur, elle avait couru à leur rencontre sur le chemin de la forêt.

Tobias ! criait-elle sans cesse. *Léa ! Tobias !*

Et il avait été heureux et honteux à la fois, triste que sa mère eût pleuré à cause de lui. Mais, au moins, il savait combien il lui avait manqué.

Tobias ? Tobias, où es-tu ?

Il avait l'impression qu'un peu plus tôt, avant d'être définitivement réveillé par l'eau – *qui n'est en aucun cas* caldo, *mais* molto freddo –, il avait entendu quelqu'un l'appeler. Peut-être que maman était déjà arrivée ?

Oui, maman. Pas papa. Merde à papa, à ses règles à respecter à table, à son mauvais italien, à ses mots savants qu'on ne comprend pas, et à son travail qui ne lui permet jamais de jouer avec moi dans le jardin. Papa ne viendra pas. Mais maman…

Tobias aspira les dernières molécules d'air lui parvenant par la fente, entre la surface de l'eau et le plafond. Puis, le niveau monta d'un centimètre encore et il eut la tête entièrement submergée. Il savait qu'il se noyait. Mais il était en même temps plein d'espoir que sa maman allait le trouver.

9

(Dernière minute de l'ultimatum)

Philipp Stoya (chef de la brigade criminelle)

— Qu'est-ce qu'il y a, là derrière ? voulut savoir Stoya en donnant de grands coups de poing contre la porte en fer.

— Vous n'avez pas le droit d'ouvrir, répondit le capitaine.

— Pourquoi ?

— C'est une cloison étanche. Si vous l'ouvrez, les lumières s'éteindront.

Le chef de brigade empoigna le clapet rotatif de la porte. Mais il eut beau le secouer de toutes ses forces, il ne réussit pas à le bouger d'un millimètre.

— Hé là ! Qu'est-ce que vous cherchez ? Vous n'avez pas entendu ? protesta vivement le capitaine quand Stoya demanda au chef de groupe s'il avait du plastic C-4. Je perds mon job si vous ouvrez ça.

— Comment ça ?

— Putain, mais c'est à cause de ça que nous sommes immobilisés ici. Ce vieux rafiot a une fuite, expliqua le capitaine en montrant la porte en acier : là derrière, vous avez de l'eau jusqu'au cou. Croyez-moi, vos chiens n'ont aboyé qu'à cause de quelques rats d'eau.

8

Alexander Zorbach (moi)

Nous ne remettons généralement en question que nos erreurs. Jamais nos succès. Quand quelque chose se passe bien, nous l'acceptons comme allant de soi. Nous sommes affligés quand nous perdons de l'argent ou quand l'amour de notre vie nous abandonne. Mais nous nous demandons aussi rarement pourquoi ce même amour reste avec nous, pourquoi nous avons réussi un examen… Alors qu'à mon avis, ce sont moins les échecs qui nous permettent de connaître les gens que les succès immérités. Si nous ne remettons pas en question ces derniers, ils nous endorment, nous rendent suffisants, et nous n'arrivons jamais à les répéter.

L'ultime minute de l'ultimatum commença quand j'oubliai la sagesse acquise au cours de mon existence.

Il était impossible de ne pas voir l'entrée du bâtiment portant le numéro 77, dans la seconde arrière-cour. Pour la première fois, Alina marcha en tête. Dans cet ancien entrepôt, il faisait noir comme dans un four, et les seuls yeux susceptibles de voir quoi que ce soit étaient peut-être ceux de TomTom.

Nous nous retrouvâmes donc à exécuter une espèce de danse macabre, moi tenant Alina par les épaules pour descendre un escalier puant l'huile de vidange et l'eau croupie. Je priais pour que ma notion du temps m'ait trompé et que nous disposions de quelques minutes encore, en même temps que je suppliais un pouvoir invisible de ne pas m'avoir transformé en jouet d'un fou me menant à ma perte par pur sadisme.

Il ne me resta finalement pas même une seconde pour réfléchir à la folie dans laquelle j'étais embarqué. Et ce ne furent pas les yeux de TomTom, mais les miens qui aperçurent le premier signe de vie.

Rouge vif, rond. Un petit bouton sur un mur, un bouton qu'on recherche quand, dans l'escalier d'un immeuble, la lumière s'éteint. Il brillait, ce qui signifiait qu'il y avait du courant dans ce bâtiment.

— Quelqu'un est venu ici, murmurai-je.

Je sentis sous ma main les muscles d'Alina se contracter. J'appuyai sur le bouton, et ce que je ressentis alors fut semblable à une explosion de lumière. Quelqu'un avait remis les fusibles dans le bâtiment 77 du 217 de la Grünauer Strasse. Ou bien installé un générateur. Comme précédemment, au bungalow.

— Que s'est-il passé ? s'inquiéta Alina.

Elle aussi avait dû sentir un profond changement de luminosité.

— Nous sommes dans l'entrée d'un ancien entrepôt, décrivis-je. Devant nous, à droite, il y a les escaliers ; à gauche, les monte-charge.

Et juste devant…

— Où vas-tu aller ?

Je ne sais plus si je répondis à Alina avant ou après avoir baissé la poignée, et donc ouvert la porte. Peut-être d'ailleurs n'ai-je rien dit du tout. Avec le recul, je ne me souviens plus que de mon propre cri de soulagement quand la lourde et massive porte s'ouvrit, avec un grand bruit de succion des joints en caoutchouc, et que je vis des yeux rivés sur moi, depuis l'intérieur de cet antique réfrigérateur américain.

— Maman ? demanda une faible voix d'enfant.

Alina, derrière moi, poussa un gémissement de soulagement. Les larmes me montèrent aux yeux.

— Non, je ne suis pas ta maman, répondis-je.

Charlie est morte. Assassinée par le dément qui t'a enfermée ici.

— Mais je suis là pour t'aider.

Je tendis la main en direction des yeux noirs, remplis de terreur. Aussitôt, deux petites mains la saisirent.

Le corps était si léger que je réussis à le sortir de sa prison d'un seul bras.

— Très bien, écoute-moi. Tu es maintenant en sécurité, déclarai-je en lui tâtant le pouls.

Faible mais régulier.

— Mais à présent, c'est quelqu'un d'autre qui a besoin de ton aide.

Elle hocha la tête d'un air timide mais compréhensif.

— Léa, prononçai-je en essayant de réprimer le désespoir dans ma voix, as-tu une idée de l'endroit où se trouve ton frère ?

7

— Dans un ascenseur ?

— Hum ! lâcha la fillette en hochant la tête avec hésitation. Où est maman ?

— Plus tard, ma chérie.

Plus tard, nous pleurerons Charlie ensemble. Mais avant, il faut sauver ton frère.

— Je l'ai entendu descendre, rétorqua-t-elle.

Je caressai ses cheveux trempés de sueur, puis me retournai vers le monte-charge derrière moi.

Descendre ? Oh non, par pitié, pourvu qu'il ne soit pas descendu.

Je revis en pensée le panneau du passage menant à la première cour.

« Attention, danger de mort. Cave 77 inondée. »

À partir de cet instant, les événements se précipitèrent.

D'abord, je tentai d'ouvrir les portes de l'ascenseur à mains nues, mais décidai aussitôt de ne pas perdre de précieuses secondes dans cette folle entreprise. Je me rappelai avoir vu une barre de fer que nous avions dû enjamber en venant jusque-là, mais le risque de ne pas la retrouver assez vite dans l'obscurité me parut trop grand.

Détachant le harnais de TomTom, j'insérai la poignée de la laisse dans la fente entre les deux portes à glissière. L'aluminium se tordit certes un peu, mais il résista assez pour me permettre d'élargir suffisamment la fente pour y introduire les doigts d'une main, puis un pied. Ensuite, je forçai le passage à l'aide de mon épaule et repoussai les panneaux d'acier de mes deux genoux. La porte était manifestement programmée pour s'ouvrir dès qu'elle rencontrait un obstacle. Mais je n'eus pas le temps d'éprouver le moindre soulagement, car je constatai aussitôt que la cage était vide.

Oh non, putain !

Je regardai dans le trou. Le toit de l'ascenseur se trouvait à environ un mètre et demi au-dessous de moi. Ce qui signifiait que la cabine était effectivement descendue à l'expiration de l'ultimatum.

Dans l'eau !

Coinçant le harnais dans la porte, je sautai dans la cage et faillis m'étaler de tout mon long.

Mon Dieu, pitié !

Le toit du monte-charge était entièrement submergé. Une minute ? Deux minutes ? Combien de temps un enfant pouvait-il retenir son souffle ?

J'eus tôt fait de découvrir par où entrait l'eau : par une espèce d'écoutille de secours qu'un constructeur ingénieux avait prévue à l'intention des techniciens ou des sauveteurs. Il n'avait certainement pas pensé aux enfants qui seraient un jour condamnés à périr noyés à l'intérieur de l'ascenseur.

J'entendis au-dessus de moi Alina appeler à l'aide avec mon portable, tandis que j'ouvrais sans peine l'écoutille.

Trop tard ! C'est trop tard, maintenant ! pensai-je, bien que tout, jusqu'ici, eût étonnamment bien marché. Trop bien !

À présent, l'eau noire comme de l'encre sortait en clapotant par l'ouverture.

— Tobias ? hurlai-je stupidement.

J'enfonçai le bras dans le néant obscur au-dessous de moi, retenant ma respiration quand l'eau glacée le serra comme un étau.

Ça ne sert à rien, à rien du tout.

Je cherchai fiévreusement une solution. Un autre moyen. Mais il n'y en avait pas. Je n'avais pas le choix. Je procédai à une brève hyperventilation, aspirai ensuite le plus d'air que je pus dans mes poumons, puis, les pieds en avant, je me laissai glisser dans l'eau froide.

6

Il y a un point où on ne mesure plus l'augmentation du froid en degrés, mais en intensité de douleur. Ce point, je l'atteignis quand je sautai dans ce néant glacial. Des millions de fines aiguilles se plantèrent dans ma peau, entrant plus profondément dans mon corps à mesure que je m'enfonçais. Le choc fut si fort que je me concentrai uniquement sur ma survie. Puis, mon tibia heurta une arête vive avant que mes bottes touchent enfin le sol du monte-charge.

Tobias ?

J'écartai les bras et ouvris les yeux dans l'espoir de toucher ou de voir l'enfant ; espoir deux fois déçu.

Comment se comporte le corps de quelqu'un qui se noie ? Monte-t-il ? Descend-il ? Flotte-t-il entre deux eaux, comme un poisson ?

Bordel, je n'avais pas de réponse à mes questions et je sentais déjà l'air me manquer.

Et tu n'es là-dedans que depuis quelques secondes... C'est vraiment inutile, pensai-je à nouveau, avec l'impression que j'allais exploser.

Mon sang, l'air que j'avais encore dans les poumons, tout semblait faire pression de l'intérieur contre les parois de mon corps, comme pour les déchirer. Mais ce fut soudain la sensation la plus merveilleuse au monde, car, enfin…

J'ai touché quelque chose !

J'expirai un peu, redescendis vers le plancher et exultai intérieurement : je ne m'étais pas trompé.

Des cheveux, des oreilles, une bouche. Oui, oui, oui...

Je saisis la tête, l'attirai contre moi et, pour la première fois depuis de nombreuses heures, l'espoir fut plus grand que ma peur.

Peut-être que nous allons y arriver… Sortir de là !

Je n'avais plus qu'une idée : m'extraire de ce froid, maintenant que j'avais trouvé Tobias. Mais avec l'espoir revint la sensation d'épuisement. Je n'avais pas dormi, j'avais échappé de justesse à la torture, je venais de vivre les pires heures de mon existence et la température de l'eau s'ajoutait à présent à tout cela pour me déposséder de mes dernières forces. Je n'arrivais pas à sentir si Tobias vivait encore dans mes bras qui s'engourdissaient peu à peu, mais je sentais très nettement mon propre pouls ralentir.

Sortir, remonter. Vers la lumière.

Je donnai tant bien que mal une poussée des pieds contre le plancher.

Ce fut à cet instant que nous fûmes engloutis.

5

Le noir. La nuit. Le néant.

La lumière au-dessus de ma tête – mais était-ce bien au-dessus ? – s'était éteinte si soudainement que, d'effroi, je faillis lâcher l'enfant. D'une seconde à l'autre, l'eau s'était transformée en un liquide huileux et opaque, si bien que je n'avais plus la moindre idée de la direction dans laquelle je devais nager.

Où diable se trouvait la lumière ? Où était l'écoutille ? En haut, en bas, à droite, à gauche ? Ces mots n'avaient plus aucune signification. J'avais perdu le sens de l'orientation.

La panique qui m'envahit atteignit un niveau indépassable. Ce fut peut-être la raison pour laquelle je me calmai subitement. Comme cela se produit avec une soupape qui, ayant franchi une limite critique, se met à tourner librement, la tension se relâcha chez moi aussi.

Ça se passe comme ça quand on meurt noyé ?

N'avais-je pas moi-même écrit que quelqu'un qui se noie souffre d'abord atrocement dans la seconde où l'eau submerge ses poumons, tourments qui se muent pourtant en une sorte d'ivresse ? Je n'allais pas tarder à le savoir. Je ne résisterais pas longtemps à la tentation d'ouvrir la bouche et de prendre une profonde inspiration. Une sensation douce et irrésistible. Pareille à une drogue, une drogue mortelle à laquelle on s'abandonne.

Je sentis mes mains sur le point de lâcher le corps de Tobias à l'instant précis où une corde s'enroula autour d'une de mes jambes.

Bon sang, mais d'où sort-elle, celle-là ?

Je tirai dessus à l'aide de mon bras libre et fus étonné qu'elle résiste. De toute façon incapable désormais de la moindre idée claire, je ne me demandai même pas si elle était fixée au plancher ou au plafond. C'était pourtant une question de vie ou de mort. Pour moi, mais également pour Tobias qui, sous mon bras, paraissait de seconde en seconde plus lourd, plus inerte.

Je remuai les pieds comme un plongeur, à la différence près qu'ils n'étaient pas chaussés de palmes mais de lourdes bottes qui m'attiraient vers le bas. *Vers le bas, vraiment ?*

D'un seul bras, je me hissai peu à peu vers le haut. *Ou vers le bas ?*

Est-ce que j'avançais dans la mauvaise direction ? Vers ma mort ?

Bien que ne croyant pas être capable de discerner quoi que ce soit dans ces ténèbres absolues, j'écarquillai les yeux. En réalité, ma tête me paraissant sur le point d'éclater, c'était de ma part davantage un réflexe ridicule qu'un choix conscient. Un peu comme si je voulais compenser la pression s'exerçant sur mes yeux ou filtrer l'eau croupie pour recueillir de l'oxygène. Je fus d'autant plus surpris quand je vis réellement quelque chose.

De la lumière !

À l'extrémité de la corde, je discernai un mince rayon lumineux.

Les cinglés ont toujours raison, telle fut ma pensée avant que la corde ne me glisse des doigts.

C'est ainsi que les choses finissent. Nous nous frayons de haute lutte un chemin à travers un néant froid et obscur, mais, quand tout est terminé, nous apercevons une lumière vive au bout de la route.

Je souris et respirai à fond.

4

(55 minutes après l'expiration de l'ultimatum)

Alina Gregoriev

— Pouvez-vous me dire ce qui se passe, s'il vous plaît ? demanda Alina à l'homme qui ne s'était pas plus présenté qu'il n'avait prononcé un mot en soignant sa brûlure à la main.

— Désolé, ça n'entre pas dans mes attributions, répondit-il d'une voix qui, étonnamment grêle, tranchait avec son corps massif.

Alina n'avait certes jusqu'ici senti que la main du secouriste, mais cela suffit en général à un aveugle pour apprécier le poids de son vis-à-vis. Quand elle voulait se procurer une première impression de la corpulence de quelqu'un, elle lui enserrait fugitivement le poignet, et elle savait. À vrai dire, rien ne lui était plus indifférent, en cet instant, que l'obésité de celui qui prétendait l'empêcher de sortir de l'ambulance.

— Attendez, ce n'est pas fini.

Elle finit par céder à la pression des mains qui la repoussaient sur le brancard.

— Fous-moi la paix ! Comment vont les autres ?

Zorbach ? Le garçon ?

Elle ignorait si elle devait être furieuse ou reconnaissante d'avoir été privée du spectacle qui s'était offert aux hommes de Stoya, quand ils étaient accourus dans l'entrepôt 77.

Les images dans sa tête, les souvenirs des minutes terribles devant le monte-charge, n'étaient que des bruits et des odeurs. Elle avait entendu la porte de l'ascenseur se refermer, le harnais en aluminium avec lequel Zorbach l'avait coincée glisser d'abord avec un crissement, puis tomber à terre. La lumière s'était éteinte, comme Léa le lui avait confirmé.

Léa, petite fille courageuse qui pleurait sans bruit tandis que Zorbach était désormais totalement livré à lui-même dans la cage. Sans outil. Sans lumière. Prisonnier dans un enfer qu'Alina ne parvenait à s'imaginer qu'au travers de la puanteur omniprésente : une eau putride, des murs couverts de moisissure, des ordures et des excréments.

Si elle avait su que la cachette de Tobias était noyée depuis longtemps, la peur pour les deux êtres qui s'y trouvaient bloqués aurait été insupportable. Elle avait demandé à Léa d'actionner le commutateur, ce qui ne pouvait d'ailleurs plus être d'aucune aide à Zorbach. La lumière était certes revenue dans l'escalier, mais elle ne pouvait parvenir à l'intérieur de la cage de l'ascenseur, d'où ne se faisait plus entendre la moindre réponse à ses cris depuis un bon moment. Et elle était incapable de réaliser ce que le journaliste avait réussi à accomplir. Les poignées du harnais de TomTom étaient tordues et elle n'avait pas assez de force pour rouvrir la porte de l'ascenseur. Elle ne pouvait compter ni sur l'aide de Léa, ni sur celle de son chien, pas plus qu'elle ne pouvait compter sur sa main gauche brûlée.

Elle n'avait donc eu d'autre solution que d'attendre, tout en tranquillisant la fillette tremblante d'épuisement, enfouissant son visage dans ses cheveux. Bien qu'ayant perdu la notion du temps, elle était certaine que les quatre policiers étaient arrivés trop tard. Plusieurs minutes trop tard.

Ils étaient entrés ensemble dans le bâtiment, dévalant l'escalier en un bloc compact qui ne s'était défait qu'à l'instant où ils avaient découvert Léa. Avant, ils avaient pour mission d'arrêter Zorbach. Le spectacle de la fillette, en vie dans les bras d'Alina, avait tout changé.

C'est alors seulement qu'ils m'ont crue, se disait à présent la jeune femme, mais sans satisfaction aucune.

— Sont-ils encore ici ? demanda-t-elle à l'homme qui n'avait toujours pas terminé son pansement.

Les a-t-on déjà emmenés ?

Elle sentit le corps du soignant bouger légèrement ; elle en conclut qu'il avait hoché la tête.

Ou peut-être pas.

— Bon Dieu, arrêtez de me traiter comme un petit enfant à qui il ne faut rien dire. J'ai tout entendu, quand même.

— C'est peine perdue. Ils ne bougeaient déjà plus quand je les ai sortis de l'eau, avait déclaré le policier qui, une demi-heure auparavant, fumait une cigarette devant l'ambulance en parlant de l'intervention avec un collègue. Ils auraient plus de chances de réanimer l'ours en peluche de ma fille !

Elle avait eu envie de bondir du véhicule et de flanquer une gifle à ce type en lui criant : « Comment peux-tu parler comme ça, espèce de connard ? OK, c'est toi qui as ouvert la porte, et, comme ça, ils ont de nouveau eu de la lumière. C'est toi aussi qui as sauté dans le trou, qui as éclairé la surface de l'eau avec une lampe de poche et qui y as enfoncé le bras pour les tirer par la corde dans laquelle ils étaient empêtrés. Mais, putain de merde, tu es arrivé trop tard. »

— Avez-vous déjà eu affaire à un noyé ? demanda-t-elle avec tristesse, mais toujours retenant ses larmes, au secouriste en train de fixer, à l'aide d'un sparadrap, une bande de gaze sur sa brûlure.

— Euh…

Soit l'homme avait pour instruction de ne pas lui répondre, soit il était lui-même trop choqué par ce qui s'était passé sur cette friche industrielle.

— Combien de temps faut-il… – elle déglutit – … quand interrompez-vous la respiration artificielle après un accident de baignade ?

Manifestement, l'homme se trouvait là en terrain connu.

— Difficile à dire. Un jour, nous avons réanimé quelqu'un au bout de vingt minutes. Mais c'est exceptionnel.

— Et normalement ? insista Alina en tâtant le pansement sur sa main gauche.

— Une à deux minutes.

Deux minutes ?

C'était déjà le temps qu'il avait fallu à Zorbach pour entrer dans la cabine du monte-charge. Dieu sait depuis combien de temps Tobias était resté sous l'eau auparavant.

Quand on est en état de stress, les minutes s'enfuient à la vitesse de l'éclair, si rapidement qu'on ne les voit pas s'écouler. Mais peut-être tout cela s'était-il passé comme lors d'une séance sévère chez le dentiste ? Peut-être les secondes avaient-elles semblé durer des heures alors qu'en réalité, l'aiguille de la montre n'avait pas tourné aussi vite qu'elle le craignait ?

Alina eut envie de vomir. La survie de deux êtres était devenue un simple problème de mathématiques. Une addition de bribes de temps dont la somme donnerait, en fin de compte, la mort.

Cinq minutes jusqu'à l'ouverture du monte-charge ; deux minutes passées par Zorbach dans l'eau glaciale de la cabine ; deux autres minutes jusqu'à ce qu'on l'en ressorte... C'était trop. Trop pour l'enfant, trop pour Alex et, elle venait d'en prendre tout à coup conscience, trop pour elle. Avec Zorbach, c'était comme avec sa vue : ce n'était qu'au moment où elle le perdait qu'elle comprenait ce qu'il représentait réellement dans son existence.

Il n'aurait pas dû se défaire de sa montre, c'était comme faire don de son temps, se dit-elle sans parvenir à chasser cette idée, sachant cependant combien elle était puérile.

S'étant mise à pleurer, elle n'entendit pas l'homme venir à côté d'elle et demander :

— Sais-tu que le record du monde en apnée est de dix-sept minutes et quatre secondes ?

Le sentiment qui naquit en elle fut si violent qu'elle crut étouffer.

— David Blaine, un plongeur en apnée. Mais on l'avait auparavant alimenté en oxygène pendant vingt-trois minutes.

Des yeux de l'aveugle s'échappaient de grosses larmes. D'une seconde à l'autre, le monde entier avait changé. La terre avait perdu son axe, l'Allemagne n'était plus en Europe, Berlin se situait sur une autre planète.

Elle-même n'était plus un être humain, elle n'était plus qu'énergie.

— Mais trois petites minutes sans entraînement, ce n'est pas mal non plus, non ? reprit l'homme.

Énergie positive.

La jeune femme se dressa d'un bond, désireuse d'une seule et unique chose : se jeter dans les bras de celui à qui appartenait cette voix rauque et cassée, debout devant l'ambulance.

— Tu es vivant ? cria-t-elle toujours pleurant, mais de joie.

— Oui, mais sois heureuse de ne pas voir la gueule que j'ai.

Ils partirent du même rire. Elle l'entendit avancer d'un pas pour monter la rejoindre dans l'ambulance.

— Et Tobias ?

Appuyée contre l'arête du brancard où elle était allongée un instant plus tôt, elle sentit Zorbach s'immobiliser.

Non, pitié, pas ça !

Elle cacha son visage dans ses mains.

— Il est resté six minutes sous l'eau.

Entendant l'horrible information, elle fut étonnée du ton posé de Zorbach. Un ton calme, presque joyeux.

— Il a fait deux arrêts cardiaques. Mais le gamin paraît être un sacré dur à cuire. Le cœur bat de nouveau. Il est encore dans un état critique et il devra rester un certain temps en coma artificiel. Mais les médecins ont bon espoir qu'il s'en sorte.

Ce fut la seconde où elle perdit tout contrôle d'elle-même. Les bras écartés, elle oublia toute prudence et se rua en direction de la porte ouverte et du marchepied sur lequel elle pensait trouver Zorbach. Elle riait, euphorique tant elle était certaine qu'il saurait la rattraper si elle trébuchait.

Alexander vit. Les deux enfants sont délivrés.

Maintenant, elle en était convaincue, tout irait bien. Rien ne pourrait plus tourner mal.

Rarement être humain s'était trompé à ce point.

3

(1 heure après l'expiration de l'ultimatum. 7 h 27)

Alexander Zorbach (moi)

Il n'est que de rares moments où nous autres humains réussissons à vivre pour l'instant. Où il n'y a ni futur ni passé, mais qu'un ici et maintenant.

Dans mon existence, il y eut deux de ces moments, deux dont j'aie gardé le souvenir conscient : le jour où j'ai pris pour la première fois Julian bébé dans mes bras, et puis en cet instant où, enveloppé dans des couvertures chaudes, jambes flageolantes sur le marchepied métallique d'une ambulance, j'attendis l'étreinte d'Alina.

Ce fut la seconde où je connus à la fois une euphorie sans pareille et un épuisement comme jamais. Une minute plus tôt seulement, j'avais dû de haute lutte m'ouvrir un chemin vers elle, au grand dam de médecins attentionnés qui, une fois ma réanimation réussie, auraient préféré ne pas me débrancher des divers appareillages, et de Stoya qui, s'il en avait eu le loisir, m'aurait interrogé dans la seconde où on avait constaté que mon cœur battait.

J'avais encore les bronches remplies d'eau, j'avais besoin d'une surveillance et de soins intensifs, tout comme Tobias, qui avait été privé d'air bien plus longtemps encore. Mais, en cet instant de joie immense, ma santé m'était aussi indifférente que les centaines de questions que nous aurions à élucider dès que nous aurions pu retrouver un peu de sérénité.

Pourquoi Alina n'a-t-elle jamais vu qu'un enfant? Pourquoi pensait-elle que Tobias était mort dans sa cachette alors qu'il était encore en vie?

Et combien de fois m'étais-je demandé, ces dernières heures, pour quelles raisons ses souvenirs inexplicables s'étaient parfois révélés exacts, mais avaient par ailleurs failli nous égarer à l'instant crucial?

« Tout ce que j'ai senti jusqu'ici concernait un bateau. Pas une usine, pas des entrepôts. »

Même la question de savoir pourquoi le Voleur de regards m'avait choisi comme partenaire de jeu en m'envoyant Alina, en me conduisant chez la femme agonisante et en plaçant la photo sur la table de nuit de ma mère, même cette question ne comptait plus. Je ne voulais même pas savoir qui était ce tueur, celui à qui nous avions arraché ses victimes à la toute dernière seconde. Car, en cet instant, il n'y avait ni passé, ni futur. Seul le présent existait.

Un présent dans lequel Alina eut un geste maladroit qui changea tout: elle trébucha.

S'étant pris le pied dans un contrefort du brancard en voulant se précipiter à ma rencontre, elle chancela, tenta instinctivement de se rattraper, mais ne put bien sûr voir la poignée fixée à la paroi à côté de l'armoire aux médicaments. Sa main glissa donc vers le bas, projetant à terre un défibrillateur, et se heurta au rebord aigu d'une tablette de rangement métallique.

Le rire s'effaça de son visage et la douleur lui arracha de nouvelles larmes.

— Ta main ! criai-je, comme s'il était en mon pouvoir d'empêcher quoi que ce soit en grimpant sur le marchepied.

Ta main gauche, ta main brûlée !

Elle s'était appuyée dessus de tout son poids. L'arête métallique avait dû comprimer sa chair à vif à travers le pansement.

— Ce n'est rien, gémit-elle en serrant les dents tandis que je m'agenouillais auprès d'elle. Rien du tout.

La sueur brillait sur son front. La douleur semblait avoir persisté quand je la pris dans mes bras ; quand je la serrai, plutôt. M'accrochant à elle comme un être en train de se noyer et refusant de la lâcher.

— Tout va bien ! l'entendis-je encore dire.

Elle voulut le répéter, mais n'y parvint pas. Et je ne l'aurais d'ailleurs pas crue. Car, à mesure que je la serrais de plus en plus fort entre mes bras, la résistance qu'elle m'opposait ne cessait de grandir. On aurait dit que le sang s'était d'un seul coup figé dans ses veines et que j'étreignais une statue de marbre quand elle murmura :

— J'ai senti quelque chose !

Non !

Je fermai les yeux. « Ce n'est pas le seul fait de toucher… Je ne me souviens qu'en cas de douleur. »

Je reculai à genoux, les jambes tremblantes.

— Quoi ?

— Ton téléphone !

Je levai les yeux vers la patère à laquelle le secouriste avait accroché le blouson de velours côtelé d'Alina.

Le bourdonnement se fit de plus en plus fort.

— Eh bien, quoi, mon téléphone ? demandai-je en me levant.

— Ne réponds pas, me supplia Alina en pleurs, cachant son visage entre ses mains. Je t'en prie, ne réponds pas !

2

Les cyniques prétendent qu'on commence à mourir à la naissance. Comme toute thèse provocatrice, cette formulation sans nuance renferme un grain de vérité. Chacun, à un moment ou l'autre, atteint un point où sa vie se termine et où sa mort commence. Une seconde infiniment petite mais mesurable, une seconde durant laquelle nous franchissons une barrière invisible marquant le tournant de notre existence. Derrière cette barrière se retrouve désormais ce que nous considérions jadis comme le futur. Et devant nous, il n'y a plus que la mort. Chez la plupart des êtres, ce point de non-retour se situe quelque part dans le dernier quart de leur ligne de vie. D'autres, atteints par exemple d'une maladie mortelle, pourront se heurter à cette barrière dès la moitié de cette ligne. Il n'en est guère qui la franchissent intentionnellement. Rares sont ceux qui peuvent dire quand leur phase de vie prend fin et quand leur mort commence. Moi, je le peux. Je peux vous le dire très précisément.

J'ai commencé à mourir à la seconde où, dans l'ambulance, j'ai porté à mon oreille le portable et entendu la voix de ma femme entrecoupée d'un rire nerveux.

— Pardon, mais je suis un peu toute retournée. Je suis justement en train de jouer à cache-cache avec notre fils. Et sais-tu ce qui est totalement dingue ? Je ne le trouve nulle part.

Boum.

Au plus profond de moi, une porte venait de se refermer brutalement, mettant sous clé, à jamais, tout ce pour quoi j'avais vécu.

Oh, mon Dieu, pensai-je, avant de prononcer ces mots à haute voix :

— Oh, mon Dieu !

Tout se mit à tourner autour de moi, tandis que, hébété et titubant, je sortais de l'ambulance.

— Comment ai-je pu être aveugle à ce point ?

Toutes ces questions restées sans réponse. Toutes ces réponses équivoques. Tout prenait désormais une signification épouvantable, atroce.

— C'est trop tard, pleurai-je dans l'appareil.

Je me trouvais paralysé à l'idée que nous avions constamment regardé dans la mauvaise direction. Vers l'arrière. Derrière nous. Alors qu'Alina ne voyait pas dans le passé. Ne l'avait jamais fait. Tout ce qu'elle m'avait raconté ne s'était pas encore produit.

Ayant à mon tour trébuché, j'étais agenouillé, haletant, au pied de l'ambulance. L'envie de vomir me saisit quand je pris conscience de la véritable signification de ce que je venais de découvrir.

C'est à présent que cela va se produire.

L'horreur était encore devant moi. Alina voyait le futur !

— Ne descends en aucun cas dans la cave. Tu m'entends ? criai-je dans l'appareil, épouvanté, puis je me ressaisis.

Où est ma voiture ?

— Ne descends pas dans la cave, répétai-je.

C'était pure folie, mais si mes pires suppositions devaient se confirmer, il me fallait m'en tenir au scénario du Voleur de regards dont Alina m'avait lu des passages, quelques heures plus tôt. Sauf que, contrairement à ce qui arrivait dans la vision d'Alina, je devais à tout prix persuader Nicci du sérieux de ma mise en garde ; de ne pas se rendre dans la cave.

Je chancelais, mes jambes se dérobaient sous moi, mais il ne fallait pas que j'abandonne. Il me fallait m'opposer à l'inévitable que j'avais constamment eu devant les yeux et que je n'avais pourtant pas vu. Résister, même en cet instant où Nicci prononça l'ultime phrase de son existence.

— Chéri, tu m'effraies.

Puis, j'entendis les bruits d'une lutte.

« Un homme derrière la porte de la cave. Il l'agresse. Lui brise la nuque. La traîne dans le jardin. »

Tout correspondait à ce qu'Alina m'avait décrit.

Je me mis à hurler quand il me vint à l'esprit qu'il y avait une cabane en bois dans la propriété de Nicci.

1

Alexander Zorbach (moi)

Plus tard, beaucoup plus tard, durant les rares et brefs moments où, en dépit du cocktail d'antidépresseurs et de calmants, j'étais encore capable d'une pensée cohérente, je me demandai comment j'avais pu si longtemps ne pas remarquer mon erreur mortelle.

Alina n'avait auparavant jamais évoqué ses dons auprès de quelqu'un. Si elle l'avait fait, dans des conditions moins chaotiques, elle se serait peut-être rendu compte beaucoup plus tôt qu'aucun des détails de ses visions ne prouvait qu'elle voyait le passé. La première d'entre elles, l'accident provoqué par le conducteur ivre, l'indiquait déjà : elle croyait s'être vue en personne gisant sur le bitume, mais comment aurait-elle pu être la dernière fillette renversée par le chauffard ? Et l'étudiant trop entreprenant à qui elle avait déclaré sans détour qu'il violait sa sœur ? L'étudiant avait dû récidiver au moins une fois encore avant de se suicider, et c'était vraisemblablement ce viol futur qu'avait vu Alina, et non un acte déjà commis.

Aveugles. Nous avons été si aveugles.

En temps normal, le trajet entre la Grünauer Strasse et le Rudower Dörferblick[1] prend environ un quart d'heure. Je l'effectuai en dix minutes, mais arrivai néanmoins une éternité trop tard.

« Puis, je lui brisai la nuque. Il y eut un bruit, comme si j'avais cassé un œuf cru. Elle mourut instantanément. »

Les phrases prononcées par Alina la veille résonnaient dans ma tête dans une espèce d'effet stéréo de piètre qualité. Je me donnai des coups sur le crâne et allumai la radio à plein volume sans parvenir à me souvenir de notre première conversation sur mon *houseboat*.

— Qu'avez-vous fait du cadavre ?

— Je l'ai traîné dehors en tirant sur le câble... à travers le salon jusqu'à une porte donnant sur une terrasse, puis dans le jardin... Je l'ai finalement abandonné non loin de la clôture, un peu à l'écart d'une petite remise.

J'implorai de nouveau Dieu en qui je ne croyais plus, le suppliant de démasquer l'imbécile en moi – « personne ne peut voir l'avenir, c'est impossible » – quand, dans quelques secondes, je tournerais dans la rue où j'avais passé dix ans de ma vie avec Nicci.

Si, en cet instant, la route s'était ouverte devant ma voiture et l'avait engloutie, j'aurais réagi avec plus de calme. J'aurais sans doute même été heureux, car mon avenir m'aurait été de la sorte épargné.

— Qu'est-il arrivé ensuite ? entendis-je ma propre voix interroger dans mon crâne.

---

1. Autre montagne de gravats, semblable au Teufelsberg de Wilmerdorf, précédemment évoqué, mais cette fois dans le sud de la capitale.

— Vous voulez dire après que j'ai placé un chronomètre dans la main de la femme ?

J'accélérai, fonçant vers la maison au bout de la rue.

— Je suis allée jusqu'à la remise à outils… Elle était en bois, pas en métal… Le paquet par terre faisait songer à un vieux tapis, mais c'était un autre corps. Un peu plus petit et léger que celui de la femme sur la pelouse.

Julian ! Est-il encore en vie ?

Une volée d'oiseaux noirs se dispersa quand je garai mon véhicule.

Je t'en prie, mon Dieu, pas ça. Ne permets pas qu'aujourd'hui soit le jour où j'expie mon erreur sur le pont.

Je bondis hors de l'habitacle, me mordis le dos de la main pour ne pas me mettre à hurler tout de suite et perdis l'équilibre. Ici, en périphérie de la ville, il faisait plus froid et la neige n'avait pas encore fondu. Je dérapai, mes jambes ne me portant plus sur le chemin gelé. À l'instant où je chutai, quelque chose en moi se brisa, cassure qui ne se refermerait jamais.

Je continuai à avancer à quatre pattes, puis, me relevant, passai à côté du grand tilleul auquel j'avais un jour eu l'intention d'accrocher une balançoire, courus jusqu'au jardin où je m'affalai sur le gazon.

— Nicci ! hurlai-je, relevant la tête, avant de m'effondrer définitivement.

Je n'arrêtais pas de crier son nom, de plus en plus fort, mais toute étincelle avait déserté ses yeux, aucun souffle ne sortait de sa bouche.

En cette seconde, je désirai être mort comme elle. Je haïssais ma vie, une perpétuelle suite d'erreurs à cause desquelles ma femme avait péri, et que mon fils allait maintenant devoir cruellement expier.

Dieu du ciel, Julian !

Je regardai en direction de la remise. Le verrou en bois était tiré, la porte grande ouverte.

« J'ai amené le petit jusqu'à une voiture garée derrière la clôture, au bord de la forêt. Je crois que c'était tôt le matin, peu après le lever du soleil. Soudain, l'obscurité s'est faite à nouveau et j'ai pensé que la vision était terminée. Puis deux lumières rouges se sont allumées dans le coffre à bagages où j'ai déposé le gamin. »

Je me donnai des coups sur la tête comme pour en chasser l'amère vérité.

« Je sais encore que nous avons grimpé une côte pendant un petit moment, il y a eu plusieurs virages, puis la voiture s'est arrêtée et je suis descendue.

— Qu'avez-vous fait alors ?

— Rien du tout. Je suis simplement restée là à regarder.

— Regarder ?

— Oui. D'un seul coup, je me suis retrouvée avec un objet lourd dans les mains. »

Un jour, voilà bien longtemps, Julian étant encore bébé et moi ne pouvant m'imaginer autrement qu'en bon père, j'étais assis avec lui à ce même endroit où, accablé de douleur, je gisais à présent. Je serrais avec douceur sa tête contre ma poitrine pour l'empêcher de rouler sur le côté, un peu comme je tenais à présent le corps inerte de Nicci. Quels rêves ne faisions-nous pas, alors ? Autour de combien de projets notre petite famille n'était-elle pas unie ? Et dire qu'il m'avait fallu si peu de temps pour réussir à tout détruire !

Ôtant le chronomètre des doigts déjà refroidis de Nicci, je me relevai.

C'était là que nous voulions vieillir, ici, au pied du Rudower Dörferblick, point de vue de quatre-vingt-six mètres de haut, à la périphérie de Berlin, d'où, par beau temps, on jouit d'un panorama extraordinaire, embrassant d'un seul regard les trois villages de Bohnsdorf, de Schönefeld et de Wassmannsdorf. Et, bien sûr, notre propriété.

Je baissai les yeux sur le corps inerte de ma femme assassinée, puis les levai vers le sommet de la colline où les gravats et les ruines avaient été recouverts d'espaces verts. Au pied de laquelle tous nos espoirs étaient nés avant de s'effondrer à jamais.

Et je ne pus dire si mes yeux emplis de larmes m'abusèrent ou si je discernai effectivement, tout là-haut, un homme dont les jumelles réfléchissaient le pâle soleil hivernal.

Dernière lettre du Voleur de regards, transmise par e-mail par l'intermédiaire d'un compte anonyme

À : thea@bergdorf-privat.com
Objet : derniers mots

Chère madame Bergdorf,

Je pense que, après celui-ci, vous ne recevrez plus d'e-mail de moi d'ici longtemps. J'espère que vous avez noté combien mon adresse initiale est beaucoup plus respectueuse à votre égard que dans mes missives précédentes. Je doute, au demeurant, que vous me témoigniez le même respect dans votre prochaine couverture des événements.

Je présume qu'en dépit de la délivrance des jumeaux, vous me considérez toujours comme le monstre ayant mérité son surnom. Et pourtant, les images qui s'offrirent à ma vue à travers ma lunette ne m'ont pas laissé totalement insensible. Quand, du haut de mon observatoire, au sommet de la colline, j'ai vu Alexander Zorbach s'effondrer, j'ai éprouvé une profonde tristesse.

Voir cet être qui m'est si cher et si proche dans cet état, anéanti, vieilli de plusieurs années comme si, à l'instant où il a pris dans ses bras sa femme inerte, toute vie s'était retirée de lui, cela m'a brisé le cœur.

Il était pour moi un guide, le père que je n'avais jamais eu. Quelqu'un que je cherchais à égaler, un modèle. Pas seulement au journal où j'imitais son ardeur au travail et son humour. Même sur le plan de l'apparence extérieure, j'entendais lui ressembler, achetant en cachette les habits qu'il portait le plus souvent. Ceux que j'avais sur moi en sortant du cabinet de l'aveugle quand la caméra de la galerie m'a filmé.

Que n'avais-je pas fait, uniquement pour être proche de lui ? Et voilà qu'il avait tout détruit. Mais aussi, pourquoi avait-il si longtemps fermé les yeux ? Voulait-il donc ne pas voir ? Ne pas voir les innombrables indices que je lui laissais pour lui montrer le danger du jeu et le dissuader de s'y jeter de manière irréfléchie ? D'accord, je voulais jouer. Mais pas avec lui. Il n'avait rien à faire dans cette partie.

Vous pouvez certainement m'adresser quelques reproches. Mais pas celui d'avoir été un régisseur déloyal. Je vous l'avais écrit et en voici maintenant la preuve : je me tiens aux règles que j'ai édictées, et, si d'aventure je les modifie un tant soit peu, c'est toujours au profit de mes nombreux adversaires.

Dans le cas de Zorbach, longtemps avant que la partie ne débute, je lui ai laissé le choix de la rejoindre ou non.

Les voix de la radio de la police que j'ai produites à l'aide d'un petit brouilleur construit par mes soins, à partir de quelques appareillages qu'on peut se procurer dans tout bon magasin d'électronique. Puis, le portefeuille que je lui ai dérobé au journal avant de le déposer sur les lieux du crime. Je l'avais donc placé à la croisée des chemins. C'était à lui d'interpréter ces signaux. Signifiaient-ils une mise en demeure d'avoir à débusquer le Voleur de regards pour se laver de tout soupçon ? Ou bien une injonction à se soucier de ce qui compte véritablement dans la vie : sa famille ?

Zorbach a choisi. Plaçant le travail au-dessus du bonheur de son fils, il est parti en chasse. À l'image de tous les pères dont j'avais jusque-là caché les enfants. Des pères qui, une vie durant, ont eu le choix entre gagner de l'argent et coucher à gauche et à droite, ou bien se préoccuper davantage de la chair de leur chair. Des pères aussi égoïstes et sans égards que le mien, qui avait préféré traîner avec ses compagnons de beuveries plutôt que nous délivrer du congélateur. Un égoïsme qui a coûté la vie à mon frère et, à moi, la raison. Du moins est-ce ainsi qu'un psychiatre analyserait tout cela. Bien entendu, j'en conviens volontiers, ce qui frappe, dans mon comportement, c'est que je recrée les circonstances que nous connûmes alors, mon frère et moi. Une mère qui, pour nous, était déjà morte et que je dois donc d'emblée chasser du terrain de jeu. Un père qui néglige ses enfants. Une cachette contenant assez d'air pour y respirer quarante-cinq heures et sept minutes et un cadavre à qui, comme à mon frère, il manque l'œil gauche.

J'ai longtemps cherché comment garantir la durée de l'ultimatum, car il aurait été contraire aux règles du jeu qu'un participant soit asphyxié avant la fin du délai fixé. Il aurait de même été tout aussi injuste qu'un enfant dispose de plus de temps qu'un autre. Mon frère n'avait bénéficié que de quarante-cinq heures et sept minutes, et il n'avait pas eu de joker pour se procurer un supplément d'air. J'aurais aimé pouvoir utiliser un congélateur, mais il est quasiment impossible de calculer à l'avance combien de temps on survit dans une boîte hermétique comme celle-ci. Quelqu'un, amené par la panique à hyperventiler, consomme plus vite l'air à sa disposition qu'un autre qui s'endort. Je suis moi-même le vivant exemple que deux êtres bénéficiant de la même quantité résistent plus ou moins longtemps. C'est ainsi que j'en suis arrivé à la conclusion qu'il existait un seul moyen de créer des circonstances approximativement identiques : chasser tout l'air de la cachette au moment voulu. Mes tentatives, dans le bungalow de l'infirmière, pour faire le vide dans la cave à l'aide d'une pompe, ne furent guère concluantes, et je doute à ce propos que Zorbach et Alina y seraient morts étouffés, car je n'ai jamais vraiment réussi à la calfeutrer au point de la rendre hermétique. Ce qui me conduisit à adopter une autre solution : vider la cachette de son air en l'inondant.

« Vous jouez un jeu épouvantable, un jeu de malade », allez-vous me crier. Un jeu loyal, vous répondrai-je. Même les victimes ont une chance réelle, comme le montre l'exemple du petit Tobias.

Il n'aurait pas eu besoin de consentir tant d'efforts si longtemps. Même s'il était resté dans la valise et ne s'était pas échappé de la caisse, il ne serait pas décédé avant l'expiration de l'ultimatum, car il se serait endormi. Au demeurant, si je lui ai laissé les accessoires, ce n'était pas pour prendre un plaisir pervers à l'idée de ses vains efforts. Ni la pièce ni le tournevis n'étaient des objets funéraires, mais des outils lui procurant une chance véritable de se libérer tout seul. Une chance que mon frère et moi n'avons jamais eue. Hélas, Tobias a trop perdu de son courage quand le monte-charge est soudain descendu de quelques mètres parce qu'il avait tiré sur la corde. Si, gardant son sang-froid, il avait grimpé le long de cette corde, il aurait éventuellement pu ouvrir l'écoutille par laquelle Zorbach s'est ensuite introduit dans l'ascenseur.

Mais Tobias a laissé passer sa chance et, un peu plus tard, le monte-charge s'est définitivement enfoncé dans la cave inondée. Au bout de quarante-cinq heures et sept minutes exactement. Là aussi, vous devrez constater ma générosité, puisque je n'ai pas inclus dans mes calculs le temps qu'une personne en bonne santé peut passer en immersion.

Et si vous vous demandez à présent « mais qu'en est-il de Léa, pourquoi n'était-elle pas dans l'ascenseur ? », cette question à elle seule démontrera que vous n'avez rien compris à rien. Mon propos n'est pas d'anéantir une famille. À l'époque, j'ai moi-même survécu au test d'amour, et il devait donc y avoir un survivant, à la fin de cette partie. L'air, dans le congélateur de Léa, aurait duré très longtemps. Elle avait plus de chances de mourir de soif.

Vous pouvez considérer ces éléments sous l'angle que vous voulez : le jeu est loyal, et il ne l'a jamais été autant que dans le cas de Zorbach.

Je l'ai mis en garde, quand bien même chaque avertissement était simultanément une mise à l'épreuve : mais n'en va-t-il pas ainsi avec chacun des péchés, dans l'existence ? Une tête de mort veille sur chaque paquet de cigarettes, nous sommes au courant des dangers que procure son contenu. Toute mise en garde est en même temps une tentation. Alina, par exemple, la voyante aveugle que j'ai envoyée à Zorbach dans son bateau. C'était la mère de ce dernier qui m'avait révélé l'adresse. Pas personnellement, bien sûr, car elle n'était plus en état de parler. Mais, dans sa table de nuit, son journal intime dont Zorbach lui lisait des passages, quand il trouvait le temps de venir la voir, contenait la description détaillée de la journée durant laquelle elle avait trouvé par hasard le chemin secret dans la forêt. Je m'étais procuré ce journal une fois où j'avais rendu visite à ma grand-mère dans cette maison de retraite.

Ce n'est bien entendu pas un hasard si celle-ci, quand elle a quitté l'établissement où elle avait été si maltraitée, a été transférée dans celui où réside la mère de Zorbach. Après mon article, j'avais moi-même veillé à ce qu'elle entre dans un foyer où les patients sont mieux soignés. Je le savais par mes recherches, Katharina Vanghal avait jadis été démasquée et renvoyée sur-le-champ de la résidence du Parc ; quelques mois avant d'être réembauchée par le chef du personnel négligent du foyer où elle avait alors laissé littéralement pourrir jusqu'aux os ma grand-mère dans son lit. Escarre généralisée. Torture dont j'ai rendu la monnaie de sa pièce à cette Vanghal en l'enfermant chez elle, en la chloroformant et en l'enveloppant dans un film plastique. Il ne s'agissait, à ce moment-là, que d'une vengeance, d'une purification réparatrice. J'ignorais encore que sa décomposition de son vivant jouerait un rôle dans mon jeu.

Quand Zorbach et Alina se sont mis en tête de faire vérifier la contravention, je les ai envoyés au bungalow de Vanghal. C'était la tentation. En même temps, j'ai expressément averti Zorbach qu'il ne devait pas entrer. Je lui ai même envoyé des signaux par l'intermédiaire de la bande électronique de la porte d'entrée, que je pouvais modifier par un simple SMS.

Une fois encore, il avait le choix : persévérer ou capituler ? Une fois encore, il a fait le choix du jeu et non de sa famille, alors que son enfant était malade. C'était l'anniversaire de Julian, mais il est entré dans l'obscurité du bungalow. Il s'est à nouveau comporté comme les autres pères qui quittent leurs enfants pendant des mois, qui oublient leur anniversaire et qui les laissent seuls, la nuit, dans leur petit lit, face à cette question qui les torture : « Est-ce que papa m'aime encore ? »

Voyez comme je suis loyal ! J'ai littéralement fait le jeu de mes poursuivants en leur donnant à comprendre mon véritable mobile par le biais d'un e-mail envoyé directement à Zorbach depuis son ordinateur. J'ai même placé une photo susceptible de me démasquer sur la table de nuit de sa mère, un montage où figurait mon frère et où j'avais de plus inscrit au dos un indice décisif ! Pour finir, sur le point de devoir changer de meneur de jeu, j'ai renvoyé Zorbach sur le terrain, interrompant Scholle dans son interrogatoire.

Pourquoi ? me demanderez-vous. La réponse est très simple : moi, le Voleur de regards, je ne souhaite pas gagner. Je crois à l'amour, à l'amour du père pour ses enfants. En les mettant à l'épreuve, je leur donne l'occasion de le démontrer au monde, ainsi qu'à moi. Je ne suis heureux que lorsque je perds ! C'est pour cette raison que j'aide mes adversaires, et que j'ai même accompagné personnellement Zorbach jusqu'aux dernières minutes de la partie, dans la Grünauer Strasse.

Là, une nouvelle fois, le choix de la direction à prendre n'est revenu qu'à lui : vers l'avant, vers sa perte, ou bien chez lui, auprès de son fils qui attendait son cadeau d'anniversaire.

Hohlfort n'avait raison que sur un point : je ne suis pas un voleur, je suis un testeur. Je teste l'amour des pères pour leurs enfants. Infatigablement, dans l'espoir d'obtenir enfin un autre résultat que celui que j'ai personnellement vécu.

Hasard ou destin ? Question qui me préoccupe depuis toujours et qui ne me laissera certainement plus jamais en paix après les tout derniers événements.

Fut-ce l'effet du hasard ou du destin qu'Alina me tombe dans les bras au commissariat de police, où elle voulait faire une déclaration à propos du Voleur de regards ? Quelques heures seulement après que je me suis rendu dans son cabinet pour me débarrasser des douleurs dues à un faux mouvement lors du chargement des enfants Traunstein ?

Que pouvait savoir une aveugle sur le Voleur de regards, un homme que même un voyant n'avait pas encore aperçu ?

Il me fallait le découvrir avant qu'elle ne parle à un policier. Aussi, me faisant passer pour l'un d'entre eux, l'ai-je conduite dans une pièce vide et, déguisant ma voix, ai-je feint de consigner ses dires au procès-verbal. La porte s'ouvrait bien de temps en temps, mais, pour quelqu'un ne faisant que passer, mon « interrogatoire » a dû paraître tout à fait normal.

Ensuite, je l'ai envoyée à Zorbach, toujours pour le mettre à l'épreuve. Grâce au journal de sa mère, je savais où il se terrait quand il désirait être seul pour réfléchir. J'étais certain qu'il s'y réfugierait dès que je l'aurais effrayé en lui annonçant que la police était à ses trousses. Il aurait pu renvoyer Alina et rester caché. Il aurait même dû aller chez Julian et fêter son onzième anniversaire. J'avoue cependant que je peux comprendre son trouble, que je partage d'ailleurs, quand Alina a révélé la véritable durée de l'ultimatum.

Pourtant, plus j'y réfléchis, plus j'ai la certitude qu'il existe une explication logique à tous ces événements. Qu'elle doit exister ! Que pensez-vous de l'hypothèse suivante :

J'étais fatigué ce jour-là, dans le cabinet de physiothérapie. Tandis que j'attendais le début du massage, mes yeux se fermaient. Peut-être me suis-je endormi, bercé par la musique de relaxation ? Ai-je parlé en rêve ? Murmuré des nombres ? « Quarante-cinq heures et sept minutes. »

Il est possible qu'Alina ait peu auparavant lu ou entendu à la télévision quelque chose au sujet du Voleur de regards et que, perdue dans ses pensées, elle ait heurté le vase de son pied nu. La douleur, recouvrant toute autre sensation, lui a fait oublier ce que son subconscient avait attrapé au vol : quarante-cinq heures et sept minutes. L'ultimatum farfelu.

Mais comment pouvait-elle être si certaine que j'étais le monstre que tout le monde recherchait ? Destin ou hasard ?

J'avoue que je n'en sais rien. Je ne suis même pas certain d'être en cet instant encore maître de mes propres actions. Alina a-t-elle vu le cours des choses tel qu'il est écrit, ou bien m'a-t-elle seulement inspiré une idée ?

Ce qui est sûr, c'est que j'avais à l'origine un tout autre projet pour Julian. Mais cette aveugle est intervenue, parlant sans arrêt d'une partie de cache-cache au cours de laquelle l'enfant aurait disparu. J'ai trouvé l'histoire géniale. Quel parallèle ! Quelle symbolique ! J'enlève un enfant pendant une partie de cache-cache, afin de poursuivre le jeu sur un autre plan, existentiel celui-ci ! Un jeu dans le jeu !

J'ai bien entendu ressenti jusqu'au bout des scrupules à choisir Julian comme prochaine victime. Mais j'ai ensuite interprété comme un signe le fait que Zorbach, une nouvelle fois, délaisse son fils en m'envoyant chez lui, moi justement, et avec sa propre montre. À peine arrivé devant la maison de Nicci, je vis Julian courir à ma rencontre. Il me connaissait, son père m'ayant un jour invité à manger chez eux, et il ne m'aurait pas été difficile de suggérer à ce garçon d'amener sa mère à effectuer une partie de cache-cache avec lui. Mais ce ne fut même pas nécessaire, car – même à moi, je l'avoue, cela donne un peu le frisson – ils étaient en train d'y jouer ! Je lui conseillai certes de se cacher dans la remise à outils où je l'anesthésiai finalement. Mais je n'arrive pas à me débarrasser de l'idée qu'il aurait de toute façon choisi cette cachette sans que je m'en mêle. De même que Nicci s'est mise d'elle-même à utiliser les mots qu'Alina lui avait prêtés, quelques heures auparavant.

« Pardon, mais je suis un peu toute retournée. Je suis justement en train de jouer à cache-cache avec notre fils. Et sais-tu ce qui est totalement dingue ? Je ne le trouve nulle part. »

Tout cela était-il réellement un moment prédéterminé, identique à ce que l'aveugle avait vu ? Ou bien un hasard, car qu'aurait bien pu dire d'autre une mère en pareille situation ?

Je ne sais que penser, l'une et l'autre option me paraissant également invraisemblables. Une chose est certaine : la dernière vision d'Alina m'a donné une idée. L'ascenseur, qui avait fait ses preuves, étant désormais hors de question, je ne savais dans un premier temps où amener Julian. Mais, à présent que mon identité doit être connue, il me paraît beaucoup plus judicieux de choisir une cachette mobile. Un bateau qui, cette fois, ne sera pas découvert de sitôt.

Je sais ce que vous pensez. Mais souvenez-vous de l'autocollant sur le tableau de bord de la voiture de ma grand-mère : « Il est aisé de prévoir l'avenir quand on le prépare ! » Ça vous dit quelque chose ?

Alina n'a jamais lu dans le passé et je ne suis pas sûr qu'elle prévoie effectivement l'avenir. Mais, quoi qu'il en soit, elle a contribué à écrire le scénario de mes actes futurs, et je dois avouer que j'éprouve un grand plaisir à le suivre dans une très large mesure.

Hasard ou destin ? Je l'ignore. Mais est-ce qu'en définitive, je ne joue pas mon jeu pour cette raison aussi ? Pour découvrir si les pères arrivent à modifier ce que j'ai prédéterminé ?

Zorbach y parviendra-t-il une nouvelle fois ? Trouvera-t-il et délivrera-t-il son fils, maintenant qu'il est informé de mes tout prochains actes ? Et parviendrai-je à m'écarter des prédictions d'Alina et à influer par moi-même sur ma destinée ? Je n'en suis pas certain, mais je le découvrirai.

Le décompte a commencé. Le jeu continue. Prenez-y grand plaisir !

Votre
Frank Lahmann

Prologue

Alexander Zorbach (moi)

Ne vous avais-je pas mis en garde ? Contre les histoires qui s'enfoncent, comme munies de crochets, toujours plus loin dans la conscience de celui qui est obligé de les entendre ?

Perpetuum mobile. Des histoires qui n'ont ni commencement ni fin, car elles parlent de la mort éternelle.

Je vous avais instamment conseillé de ne pas poursuivre votre lecture.

Ces lignes, Dieu sait comment elles vous sont tombées sous les yeux, ne vous étaient pas destinées. Elles n'étaient destinées à personne. Pas même à votre pire ennemi.

Je vous l'avais bien dit. Je parle d'expérience.

À présent, vous le savez : l'histoire de l'homme dont les yeux pleurent des larmes de sang, qui presse contre lui un paquet informe, un paquet de chair humaine qui, quelques minutes plus tôt, respirait, aimait et vivait, l'histoire que vous venez de lire n'est pas un livre.

Elle est mon destin. Ma vie.

Car l'homme qui, au paroxysme de son calvaire, comprend qu'il commence seulement à mourir, c'est moi.

Premier chapitre. Le début

(45 heures et 7 minutes
avant l'expiration de l'ultimatum)

Les recherches ont commencé…

À propos de ce livre

En temps normal, je débute mes remerciements par une révérence virtuelle devant celui qui, pour l'auteur que je suis, est le plus important : vous, cher lecteur. Cette fois-ci, je voudrais citer nommément quelques-uns d'entre vous, car jamais encore, avant ce livre, je n'avais été aidé par autant de lecteurs.

Début 2009, à peine avais-je twitté que, dans mon prochain roman, une physiothérapeute aveugle jouerait un grand rôle, que me parvinrent les premières réactions d'aveugles qui, accédant à mes ouvrages par livres-CD audio, me proposèrent de m'aider dans mon travail de recherche, assortissant généralement leur offre de cette remarque : « Il s'écrit ou se tourne sur nous tant de bêtises ! S'il vous plaît, ne commettez pas les mêmes erreurs que tant d'autres ! »

Mise en garde que je pris si au sérieux que, dès la première ligne, je fus en contact permanent avec des aveugles et des malvoyants.

Je commençai par établir un questionnaire destiné à me permettre d'accéder à ce monde qui m'était inconnu. Quels sont les clichés les plus fréquents ? Comment les aveugles rêvent-ils ? Comment, dans leur vie de tous les jours, font-ils pour utiliser leur ordinateur, téléphoner, laver leur linge, etc. ?

Afin d'éviter des erreurs grossières, je me suis inspiré, pour le personnage d'Alina Gregoriev, de la biographie consacrée par Robert Kurson à un personnage bien réel : Mike May. Lui aussi avait perdu la vue à trois ans, à la suite d'un accident. Enfant, sans aide, il a parcouru en vélo, seul, plusieurs kilomètres, il a réglé la circulation devant les écoles et il a dévalé des pentes à ski à 105 kilomètres/heure – record du monde chez les aveugles. Ses performances sont si inconcevables que j'ai dû les minorer quelque peu dans ma description d'Alina. Personne, sinon, ne m'aurait cru.

Un autre livre impressionnant – *Ich weiss wo ich bin* (« Je sais où je suis »), d'Ulrike Zollitsch – publie des dessins et des tableaux réalisés par des enfants aveugles de naissance. La méthode du dessin par le toucher nous permet ainsi d'entrer de plain-pied dans le monde psychique et le vécu imaginaire d'un être n'ayant jamais vu.

J'ai enfin donné à lire, avant la remise de mon manuscrit, les principaux chapitres à un groupe de non-voyants et de malvoyants. À ce propos, je voudrais tout particulièrement remercier Uwe Röder, qui a organisé plusieurs rencontres téléphoniques, ainsi que Jenni Grulke, qui s'est proposée pour lire à haute voix les chapitres en question aux participants. Cela seul m'a permis d'éviter de grossières erreurs, par exemple de faire dormir paisiblement un chien d'aveugle dans un environnement étranger. J'ai aussi appris que certains aveugles se maquillent et portent des tatouages ; j'ai beaucoup appris sur leurs problèmes et leurs craintes, mais aussi sur la manière blessante dont les voyants les traitent en raison d'une ignorance qui, pour une bonne part, est inexcusable.

Pour ces renseignements et d'innombrables autres détails précieux, je remercierai donc aussi Feeodora Ziemann, Andrea Czech, Petra Klewes, Günther Sollfrank, Christine Klocke, Sahre Wippig, Roswitha Wagerer, Nils Luithardt, Helge Jörres, Anke Mädler, Nuray Görler, Andreas Heiter, Brigitte Rieger, Fanny Holz, Karina Scheulen, Johanna Sopart et Victoria Amwenyo.

J'ai été vivement impressionné par la serviabilité et la sincérité des personnes que je viens de nommer. J'ai recueilli, au cours de ces derniers mois, tant d'informations intéressantes que je n'ai pu faire part de toutes dans un seul ouvrage. J'envisage donc de remettre en scène Zorbach et Alina dans mon prochain roman.

Cependant, je dois aussi l'avouer franchement, il est impossible au voyant que je suis de s'immerger totalement dans le monde d'un aveugle. Malgré des recherches approfondies et des heures d'interviews et d'entretiens, malgré plusieurs tentatives de ma part pour vivre la cécité, par exemple dans des « restaurants dans le noir », malgré la relecture de mon travail par des aveugles, je n'aurai sans doute pas réussi à éviter toute erreur dans mon récit (ce dont je suis seul, bien entendu, à assumer la responsabilité).

C'est en partie dû au fait que *Le Voleur de regards* n'est pas un ouvrage spécialisé, mais une pure fiction et qu'Alina Gregoriev, en raison de son « don », sort bien sûr de l'ordinaire. J'espère pourtant qu'on relèvera dans mon livre la haute estime et le respect que je voue à des gens qui surmontent si bien leur handicap. Un respect qui a grandi au fur et à mesure que j'écrivais.

À cet égard, je voudrais réserver une place tout à fait particulière à Lisa Manthey, une jeune femme de 16 ans qui a répondu à chacune de mes questions touchant le vécu quotidien d'une adolescente aveugle.

*

Et maintenant, il est temps de présenter le reste de la bande !

Je ne sais ce qu'il en est chez vous, mais moi, chaque fois que je lis des remerciements, il m'arrive généralement ce qui m'arrive au cinéma à l'apparition du générique : je ne le regarde pas, car je ne connais de toute façon pas les noms qui défilent à toute allure sur l'écran.

Afin d'éviter cette conséquence fâcheuse, j'ai pris l'habitude de toujours consacrer quelques mots à ceux envers qui je suis en dette. Les citer dans mon livre me revient en effet moins cher que les inviter à déjeuner, et je ne tiens pas spécialement à être vu en public avec certains des farfelus dont je m'inspire. N'est-ce pas, Frutti ?

Je dois une nouvelle fois réserver une place particulière à Hans-Peter Übleis et Beate Kuckertz, de ma maison d'édition, qui ont un flair infaillible pour les bonnes histoires.

Deux autres noms méritent d'être cités : ceux de Carolin Graehl et de Regine Weisbrod, la Dream Team que constituent mes lectrices. J'ai établi le décompte exact : ma première version vous a donné l'occasion de deux cent cinquante-deux remarques ; six d'entre elles, tout de même, étaient positives. Que je vous aime pour cela ne peut s'expliquer que par un penchant de ma part pour le masochisme. Mille mercis, vous avez une nouvelle fois su tirer le meilleur de mon livre.

La fabrication s'est elle-même à nouveau surpassée : merci, Sibylle Dietzel ! Je suis curieux de savoir combien de lecteurs vont cette fois se plaindre de ce que l'ouvrage est chapitré à rebours. (Non, ce n'est pas une erreur !)

Chaque année, ce sont plus de cent mille livres qui sont mis sur le marché. Afin que le mien trône si possible au sommet de cette montagne de papier, j'ai à mes côtés deux recordmen du monde du lancer de livre (qu'on appelle aussi marketing) : Kerstin Reitze de la Maza et Christian Tesch.

J'éprouve un mal terrible à me souvenir des noms, aussi faut-il, si vous le voulez bien, considérer les remerciements que j'adresse aux personnes suivantes comme des remerciements à toute l'équipe Droemer : Susanne Klein, Monika Neudeck, Iris Haas, Andrea Bauer, Konstanze Treber, Noomi Rohrbach, Georg Regis, Andreas Thiele, Katrin Englberger, Heide Bogner.

Cette fois encore, je n'entends oublier celle qui, entre-temps revenue dans nos murs, m'a jadis découvert : Andrea Müller. Sans oublier Klaus Kluge, toujours renégat, mais…

La liste des soutiens hors la maison d'édition ne s'arrête pas là pour autant.

Roman Hocke : tu es l'homme qui a fait de moi un auteur en me proposant un contrat alors que tout le monde avant toi m'avait rejeté. Merci aussi aux vétérans de ta bande de l'AVA : Christine Ziehl, Uwe Neumahr, Claudia Bachmann et Claudia von Hornstein.

Je m'étonne que la liste de mes meilleurs amis ne rétrécisse pas de livre en livre, car écrire me laisse de moins en moins de temps pour entretenir mes contacts sociaux. Mais Zsolt Bács, Oliver Kalkofe, Thomas Koschwitz, Peter Prange, Dirk Stiller, Andreas Frutiger, Arno Müller, Jochen Trus et Ivo Beck se manifestent régulièrement, ne serait-ce que parce que je ne leur ai pas rendu un DVD, ou parce que j'ai une nouvelle fois, sous un prétexte cousu de fil blanc, manqué mon rendez-vous, n'est-ce pas, Ulli ? (Ulrike Heitzenberg, la meilleure dentiste au monde !) Je remercie Simon Jäger pour sa voix merveilleuse qui donne tout leur charme à mes livres-cassettes et Michael Treutler pour le formidable engagement dont il fait preuve au sein d'audible.com.

Je remercie Gerlinde avec qui je tiens les séances de lecture publique les plus insensées, et qui a également l'étoffe d'une écrivaine. Ton histoire est super, écris-la donc ! Allez, hop, au travail…

Thomas Zorbach, tu as bien mérité ma gratitude pour m'avoir laissé t'emprunter ton merveilleux nom de famille et m'avoir apporté une aide incroyable pour la mise en pratique d'idées totalement dingues, avec tes gars et tes filles de vm-people. Sur la photo, tu ne parais d'ailleurs pas du tout tes cinquante-six ans !

Je remercie bien sûr Manuela Raschke, que je présente toujours comme mon cerveau, mais qui est bien plus belle que lui et qui, au-delà de ma carrière, gère toute mon existence (et je me dois, à cet égard, d'évoquer aussi Barbara Hermann) : Manu, je ne serai pas ici trop élogieux envers toi, sinon ton mari Kalle (ex-coach sportif de Graciano Rocchigiani) me fourrera la prochaine fois dans un punching-ball.

S'il y a deux personnes que je me garderai d'oublier et qui furent présentes dès le début de l'aventure, ce sont bien Sabrina Rabow (celle qu'il vous faut, si vous voulez que les journaux parlent de vous) et Christian Mayer (celui qu'il vous faut si vous voulez qu'ils cessent de parler de vous).

Je remercie les trois Fitzek, Clemens, Sabine et Freimut, vous laissant le soin de choisir lequel des trois est mon père spirituel, en ce qui concerne les aspects techniques, mais aussi et surtout sur le plan émotionnel. Ce n'est pas sans raison que la famille joue un aussi grand rôle dans tous mes livres, sauf que, contrairement à mes héros, j'ai la chance que la mienne soit encore en parfait ordre de marche. Sandra fait bien entendu partie elle aussi de cette famille, elle qui réussit à partager la vie d'un fou qui, au beau milieu d'une phrase, cesse tout simplement de parler parce qu'une autre idée vient justement…

— Euh… où en étais-je ? Ah oui… des policiers !

Je remercie les inspecteurs principaux de la police judiciaire Ingo Dietrich et Miachael Adamski pour les aperçus passionnants qu'ils nous ont fournis à propos de leur travail d'enquêteurs.

Pour terminer, je voudrais présenter la personne qui m'a la première donné l'idée d'écrire *Le Voleur de regards* : ma physiothérapeute Cordula Jungbluth, qui, depuis quatre ans déjà, me manipule par la méthode du shiatsu et qui, au terme de chacune des séances, me stupéfie par des révélations pertinentes sur ma vie et mon psychisme, révélations qu'elle dit avoir « lues » dans mon corps au cours du traitement. Au début, ce fut avec amusement que j'appris avoir été, jeune garçon, un marginal (qui ne l'a pas été ?) et être encore en proie à de nombreux conflits non résolus (sans blague ?). Mais je me suis dit ensuite : « Attends un peu ! Si, par simple contact, elle peut lire dans mon passé, que se passerait-il si j'étais un *serial killer* ? S'apercevrait-elle que, peu avant de me faire masser, j'ai assassiné quelqu'un dans ma cave ? » Et c'est ainsi qu'est née l'idée (pas de descendre dans ma cave, bien sûr, mais de m'asseoir à mon bureau…).

D'ailleurs, assez récemment, Mme Jungbluth interrompit son massage et me déclara « il est beaucoup question d'asphyxie dans votre dernier roman policier, n'est-ce pas ? », alors que je ne lui avais pas dit un mot à propos du *Voleur de regards*. Elle me confia avoir éprouvé une sensation d'étouffement tandis qu'elle me manipulait. Madame Jungbluth, je vous tire mon chapeau (virtuel) et attends avec impatience notre prochain rendez-vous !

Bon, eh bien, je vais terminer comme toujours en saluant avec gratitude tous les libraires, tous les diffuseurs et tous ceux qui, travaillant dans une bibliothèque, contribuent à ce que ce livre tombe entre vos mains.

Et à présent si, au terme de ce véritable marathon, vous avez encore la force de me faire parvenir votre avis sur ce livre, vous avez le choix entre diverses voies :

ichfandssuper@sebastianfitzek.de
(pour félicitations, demandes d'autographes ou en mariage, etc.)

ou bien

kritik@directionfiltrespam.de
(pour récriminations, etc.)

Bien entendu, vous pouvez toujours utiliser
fitzek@sebastianfitzek.de

Au plaisir de vous lire et d'être lu,
Sebastian Fitzek

Du même auteur
aux éditions de l'Archipel :

THÉRAPIE, 2008.

NE LES CROIS PAS, 2009.

TU NE TE SOUVIENDRAS PAS, 2010.

LE BRISEUR D'ÂMES, 2012.

LE CHASSEUR DE REGARDS, 2014

Le Livre de Poche s'engage pour l'environnement en réduisant l'empreinte carbone de ses livres. Celle de cet exemplaire est de :

450 g éq. CO_2

Rendez-vous sur www.livredepoche-durable.fr

Composition réalisée par JOUVE - 45770 Saran

Achevé d'imprimer en février 2014 en France par
CPI BRODARD ET TAUPIN
La Flèche (Sarthe)
N° d'impression : 3004223
Dépôt légal 1re publication : mars 2014
LIBRAIRIE GÉNÉRALE FRANÇAISE
31, rue de Fleurus – 75278 Paris Cedex 06

31/7784/7